VILLA EUGÉNIE

Le calme de ces promenades lui donnait l'occasion de faire le point sur l'écriture de son dernier roman et sur les personnages qui s'étoffaient au fil des pages. Lorsqu'elle se remettait au travail après son jogging, elle remaniait souvent le cours de l'histoire qu'elle écrivait, pour la rendre plus riche. Elle trouvait d'autres pistes pour ses recherches documentaires, réfléchissait à l'intrigue, relisait les épreuves de la journée précédente. Son métier de romancière lui permettait de travailler là où elle le souhaitait. C'était pour cela qu'elle avait pu aussi facilement déménager ici.

Paula avait enfin trouvé refuge à la Villa Eugénie. Un choix vital.

Elle avait perdu, quelques mois auparavant, son fils Tom lors d'un accident de surf à Teahupoo, situé au sud de l'île de Tahiti. Une soufflante de plus de dix mètres de haut l'avait happé. Surfeur expérimenté, il n'avait cependant pas réussi à refaire surface. Quand les secouristes l'avaient enfin repéré, il était déjà trop tard.

Teahupoo était reconnu pour être l'un des spots les plus dangereux au monde. Ses vagues possédaient une épaisseur de lèvre capable en quelques secondes de trancher des têtes. Ce jour-là, seuls les meilleurs wave riders s'étaient élancés. Tom avait toujours éprouvé le besoin de se surpasser, ce qui l'avait poussé à défier la bête. Il voulait se sentir un instant un surhomme. Son meilleur ami, Pierre, conscient du danger, lui avait bien demandé de renoncer. Mais Tom, impavide, l'avait rassuré. Il était pro après tout. Et même s'il savait que Teahupoo avait déjà causé ces dernières années la mort de cinq surfeurs et en avait rendu d'autres infirmes, Tom avait pensé qu'il pouvait réussir à vaincre le monstre, seul sur sa planche. Le dernier record datait de 2000, le Waterman Laird Hamilton avait ridé un Teahupoo de plus de quinze mètres de haut.

Malheureusement, aujourd'hui encore, cet exploit restait inégalé. Tom non plus n'avait pas réussi à le battre.

La perte d'un enfant est impensable, la douleur indicible, indescriptible... Elle explose dans les têtes et les corps, broie, consume.

Paula avait été prévenue par Pierre. Ce jour-là, elle attendait des nouvelles de son fils, car après chaque compétition, il l'appelait pour lui parler de ses victoires ou de ses échecs, de l'ambiance, de l'état de la mer, de l'adrénaline ressentie. Mais lorsque le téléphone avait sonné, c'était la voix de Pierre qu'elle avait entendue. Une voix qui se souhaitait calme, posée et douce. En quelques mots, il lui avait appris la mort de Tom. Elle avait raccroché, les yeux dans le vide : « Pas toi, Tom », avait-elle murmuré. En se retournant, elle avait croisé le regard perdu de son mari, Seth, et sut qu'il avait déjà compris. Elle lui avait alors confirmé dans un souffle : « Tom est mort. »

Seth avait quitté le salon. Il ne l'avait pas serrée contre lui. Elle s'était laissée glisser le long du mur quelques instants et avait fermé les yeux. Un vacillement intérieur l'avait gagnée. La douleur avait pénétré tout son être, s'était propagée à l'intérieur de son corps, l'avait foudroyée. L'incompréhension s'était mêlée à la souffrance. Elle était sans consolation, dévastée, son univers familier fissuré à jamais. Elle avait envie de hurler, mais ses cris étaient restés enfermés en elle, brûlants.

Pierre les attendait à Tahiti. Elle réserva deux places sur le prochain vol tout en jetant quelques affaires dans un sac de voyage. Seth resta mutique tout le long du trajet. Paula tenait dans la paume de sa main un bracelet tressé que lui avait offert son fils au retour de l'un de ses nombreux séjours en Floride. Le voyage leur sembla durer une éternité. À l'aéroport, Pierre les attendait, essayant de faire bonne figure. Il venait de perdre plus qu'un ami, il venait de perdre son frère de cœur, son jumeau. Tom et lui étaient inséparables depuis l'école maternelle où ils s'étaient rencontrés. Ils agissaient souvent par mimétisme, toujours d'accord, toujours fonceurs, toujours unis. Paula le serra contre elle, Pierre faisait partie à part entière de leur famille. Ils prirent le chemin de la morgue. Paula et Seth découvrirent leur fils toujours vêtu de sa combinaison de surfeur. On lui avait fermé les yeux et il semblait dormir paisiblement, les deux mains croisées sur le ventre. Ses boucles blondes rebelles dépassaient d'un gros pansement rougi de sang qui lui serrait la tête, lui conférant un air de jeune loup de mer, parti à l'aventure dans une nouvelle contrée. Sous sa combinaison, le corps donnait l'illusion d'être intact. Le diagnostic était cependant sans appel : s'il avait survécu, Tom aurait été totalement paralysé, ses vertèbres cervicales étaient brisées.

Paula embrassa le front de son fils. Ses cheveux emmêlés sentaient les embruns, la mer. Sa peau était déjà froide. Paula se

Seth lut la dédicace, elle lui adressait un message. Il savait que la réponse était dans le livre. Il l'invita au restaurant. Elle déclina la proposition tout en le conviant à son tour à une conférence qu'elle donnait le soir même dans un amphithéâtre de l'université. Il acquiesça, il était bon joueur. Il irait partout dans la ville où elle le souhaiterait. Il s'était pris au jeu. Il savait qu'elle allait juger ainsi son intérêt pour elle. Il avait toujours aimé les livres et leur compagnie. Il possédait une immense bibliothèque, composée d'ouvrages anciens très rares et de nouvelles éditions. Il avait lu certaines publications de Paula sans l'avoir rencontrée. Son style l'avait interpellé, les mots étaient ciselés, travaillés au corps. Il se dégageait de ses écrits une délicatesse, une poésie, de la légèreté quel que soit le sujet traité. Il ne pensait pas un jour la rencontrer. Le hasard faisait bien les choses.

Le soir même, dans l'amphithéâtre déjà plein, il reconnut des personnalités en vue. Quel succès ! Paula donnait des conférences à travers le monde autour de ses romans et de leur création, elle récoltait des fonds pour différentes œuvres caritatives. Son aisance, son charme, son charisme captivaient le public présent. Elle leur parlait avec passion, intelligence. Ce soir-là, Seth aussi fut envouté. En partant, il glissa un chèque dans l'urne près de la porte de sortie. Paula le remercia d'un sourire chaleureux.

Pendant une dizaine de jours, Seth avait assisté à tous les événements organisés autour de la promotion du nouveau livre de Paula. Il avait traversé toute la ville, exploré des endroits inconnus et insolites. Il put découvrir les différentes facettes de Paula : l'auteure, la collectrice de dons, la femme engagée, la femme de cœur distribuant le soir la soupe aux sans-abris de la cité, proche de ses lecteurs, certains étant devenus des amis. Le dernier jour de sa promotion, Paula avait inversé les rôles et lui avait demandé à son tour son numéro de téléphone, en lui promettant de l'appeler dans quelques jours. Seth lui avait donné, confiant. Les quelques jours s'étaient transformés en mois : cinq exactement. Seth les avait comptés. Il était resté en *stand-by* et avait rompu tout lien avec ses anciennes conquêtes, ses amis ne le reconnaissaient plus. Il travaillait d'arrache-pied. Il attendait l'appel de Paula. Aucune femme ne l'avait jamais fait patienter aussi longtemps. Il était amoureux. Paula avait réussi à piquer sa curiosité, une envie de vivre autre chose qu'une simple passade d'une nuit. Sans nul doute, il aurait pu essayer de trouver son numéro personnel en contactant sa maison d'édition. Il ne le souhaitait pas, il voulait que le premier appel vienne de Paula.

Un soir, elle l'avait appelé, libérant les jours d'attente.

— Bonsoir Seth, comment allez-vous ?

— Bonsoir Paula, très bien, et vous ?

— Bien, merci, êtes-vous seul ?

— Oui seul face à la mer.

— J'adore la mer, elle m'a toujours apporté paix et inspiration.

— Que diriez-vous d'une balade à la plage ?

— J'accepte avec plaisir.

— Que diriez-vous de venir me rejoindre tout de suite ?

— Il fait presque nuit.

— Nous pourrons admirer un superbe coucher de soleil avec une coupe de champagne.

— Quel programme, j'adore. Je ne peux pas refuser.

— Je vous attends, vous verrez la grande maison blanche aux volets bleus au bout de l'Avenue de la Baie, près de la forêt de pins. C'est l'antre de votre serviteur.

— Bien noté, j'arrive !

Elle était arrivée, pieds nus, sandales à la main, dans un ensemble en lin blanc estival chi. Elle avait du style, de l'allure. Ils étaient descendus sur la plage et avaient marché sur le sable. Seth lui avait pris la main, elle ne l'avait pas retirée. Ils s'étaient assis face à la mer, avec une coupe de champagne, et avaient parlé des heures, refaisant le monde. Il s'avéra qu'ils avaient plus de valeurs et de passions communes qu'ils ne l'auraient cru.

Le coucher de soleil avait fait place à un féérique ciel étoilé qu'ils admirèrent. Seth sut à cet instant que sa vie allait être chamboulée : il voulait la partager avec Paula sans plus attendre. Il avait passé de nombreuses années à errer d'une conquête à une autre, de lit en lit, ouvrant les yeux parfois à côté d'inconnues dont il ne se rappelait plus le visage. Cette phase de sa vie était terminée. Il souhaitait se réveiller près de Paula, partager les choses simples de l'existence. Il eut peur de lui dire tout ce qui lui venait à l'esprit. Il ne voulait pas paraître trop rapide, trop encombrant.

Il avait laissé filer les minutes, défiler les heures, il regardait Paula. Ils s'étaient embrassés. Le premier baiser chaud, sensuel et tendre en appela d'autres. Ils étaient enveloppés par la tiédeur de la nuit, du sable, de la mer, l'atmosphère crépusculaire, la magie de la première fois quand les corps se cherchent, les mains explorent.

C'était l'un de ces moments hors du temps, charnel, ensorceleur que la vie offrait parfois. Ils se découvrirent sur la plage à la lueur des astres. Leurs corps magnifiés par les couleurs jaune orange mordoré du ciel, ils se laissèrent rouler au bord de la mer, emboîtés l'un dans l'autre. Ils firent l'amour, insatiables, jusqu'au petit matin. Le ressac des vagues léchait leur corps, les accompagnant dans de longs orgasmes. La pénombre avait été magique, les membres accouplés, emmêlés, enlacés gardaient la trace du sable et de leurs ébats de la nuit. La peau avait un goût salé. Les paillettes de roches s'étaient éparpillées sur les cheveux de Paula. Seth aimait sublimer le sexe, Paula était chaude, passionnée. Ils s'étaient trouvés. Seth se souviendrait toute sa vie de l'alliance entre leurs deux corps et les éléments naturels environnants. Des heures à se découvrir avec maintes émotions empreintes de douceur, un total abandon à l'autre et à ses désirs. Un voyage en terre inconnue, un nouvel univers de jouissances.

Un an après, sur cette même plage, ils s'étaient mariés au milieu de leurs familles, de leurs amis. Ils avaient échangé leurs alliances. Il leur semblait alors qu'ils venaient de se lier pour l'éternité. Ils étaient partis en lune de miel à Tahiti. Seth était aux antipodes des précédents partenaires de Paula de par sa sulfureuse réputation, de part de ses origines et son physique. Elle venait de rompre avec son dernier compagnon, un professeur d'université toujours tiré à quatre épingles, blond, au caractère pondéré en toute occasion. Seth était son opposé, brun, grand, à la silhouette sportive, au look de baroudeur, souvent dépareillé, fonceur, de nature extravertie.

Après de multiples aventures féminines, Seth souhaitait enterrer sa réputation de séducteur, de coureur de jupons. Il avait trouvé la femme de sa vie. Paula lui rappelait Luce, sa mère, elles se ressemblaient de par leurs engagements, leurs personnalités. Il s'était souvenu des paroles de Joseph, son père, qui s'était confié à lui, en lui révélant que les femmes telles que Luce étaient rares et que lorsqu'on avait la chance d'en rencontrer une et de la garder, ça n'avait aucun prix. Seth pouvait désormais appliquer dans sa vie ces sages conseils. Chaque jour, il découvrait de nouvelles facettes de Paula. Elle était toujours d'apparence calme, posée mais invariablement prête à déroger à l'ordre établi, à prendre des chemins de traverse, à se transformer en amoureuse torride, en lionne pour défendre son entourage. Cependant, elle tempérait le caractère de feu, volcanique, de Seth. Sous sa douceur se cachaient une grande détermination et une fermeté dans ses projets pour les fondations dont elle était porte-parole. Elle ne laissait jamais sans réponse quelqu'un qui lui avait écrit. Sa devise était de ne jamais oublier un être humain sur le bord du chemin. Elle n'autorisait à quiconque de lui barrer la route. Elle tenait tête à son mari quand il exagérait.

Tom avait été conçu à Tahiti vingt ans auparavant, il venait d'y trouver la mort. Cette nouvelle évocation de son départ enfonça un glaive dans le cœur meurtri de Seth. À cet instant, il ne put retenir ses larmes tout en serrant les mains de son fils. Paula vint près de lui. Il aimait Paula, il l'aimerait toujours. Il ne pouvait pas encore leur pardonner de ne pas avoir écouté ses nombreuses alertes au sujet de la vague Teahupoo surnommée la mâchoire Tahitienne. Il avait eu un pressentiment quand il avait conduit Tom à l'aéroport, en partance pour Tahiti. Il l'avait longuement regardé, gravant dans sa mémoire chaque détail de son visage et de sa silhouette. Il reprochait à Paula ses encouragements qui avaient peut-être poussé Tom de plus en plus vers ses extrêmes. La grande faucheuse était passée, il était trop tard. Seth était désarmé devant la mort de son fils, sans voix, les tripes à vif. Il se sentait vide et à la fois empreint d'une peine incommensurable. Un feu intérieur avait commencé à le consumer.

Paula lui prit le bras, ils devaient sortir. Pierre les accompagna pour organiser la cérémonie d'adieux qui aurait lieu sur la plage avec tous leurs amis surfeurs. Seth, mutique, suivait Paula et Pierre, le regard éteint, l'air hagard. Tom serait incinéré selon ses souhaits, ses cendres dispersées en pleine mer. Il avait une fois évoqué sa mort à Paula en formulant ce choix. Elle avait ri ce jour-là en ébouriffant ses cheveux, en lui disant « c'est toi qui m'enterreras. » Elle n'avait pas pris au sérieux ses paroles prémonitoires. À la morgue, elles lui revinrent en mémoire. Elle trouva un prêtre, Pierre contacta leurs amis présents à Tahiti. L'un d'eux proposa son bateau pour la cérémonie de la dispersion des cendres. Paula chercha des orchidées blanches, Tom aimait tant ces fleurs. Seth partit se recueillir sur les lieux de la mort de son fils. Paula avait compris qu'il voulait être seul, elle le regarda s'éloigner au volant d'une Jeep de location. Elle se sentait si désarmée, si abandonnée.

Deux jours après leur arrivée, ils assistèrent à la crémation du corps de leur fils. Un employé funéraire leur remit l'urne contenant les cendres de leur enfant. Seth la porta, Paula à ses côtés. Ils rejoignirent sur la plage Pierre et les amis de Tom. Tous les surfeurs présents à Tahiti, vêtus de blanc, s'étaient rassemblés, le sable était jonché de couronnes de fleurs locales. Ils firent une haie d'honneur pour rendre hommage à Tom. Quelques-uns prirent place avec Seth et Paula sur le catamaran pour la dispersion des cendres en mer. Le prêtre entama son oraison funèbre et des prières. Pierre prit la parole pour rendre un vibrant hommage à son meilleur ami. Paula remercia toute l'assemblée et lut avec peine un texte qu'elle avait écrit pour dire au revoir à leur fils. Seth exprima à son tour sa gratitude aux personnes présentes mais ne put parler plus longuement, sa voix se brisa, laissant place à des sanglots incontrôlables.

À la poupe du navire, Seth commença à disperser les cendres de leur fils puis ce fut le tour de Paula qui tendit l'urne à Pierre. Chacun des amis présents jeta une orchidée blanche à la mer. Des couronnes de fleurs locales et des petits bateaux en papier multicolore flottaient sur l'eau pour accompagner le départ de Tom. Il retournait à cette étendue qu'il avait tant aimée et parcourue à travers le monde. La mer, son antre, son royaume, son jardin secret, d'un bleu délicat magnifié par les rayons de soleil. La cérémonie belle et simple se termina par des chants et des danses traditionnels. L'onde et le vent étaient doux en cette journée de recueillement. Tom aurait aimé, il voulait un départ dans la joie. Seth et Paula contemplèrent longtemps les fleurs et les petits bateaux en papier flotter sur la surface de l'eau. Ils auraient aimé poser leurs âmes sur les flots, accompagner leur fils dans son dernier voyage. Ils avaient rendu leur enfant à la mer, à l'univers, entouré de poissons volants, anges gardiens des courants. L'eau semblait paisible, la lumière du jour scintillait sur sa surface, se mariant à la couleur blanche des fleurs. Des sourires s'esquissèrent à nouveau sur les lèvres des amis, Tom serait toujours présent parmi eux. Il était déjà une légende, les légendes ne meurent jamais, elles perdurent.

Dès le départ, Seth avait émis des réserves sur ce nouveau voyage en Nouvelle Polynésie et cette énième compétition de surf, avertissement que ni Tom ni Paula n'avaient pris en compte. Il connaissait la dangerosité de Teahupoo. Leur fils était un casse-cou, un sportif aguerri. Il pratiquait cette activité depuis son adolescence. Rien ne laissait présager sa mort soudaine.

Malgré son jeune âge, Tom était indépendant financièrement, des sponsors le soutenaient, dont une célèbre marque de vêtements de sportwear. Il était beau gosse, bronzé, des yeux bleus rieurs, des cheveux châtains bouclés, une grande silhouette athlétique rompue aux entraînements quotidiens. Il plaisait, il était mannequin à ses heures perdues pour financer ses projets. Celui qui lui tenait le plus à cœur était l'ouverture d'une fondation pour la protection de l'environnement et des espèces animales menacées. Il avait écrit les grandes lignes et entrepris de multiples recherches de dons. Son charme opérait en toute circonstance, de nombreux mécènes croyaient en son projet dont beaucoup de personnalités des Arts et du cinéma. Le jour de son décès, un journaliste avait écrit un article : Tom Goldstein, un talent foudroyé en plein vol, un protecteur engagé pour la planète disparaît.

Le soir de la cérémonie d'adieux et de la dispersion des cendres dans l'océan, Seth sortit de son mutisme pour reprocher la mort de Tom à Paula.

— Si tu ne m'avais pas contredit, si vous m'aviez écouté, Tom serait encore en vie. Tu l'as continuellement encouragé dans toutes ses aventures extrêmes. Il fallait le freiner.

— Seth, tes paroles sont injustes. Nous pourrions nous soutenir, pleurer notre fils ensemble sans nous déchirer.

— Désolé, je ne peux pas.

À ce moment-là, Paula aurait apprécié d'être épaulée. Ils avaient toujours été un couple solide. La mort de leur fils semblait les séparer. Peut-être parce qu'ils avaient à tout moment été une famille soudée, la perte d'un des membres laissait les deux restants déracinés. Elle aurait aimé qu'ils puissent se comprendre, s'aider mutuellement, se confier, se rappeler les moments heureux passés en famille. Elle se retrouvait seule face à sa douleur et son chagrin. En rentrant de Tahiti, le couple vécut sous le même toit comme deux étrangers, ne partageant plus que quelques repas, sans communiquer. Son mari restait mutique. Paula lisait sans cesse le reproche dans ses yeux. Pour la première fois de sa vie, elle se sentait désarmée, démunie face au regard de son époux. Elle percevait, elle entendait ses griefs. Ils étaient infondés.

Le matin, Paula attendait qu'il parte à la clinique vétérinaire et montait dans la chambre de Tom. Elle y passait beaucoup de temps, allongée sur le lit, fixant le plafond. Elle regardait le ciel étoilé, les planètes qu'elle avait dessinées quand il était encore bébé. Malgré son chagrin, elle souriait. Elle enfilait un vieux sweatshirt de Tom qu'elle n'avait pas lavé, souhaitant conserver l'odeur de son fils. Le vêtement était comme une seconde peau. Elle se rappelait Tom enfant à ses côtés sur le lit, énumérant les planètes avec elle.

— Mars, Jupiter, Uranus, répétait Tom.

— Oui, là, répondait-elle en pointant du doigt les astres cités au plafond.

Dans les tout premiers mois de sa naissance, Paula avait pris de nombreux clichés. Chaque jour, elle avait immortalisé des instants précieux, les toutes premières fois. La première fois où il avait souri puis froncé les sourcils et caché son visage derrière ses petites mains en riant. La première fois où il était parti à l'école maternelle avec son minuscule bonnet rayé à pompon. La première fois où il avait gagné sa première coupe, sa première médaille. Elle aimait regarder ces photos qui lui rappelaient de bons souvenirs.

Au retour de la maternité, le couple s'était senti un peu gauche en donnant le bain à leur bébé. Au fil des jours, ils avaient gagné en confiance, en assurance. Selon leurs plannings, Seth et elle s'occupaient de lui à tour de rôle. Seth changeait les couches de Tom, le lavait, lui racontait des histoires d'animaux de la savane, dans la jungle. Il adorait être devenu père, son nouveau rôle, père. La naissance d'un enfant est un moment d'émotions, inoubliable, une rencontre.

Paula aimait lire à Tom des comptines, des contes. Tom lui répétait à son tour les histoires entendues, avec son vocabulaire enfantin. C'était un gamin vif, rieur, d'humeur toujours joyeuse, curieux de tout, déjà casse-cou à l'époque. Elle aimait son énergie communicative. Après avoir laissé libre cours à ses souvenirs, Paula se levait et regardait chaque photo de son fils : à l'école, à la plage, à la montagne, dans le jardin avec son chien Goya. Il avait toujours été tel un cheval sauvage, emporté par la fougue, épris de liberté. Il aimait les grands espaces sans aucune barrière.

En sortant de la chambre de son fils, Paula pleurait, libérant son chagrin. Leur médecin de famille leur avait indiqué l'adresse d'un psychologue. Il animait des groupes de paroles pour des personnes venant de perdre un proche. Paula et Seth s'étaient rendus une seule fois ensemble à une réunion de ce genre. Le cabinet était situé dans un immeuble en béton, sans âme, au vingt-cinquième étage, une épaisse moquette marron recouvrait le sol, des plantes vertes et des aquarelles faisaient office de décoration; sur une table d'angle, une cafetière et une théière étaient à disposition des participants. Ce jour-là, le groupe était composé de dix personnes, les chaises étaient placées en cercle. Monsieur Daussy, le psychologue était assis en retrait. Il prenait des notes. La parole était donnée à chacun. Les nouveaux venus devaient se présenter. Paula n'avait pas aimé le faire.

Que dire? avait-elle pensé.

— Je m'appelle Paula. Je viens de perdre mon fils, Tom. Je suis mariée à Seth depuis vingt ans. La disparition de notre enfant nous plonge dans le chaos.

En réalité, ce jour-là, elle ne put prononcer que ces quelques mots :

— Bonjour, je m'appelle Paula. Je suis venue à cette réunion avec mon mari Seth, nous venons de perdre notre fils, Tom.

Elle sut que c'était la première et la dernière fois qu'elle se rendait à ce groupe de paroles. Elle avait observé chaque visage, n'avait pu se raccrocher à aucun des sourires ou des regards bienveillants présents. Au sein du groupe, Seth se montra loquace pour une première prise de parole. Il décida que ce collectif serait sa planche de salut. Paula préférait pleurer et se recueillir dans le silence de la chambre de son fils, au milieu de leur cocon familier.

Les considérations du monde entier, des lettres, des mails, des fleurs, des dessins d'enfants, des chèques affluaient, rendant hommage à leur fils, à son dévouement pour les causes qu'il défendait. Très touchés par ces marques de sympathie, de soutien, Paula et Seth répondirent à chacun des messages. Les donateurs seraient toujours présents pour la fondation Hope de Tom, au-delà de sa disparition tragique.

Paula se réfugia dans l'écriture, le silence et rompit toute relation amicale et familiale. Elle refusa toutes les invitations transmises par son attachée de presse. Et décida de ne pas retourner au groupe de paroles et de se mettre en mode *Off*. Elle parlait à Tom chaque jour. Il était à jamais son fils, son ange. Ils étaient tellement proches. Il était une partie d'elle-même, il l'habitait. Sans lui, elle se sentait vide, mutilée d'une moitié d'elle. Elle devait laisser libre cours à sa douleur, aux souvenirs.

Paula tenta de dialoguer avec Seth à maintes reprises, en vain.

— Seth, pouvons-nous essayer de discuter ?

— Parler de quoi ?

— De la mort de Tom, de nous, du futur.

— Désolé, je n'ai envie de débattre d'aucun de ces sujets.

Leurs conversations étaient quasi inexistantes. Seth restait sur ses positions. Il s'épanchait uniquement au sein du groupe de paroles, où chacun pouvait exprimer ses émotions enfouies au fond de lui. Aucune pensée n'était censurée. Paula croyait bien connaître son mari. Elle réalisa que jamais on ne connaissait réellement quelqu'un, même son propre conjoint. Ils avaient pourtant tout partagé, joies, peines, victoires, défaites et le plus important, la naissance de Tom. Elle n'aurait jamais pensé que leur lien se dissoudrait. Elle avait toujours cru que leur relation dépasserait chaque aléa de la vie. Depuis la mort de leur fils, les jours se suivaient, Seth et Paula continuaient à vivre sous le même toit en s'évitant. Seth voulut se séparer du chien de Tom qui lui rappelait trop son enfant. Paula refusa.

Le soir, Seth rentrait de plus en plus tard. Un matin, Paula sentit les fragrances d'un parfum féminin sur l'une de ses vestes et découvrit des traces de rouge à lèvres sur le col d'une chemise de son mari, abandonnée sur le sol de leur dressing. Le soir venu, elle ne lui fit aucune remarque. Le lendemain en fin d'après-midi, elle décida de le suivre discrètement à la sortie de sa clinique vétérinaire.

Elle le vit rentrer dans l'immeuble du groupe de paroles. Deux heures plus tard, il en sortait au bras d'une jeune femme. Paula la reconnut, elle avait perdu son mari quelques mois plus tôt. Seth et elle semblaient très proches. Elle avait son visage posé contre celui de Seth. Paula pensa : charmante thérapie. Seth semblait être retourné vers son ancienne addiction : les femmes.

Le lendemain matin, elle prit la décision de quitter la maison familiale. Après le départ de Seth, elle monta dans la chambre de Tom, rassembla quelques cadres photo, deux ou trois peluches rescapées de sa tendre enfance. Elle fit ses valises, remplit des cartons, y cala son ordinateur, ses derniers manuscrits, et prit la route avec Goya. Paula écrivit un mot très succinct à son mari qu'elle laissa sur la table du salon. L'heure n'était ni à la jalousie ni aux reproches. Elle devait s'arracher de la maison qui avait abrité leur bonheur, qui lui rappelait Tom à chaque instant. Elle entendait sa voix, le voyait dans chaque pièce. Elle n'avait plus aucune certitude. Elle ne savait pas si elle pourrait surmonter la mort de son enfant chéri, qu'elle avait porté pendant neuf mois d'osmose totale, la chair de sa chair.

Seth
Nous sommes devenus des étrangers. Je pars. J'ai besoin de me retrouver et de continuer d'être avec Tom à ma façon. Je t'embrasse. À bientôt peut-être.
Paula.

Ils avaient été heureux tous les trois dans cette maison, ils avaient connu un bonheur flamboyant qu'ils croyaient éternel, intouchable. Ils avaient oublié que la vie pouvait reprendre ce qu'elle vous avait offert. Ils étaient désormais en deuil, un chagrin qui les broyait, les brisait, les anéantissait, les rendait exsangues.

Paula quitta la ville en compagnie de Goya devenu son fidèle et affectueux compagnon. Devant le portail de la maison, Goya avait attendu de longs jours en vain le retour de son maître Tom. Au fil du temps, il sembla avoir compris que son ami ne reviendrait plus. Paula lui avait donné une ancienne peluche portant l'odeur de Tom pour le réconforter et le rassurer. Paula et Goya s'apportaient mutuellement de l'affection. Leur voyage en voiture dura plusieurs jours, ils faisaient des haltes dans des motels. Paula n'avait pas vraiment de destination en tête, elle roulait au hasard. Une petite voix lui avait conseillé de partir, elle se poserait quand le moment serait venu. Il lui fallait trouver une location où elle se sentirait à l'abri. Sur la route à plus de cinq mille kilomètres, elle s'arrêta dans un village côtier et entra dans la première agence immobilière.

— Bonjour, je recherche une maison à l'abri des regards, loin de toute agitation, à louer ayant un accès privatif à une plage pour un an environ. Avez-vous quelque chose à me proposer?

— Bonjour, oui, hors saison, c'est toujours plus facile, nous avons beaucoup plus de choix. Nous avons une villa, la Villa Eugénie, elle sera parfaite pour vous. Elle appartient à un couple d'Anglais, ils sont partis faire le tour du monde pour une durée de deux ans.

— Parfait, la villa est-elle bien face à la mer?

— Oui tout à fait, ses grandes baies vitrées vous offriront une vue magnifique sur la mer.

— Parfait, merci.

— Oui vous verrez, c'est une villa très cosy, meublée avec goût.

— Bien, préparez-moi le contrat de location. En attendant, je vais promener mon chien, faire quelques emplettes et boire un café.

Ce petit village côtier avec son unique épicerie-café et quelques rares commerces lui rappelait son enfance. Cette retraite hors d'une grande ville serait parfaite et salutaire. Elle avait besoin de recueillement, d'être au contact de Tom, de la mer. Goya semblait déjà apprécier le coin. Il jappait, remuait la queue en observant les mouettes. La responsable de l'agence la rappela au bout d'une heure alors qu'elle prenait son café.

— Madame Goldstein, vos papiers sont prêts. Vous pouvez passer, je vais vous indiquer comment vous rendre à la villa.

— Merci. Très bien, j'arrive.

Paula fit quelques achats et embarqua sur le ferry. Arrivée sur l'île, elle ne put manquer la Villa Eugénie. Surplombant la baie, la bâtisse se dressait, majestueuse, sur trois larges étages surplombés de terrasses, blanche, aux volets bleus rappelant la couleur de la mer, construite dans les années 1900, au milieu d'un immense jardin. Au premier étage, Paula choisit l'une des chambres ; au centre trônait un lit *king size*, un bureau moderne et fonctionnel se trouvait devant l'immense baie vitrée et la grande terrasse principale, Paula y installa son ordinateur et ses carnets de notes. Elle déposa les cadres photo de Tom, dans les différentes pièces de la villa. Le rez-de-chaussée se prolongeait par une loggia agrémentée de plantes odorantes, entourée par un jardin luxuriant ; citronniers, orangers, palmiers, cèdres se mélangeaient à des fleurs venues de tous les pays. Un ponton partant de la maison amenait directement à la plage. La villa était très vaste, les pièces étaient décorées avec goût par des meubles des années 1950. La bâtisse semblait posséder une âme apaisante. Sa couleur blanche se reflétait dans le bleu de l'océan. Mathilde, la responsable de l'agence immobilière, lui apprit qu'elle avait appartenu à un capitaine de marine marchande et son épouse artiste peintre et conteuse, puis à une célèbre actrice. Paula sentit de bonnes vibrations émanant des murs de la villa. Goya, étendu sur le dos au soleil, semblait déjà dans son élément.

Dès son arrivée, pour ne pas perdre le fil de sa vie, Paula instaura des rituels quotidiens et s'y accrocha pour essayer de continuer à vivre pas à pas, jour après jour, afin de ne pas sombrer encore plus profondément. Quelques jours après la mort de Tom, elle avait eu envie de mettre fin à ses jours. Dans un moment d'égarement, elle avait ouvert leur armoire à pharmacie et avait regardé longuement les flacons de comprimés. Elle avait vu le visage de son fils se refléter dans le miroir de la salle de bains, il lui avait parlé doucement :

— Non, maman, ne fais pas cela. Pense à papa, aux gens qui dépendent de toi à travers le monde, tu ne peux pas les laisser. Qu'adviendront-ils ?

Les traits de Tom s'étaient estompés, elle avait senti l'odeur de son parfum de toilette à base de vétiver. Après s'être aspergé d'eau le visage, elle avait repris courage, elle devait honorer ses engagements. À propos de Seth, elle n'était plus sûre des fondations de leur couple. Elle allait laisser filer le temps, elle verrait plus tard. Elle devait poursuivre les combats qu'elle avait commencé des années plus tôt, pour la liberté, les droits des femmes, le droit à l'instruction pour les petites filles dans certains pays où elles étaient opprimées et rabaissées, pour que les pauvres aient accès à l'eau et à la nourriture. Ses livres se vendaient très bien à travers le monde, plus de la moitié de ses revenus étaient redistribués au sein de fondations. Elle était depuis peu ambassadrice de l'ONU. Son fils Tom avait raison. Elle avait refermé la porte de l'armoire à pharmacie.

Tôt le matin, son premier rituel était un jogging le long de la jetée. Elle voyait les pêcheurs partir au large sur leurs bateaux. Elle aimait particulièrement regarder un voilier, pour ses couleurs et son nom *L'Espérance*. Il avançait, princier, sur la mer, fendant les flots. À la fin de son jogging, elle s'arrêtait à la pointe de l'île, et s'asseyait au bord de la falaise balayée par les vents. L'air vivifiant lui caressait le visage. Elle aimait admirer le lever du jour au lointain. . Les bateaux de pêche devenaient des points minuscules voguant sur l'océan. Dans le ciel d'un bleu pur, les mouettes s'ébattaient dans un joyeux ballet, accompagnées du passage des nuages. Ensuite, elles volaient en ligne droite très bas au-dessus des vagues. La sauvagerie de la côte, les différentes tonalités de gris des à-pics, les dunes abandonnées aux oiseaux en cette période de l'année, le ressac des vagues léchant les rochers de la falaise les sculptant, les patinant au fil des siècles correspondaient aux éléments dont elle avait besoin. Paula aimait rester là un long moment, isolée au milieu de la nature indomptable. La côte était encore préservée de la main de l'homme. Une baleine s'approchait souvent près de l'île le matin, les cétacés passaient au large habituellement, mais ne venaient pas si près. Paula avait reconnu la baleine amie de son enfance, Poppy.

Elle parlait à Tom. Elle revenait en marchant avec Goya, lui lançait une balle qu'il devait lui rapporter. Elle croisait parfois le facteur de l'île qui commençait tôt sa tournée. Il la saluait. Les gens du coin s'étaient habitués à la voir en compagnie de son chien. Il savait qui elle était, ils restaient très discrets et respectaient son intimité.

En rentrant, Paula buvait son thé face à la mer en répondant à ses mails. Puis elle descendait sur la plage. Du bout du ponton devant la villa, elle jetait chaque jour des fleurs blanches sur la surface de l'eau, en hommage à son fils, sa manière à elle de rester en communion avec lui. Elle regardait les boutons et les pétales flotter sur les vagues, emportées par les courants marins.

Chaque matin, ce rituel l'apaisait. Poppy la baleine s'éloignait pour regagner le large.

Paula était face à cette immensité qui lui avait pris son fils. Il fallait pardonner et se pardonner, Tom et elle avaient toujours eu une passion, un amour commun pour la mer. Elle leur avait apporté tant de joies. Paula ne pourrait trouver la paix qu'entourée de l'océan et de la nature sauvage. Sur cette île, elle se sentait reliée, connectée à son fils, il était présent. Il n'aurait pas voulu qu'elle baisse les bras, qu'elle tourne le dos à la mer pour s'installer dans une mégalopole sans âme.

Il aurait aimé qu'elle poursuive chaque combat pour les opprimés, qu'elle continue à écrire des histoires lues à travers le monde, à donner vie à des personnages de papier devenant êtres de chair et de sang au fil des mois de la conception de ses romans. Elle lui parlait souvent de ses héros, ils prenaient forme et vivaient parmi eux au fil des saisons. Ils devenaient bien plus que des êtres de papier. Elle avait commencé à lui décrire ses nouveaux personnages, Alex et Adèle. Elle lui lirait son prochain roman quand il serait terminé. Elle se remémorait son visage attentif, son corps tendu vers elle en signe de totale concentration et d'abandon. Au fil de sa lecture, elle voyait des ombres et des soleils dans ses yeux.

Depuis son adolescence, il était son premier public, son premier auditoire. Un jour, il était rentré du lycée et avait frappé à la porte de son bureau où la pancarte était tournée du côté « Ne pas déranger ». Il avait négligé le panonceau au plus grand bonheur de Paula qui avait, ce jour-là, besoin d'une bouffée d'oxygène, d'un avis sur un passage sur lequel elle butait depuis le début de l'après-midi. Elle avait parlé à Tom de la difficulté de sa phrase en suspens, Tom s'était installé nonchalamment dans le fauteuil face à son bureau. Du haut de ses quatorze ans, il lui avait répondu et donné un avis très constructif. Il était passionné de littérature depuis son plus jeune âge, entouré de livres, bercé par la lecture des grands classiques, des romans de sa mère, des histoires inventées par son père.

Cet après-midi avait été le début d'une bonne collaboration, Paula écrivait et demandait l'avis de Tom sur certains passages. Certes, il n'avait pas atteint la maturité, mais il était déjà capable de comprendre bien des choses de l'âge adulte, avec un regard neuf et intelligent. En contrepartie, Paula l'encourageait déjà dans son idée de créer une fondation et l'accompagnait à ses premières compétitions.

Seth était son deuxième lecteur et son chevalier servant dans toutes les soirées mondaines pour les différentes œuvres auxquelles elle participait. Dans leur existence, il était son alter ego, son âme sœur. Ils se vouaient mutuellement amour et respect dans toutes les décisions ou nouveaux projets. Leur vie familiale était pour tous les trois heureuse et épanouie. Seth essayait parfois de freiner Tom un peu trop casse-cou à son goût. Tom se contentait de sourire et de lui rappeler de ne pas s'inquiéter. La vie peinte en rose venait de laisser place aux ténèbres, à un sombre abîme. Seth et elle n'avaient jamais évoqué la mort dans leurs conversations, c'était un sujet qu'ils n'avaient jamais abordé. Elle était arrivée de plein fouet, anéantissant leur unité familiale.

Alex

Il regarda une nouvelle fois son portrait réalisé en noir et blanc par son père, trente ans auparavant : les yeux vifs, intelligents, une frange indisciplinée, des cheveux bouclés rebelles, une esquisse de sourire. Il avait pris la même pose que certains acteurs d'Hollywood. À cet âge-là, il n'était pas très original. Il était beau dans les yeux de son papa. Il sentait cet amour paternel encore palpable en regardant cet ancien cliché. Son père était pilote de ligne, ce qui permettait à toute la famille de voyager aux quatre coins du monde à des tarifs préférentiels. Alex gardait un souvenir inoubliable de son modèle, son héros.

Depuis son enfance, il aimait regarder décoller les avions. Ces grands oiseaux mécaniques qui se mettaient en branle, déployant leurs ailes pour atteindre les airs. Il prenait plaisir à imaginer les destins des hommes, des femmes, des enfants qui embarquaient. Où partaient-ils? Allaient-ils rejoindre quelqu'un? Quittaient-ils leurs racines? La terre devenait bientôt un point lointain. Certains fermaient les paupières, rêvaient. D'autres, les yeux ouverts, enregistraient chaque instant dans leur mémoire visuelle : un détail, l'atmosphère, l'odeur, les couleurs. Avant l'embarquement, des visages épanouis, joyeux, côtoyaient des mines fermées, tristes, pensives, des regards vifs, désabusés, heureux. Des corps s'animaient, allaient de l'avant, d'autres semblaient s'enraciner, rapetisser. Depuis qu'il avait lu Le Petit Prince de Saint-Exupéry, il était resté imprégné par ce passage du livre « Toutes les grandes personnes ont d'abord été des enfants ». Adulte, cette phrase était gravée dans ses souvenirs, il recherchait dans les visages adultes des traces de l'enfance. Il se sentait souvent comme le Petit Prince, parti loin de sa planète pour aller explorer les étoiles et qui rencontre une multitude de personnages. Alex croisait des visages dont il voulait saisir l'essence profonde.

C'étaient toujours les minois qui retenaient l'attention d'Alex, il y avait là une source d'étonnement, un détail à saisir à la volée en une fraction de seconde. Il n'aimait pas les artifices, le maquillage, les fards. Il appréciait les visages à l'état nu, brut. Enfant puis adolescent, Alex avait voyagé dans une multitude d'avions. Il adorait sentir qu'il quittait la terre. Il découvrait le monde et ses différentes cultures. Le territoire qui l'attirait le plus était le continent africain, terre mystérieuse, ensorceleuse, épicée, colorée, aux mille visages, aux mille masques. Son père lui avait offert pour ses quinze ans un appareil photo professionnel. Il transmit sa passion à son fils. Alex avait commencé à immortaliser ce qui l'entourait.

Adulte, il devint steward, il aimait le contact avec les gens qu'il rencontrait, les escales aux senteurs exotiques, les couleurs, les dédales des ruelles, les détours inattendus, les faciès, et leurs singularités. Son père mort, Alex s'était pris de passion pour les visages. La vie est couleurs, cependant Alex préférait réaliser ses photos en noir et blanc. Il faisait ressortir la profondeur, la vérité d'une frimousse dans son authenticité, son essence brute. D'un côté, il aimait le monde clinquant de la nuit, la fête, la musique à n'en plus finir, l'étourdissement, cet état second où les choses et les êtres se transforment dans les vapeurs de l'alcool et la fumée des cigarettes. Les paillettes disparaissaient à la levée du jour. Pour retenir l'obscurité et les artifices, il devint DJ le week-end et pendant son temps libre. Son délire était de faire monter les danseurs sur les tables pour la dernière chorégraphie. Il voulait s'emparer des premières heures ensommeillées du matin, blanches, bleutées, jaunâtres, rougeâtres selon les endroits du monde dans lesquels il se trouvait. La musique l'étourdissait.

Son père restait une source d'inspiration. Il lui avait transmis sa manière de photographier qui ne mitraillait pas, qui ne s'imposait pas, qui respectait le sujet. Alex continuait sa quête des visages pour raconter des histoires sans fards, sans paillettes. Il aimait les femmes dont la longue chevelure sauvage, rebelle devenait un personnage à part entière. Les épaules devaient être dénudées. Ce monde peuplé de portraits sans fioritures, sans faux semblants était diamétralement opposé au milieu de la nuit éphémère, masqué, maquillé de mille couleurs, habillé de lumières.

Alex n'était pas satisfait de sa vie, il s'était marié sur le tard, deux fils étaient nés de cette liaison. L'union se solda par un divorce. Sn épouse n'aimait pas ses blagues, elle n'appréciait pas son humour. Quelques années plus tard, l'un de ses deux fils se prit à son tour de passion pour la photographie. Il aimait les *sunlights*, le monde de l'apparat, les mannequins maquillés et pomponnés, sous les lumières artificielles.

Alex était heureux derrière l'objectif de son appareil photo quand il captait fugacement une expression, un sourire, une fossette. Il se sentait alors apaisé, en dehors du temps qui le pressait au quotidien. Il professait dans les assurances. Son métier l'angoissait, mais lui permettait de vivre très à l'aise : de fréquents voyages, une magnifique voiture, une villa sur la côte basque, de beaux appareils photo à la dernière pointe technologique, des safaris photos en Afrique. En développant ses pellicules, il découvrait d'infimes détails qui ne lui étaient pas apparus dans l'éclat du jour ou dans la lumière filtrée par les persiennes. Il lui semblait avoir effleuré ou touché délicatement l'intimité de la femme ou de l'homme qu'il avait photographié. Il souhaitait réunir ses portraits dans un livre sans page de fin. Saisir sur le vif ces visages le transcendait.

Il abordait ses modèles un peu n'importe où, dès que les traits l'interpellaient. Il aimait passer quelques heures en compagnie de sa muse du moment, se promener avec elle dans un parc, un musée. Il parlait de lui, de son père, de sa famille, de ses amours déçus, de sa passion pour la photographie. Il avait dans sa sacoche ses derniers clichés de femmes et d'hommes, des photos d'animaux sauvages prises lors des safaris en Afrique qu'il s'offrait plusieurs fois par an. L'Afrique et ses mystères cachés, ses fauves rois de la savane, princes et ducs, cour ensorceleuse.

Il pouvait observer des heures au lever ou au coucher du jour un animal afin de saisir un mouvement, un regard, une attitude, un frémissement de ses muscles.

Alex prétendait aimer profondément les autres de façon altruiste. Il détestait la solitude. Les jours où il ne travaillait pas, il s'adonnait à la photographie, partait à la recherche de lieux propices où il pourrait immortaliser les visages rencontrés : usines, bâtiments désaffectés, péniche, bateaux abandonnés, vieilles maisons. Il appréciait les surfaces patinées, polies par le temps et les saisons, les tonalités de gris, de bleu, de rouge délavés.

Adèle

Une femme nue, l'eau coule le long de son dos, détend son corps. Elle ferme les yeux, et effleure de ses doigts le carrelage frais de la paroi de la douche. Elle se sent entre deux rives, entre ici et quelque part, un ailleurs encore inconnu, mais qui l'attire de plus en plus. Disparaître au coin d'une rue. Elle touche les cicatrices qui l'accompagnent, qui font partie d'elle. Elle a appris à les aimer, à vivre avec elles.

La veille, un inconnu l'a abordée, il souhaitait photographier son visage dans le lieu qu'elle voudrait. Il ne fallait pas qu'elle soit maquillée, les épaules devraient être dénudées. Comment pouvait-on vouloir conserver l'empreinte d'un visage qui va bientôt disparaître ? Adèle avait accepté de le suivre dans un café pas très loin. Il pleuvait. L'homme ne lui plaisait pas, trop sûr de lui, l'insupportait, trop prévisible. Néanmoins, elle était auteure, cette rencontre pouvait être source d'inspiration. Elle lui dit qu'elle était danseuse. Son allure longiligne, élancée, sa démarche déliée donnaient le change. La serveuse les avait installés près d'une fenêtre à demi cachée par un lourd rideau en velours rouge cramoisi. Une bougie éclairait leurs visages en projetant des ombres sur les murs.

L'inconnu lui demanda s'il pouvait lui montrer son book. Elle acquiesça, l'œil curieux, captant ce qu'elle traduirait en mots sur des pages blanches en rentrant. Les femmes photographiées avaient toutes de longues chevelures, des crinières rebelles et sauvages, des visages faisant penser à des chattes, des lionnes, des panthères. Elles jouaient avec le regard et l'objectif du chasseur d'images. Adèle n'avait pas de toison derrière laquelle se cacher ou folâtrer. Elle portait les cheveux courts à la Jean Seberg. Elle ne savait pas jouer avec le regard des photographes ni avec celui des hommes en général, son jeu était ailleurs que dans la séduction. Elle était une souris qui se cachait. Le photographe aimait sa singularité, l'éclat de ses yeux bleus, sa fossette qui se dessinait quand elle souriait, la forme bien tracée de sa bouche. Cependant, il lui avait fait observer que son cou était flétri. Sa remarque l'avait amusée. Toujours les apparences, à la limite, il faudrait s'excuser du passage du temps, gommer les imperfections, faire constamment disparaître ce qui n'était plus neuf, lisse. Elle pensa à tous ces visages liftés, aux bouches qui ne pouvaient plus sourire, aux lèvres figées.

Quand Adèle se regardait le matin, elle ne voyait ni laideur ni beauté. Elle avait changé, elle ne pouvait pas rattraper les choses, les ans, les amours, les rêves. Ces derniers temps, elle se sentait souvent au bord d'une falaise, d'un précipice. Un pas de deux très serré dont elle ne connaissait pas la fin.

Les vapeurs de la douche avaient laissé de la buée sur les vitres de la chambre. Adèle y écrivit le prénom des membres de son entourage, afin de sentir qu'ils étaient bien là quelque part, qu'ils lui apportaient de la chaleur. La vue des voisins accompagnant leurs enfants à l'école lui fit éprouver un pincement au cœur. Sa famille lui manquait dans cette grande ville tentaculaire.

Léo

Léo avait toujours aimé la mer, sa surface mouvante semblable à un grand miroir reflétant la voûte, les astres, les oiseaux. Il adorait être sur son bateau entre ciel et eau. Il se sentait libre et en paix au milieu des océans.

La nouvelle locataire de la Villa Eugénie l'intriguait. De loin, depuis le pont de son bateau, il la voyait lancer du bout du ponton des fleurs blanches vers les vagues qui flottaient sur l'eau dans un silencieux ballet. Léo trouvait ce geste beau et poétique. Il connaissait chaque pièce de la Villa Eugénie, son passage secret qui menait au sous-sol. Sous la maison, à cinq mètres de profondeur, se cachait une seconde villa invisible.

La légende racontait que le fantôme de l'actrice Jane Eugénie habitait encore la demeure. Ce bout de côte, cette île était son foyer à jamais, son port d'attache qu'elle avait toujours préservé dans sa vie. Jane avait usé de son nom, de son aura d'actrice internationale pour sauver des dizaines d'existences. Elle lui avait révélé à lui, innocent gamin, les secrets de la villa. Avec Jane, il pouvait être lui-même. Elle avait remarqué très tôt son goût pour les déguisements, elle le laissait toucher ses étoles, ses nombreuses robes de soirées, de cocktails, ses escarpins à talons hauts, ses chapeaux. Quand Léo se grimait, elle l'encourageait toujours. Il apprenait des bouts de rôles de pièces de théâtre qu'elle connaissait sur le bout des doigts. Certains après-midi, ils jouaient tous les deux, se donnant la réplique comme s'ils allaient réellement présenter leur œuvre le soir même. Jane Eugénie lui avait ouvert les yeux sur d'autres horizons, littéraires, culturels, théâtraux, d'autres civilisations.

Il aimait la regarder se maquiller. Il l'aidait souvent à rassembler ses longs cheveux en un lourd chignon. Il adorait les coiffer, le doux bruit régulier de la brosse, les boucles rousses soyeuses qui s'enroulaient, rebelles, leur couleur flamboyante. Sa tignasse était sauvage, indépendante, les coups de peigne essayaient de la discipliner. Jane Eugénie Williams, double culture anglaise et française, une femme simple au quotidien, d'une beauté fraîche et naturelle qui devenait sublime et magnifique, le visage maquillé, les cheveux arrangés en de délicates coiffures, le corps mis en valeur par des créations féeriques de savants couturiers, maîtres des soieries, des mousselines, des lamés et des paillettes. Elle cédait tout à Léo, sa bouille angélique, ses yeux bleus si doux, si demandeurs d'attention la faisaient fondre.

Chez lui, son père régnait en maître, patron marin-pêcheur de fils en fils, toujours parti dès l'aube en toute saison. Son équipe le considérait comme un héros, depuis le jour où il avait sauvé l'un d'eux d'une mort certaine lors d'une forte tempête. Il était le pêcheur qui attrapait les plus beaux spécimens le long de la côte. Sa réputation n'était plus à faire, ses meilleures prises étaient cuisinées par des chefs reconnus et servies aux tables de restaurants quatre étoiles. Pendant les grandes vacances d'été, Léo devait l'aider. Les poissons morts, le sang qui sortait de leurs bouches, leurs yeux fixes grands ouverts sur le néant le mettaient mal à l'aise. Il avait la nausée, des frissons, son père ne s'en doutait pas. Il pensait léguer son affaire et ses employés à son fils, c'était dans l'ordre des choses familiales depuis des générations.

La mère de Léo était morte jeune. Léo ne se rappelait plus très bien son visage. Pour ne pas l'oublier, il regardait souvent des photos d'elle dans les albums et un peu partout dans leur maison. L'amour de sa mère lui manquait, il rêvait fréquemment d'elle. Petit, il aimait écouter les berceuses qu'elle lui chantait, les histoires qu'elle lui racontait avant de s'endormir, la gaieté qu'elle répandait dans la bâtisse et les jours gris. Son père, un homme rustre et renfermé, qui s'ouvrait difficilement aux autres était resté veuf et n'avait pas souhaité se remarier. Une de ses sœurs habitant sur l'île faisait le ménage, la cuisine et essayait d'apporter un peu de joie dans le quotidien de son neveu. Léo était attaché à sa tante qui n'avait jamais quitté l'île pour se rendre sur le continent; la nouveauté, le monde l'effrayaient. Elle s'était attribué la place de mère de substitution. Entouré de son père et de sa tante repliés sur eux-mêmes, ses escapades chez Jane Eugénie représentaient une respiration, un souffle d'air frais de renouveau, de découverte. Jane Eugénie le comprenait, l'écoutait, le faisait rire, le conseillait. Ils couraient sur la plage avec le chien de Jane. Jane ressemblait à ses papillons d'été virevoltant autour de vous, porteurs de délicatesse et de liberté. Les battements d'ailes de papillons apportaient de la poésie dans la vie de Léo. Le petit garçon était attentif à chaque bruissement d'ailes. Ils fabriquaient des châteaux de sable et les ornaient de coquillages trouvés sur la plage. En sa compagnie, Jane Eugénie ne pensait plus à son âge, oubliait les artifices, ses rôles, ses films, ses pièces de théâtre. Elle profitait de l'instant présent à côté de Léo qu'elle aimait comme son second fils, sur cette île qu'elle adorait, loin du continent.

La tante ne voyait pas d'un bon œil les visites de Léo chez l'étrangère comme elle l'appelait. Léo avait inventé une histoire, il racontait qu'il effectuait des menus travaux et s'occupait du jardin chez Jane Eugénie. Il gagnait ainsi de l'argent de poche. Une fois par mois, une petite librairie ambulante venait du continent par le ferry. Léo guettait le camion jaune, le cœur palpitant. Quels trésors allait-il trouver?

Il avait découvert le petit camion jaune grâce à Jane Eugénie. Quand elle n'était pas sur le continent pour tourner un film, jouer dans une pièce de théâtre, donner une conférence, elle aimait dévorer les livres. Elle en apportait des malles entières. Les ouvrages étaient comme de multiples amis toujours disponibles pour voyager. Elle lisait le jour et la nuit, elle était insomniaque. Elle aimait que le silence de l'obscurité l'accompagne dans ses découvertes livresques, l'emportant vers des mondes, des univers insoupçonnés. Elle avait entendu parler du petit camion jaune par sa gouvernante. Sur le côté, son propriétaire, le libraire ambulant, avait calligraphié «*Le livre volant...*» C'était une invitation au voyage, à l'ailleurs, aux surprises, à l'ouverture de tout imaginaire. C'est ainsi que Jane emmena Léo à l'embarcadère pour guetter l'arrivée du camion jaune. Louis, le libraire, avait dans le passé, géré une grande librairie à Paris, il préférait désormais sillonner les routes, pour apporter aux gens des moments de bonheur. Il avait un mot gentil pour chacun et avec le temps, cernait les envies de chaque lecteur ou lectrice. Quand il vit pour la première fois Léo, il sentit en lui un jeune loup des mers avec une grande soif d'aventures. Il se prit d'affection pour le petit garçon. Il aimait parler avec Jane Eugénie qui l'invitait à déjeuner lors de ses venues sur l'île, leurs yeux brillaient en citant des passages d'auteurs. Louis considérait Jane Eugénie comme une grande sœur, la séduction n'avait pas de place dans leur relation. Léo ne perdait pas une miette de leur conversation, il essayait de retenir certains passages.

Grâce à ses lectures, il comprit que la mer n'était pas seulement un vivier de poissons, mais qu'elle pouvait permettre de fabuleux voyages, qu'elle avait donné naissance à de grands aventuriers épris de découvertes, de liberté. Il avait pris une grave décision qu'il cacha à son père, il voulait devenir un grand explorateur, un grand navigateur. Il garda en lui ce rêve qui lui permit d'avancer dans ses jeunes années parce qu'au bout se trouvait l'espérance d'une autre vie que celle qui lui était destinée par les siens. Il n'aimait pas regarder les poissons, l'œil mort hagard, agoniser sur le pont du bateau de son père. Il préférait observer les poissons libres, majestueux dans leurs couleurs, fendre les flots. Il avait compris très jeune que les fonds marins étaient des lieux précieux à préserver, il avait lu beaucoup de livres sur les murailles de corail, la conservation des espèces.

De par ses choix de lectures, Louis le poussait toujours vers son rêve et l'arma au fil du temps pour qu'il devienne plus tard réalité. Léo dévora *les contes de Perrault, de Madame Le Prince de Beaumont, les contes fantastiques d'Edgar Allan Poe, Gulliver de Jonathan Swift, Don Quichotte, le Dernier des Mohicans, les Mille et une nuits*. Il voyageait à travers la planète et les siècles, se forgeant un esprit vif, curieux et ouvert vers les autres. Il laissait ses livres chez Jane Eugénie, il avait un coin à lui dans la vaste bibliothèque de la villa. C'était son royaume, il en était le prince et sa bienfaitrice, la reine. Quand elle était absente, la gouvernante lui ouvrait les portes de la villa. Il y était chez lui.

Depuis leur disparition, sa mère, Jane Eugénie, Louis avaient pris place parmi ses fantômes personnels qui voyageaient avec lui au gré de ses aventures. Léo avait appris avec le temps qu'à travers la planète, beaucoup d'humains vivaient avec leurs fantômes bienveillants dictant, guidant leur choix. Léo avait atteint ses rêves et accepté l'homme qu'il était. Il était devenu un grand navigateur, un loup des mers, son île natale était comme elle l'avait été pour Jane Eugénie, son antre et son centre de vie. Entre deux courses en solitaire ou en équipe, il venait s'y ressourcer. Il avait vu de nombreuses fois le fantôme de Jane Eugénie se promener sur l'île, il pouvait capter son parfum si singulier, inventé sur le continent par un grand nez. Il entendait son rire, voyait un morceau d'étole vaporeuse disparaître au coin d'une ruelle de l'île. Léo aimait que les fantômes soient présents autour de lui, chacun d'eux occupait une place privilégiée. Ils étaient des êtres chers qui lui avaient donné des racines, ouvert les yeux sur la possibilité d'une autre vie, façonné l'homme qu'il était devenu.

Il avait été le second fils de substitution de Jane Eugénie qui avait perdu le sien suite à une tuberculose qu'aucun médecin n'avait pu soigner. Cette femme si libre, si indépendante lui avait donné de l'amour, un amour inconditionnel qui n'attendait pas de retour, un amour qui lui avait donné des ailes pour s'envoler. Elle l'avait pris sous sa protection. Elle l'avait guidé. Elle lui parlait rarement de son fils décédé, elle lui avait montré des clichés en noir et blanc, elle appelait son fils mon doux ange. Elle l'avait fait inhumer sur l'île à côté de son mari sur une petite colline près de la Villa Eugénie loin des regards des photographes et des journalistes qui la suivaient presque toujours sur le continent. Elle voulait qu'ils soient près d'elle, qu'ils soient ensemble. Quand elle était sur l'île, elle se recueillait chaque jour sur leur tombe, selon l'heure ou le moment de la journée, elle leur lisait des extraits de livres, de poèmes, des extraits de pièces de théâtre. Elle leur décrivait les fleurs du jardin à leur éclosion au printemps, à leur épanouissement en été, le vol des mouettes, les oiseaux migrateurs. Elle leur disait que l'île était calme et belle sous les différentes couleurs du ciel. L'île serait toujours un cocon pour eux, pour elle un lieu de recueillement.

Parfois, Léo l'accompagnait, il aimait le petit cimetière où elle avait choisi d'enterrer son mari et plus tard son fils. C'était un coin où la paix vous enveloppait de son doux manteau, bien au chaud, loin de toute agitation des pensées et des villes. La tombe était blanche et simple, orientée vers la mer. Une épitaphe ornait la tombe : « À mes doux anges. »

Un soir d'été où le jardin de la Villa Eugénie était resplendissant de couleurs, où dans l'air des fragrances fleuries se mélangeaient aux embruns et au pin, Jane Eugénie sentit une présence près d'elle. Elle reconnut, comme toutes les mères l'auraient fait, l'odeur de son fils qu'elle avait porté en elle, nourri au sein et serré dans ses bras. Elle se retourna, son fils William était là, avec son visage d'ange parti trop tôt. Elle l'écrasa contre elle, et lui murmura des mots d'amour venus des siècles anciens.

Jane Eugénie avait hérité du don de médium de sa grand-mère maternelle. Elle vit son fils en paix, la maladie l'ayant quitté. Il courait, jouait, s'était fait des amis, vivait dans une maison entourée d'autres enfants. Son père s'occupait de lui avec amour et tendresse. Elle fut heureuse de savoir son fils apaisé. Mère et fils restèrent blottis l'un contre l'autre à regarder les étoiles, emmitouflés des châles de Jane Eugénie. À l'aube, William rejoignit son père dans l'autre monde. Jusqu'à la mort de sa mère, il lui rendit visite. Il resta toujours le petit garçon qu'il était quand il avait quitté cette galaxie. Il vit les traces du temps laisser leur passage sur le visage et le corps de sa mère. Il la trouva toujours belle.

Jane Eugénie l'imagina maintes fois adolescent et homme. Quelques minutes avant son dernier souffle, Jane Eugénie vit son fils William et son mari Hugo à son chevet ; ils lui sourirent, la quiétude l'envahit et elle décida qu'elle pouvait partir les rejoindre. Ses deux fils adoptifs, Léo et Tangui avaient tracé leur route et pouvaient la poursuivre sans elle. Elle s'en alla heureuse, elle quitta sa chambre, la main dans celle de son fils et son mari, les deux amours de sa vie. Elle n'avait pas peur, elle était sereine, prête au passage entre les deux univers. Toutes ces années, elle avait côtoyé l'autre monde, elle ne l'appréhendait pas. Ils allaient être à nouveau tous les trois réunis.

Léo regrettait de ne pas encore avoir pu racheter la Villa Eugénie au neveu de Jane Eugénie. Plus que quelques mois d'attente et il serait à même de lui faire une bonne offre financière. Les îliens savaient que le couple d'Anglais songeait à s'installer définitivement à Sydney près de leur fille. Jane Eugénie avait oublié de changer son testament en la faveur de Léo alors qu'elle voulait le faire depuis quelque temps, elle était morte quelques jours avant son rendez-vous chez son notaire. Elle laissait souvent les papiers ou les actes quotidiens suspendus dans le temps, les remettant toujours au lendemain.

Léo remarqua que la nouvelle habitante de la Villa Eugénie aimait rester longuement sur la jetée, le regard perdu vers le lointain. Enfant et adolescent, la digue était son coin de prédilection, il se tenait debout face à l'océan, en osmose, en communion avec la nature environnante, aventurier en herbe, Robinson Crusoé des temps modernes, capitaine en escale, loup des mers. Il remplissait ses poumons de l'air marin, de l'odeur des pins, il écartait les bras et les jambes, les deux pieds bien ancrés sur la terre, et il hurlait : je suis le Capitaine Léo. Sa voix faisait écho, rebondissait sur les parois sculptées, patinées des cailloux centenaires.

Quand il faisait beau, du haut des rochers, il plongeait dans la mer. Il était dans son élément, heureux, la mer était maternelle, source de bonheur, communion. Léo faisait corps avec elle. Il avait appris la plongée sous-marine, il adorait descendre dans l'antre de l'océan, rencontrer les bancs de poissons, des espèces rares, évoluer à leurs côtés, admirer ce monde secret.

Un jour, il voguerait sur les mers à bord d'un grand bateau blanc. Le voilier serait Prince fendant les flots majestueusement. Léo remporterait des courses autour du monde. Louis venait de lui offrir un livre d'Éric Tabarly, racontant la Transat de 1976 à bord du Pen Duick VI. L'imagination de Léo s'était emballée, l'avait projeté aux quatre vents de la planète, vers des contrées inconnues. Son avenir se dessinait.

Une nouvelle passion était née pour l'architecture et les croquis de bateaux. Les lectures se faisaient techniques, ardues, l'élève s'accrochait, persévérait. Dans l'équipe de son père, il trouva une aide précieuse auprès d'un ancien ingénieur qui avait pris un virage professionnel à 180 ° en devenant marin pêcheur pour revenir sur son île natale. Léo laissait ses carnets de croquis et ses dessins techniques à la Villa Eugénie. Son père ne devait pas connaître sa nouvelle passion, il n'aurait pas compris. Léo devait prendre sa relève, un point c'est tout. Il n'y avait pas à discuter.

Jane Eugénie lui avait apporté du continent une table à dessin et le matériel nécessaire. Louis lui offrit des manuels spécifiques sur la construction de bateaux. L'ami ingénieur orientait, conseillait, lui apprenait le dessin technique. Léo avait une double vie, il la vivait comme une double identité : Léo le futur navigateur et Léo l'apprenti marin pêcheur. La passerelle entre les deux Léo était la mer, nourricière de ses envies d'avenir. Léo rêvait de voiliers, de catamarans construits sur mesure pour lui, de coques, de mâts, de courses à travers les océans. Jane Eugénie croyait en lui, elle était sûre que plus tard il réaliserait ses fantasmes. L'île encourageait les vocations, la création.

Seth

En rentrant, Seth avait lu le mot écrit par Paula, il tenait toujours la feuille entre les doigts. Il avait mal agi en ne lui parlant pas ces dernières semaines. Il l'aimait, elle était le soleil de ses jours depuis leur rencontre. Il avait apprécié chaque jour passé en sa compagnie, parfois il lui avait fallu faire des concessions qu'il avait faites avec plaisir. Leur maison sans elle, Tom et Goya, était vide et silencieuse. Paula lui manquait déjà.

Seth se leva du canapé et se rendit sur la terrasse pour regarder le coucher de soleil. Auparavant, le crépuscule était accompagné de rires, de musique, de conversations, de vie dans la grande villa familiale. Ce soir-là, Seth resta indifférent au spectacle, il le considéra pour se raccrocher à un élément familier dans un quotidien anéanti par la perte de son fils et le départ de son épouse, essayant de rassembler le puzzle des anciens fragments de sa vie en miettes.

Depuis la cérémonie de la dispersion des cendres en mer et le retour à la vie coutumière, il essayait d'avancer pas à pas chaque jour. Il devait continuer les combats de son fils et de sa fondation pour la défense de la planète. Harassé de travail entre les cours qu'il donnait à la faculté et sa clinique vétérinaire, il n'avait pas toujours été présent comme il l'aurait souhaité. Il devait rattraper le temps perdu et reprendre le flambeau, se raccrocher à quelque chose qui permettrait de continuer à vivre et donnerait un nouveau sens à sa vie. Tom et Paula étaient le centre de son monde, ils étaient ses sources de joie, d'amour. Il aimait être près d'eux. La mort de son fils avait fait tout exploser.

Il n'avait pas su consoler son épouse Paula, il n'arrivait pas à parler de la disparition de Tom avec elle. Il l'avait accusée d'avoir participé par ses encouragements à cette tragédie. Il était conscient que ses paroles étaient injustes, cruelles, infondées, prononcées sous l'emprise de la colère, de l'angoisse, de la peur. Il n'avait pas assuré le jour de l'annonce de la mort de Tom, il le savait, il n'en était pas fier. Depuis une fêlure, un vide immense l'habitaient. Il se sentait au bord d'un précipice, et ne voulait pas tomber dans un abîme sans fin. Il s'accrochait afin de ne pas sombrer plus profondément.

Le groupe de paroles était sa planche de salut. Il pouvait entendre, écouter les autres histoires de deuils. Il pouvait parler de son Tommy, comme il le surnommait parce qu'ils étaient des étrangers. Il n'était capable d'évoquer sa mort qu'aux séances de du groupe, il était devenu proche d'une jeune femme, Sarah. Il aimait sa présence calme. Elle venait de perdre son mari. Perdre ne voulait pas dire grand-chose, il était le verbe explicatif que l'on posait après le départ d'un être cher : j'ai perdu, nous avons perdu. Sarah avait besoin de lui, elle était tellement démunie. Seth l'écoutait, la conseillait. Cela l'empêchait quelques instants de penser à Tom et à Paula. Il savait que la femme de sa vie avait besoin de lui, pour le moment, il ne pouvait pas faire face au chagrin de Paula, miroir du sien.

Seth arrivait tout juste à montrer de l'empathie quelques heures par semaine, à l'écoute des autres membres du groupe de paroles. Sarah avait pris l'habitude de s'asseoir à ses côtés dans le cercle des participants. Après une séance chargée en émotions pendant laquelle elle avait raconté la longue maladie de son mari, puis son décès, elle l'avait invité à boire un café. À cet instant, elle avait besoin d'une épaule fraternelle, d'une présence différente de son cercle familial et amical, d'être près de quelqu'un qui était neutre, qui ne la connaissait pas, avec qui elle pourrait peut-être parler de la pluie et du beau temps sans la lourdeur du drap noir qui enveloppait désormais son quotidien, sa vie. C'est ainsi qu'en la raccompagnant en bas de chez elle, elle avait appuyé longuement son visage et ses cheveux tout contre le tissu de la chemise et de la veste de Seth, déposant des traces de rouge à lèvres et de fond de teint. Seth ne les avait pas remarquées et avait laissé traîner ses vêtements comme à l'accoutumée. Sarah n'avait pas osé inviter Seth à monter à son appartement, elle avait attendu un signe quelques instants, elle avait eu envie un fragment de seconde de se retrouver nue, caressée à nouveau, dans les bras d'un homme, désirée, aimée. Sa présence la réconfortait. Elle avait imaginé leurs corps dépouillés, enlacés, oublié quelques minutes le chagrin sans vraiment l'occulter, le poser là quelques moments dans un coin du logement. Ne pas tromper le deuil, juste prendre une petite pause. En relevant son visage, elle avait lu dans les yeux de Seth toute la souffrance de la perte qu'il avait subie, il n'y avait pas d'appel, de circonstance possible pour le déposer, son regard était celui d'un homme blessé, à vif. Après avoir raccompagné Sarah au bas de son immeuble, Seth avait marché au hasard des rues de la ville, perdu dans ses pensées, sous l'emprise de son chagrin. Il avait laissé libre cours à sa souffrance, permit aux larmes de jaillir. À cette heure tardive, il avait croisé peu de passants, aucun n'avait prêté attention à cet homme solitaire déambulant d'un pas pressé.

Depuis sa lumineuse rencontre avec Paula, il n'y avait plus de place pour d'autres femmes, d'autres aventures. La tentation était partout, des ex lui tendaient encore les bras. Le jeu de la séduction ne l'attirait plus. Paula occupait tout son être, elle était en lui, dans sa chair. Son parfum, sa voix, son allure, ses rires étaient tatoués sur sa peau à jamais, inscrits dans chaque parcelle de sa mémoire, de son ADN. Ils avaient savouré la rareté de s'être trouvés. Pour la première fois de sa vie, Seth se sentait démuni. Il aurait dû parler à Paula au lieu de s'enfermer dans un mutisme forcené, elle ne serait pas partie. Il ne pouvait pas vivre sans elle, il lui fallait du temps pour se reprendre. Ce luxe, peut-être ne l'avait-il déjà plus devant lui, Paula souhaitait probablement désormais qu'ils se séparent. Il s'attendait chaque jour à recevoir des papiers de divorce à signer. Il n'était pas rassuré.

Seth se servit un verre, il ne pouvait pas faire les questions et les réponses, ce serait comme sombrer dans la folie, dans un état second. Il regarda une photo sur le piano, prise lors d'un gala caritatif. La presse les appelait le clan Goldstein. Ils figuraient presque toujours à trois sur tous les clichés de presse. Ils affichaient un bonheur parfait, ils étaient beaux, élégants, enviés dans certains foyers moins nantis. Quand la mère de Seth venait leur rendre visite, elle posait avec eux devant les photographes. À la tête d'une confortable fortune, Luce avait décidé à la mort de son mari de se retirer en Afrique où elle soignait des malades atteints par le sida. Elle avait mis sa richesse à disposition d'une fondation caritative pour plusieurs projets de créations de dispensaires et d'ailes spécialisées dans certains hôpitaux. Luce et Paula s'appréciaient, partageant des valeurs communes.

Seth n'avait pas voulu lui annoncer la mort de Tom par téléphone, la santé de sa mère le préoccupant depuis quelques mois. Il la sentait fatiguée, affaiblie. Il souhaitait se rendre en Afrique à ses côtés pour lui apprendre doucement la disparition de Tom et pour lui demander conseil pour renouer sa relation avec Paula. Elle avait, tout au long de sa vie, accompagné son père dans l'ombre, alors qu'elle était une chercheuse renommée. Luce avait fait passer sa famille avant elle en toutes circonstances, elle était heureuse quand ils étaient réunis.

Rasséréné à l'idée de rendre visite à sa mère, Seth put penser sereinement à son fils. Seth lui avait inculqué dès son jeune âge sa passion, son respect pour la nature, l'environnement et les animaux. Il fallait protéger les espèces en voie de disparition, d'où l'idée de Tom, de créer sa fondation pour la survie de la planète.

Après une période de retrait rythmée quelques heures par semaine par les réunions du groupe de paroles, Seth sentait qu'il devait passer à l'action. Il allait reprendre le flambeau, déléguer des clients à son assistant et le nommer associé. C'était un jeune homme bosseur, volontaire, dévoué, de milieu modeste, il méritait cette promotion. Seth se relèverait de ses cendres, des cendres qu'était devenue sa vie. Paula avait fait le choix de partir loin de lui, ne trouvant aucun salut dans ses silences. Il respectait et comprenait cette décision, tous les trois, ils s'étaient aimés, continueraient à s'aimer à jamais, à travers le temps et les frontières de la vie et de la mort. Rien ne pourrait les séparer, peut-être fallait-il que Paula et lui pansent leurs plaies chacun de leurs côtés pour se retrouver. Il l'espérait. Il avait laissé des messages restés sans réponses sur le portable de Paula pour la prier de l'excuser, pour renouer le lien.

Il décida de passer désormais ses nuits dans la chambre de Tom, pour être avec lui parmi ses objets familiers, ses coupes, ses grigris, ses photos, ses planches de surf. Il s'allongea et s'enveloppa du duvet de son fils. Il regarda le plafond de la pièce décoré des planètes dessinées par Paula. « Sur laquelle d'entre elles es-tu parti, fils ? Je n'ai pas toujours su te le dire, je suis fier de toi, de tes engagements pour la protection de la planète. J'étais souvent inquiet pour toi, tu avais décidé de vivre ta vie à fond, pleinement, chaque jour était un nouveau challenge. Fils, respect pour toutes tes passions. J'aurais aimé te voir vivre plus longtemps, me survivre, nous accompagner de ta présence solaire. Tu es parti vers une autre rive, tu seras toujours présent en nous, autour de nous. Tes rires, tes sourires éclatants nous accompagneront toujours, ta mère et moi. Fais-nous des signes, éclaire notre chemin de vie. Tu resteras toujours un aventurier, un baroudeur, un jeune loup des mers tenant tête à des multinationales sans scrupules détruisant la planète et ses espèces rares afin de spéculer, gagner chaque jour plus d'argent, transformant la planète en une vaste poubelle, sacrifiant sur l'autel de la gloire et de l'argent des populations entières et des espèces en voie de disparition. Je te promets de me battre chaque jour de ma vie pour tes combats qui étaient les miens à la base à plus petite échelle. Je te promets que le sigle de ta fondation Hope sera reconnu de tous par ses actions en faveur de la conservation de la terre, du droit des populations à rester sur leurs terres ancestrales, contre la déforestation. Il y a tant à faire, je vais me jeter dans cette bataille. Je vais te rendre hommage à présent. Ta mère Paula doit te parler chaque jour, être à tes côtés. Nous sommes séparés sans l'être, l'amour prend parfois des virages incertains, mais sa force fait que les êtres se retrouvent. J'aime ta mère, elle m'aime. Nous avançons pas à pas dans un long couloir, la lumière sera au bout, je l'espère, nous arriverons à l'atteindre tous ensemble. Je t'aime, fils. »

Seth ferma les yeux, des larmes coulèrent sur son visage. Les sanglots étaient quotidiens, ils étaient nécessaires, un passage obligé, lui semblait-il, dans une longue reconstruction. Il espérait que viendrait le jour où l'acceptation de la mort de son fils susciterait sérénité et le tarissement des sanglots. Au plus intime de lui-même, il attendait ce moment de paix, de résurrection. Le chemin serait encore long pour l'atteindre.

Il se rappela les premiers mois de son fils, Seth avait aimé regarder Paula nourrir Tom au sein. Ses années d'errance amoureuse étaient bien terminées, il avait créé une famille avec Paula. Il souhaitait être un père responsable, à l'écoute des siens. Le soir, Paula et lui restaient autour du berceau de Tom, émerveillés, attendris d'avoir donné vie à ce petit être. Ils étaient heureux, enlacés à côté de leur enfant. L'avenir était devant eux. Il y aurait tous les apprentissages de la vie, ils seraient là pour tenir la main de leur fils, l'épauler, le guider. À ce stade de ses souvenirs, Seth défaillait, la blessure de la perte se faisait plus intense. Un verre de whisky à la main, il titubait, errait dans les pièces vides de leur grande villa, n'y trouvant aucun refuge, aucun salut. Il était en train de brûler, de se consumer.

Certaines nuits, il entendait le rire de son fils, humait l'odeur de son parfum, des embruns de la mer. Il sentait une main douce et aimante lui caresser le visage. Dans ses rêves, Tom était revenu à la maison, et jouait un air de musique sur sa guitare. Ils chantaient à l'unisson, tapant des pieds et des mains. Paula dansait autour d'eux. C'était une belle veillée familiale.

Il laissa plusieurs soirs de suite des messages de demande d'excuses sur le portable de Paula. Elle ne le rappelait jamais. Il se décida à lui écrire un long mail.

Présences

La présence rassurante de Seth lui manquait, elle avait pris l'habitude au fil des années de lui confier ses doutes, ses interrogations, ses joies, ses tristesses. Leurs échanges faisaient leurs forces, ils s'encourageaient, se conseillaient, prenaient toujours le temps le soir pour se retrouver autour d'un verre sur la plage ou d'une tasse de chocolat chaud au coin d'un bon feu. C'était un rituel qui leur permettait de rester en osmose. Parfois, ils se disputaient, aucun d'eux ne voulant céder sur certaines décisions. Ils bataillaient avec fougue. Puis ils se regardaient et éclataient de rire. Ils étaient complices et amoureux. Leurs corps se cherchaient et s'épousaient. Après vingt ans de mariage, la magie était toujours présente, intacte. Ils s'endormaient lovés l'un contre l'autre, se réveillaient, se possédaient, leurs deux corps toujours assoiffés, chauds, attirés l'un vers l'autre. Les caresses étaient brûlantes, les bouches gourmandes, leur sexe offert à l'autre sans pudeur. Ils se retrouvaient parfois le jour, lors de rendez-vous dans une chambre d'hôtel, à des heures incongrues où les autres travaillaient. Dentelles, accessoires, fleurs, champagne, nouveaux jeux de séduction étaient inventés, menant voluptueusement son partenaire à l'orgasme. Ils aimaient pimenter le quotidien.

Paula se sentait coupable de penser à leur sexualité passée alors qu'elle venait de perdre son fils. Peut-être était-elle un rappel de la vie, de leurs corps vivants, en osmose à cette époque, parfaitement connectés.

La nuit, seule, allongée au milieu de l'immense lit dans un quasi-silence rythmé par le ressac des vagues, les souvenirs affluaient, son corps n'était que douleur, son cœur se serrait à en mourir. Le chagrin la happait. Elle était brisée comme si une lame de fond l'avait emportée dans les airs et propulsée vers les rochers afin qu'elle y succombe. Elle avait froid, elle avait peur. Elle serrait contre elle l'une des peluches de Tom, imprégnée de son odeur. Goya ressentait son chagrin. Il gémissait, grimpait sur le lit et s'installait à ses côtés. Quand Tom était encore bébé, Seth et elle aimaient le placer au milieu d'eux sur leur grand lit, le regarder gazouiller, s'amuser, leur sourire, s'éveiller à la vie.

Parfois, Paula arrivait à dormir une heure ou deux. Elle rêvait, elle voyait une femme qui apprenait à marcher à un petit garçon sur la plage. La femme portait une belle longue robe en dentelle couleur ivoire et un chapeau de paille à larges bords duquel s'échappaient de soyeuses boucles rousses. Elle était pieds nus, les vagues léchaient le bas de sa robe. Son visage aux grands yeux verts, parsemé de taches de rousseur, respirait la joie de vivre. La femme riait, Paula aimait son rire joyeux et communicatif. Les nuits où elle rêvait de la femme à l'enfant, elle se réveillait plus sereine. Elle sentait près d'elle une présence bienveillante. Les nuits sans ce rêve étaient agitées, lui renvoyaient toujours l'image angoissante d'un corps sans vie rejeté par les vagues sur la plage dont elle ne voyait pas le visage.

Le jour, plongée dans l'écriture de son nouveau roman et de ses personnages, Alex et Adèle, il lui semblait percevoir la même présence que la nuit, près d'elle. Elle sentait une fragrance de parfum rare et envoûtant dans certaines pièces. Un matin, en revenant de sa promenade avec Goya, elle aperçut de loin une silhouette de femme sur le ponton de la Villa Eugénie. Un autre jour, elle crut voir un morceau d'étoffe orange disparaître en haut de l'escalier qui menait aux combles.

Depuis son arrivée à la Villa Eugénie, Paula sentait de bonnes vibrations dans chaque pièce. Sa planche de salut était l'écriture. Elle ne connaissait pas le syndrome de la page blanche. Son imagination était toujours en éveil, débordante. Elle se réveillait la nuit pour griffonner de nouvelles phrases, de nouvelles idées sur un des carnets, qu'elle avait glissés un peu partout dans la maison, dans sa voiture et dans ses sacs. Elle préférait écrire les prémices de ses romans de cette façon puis elle rassemblait ses différentes notes et idées sur son ordinateur. Le récit était lancé, elle tapait chaque jour plusieurs pages selon son inspiration. Ses nouveaux personnages faisaient partie de son quotidien pour une période pouvant aller de plusieurs mois à plusieurs années selon les projets. Ils l'habitaient, Seth et Tom avaient l'habitude de cohabiter avec eux. Passionnée, elle leur parlait souvent de ses nouveaux compagnons de route à qui elle donnait vie, Tom parlait de la mer, de sa fondation, des compétions à venir, Seth parlait des animaux qu'il avait soignés.

Tom n'entrerait plus dans son bureau pour lui donner son avis. Il était tout près d'elle, souriant sur une photo qu'elle avait prise l'année dernière, disposée dans un beau cadre placé sur son bureau. Il y brandissait une coupe gagnée après une compétition de surf, le sourire aux lèvres, le regard brillant, il était éclatant de beauté, de vitalité, de joie. Paula parlait à voix haute à son fils disparu, encore si présent autour d'elle, des tribulations de ses personnages. Elle maintenait le lien avec lui.

Au dîner organisé par Mathilde, la propriétaire de l'agence immobilière, Paula fit la connaissance des principales figures locales qui lui souhaitèrent la bienvenue, sans lui poser de questions indiscrètes. Paula apprécia. Mathilde lui présenta son meilleur ami qu'elle considérait comme un frère, Léo, le propriétaire du voilier l'Espérance, et les plaça à table face à face. Ils se parlèrent spontanément comme s'ils se reconnaissaient. Le courant passa très bien entre eux. Léo remarqua que Paula avait une personnalité similaire à celle de Jane Eugénie, cultivée, raffinée, accueillante, indépendante. Paula était d'une beauté plus méditerranéenne, Jane était d'une beauté nordique. Le visage d'un ovale doux de Paula lui fit penser à un pastel de Marie Laurencin. Toutes les deux étaient des femmes gracieuses. Le métier d'auteure de Paula ne le surprit pas. La Villa Eugénie avait toujours abrité des esprits créatifs et novateurs, épris de liberté. Léo laissait Paula orienter la conversation vers les sujets de discussion qu'elle désirait. Elle aborda le décès de son fils Tom. Léo était attentif, il sentait une telle douleur transparaître dans la voix de Paula.

— Tom nous a quittés, il y a quelques mois, suite à un accident de surf.

— Je comprends. Est-ce à lui que vous jetez chaque matin des orchidées blanches à la mer ?

— Oui, c'est un instant de communion dont j'ai besoin, un moment pour nous, un rendez-vous quotidien au-delà de la barrière du temps et de l'espace. Les orchidées blanches étaient ses fleurs préférées. Tom a tellement aimé la mer depuis ses premiers pas. Je me souviens de ses premières brasses dans l'océan, il avait appris à nager durant l'année précédente à la piscine municipale. Il s'était baigné, joyeux, il était dans son élément.

Soudain, elle eut les larmes aux yeux, sa voix se brisa. Léo lui caressa amicalement la joue.

— Tout doux, je serai là pour vous à chaque fois que vous aurez envie de vous confier, de parler. Vous pouvez pleurer, vous reposer sur mon épaule. Il y a toujours de l'espoir dans la vie, un nouveau jour, un nouveau commencement. C'est pourquoi j'ai appelé mon voilier l'Espérance. Je suis passé par bien des pertes, des drames dans ma vie, je me suis toujours relevé. Avec le temps, tout doucement, vous y arriverez. La Villa Eugénie et cette île sont deux lieux qui vous y aideront. Ce sont deux endroits magiques où la résilience est possible.

— Il est vrai que je sens de bonnes ondes dans les pièces de la Villa Eugénie. Je perçois autre chose.

— Comme quoi ?

— Vous allez penser que je suis folle ou originale.

— Non, allez-y. Je suis tout ouïe.

— Je sens des présences amicales.

— Lesquelles ?

— Un couple et son petit garçon. Depuis quelque temps, ils peuplent mes rêves. La jeune femme est rousse, elle apprend à marcher à son enfant sur la plage face à la Villa Eugénie. Le couple rit, ils ont l'air si heureux et amoureux. J'ai aperçu de loin cette femme sur le perron de la villa, je sens son parfum, un parfum de rose délicat, léger, aérien. Les nuits où je me noie dans ma peine, elle arrive, je m'endors pour quelques heures apaisantes, momentanément délivrée de mon angoisse.

— Rassurez-vous, vous n'êtes pas une originale. Je comprends ce que vous me décrivez. Je vous raconterai l'histoire de la Villa Eugénie.

— Avec plaisir!

Paula se sentait bien en compagnie de Léo et des autres autochtones, loin de la ville. Seth continuait à lui manquer. Ce dîner innocent et convivial lui aurait certainement plu. Les îliens étaient des gens simples, à l'écoute amicale et bienveillante. Venue du continent, il y a quelques années, Mathilde était à son aise parmi eux. Elle avait installé son agence dans le plus proche village côtier desservi par le ferry et avait acheté une maison sur l'île. Elle faisait les trajets quotidiennement. Le matin même, elle avait vu les journaux avec à leur une la photo de Paula, sous-titrée par cette question *: où est passée la célèbre romancière Paula Goldstein?* Elle ne lui en avait pas parlé pour la préserver, les îliens continueraient à protéger son intimité. Rien ne filtrerait au-delà des rochers de l'île.

Le dîner se poursuivit tard dans la soirée. À l'aide d'une lanterne, Léo raccompagna Paula à la Villa Eugénie. L'île n'était pas éclairée la nuit, la lumière du phare au loin, fidèle gardien, était un repère dans l'obscurité. Ce dîner avait fait du bien à Paula, avoir à nouveau des contacts avec d'autres personnes, avoir pu aborder simplement la mort de Tom avec Léo l'avait soulagée. Léo la laissa sur le perron de la villa en lui souhaitant une bonne nuit. Paula gagna son bureau et écrivit une partie de la nuit. Elle entrecoupa son écriture de moments d'observation au télescope du phare au loin, elle avait toujours aimé les phares, repères pour les marins, les aventuriers, les migrants qui traversaient les océans à la nage, espérant atteindre une terre plus accueillante que celle où ils étaient nés. Les phares ; anges gardiens dans la nuit.

Au petit matin, elle contempla le lever du soleil sur la mer. Tom était sûrement quelque part en train de nager ou de surfer. Elle sourit à cette pensée. Elle était certaine que son Tom continuait l'aventure sur une autre rive. Elle appela Goya pour leur promenade quotidienne. Elle n'était pas seule à cette heure très matinale. Le voilier de Léo, *L'Espérance,* sortait de la baie pour prendre le large. Léo s'entraînait pour une nouvelle course qui aurait lieu dans le Pacifique. Il aperçut loin la silhouette vêtue de blanc de Paula. Poppy la baleine effectuait sa balade quotidienne près de la côte.

Avant de partir pour son jogging et se promener, Paula avait lu ses mails. Son éditeur lui indiquait que la boîte de messages de son portable était pleine et qu'il ne parvenait pas à la joindre. Depuis son arrivée, elle avait laissé son téléphone au fond de son sac. Qui pourrait venir la chercher sur cette île? Elle savait que les îliens respectaient sa vie, son intimité, le récent décès de son fils, son retrait. Ils l'avaient accueillie comme étant des leurs, l'introduction par Mathilde l'avait aidée. Son acceptation du mode de vie simple de l'île lui plaisait. Elle n'avait pas envie de parler de contrats d'édition, de fixer une date de parution pour son nouveau roman, d'être harcelée par les questions des journalistes. Elle était en mode *OFF* et continuerait à l'être un bon moment.

Seth lui avait envoyé un mail qu'elle n'avait pas encore ouvert, certainement par crainte. Elle avait peur qu'il parle de rupture, de divorce, de colère, d'un nouvel amour. Son aphasie pesante l'avait plongée dans un profond désarroi, elle en avait terriblement souffert. Depuis son arrivée sur l'île, cette déchirure s'était calmée, transformée peu à peu en acceptation. Elle avait perdu son fils, peut-être que la vie voulait aussi lui reprendre l'amour de sa vie. Elle trouvait du réconfort dans l'écriture de son roman, son esprit était occupé à la construction de l'intrigue, des personnages. La douleur qui la transperçait était palpable, mais mise en sourdine quand elle composait. Accompagnatrices de ses jours, ses séances d'écriture étaient sa planche de salut. Paula se recentrait grâce aux mots.

En rentrant le soir au port après ses entraînements quotidiens, Léo avait pris l'habitude de faire un saut à la Villa Eugénie pour parler, boire un verre ou dîner. Il appréciait Paula, son côté naturel et bohème, sa simplicité. En son honneur, Paula s'était remise à la cuisine. Ils dînaient ensemble. Il lui racontait ses exercices quotidiens, ses courses en solitaire ou en équipe à travers le monde, des anecdotes de voyages, des bribes de vie. Physiquement, Léo était le contraire de Seth, blond, bronzé, un visage buriné par le soleil, des yeux bleu clair, un corps râblé, musclé, rompu à toute épreuve. Sa présence réconfortait Paula, lui offrait chaque jour un peu de compagnie, de compréhension. Léo était un personnage simple, empreint d'empathie, d'humanité, de nonchalance, de détachement de tout sentiment galvaudé.

Paula aimait ses visites en fin de journée. Elle interrompait l'écriture de son nouveau roman à son arrivée. Léo avait pris l'habitude de préparer le feu dans la grande cheminée du salon. Paula aimait regarder ses gestes qui la ramenaient à son enfance et aux moments heureux en famille. Léo coupait le bois, installait du papier journal froissé, mettait le tout en équilibre et allumait le feu. Les flammes rougeoyaient, au loin la mer rugissait. Ce coin devant l'âtre incitait les confidences, les vraies confessions que seuls de vieux amis peuvent comprendre et écouter. Ils aimaient la compagnie de l'autre. Leur amitié faisait partie des hasards de la vie, des authentiques attachements qu'elle offre.

Un soir, Léo lui raconta son enfance partagée entre sa maison familiale, sa famille rigide et austère, sans respiration et la Villa Eugénie, lieu de liberté, d'émancipation. Il lui parla avec amour, affection et tendresse de Jane Eugénie, sa seconde mère, mère de cœur, toujours présente à ses côtés. Il lui semblait qu'elle veillait sur lui, encore plus pendant ses courses en solitaire. Comme eux, elle aimait la mer, cette île loin de tout, elle avait été passionnée par son métier. Comme Paula, elle avait perdu un fils, elle avait erré de longs mois dans les longs couloirs de la douleur, des ténèbres. Elle n'avait jamais coupé le lien avec son fils et son mari, près d'elle sur l'île, ils avaient toujours été présents. Elle les voyait courir sur la plage, se cacher dans la forêt de pins voisine, rire dans la cuisine, jouer avec le chien sur le sable, galoper, les cheveux au vent. Elle avait continué inlassablement à leur parler, à les entendre, à les écouter au-delà de la barrière de la mort, à entretenir leurs mémoires.

Leurs chemins s'étaient croisés maintes fois, son fils William lui avait dit qu'il était en paix, lui avait assuré que dans ce nouveau monde, il ne souffrait plus. À l'écoute de ses paroles, le cœur de Jane Eugénie s'était apaisé. Avec Léo, la sphère de l'enfance avait pris un nouveau visage, il était un oiseau aux ailes entravées par sa famille et Jane les avait libérées. Elle n'avait jamais cessé de l'encourager, de le porter, de l'assister. Présence solaire à ses côtés, elle avait, de sa baguette magique, parsemé de paillettes d'or les moments gris sans saveur, sans odeur. En sa compagnie, les jours étaient devenus flamboyants, chevaux sauvages courant libres, fougueux dans de vastes plaines. Sa grâce, son rire, son originalité avaient réenchanté la vie de Léo.

Paula aimait l'écouter parler de Jane Eugénie qu'elle aurait adoré connaître, elles seraient sans nul doute devenues amies. Leurs personnalités les auraient réunies. Léo lui révéla que Jane Eugénie était toujours présente à la Villa et sur l'île. Paula lui confirma que dès son arrivée dans cette demeure, elle avait senti une présence amicale, bienveillante. Chaque îlien avait aperçu Jane Eugénie un jour ou l'autre. Elle faisait partie de l'île, de l'histoire locale, elle faisait corps avec ce coin de terre perdu au milieu de l'océan bien loin de son pays natal. Durant leur rituel du soir, ils sentaient qu'ils n'étaient pas seuls, entendant le bruissement d'une étoffe, des chuchotements. Un parfum d'iris flottait autour d'eux.

Jane Eugénie était souffrante quand Léo était parti pour sa cinquième course en solitaire, elle l'avait rassuré, une grippe indéniablement, rien de grave. Elle ne souhaitait pas que Léo annule sa présence à la compétition, il avait passé de longs mois à se préparer avec son équipe, travaillant l'architecture du bateau, s'entraînant durement. Jane Eugénie le rassura, elle serait en pleine forme à son retour. Elle était certaine qu'il gagnerait une nouvelle fois et lui rapporterait une belle coupe qui aurait sa place dans la grande bibliothèque. Jane Eugénie était la mascotte et la marraine de l'équipe technique, adorée par les membres pour sa gentillesse et ses bons conseils. Elle les invitait souvent à résider à la Villa Eugénie qui se transformait alors en une joyeuse colonie de vacances studieuse pour adultes. Jane Eugénie aimait la jeunesse, elle appréciait que les pièces de la villa s'emplissent de rires, de bruits, de gais dîners, d'effervescence, de chahut, d'idées nouvelles. Durant la journée, elle respectait les heures studieuses de travail de l'équipe de Léo. Un gong les prévenait de l'heure du dîner, Jane Eugénie aimait les recevoir à sa table, ils refaisaient volontiers le monde en sa compagnie pendant de longues heures.

Elle avait toujours pressenti que son protégé irait au bout de ses rêves, au dépassement de lui-même pour les atteindre. Léo avait gagné cette course au péril de sa vie, il avait manqué de percuter un iceberg au cours de la nuit. Son trimaran avait été légèrement endommagé, mais avait tenu par miracle jusqu'au bout.

Il avait essuyé une énorme tempête au large des Philippines qui n'était pas prévue dans le plan météorologique. Son équipe était sur terre, il pouvait les joindre à tout moment. Cependant, il était seul au milieu de l'immensité de l'océan. Après une succession de nuits éprouvantes, il aimait regarder le disque orange du soleil qui se lève sur l'eau. Instant magique empli de poésie, unique à chaque apparition.

À la barre de son trimaran, il était maître à bord, et au sein de cette mer qu'il aimait tant. Chrono en main, il était responsable du temps. Peu lui importait les éléments climatiques, il se programmait dès le départ de la course pour la victoire. À l'aide d'un coach et d'un entraîneur, il avait développé un mental d'athlète. Son équipe travaillait toute l'année sur les dernières avancées technologiques, de nouvelles configurations. La vitesse était importante pour un sprinter des mers. Un bon constructeur les accompagnait depuis le début de leur aventure. Tous étaient devenus des amis au fil des années, une seconde famille. Ils passaient à peu près dix mois sur douze ensemble aux quatre points cardinaux de la planète. Léo n'avait jamais changé d'équipe, chaque personne avait son importance, chacune dans sa spécialité. On ne changeait pas une équipe qui gagnait.

Au milieu de la mer, Léo pensait déjà à son nouveau voilier réalisé sur mesure en train de naître sous les coups de crayon d'un architecte, alliage de vitesse, de légèreté, de puissance. Les bateaux ne restaient pas souvent dans leur configuration initiale. Le progrès allait vite. Son équipe pouvait se faire dépasser. Elle devait veiller au moindre détail qui permettrait de faire la différence sur la mer. Les groupes adverses étaient à leur image, très bien structurés. Ils étaient tous à l'affût des dernières innovations technologiques qui donneraient à leur bateau une puissance inégalée pour fendre les flots à la vitesse maximale. Il fallait toujours une continuité dans les efforts, ne jamais se faire distancer, ils se surpassaient depuis des années. À chaque victoire, Léo expliquait aux journalistes qu'elle n'était pas individuelle, mais collective. Car il s'agissait bien de collaboratif, d'hommes soudés ayant les mêmes aspirations, aimant la mer, la liberté, la vitesse plus que tout.

Chaque été, ils partaient ensemble et prenaient le large en bateau. Dans ce temps imparti pour se retrouver et souffler, il n'était plus question de course à la rapidité ni de gagner. C'était un temps à eux pour partager l'amitié, la découverte, communiquer avec la nature environnante, la faune aquatique. Jane Eugénie les avait accompagnés plusieurs fois malgré son âge. Elle était restée sportive, svelte et aimait être la seule femme de la bande des loups des mers. Elle les appelait ses matelots, ils lui répondaient : bien, mon capitaine! Léo lui avait offert une belle casquette, elle y enfouissait ses longs cheveux rebelles. Des mèches s'échappaient et lui conféraient grâce et beauté. Le temps avait à peine touché à ses traits, il l'avait épargnée de ses abîmes, du poids des ans. À cette époque, elle ne jouait plus que pour le théâtre, refusant dans la majorité des cas les rôles proposés pour des films ou des séries télé. Elle préférait les planches à la caméra. Le public continuait à se déplacer en masse pour assister à ses pièces. À chaque fin, elle les saluait, reconnaissante. Elle aimait ces retrouvailles avec ses spectateurs. Elle se donnait complètement à chacun de ses rôles, elle mettait à nu son âme sur les plateaux. Elle gardait cependant un côté secret auquel ses nombreux admirateurs n'avaient pas accès.

Jane Eugénie aimait l'air du large, le vent, les embruns, suivre le ballet des dauphins, la compagnie de Léo et ses amis, profiter du temps avec ses êtres chers. C'était cette image que Léo souhaitait garder d'elle à jamais, celle d'une femme qui avait éclairé sa vie par sa présence solaire. Il avait gagné sa cinquième course en solitaire et remporté la coupe pour Jane Eugénie. Quand il était arrivé sur l'île, il avait trouvé sa fidèle gouvernante l'attendant sur le ponton de la villa. Elle pleurait, Léo comprit que Jane Eugénie les avait quittés. Il monta dans sa chambre et la découvrit sur son lit. Elle reposait en paix, les mains jointes, dans une magnifique robe en dentelle, ses cheveux avaient été nattés. Un papillon blanc se posa sur le rebord du verre d'eau laissé sur la table de chevet. Léo y vit un signe, un clin d'œil de Jane Eugénie étalée sur son oreiller en lin. Elle avait été et resterait son beau papillon enchanteur et merveilleux. Léo avait toujours pensé que leur rencontre, leur longue entente tenaient du merveilleux, de la magie de la vie, de l'amour désintéressé. Ils s'étaient trouvés et reconnus. Jane Eugénie l'avait attendu, son cœur fatigué avait cessé de battre une heure avant son retour sur l'île.

Jane Eugénie avait toujours indiqué à Léo qu'elle souhaitait un enterrement dans l'intimité, sans reporters, sans photographes. Il respecta ce désir, quelques fidèles, ses matelots étaient autour d'elle. Elle rejoignit ses deux petits anges dans le caveau familial sur l'île. Léo déposa symboliquement sur la tombe sa dernière coupe dans laquelle il plaça des roses blanches. Il resta seul à côté de la sépulture, assis sur le banc en pierre face à cette sépulture et à la mer, perdu au milieu de ses pensées, de leurs souvenirs communs, jusqu'au coucher du jour. La gouvernante lui rapporta que Jane Eugénie avait entendu qu'il avait gagné la course en solitaire. Elle avait serré très fort sa main et avait souri. Puis elle avait perçu un soupir, Jane Eugénie s'était éteinte dans cette maison et cette île qu'elle avait tant aimées. Elle allait rejoindre ses deux amours. Elle était partie sereine.

Quelques mois plus tard, au milieu d'une nuit glaciale et agitée, Léo, épuisé, s'était endormi à la barre de son bateau. Cela aurait pu lui être fatal. Dans son demi-sommeil, il avait senti une main prendre fermement le gouvernail et entendu la voix de Jane Eugénie lui murmurer doucement à l'oreille : ne t'inquiète pas, petit, je suis là. Au matin, quand il s'était réveillé, la tempête était terminée. Son bateau avait été épargné par le grain. Il continuait son petit bonhomme de chemin sur la bonne route. Léo trouva la casquette de Jane Eugénie sur le pont. Après le papillon blanc, c'était un second signe qu'elle lui envoyait. C'est à ce moment-là qu'il sut que Jane Eugénie serait toujours à ses côtés, elle viendrait, repartirait. Il sourit à la vie et à l'avenir.

La mer faisait partie de sa vie comme une amie au long cours. Elle était la nature, la vie, le passé, le présent.

Tom

— Bonjour, ma belle Paula. Ton roman a l'air de bien avancer. J'aime les rayons tendres du soleil à cette heure, ils sont si doux.

— Bonjour, Jane Eugénie. Oui, ce soleil est si agréable. Ces jours-ci, je suis à nouveau très inspirée en rentrant de mes longues promenades le long de la côte.

— Paula, je suis venue pour te faire une surprise. Promets-moi de rester calme. Je dois te raconter une petite histoire avant que tu ne découvres ce cadeau. Tu sais que je me balade et me déplace dans le temps et les deux mondes. Je peux communiquer avec les morts, je peux réunir certains vivants avec leurs chers disparus. Sur l'une des lointaines plages de notre univers, j'ai rencontré ton fils, Tom. Tout d'abord, je n'étais pas sûre que ce soit lui, de loin. Quand je me suis approchée, il s'est retourné et m'a souri. J'ai reconnu ton sourire et tes yeux, le même éclat lumineux habitait les siens. J'ai su que c'était Tom. Au fil de la conversation, il m'a raconté son dernier défi à Teahupoo, les vagues, l'adrénaline, la tristesse, l'accident, la peine de ne pas avoir pu vous dire au revoir, de ne pas vous avoir revus une ultime fois pour vous dire combien il vous aimait. Tom espérait qu'avec le temps votre chagrin serait moins cruel.

Je lui ai raconté à mon tour mon histoire en lui précisant que je pouvais servir de lien pour retourner dans l'autre monde, le monde des vivants. Il a ri, il pensait que je blaguais, que j'inventais un drôle de conte. Je lui ai parlé de toi, de la Villa Eugénie, de Goya. Il s'est rendu compte que je ne plaisantais pas. Il m'a dit qu'il voulait vous revoir, Seth et toi. Il a rangé sa planche de surf. Nous nous sommes fixé rendez-vous pour le lendemain matin. Et nous sommes là, Paula. Il t'attend sur la terrasse, Goya l'a reconnu dès son arrivée.

Paula sentit son cœur cogner contre sa poitrine, une vague de joie envahit son âme en peine. Son fils chéri était là à nouveau à quelques mètres d'elle. Elle pourrait lui parler, le tenir, le serrer contre elle. Jane Eugénie lui tendit la main.

— Viens ma belle. Là-haut, j'ai revu mon fils, je sais ce que sont les retrouvailles. Tout va bien se passer, l'amour maternel est éternel.

Paula la suivit. Tom et Goya jouaient ensemble. Paula et Tom se jetèrent dans les bras de l'autre, entourés par Goya qui sautait autour d'eux tout joyeux. Le corps de Tom était à nouveau plein de vie, chaud, affectueux. Larmes, rires, émotions se mêlèrent en quelques secondes. Paula caressa les cheveux, le visage de son fils en le couvrant de baisers. Elle ne pouvait en croire ses yeux. Son Tom près d'elle après de longs mois de douleur, de vide, de doutes, de peur de l'avenir. Il était là, elle pouvait le toucher, le sentir, lui parler. Tom était apaisé, il voulait effacer les larmes des yeux de sa mère, lui ôter toute peine, tout remords. Il souhaitait lui dire qu'il avait vécu sa passion de la compétition jusqu'au bout et qu'en aucun cas, Paula ou Seth n'étaient responsables de sa mort. Il avait été si heureux de s'épanouir au sein de leur famille unie. Il ne fallait plus de larmes et de tristesse, la joie devait renaître dans leurs cœurs, de beaux rêves, de nouveaux espoirs devaient se dessiner. La lumière devait à nouveau entrer à la place de l'ombre. L'amour d'une mère est un amour charnel, filial avec son enfant, Paula se sentait redevenue complète.

— Maman, je suis heureux de te revoir. Je n'ai pas pu vous dire au revoir. Je suis désolé de toute la peine que je vous ai causée. Rassure-toi, je n'ai pas souffert, la vague m'a emporté très haut, à son extrémité. Tout a été rapide. J'ai senti le sang couler sur mes cheveux et mon visage. Mon corps est devenu, lourd, inerte, je ne pouvais plus faire fonctionner ni mes bras ni mes jambes. Je luttais, la vague géante était la plus forte, c'était un combat inégal. J'ai cessé de résister, je me suis laissé emporter par la vague. Maman, j'ai adoré cette dernière compétition. Je me sentais invincible, poussé par l'adrénaline. Il est vrai que j'aurais aimé vivre encore de nombreuses années au milieu de vous tous. Vous me manquez. Jane Eugénie m'a expliqué que nous pourrons discuter régulièrement grâce à son intermédiaire. C'est super, ma petite maman. J'aurais aimé que papa soit présent aujourd'hui, le revoir, lui parler.

– Tu le verras la prochaine fois, il est resté à la maison. Je crois qu'il voulait rejoindre ta grand-mère en Afrique. Je suis sûre que Jane Eugénie pourra te conduire à lui.

– Oui, ce serait cool. Où en es-tu de ton nouveau roman ?

– Il avance doucement, j'aimais bien nos séances de lecture après tes cours.

– Moi aussi, je suis sûr que papa pourrait me remplacer. Il a toujours de bons avis très constructifs.

– Oui, je vais lui demander, tu as raison. Dès qu'il aura un peu plus de temps et qu'il pourra venir me rejoindre après son voyage en Afrique.

Paula ne voulait pas inquiéter son fils, lui avouer qu'ils étaient séparés momentanément ou à jamais, chacun avec sa douleur, sa déchirure depuis son départ. Tom les avait toujours connus soudés, aimants, il n'aurait pas pu comprendre. Elle souhaitait qu'il garde en mémoire une famille unie. L'après-midi se poursuivit, période hors du temps entre deux rives. Ils passèrent tous un moment agréable, ils se promenèrent sur la plage pieds nus sur le sable tiède, caressés par le ressac des vagues, les cheveux au vent. Tom et Goya firent la course sur le sable. Paula se sentait apaisée, à nouveau complète et non amputée d'une partie d'elle-même. Elle regarda son fils courir, rire, lui parler. Elle voulait graver ces moments dans sa mémoire, ils étaient uniques, magiques. Elle n'aurait jamais pensé revoir à nouveau son enfant même pour quelques instants. Elle ne remercierait jamais assez Jane Eugénie.

— Dans l'autre monde, tu sais il y a de très belles étendues avec du sable fin, de grandes vagues pour surfer. J'ai retrouvé des amis. On est souvent à la plage. Je ne suis pas seul, maman. Rassure-toi.

– Je le suis, Tommy, je suis heureuse que tu aies retrouvé des amis et la mer que tu aimes tant. Viens me revoir quand tu veux. Je vais rester encore quelque temps à la Villa Eugénie

– Je reviendrai, promis. Jane Eugénie et moi sommes voisins, elle me fera signe. La prochaine fois, j'aimerais voir papa. »

Paula et son fils s'étreignirent longtemps, chacun s'imprégnant de la force de l'autre, de sa chaleur, de son odeur, de son amour. Jane Eugénie réapparut, elle prit la main de Tom et ils firent des signes d'au revoir. Et disparurent au-delà des rochers. Goya dressa les oreilles et se mit à gémir. Paula le rassura, son maître reviendrait bientôt. Paula regarda l'horizon, le soleil se coucher par-delà le phare. Elle vit au loin les voiles blanches de *l'Espérance*, Léo rentrait. Elle lui raconterait son bel après-midi, la venue de son Tom grâce à Jane Eugénie. Léo ne serait certainement pas étonné, les deux mondes pouvaient communiquer à l'aide à des relais. Le cœur apaisé, Paula regagna la villa, monta à l'étage, elle était prête à lire les mails de Seth. Par superstition, elle regarda la lumière clignotante du phare au loin qui semblait l'encourager.

Elle ouvrit le premier courriel et le lut.

Mon amour,

Pardonne-moi. Je sais que tu es fâchée. Je t'ai laissé plusieurs messages sur ton portable, restés sans réponse. Je pense que tu ne le consultes pas ces temps-ci. Je le reconnais, je n'ai pas du tout été à la hauteur récemment. J'ai employé des mots qui ont dépassé mes pensées. Tu n'es pas responsable de la mort de notre fils, nous ne sommes pas coupables de son décès. Nous n'étions pas préparés à l'idée que notre fils pouvait mourir avant nous, que notre bulle familiale serait détruite. Excuse-moi pour ces propos.

Je sais que nous allons avoir besoin de temps pour surmonter son décès. Nous allons y arriver. Tu me manques. Je pense à toi sans cesse, je regarde le tatouage de ton prénom sur mon poignet. Tu te souviens de nos tatouages, ils nous unissent à jamais, mon amour.

Je t'aime,

Seth.

Paula fut rassurée, elle retrouvait enfin Seth, son mari. Elle se souvenait très bien de leur séance de tatouage à Londres pour célébrer leur amour : Seth et Paula gravés bien visiblement sur chacun de leurs poignets gauches.

Elle lut le deuxième mail.

Ma Paula,

J'ai pris plusieurs décisions. Je vais diriger la fondation Hope de notre fils, je te garde la place à mes côtés. Je sais que tous les deux, nous serons capables de soulever des montagnes, franchir les obstacles en mémoire de notre Tom, pour continuer ses combats, pour lui faire honneur. Je vais partir en Afrique pour rendre visite à Luce qui me semble bien fatiguée ces temps-ci. Je dois lui annoncer la mort de son petit-fils, je ne l'ai pas encore fait, je ne voulais pas lui apprendre à distance. Je dois être à ses côtés pour le lui dire.

N'oublie jamais que je t'aime, tu es mon âme sœur.

Ton Seth.

Paula sourit, leur amour n'était pas mort, il survivrait. Ils seraient à nouveau ensemble un prochain jour. Elle lut le troisième mail.

Mon amour,

Cette nuit, j'ai parlé à la fleur à côté de la lune, je lui ai dit que je t'aimais, qu'elles devaient toutes deux veiller sur toi en mon absence. Je dors dans la chambre de Tom. J'ai rêvé que quelqu'un ou quelque chose m'appelait en Afrique. J'ai entendu une voix, ce n'était pas celle de Luce. C'était un tout petit chuchotement. C'était un beau songe, doux, sans cauchemars, apaisant. Je te raconterai bientôt la suite, ma belle. Ne m'oublie pas, je te porte en moi.

Je t'aime,

Seth

Elle ouvrit le dernier et quatrième mail. Deux fichiers étaient joints, elle cliqua dessus. La première photo les représentait sur la plage lors de leur cérémonie de mariage. Sur la seconde, Paula tenait dans ses bras Tom quelques heures après sa naissance, à la clinique.

Ma Paula

N'oublie jamais, vous êtes ma détermination. Tom sera toujours présent avec nous. Nous allons renaître, nous devons être forts. Je pars demain matin pour l'Afrique.

Je t'embrasse.

Seth

Paula toucha l'écran de son ordinateur avec sa main gauche à laquelle elle portait en permanence son alliance de mariage, gravée à l'intérieur de leurs deux prénoms ; elle ne l'avait jamais enlevée ces dernières vingt années. La vie ne leur prendrait pas leur amour, il perdurerait, peut être différemment, il serait toujours lien.

Au loin, les lumières du phare continuaient de clignoter. Elle répondit aux mails de son mari.

Mon amour,

Heureuse de te retrouver. Tom me manque, tu m'as manqué, tu me manques, me lover contre toi me manque, nos conversations me manquent. Je pourrais conjuguer le verbe « manquer » à l'infini. Nous n'étions pas préparés à la mort de notre fils, personne ne peut être prêt à la perte d'un enfant. Oui, Tom sera toujours présent à nos côtés. Tu vas croire que je suis devenue folle. Il m'a rendu visite cet après-midi, nous avons pu à nouveau parler, rire. Nous nous sommes serrés l'un contre l'autre. Tu lui manques, il veut te voir la prochaine fois. Il m'a dit que nous devons vivre, faire entrer la lumière en nous à nouveau. Il est heureux dans l'autre monde, son seul regret était de ne pas nous avoir dit au revoir. Je t'expliquerai tout plus tard. Fais attention à toi durant ton voyage, l'Afrique a mille visages, mille facettes. Embrasse Luce pour moi.

Quand tu seras prêt, viens me rejoindre sur l'île. Je t'attendrai. Depuis mon départ de la maison, j'ai regardé chaque jour mon tatouage. J'avais demandé à la fleur à côté de la lune de préserver notre amour.

Ton âme sœur.

Paula photographia son poignet portant le prénom de son mari et le joignit à son mail. Elle se rappela du jour où ils s'étaient fait graver le prénom de l'autre sur leur peau. Ils riaient tels deux adolescents. Ils avaient fait l'amour toute la nuit dans les draps en soie d'une somptueuse suite d'hôtel mise à disposition de Paula par sa maison d'édition. Champagne, affection, rires, déclaration d'amour éternel avaient ponctué ce week-end festif à Londres.

Elle entendit la sonnette de la porte d'entrée, c'était Léo. C'était son heure. Elle avait tant de choses à lui raconter, cette journée avait été si riche en événements et en émotions. D'avoir pu revoir son fils et de ne pas avoir perdu l'amour de Seth la rendaient plus légère. Léo arriva en sifflotant. Il était content de son entraînement du jour, *l'Espérance* était un voilier performant.

– Bonsoir Paula, comment vas-tu ?

– Bonsoir Léo, très bien. J'ai une multitude de choses à te raconter !

– J'ai une idée avant de dîner, allons-nous baigner.

– Excellente idée, je vais enfiler un maillot de bain.

Les deux amis nagèrent du ponton de la Villa Eugénie au ponton aux bateaux et en sens inverse. L'eau tiède et salée détendit leurs corps. Nageurs aguerris, ils progressaient au même rythme, la mer les enveloppait de son manteau bleuté brodé d'étoiles scintillantes. Les derniers éclats du soleil couchant embrasaient l'étendue de l'eau. Léo aida Paula à monter sur le ponton de la villa, ils s'assirent sur leurs draps de plage. Ils se sourirent, Léo écarta une mèche des yeux de Paula. L'eau heurtait les piliers en bois avec la même fréquence. La nature autour d'eux semblait assoupie.

– Tu as l'air si heureuse, si sereine ce soir, Paula, raconte-moi ta journée.

– J'ai écrit toute la matinée, mon roman avance bien. J'ai fini un article que j'ai envoyé au journal qui l'attendait. Peu avant midi, j'ai eu la visite de notre chère Jane Eugénie, resplendissante dans une belle robe d'été. Elle m'a dit qu'elle avait une surprise pour moi. Tu ne devineras jamais quel était son cadeau.

– Non, je ne sais pas, je donne ma langue au chat. Je suis impatient de connaître la réponse.

– Tom m'attendait sur la terrasse. Jane Eugénie est notre relais entre les deux mondes. Elle a rencontré Tom là-haut, ils ont parlé. Jane Eugénie savait que n'avoir pas pu nous dire au revoir était un déchirement pour Seth et moi. Elle a voyagé avec Tom et ils sont arrivés pour passer l'après-midi à la villa et à la plage. Je me sens apaisée, Léo. C'était important pour moi de revoir Tom. Il m'a dit de ne pas m'inquiéter car il avait retrouvé son monde là-haut.

Léo ne fut pas étonné d'apprendre que Jane Eugénie et Tom étaient venus à la Villa Eugénie. Il savait que Jane Eugénie voyageait dans le temps entre les deux univers. Il était heureux que sa chère mère de cœur ait fait cette belle surprise à Paula.

– Je suis si content pour toi, les paroles de ton fils semblent t'avoir apaisée. Tu comprends maintenant pourquoi je te disais que les morts restent parmi les vivants, qu'ils sont de l'autre côté du chemin.

– Oui, je comprends. Autre chose, suite à ce merveilleux après-midi, j'ai eu le courage de lire les mails de Seth. J'avais si peur que la vie ne nous reprenne notre amour. J'ai lu chaque message, Seth est toujours amoureux. Il a reconnu ne pas avoir été à la hauteur, il veut se rattraper. L'Afrique l'appelle, il est parti là-bas. Il va reprendre le flambeau de Tom pour mener à bien tous les projets de sa Fondation Hope. Je sais qu'il va y arriver. C'est un véritable bosseur, passionné comme son fils. Je lui ai écrit que quand il serait prêt, il pourrait me rejoindre sur l'île.

Léo attira Paula contre lui et elle posa sa tête sur son épaule. Léo retrouvait avec elle une complicité féminine qui lui manquait dernièrement.

– Paula, je souhaiterais te parler de quelque chose qui me tient à cœur.

– Je t'écoute, je suis tout ouïe.

– Jane Eugénie l'avait compris bien avant moi. J'ai juste commencé à le ressentir à la fin de l'adolescence. Je suis gay, je l'ai su quand, au collège, je suis tombé amoureux de mon compagnon de dortoir. Je n'étais pas attiré par les filles, je les trouvais idiotes, timides, suffisantes, pas très amusantes. Tangui était roux, un corps athlétique, de beaux yeux verts intelligents. Il brillait dans toutes les matières, il a remporté la coupe de tennis plusieurs années de suite au lycée puis à l'université. Nous avons eu le sport en commun dès le départ, puis l'amour de la littérature, des arts, des bateaux. Un soir, au bord du lac, il m'a effleuré la main. Nous nous sommes regardés droit dans les yeux, nous nous sommes souri. Nos bouches, nos corps se sont rapprochés, nous avons ôté nos habits, nous avons découvert chaque grain de notre peau. Nos lèvreset nos âmesse sont reconnues, nous avons fait l'amour tendrement, longuement loin de tout regard, nous étions plongés dans une bulle bienfaisante. Nous étions avides de caresses, nos sens s'emmêlaient, nos doigts s'entrelaçaient. Ce soir-là est resté un moment hors du temps, inoubliable pour nous. Nous en parlons encore avec tendresse. Nous nous étions reconnus, trouvés, aimés. Il ne fallait surtout pas que les autres élèves, les professeurs, nos parents, notre entourage ne le découvrent. À l'époque, l'homosexualité était considérée comme une maladie, une tare, une honte dans certains milieux. Remarque, c'est encore le cas de nos jours. Nous devions faire très attention. Notre amour devait rester secret. Nous avons gravé nos initiales sur le tronc d'un vieil arbre centenaire près du lac dans le parc de notre collège. Je me souviens, on s'était fait une entaille au niveau de nos poignets afin que nos deux sangs se mélangent. Ces deux actes étaient symboliques, mais nous avions besoin de ces traces, rien que pour nous.

Tout le long des années, nous nous sommes arrangés pour réussir les mêmes examens, passer dans les classes supérieures ensemble. Nous sommes allés dans la même université, nous nous organisions pour passer nos vacances d'été ensemble. Dans sa maison familiale, nous devions faire attention, sa famille était très pieuse, très puritaine. À la Villa Eugénie, Jane nous hébergeait et nous laissait vivre notre amour sans jugement, elle était heureuse que nous nous aimions. Elle nous comprenait. On jouait des pièces tous ensemble. Nous écoutions Queen et Bowie, nous adorions l'originalité de Freddie Mercury, son talent, ses tenues, l'androgynie de Bowie, sa réinvention permanente. Les nuits étaient à nous, amoureuses, tendres, complices. Nous ne nous sommes jamais quittés. Tangui excellait depuis toujours au tennis. Il en a fait son métier, j'ai opté pour la mer.

Nous sommes souvent séparés, pris par nos emplois, nos activités à travers la planète. Nos agendas de sportifs sont toujours remplis des mois à l'avance. Heureusement que les portables, Skype existent pour rester en lien malgré les décalages horaires.

Je pense qu'au fil des ans, nous avons eu chacun quelques aventures, sans importance. Cette île abrite notre idylle depuis toujours. Notre amour est du domaine du sacré pour chacun de nous deux. Nous l'avons constamment placé au-dessus de tout et de nos aventures, il nous a permis de nous affranchir de tout et de tous. Nous avons été de tous les combats pour les gays, pour que nous soyons reconnu et non plus traités comme des malades ou des abominations de la nature. Nous avons essayé à travers des livres de sensibiliser le public afin que les parents ne rejettent plus leurs enfants à l'annonce de leur homosexualité. Nous avons été de ceux qui ont combattu pour informer sur le virus du Sida. Tu te rends compte que dans les années 1980, on l'appelait « le cancer des gays ». L'acteur Rock Hudson a été la première célébrité à briser le tabou via un communiqué de presse, à révéler son homosexualité et avouer qu'il était atteint du syndrome d'immunodéficience acquise. Sa porte-parole avait dû tout dévoiler avant que l'Hôpital Américain ne le fasse. En effet, Rock Hudson avait été transporté dans cet hôpital après avoir fait un malaise au Ritz, cet établissement n'acceptait pas les malades du Sida. À cette époque, il a dû affréter un Boeing 757 pour rentrer aux USA. Tu te rends compte du chemin qu'il y avait à parcourir pour notre communauté.

Quand nous avons annoncé aux médias que nous étions un couple et heureux de l'être, certains ont lâché leurs fauves à nos trousses, des journalistes, des paparazzis, sans scrupules. Une certaine presse a publié des articles abjects nous concernant. Des anonymes nous ont envoyé des lettres homophobes, nous avons essuyé des insultes, des menaces de mort. Nous avons été agressés à la sortie d'une boîte de nuit. Sur certains courts de tennis, Tangui a joué, accompagné par les sifflets, les mots orduriers des conservateurs. J'ai perdu des sponsors. Nous avons toujours résisté, le temps a fait le reste. Depuis l'adolescence, nous étions habitués au rejet, à l'adversité, à lutter. Jane Eugénie était en permanence à nos côtés. Nous étions une famille. Avec le temps, la presse, les médias ont reconnu nos exploits sportifs. Ils nous ont considérés pour ce que nous étions, ce que nous sommes.

– Léo, merci de ta confiance. Je pense que l'amour est toujours plus fort que tout même si beaucoup de personnes ne partagent pas cette croyance. Quand me feras-tu l'honneur de me présenter Tangui ?

– À son retour de Roland-Garros. Je suis sûre que vous allez bien vous entendre.

– Oui moi aussi, s'il t'aime, je l'aimerai.

– Mon plus grand souhait est de réussir à acheter la Villa Eugénie aux neveux de Jane Eugénie. Dès que j'ai appris qu'ils voulaient partir vivre en Australie, je leur ai fait une offre. Toujours en attente.

– Tu ne m'en avais pas parlé ! Et où vais-je aller ?

– Nulle part, tu restes, tu as ta place pour toujours à la villa ainsi que tes proches. J'ai une idée au sujet de la maison, je veux qu'elle soit notre refuge, notre abri à Tangui et moi. Elle est si vaste que j'aimerais qu'elle devienne un asile pour de jeunes homosexuels rejetés par leurs familles et un lieu de résidence passager pour de jeunes artistes. Tu pourrais les accompagner dans leurs créations.

– Ce sont deux belles idées, deux magnifiques initiatives. Jane Eugénie aimera, j'en suis certaine. Il faut écouter son cœur et ses envies.

– On pourrait faire une grande célébration à cette occasion. Et si on dînait ?

Léo pouvait parler de fête, comme Tom l'avait rappelé à sa mère, la lumière devait réapparaître dans leurs vies. Les deux amis rentrèrent sous un ciel scintillant, l'air embaumé de senteurs de pins et des doux parfums de la terrasse. En remontant à la villa, Paula fit un vœu en touchant son alliance secrètement, sans en parler à Léo. Elle sourit à la lune en ce soir radieux. Léo lui aussi espérait qu'un autre de ses souhaits serait réalisé dans les mois prochains, il pensa que Tangui accepterait.

La villa se dressait dans son manteau blanc entouré par la nuit tombante et ses mystères, la mer au loin les accompagnait de ses clapotis. Paula aurait aimé répandre des paillettes d'amour au-dessus de toute la planète afin que tous ses occupants s'apprécient. Elle était persuadée que l'amour pouvait donner des ailes, soigner, vaincre, réconcilier, emporter très loin, très haut. Qu'il pouvait accompagner une seconde chance, une vie différente que la partie déjà vécue. L'amour pouvait être destructeur, Paula préférait voir désormais son côté salvateur, libérateur. L'unité de leur mariage avait éclaté à la mort de leur fils, ils n'avaient plus trouvé de sens à la vie. Le temps de se retrouver viendrait peut-être, de reconstruire une autre vie ou peut-être pas. Ils étaient inconsolables, cet état leur permettait de balayer le superflu pour ne plus voir que l'essentiel, pensait-elle. Paula haïssait cette phrase « faire son deuil. » Que sous-entendaient ces mots ? Qu'il y avait un moment pour cicatriser, se refermer sur soi et une autre période pour s'ouvrir à nouveau au monde, en oubliant ? Elle ne savait pas.

Destination Botswana

Seth avait pris place dans l'avion l'emmenant en Afrique, au Botswana. Il portait un collier et un bracelet brésiliens appartenant à Tom. Lors du voyage, il regarda et toucha maintes fois son tatouage, le prénom Paula. Il l'aimait tellement. Il avait reçu un signe cette nuit-là à ses nombreuses interrogations récentes, comment faire pour rassembler les cendres, reconstruire une autre vie avec Paula, une seconde vie, certainement différente de la première. Seth enfant avait ressenti un émerveillement au contact de l'Afrique, il y revenait meurtri, blessé pour y trouver la force de continuer, de rester droit et ancré, de se ressourcer, d'avancer.

Luce vivait à Francistown, elle officiait dans l'un des trois hôpitaux et dans plusieurs dispensaires. Le personnel était débordé par les nouveaux cas de sida. Elle ne quitterait pas cette partie d'Afrique, sa vie était désormais parmi ses malades, c'était son choix, un choix réfléchi. Ceux qui l'aimaient, dont son fils Seth, devaient le respecter. Les bagages de Seth étaient remplis de médicaments, de nouveaux traitements, il avait emporté très peu de vêtements. Il ferait avec les moyens du bord.

Il devait également rendre visite à des refuges, des réserves pour animaux financés en partie par la fondation internationale Hope de son fils Tom. Ce dernier s'était beaucoup battu contre le trafic de l'ivoire, il avait créé un sanctuaire pour les éléphants et les rhinocéros. La population locale avait été formée, les gardes du refuge en étaient issus. Tom avait piloté des campagnes de sensibilisation auprès des enfants, des écoles — les enfants étaient les adultes de demain et pouvaient également conscientiser leurs parents, leurs familles. Seth allait poursuivre cette mission, il apportait aussi beaucoup de médicaments et de fournitures vétérinaires qui lui seraient très utiles. Il profita des longues heures de vol pour se remémorer des moments heureux de sa vie. Il était rassuré d'avoir reçu une réponse de Paula à ses nombreux mails. Une de ses phrases l'avait surpris, elle avait revu Tom. Il savait que Paula croyait à une vie après la mort et que l'on pouvait communiquer avec les défunts à condition d'être attentifs et patients. Doué d'une personnalité s'appuyant souvent sur des faits ou des choses concrètes, y croire était un peu difficile pour lui. Cependant, il était prêt à dépasser toutes les barrières pour voir et parler à nouveau à Tom.

Luce l'attendait à l'aéroport, malgré le poids des ans, sa silhouette était toujours longiligne et sportive. Ses cheveux couleur de neige étaient rassemblés en un lourd chignon. Des rides sillonnaient son visage sans lui enlever sa beauté. Dès qu'il la vit dans le petit hall de l'aéroport, Seth sut au regard en demi-teinte de Luce qu'elle était fatiguée et souffrante. Elle s'appuyait sur une canne. Accessoire qu'elle n'utilisait pas lors de sa dernière visite. Il savait qu'elle ne souhaitait pas qu'il en parle. Il avait accepté, depuis le décès de son père, les nouveaux choix de vie de sa mère. Il était fier d'elle, elle essayait chaque jour de sauver des vies. Elle tenait les mains, rassurait les malades avec sa voix douce, encourageait ses patients.

Elle allait sur le terrain pour attirer l'attention de la population face aux dangers du sida, elle incitait son public à se protéger. Plusieurs campagnes de sensibilisation étaient en cours grâce à elle, dans les écoles, les lycées, les salles de réunion, les villes et les villages avoisinants. Elle se heurtait bien souvent à des croyances d'un autre âge. Elle ne perdait jamais espoir. Quand elle regardait les petits orphelins, elle puisait du courage en elle dont elle ne se serait jamais imaginée capable. Il fallait agir, continuer de soigner, de lutter même si dernièrement son état de santé n'était pas au beau fixe. Elle se rendait chaque jour à l'hôpital et dans différents dispensaires, parfois à la tombée de la nuit, elle dormait sur place sur un lit de camp improvisé.

L'arrivée de Seth lui offrait un peu de repos, elle resterait en sa compagnie tout le long du week-end. Il faisait chaud et humide, le vent semblait avoir déserté la ville, le soleil était à son zénith. Dès que Seth posa un pied sur le tarmac, la chaleur et la magie de l'Afrique le happèrent. Le temps semblait arrêté, suspendu dans cette fournaise. Luce lui sourit, ils s'étreignirent longuement. Ils ne s'étaient pas vus depuis quelques mois. Seth le regretta sans le formuler. Le décès de son fils lui avait révélé que la vie tenait parfois à un fil. Il fallait profiter de ses proches, passer de bons moments avec eux.

– Bonjour maman, je suis si heureux de te revoir. Tu n'as pas changé. Quelles sont les nouvelles ?

– Bonjour mon grand, Paula et Tom ne sont pas venus avec toi ? Bonne nouvelle, je vais rester avec toi tout le week-end, nous avons plein de choses à nous dire.

Quand il avait entendu sa mère prononcer le prénom de Tom, Seth dut prendre sur lui afin de ne pas laisser apparaître sa douleur. L'aéroport n'était pas un lieu adapté pour apprendre à Luce le décès de son petit-fils.

– Ils t'envoient le bonjour, Paula a un livre à rendre et une série de conférences, elle est très occupée. Je suis heureux que tu me réserves le week-end. J'ai apporté dans mes bagages plein de médicaments, pansements, fournitures qui te seront utiles.

En guise de remerciement, Luce caressa tendrement la joue de son fils. Il lui semblait qu'il avait maigri, ses yeux mangeaient son visage. Elle ne lui en fit pas la remarque. Luce avait stationné sa Land Rover devant l'aéroport, elle adorait conduire. Sa conduite effrayait toujours son entourage, elle en riait. Seth prit place à ses côtés, Luce klaxonnait souvent tout en faisant des signes aux uns et aux autres. Tout le monde connaissait le bon docteur, comme ils la surnommaient. Luce habitait une petite maison avec terrasse et jardin à la lisière de la ville, les trois chambres servaient fréquemment de refuge à des femmes chassées de leur famille quand elles apprenaient qu'elles étaient atteintes du sida.

Quand ils rentrèrent dans la maison, tout semblait calme. Luce indiqua à Seth de la suivre, elle lui montra sa chambre et ouvrit la porte de la pièce d'à côté, un bébé dormait paisiblement dans un couffin. À ses côtés, le lit était vide.

– Il s'appelle Ketso, sa maman est morte la semaine dernière. Je n'ai pas eu le cœur de le laisser seul, sans repère familier à l'hôpital. Je l'ai ramené ici. Il a grossi en huit jours. Sa mère était issue de la tribu Batswana. Ses grands-parents ne veulent pas de lui, ils craignent que leur petit-fils soit atteint du sida. Je lui ai fait des tests, il n'a pas été contaminé par sa mère. Je ne peux malheureusement pas changer certaines croyances, je n'ai pas ce pouvoir. Je souhaite trouver un bon foyer à Ketso où il pourra s'épanouir.

En regardant Ketso assoupi, Seth pensa à son fils. Paula et lui restaient des heures à l'observer endormi, attentifs au moindre de ses soupirs ou mouvements. Chaque fois qu'ils le couchaient dans son berceau, l'un d'eux tenait délicatement sa tête entre ses mains. Souvent, Tom leur attrapait un doigt et leur souriait. Ils étaient ébahis devant leur fils qu'ils considéraient comme un miracle de la nature. Seth s'approcha du berceau de Ketso et remit bien en place la moustiquaire : dors bien, petit bonhomme.

Seth et sa mère déjeunèrent sur la terrasse ombragée. Seth laissait la conversation se poursuivre sans savoir comment aborder la mort de son petit-fils.

— Lundi, je t'accompagnerai toute la journée. Ils seront contents au dispensaire de recevoir de nouveaux médicaments, et des moustiquaires. Si je peux être utile, n'hésite pas.

— Oui je veux bien avoir ton avis sur certains plans de la clinique qui ne me semblent pas adéquats. Tu sais, il est parfois difficile de se faire entendre quand on est une femme ici, même si elle tient les cordons de la bourse.

Luce sourit, elle s'était habituée à l'Afrique, à ses codes, sa culture, sa magie.

— Avec plaisir, tu connais ma passion pour l'architecture, les nouvelles constructions. J'espère qu'il est prévu en bâtiment intelligent utilisant l'énergie solaire, des matériaux non polluants.

— En mère et grand-mère de protecteurs de la planète, tu peux compter sur moi. Tout a déjà été pensé en ce sens.

— Bravo, je vois que tu as redessiné le jardin autour de ta maison.

— Oui, jardiner me permet d'être connectée à la terre, de me ressourcer, d'oublier quelques instants mes patients, mes préoccupations, l'éloignement de ma famille. J'ai interdit tout engrais, tout pesticide. Je privilégie les plantes et les arbres de la région, les oiseaux migrateurs peuvent puiser dans plusieurs récipients de la nourriture et s'installer là pour la saison. Nous cohabitons sans problèmes.

— Un vrai petit coin de paradis. Dans quelques jours, je dois aller rendre visite à plusieurs réserves gérées par la Fondation de Tom dans les alentours ou les pays voisins. La fondation va mettre à ma disposition un hélicoptère. Le sort des éléphants et des rhinocéros nous inquiète de plus en plus. Malgré tous les efforts que nous déployons, les braconniers arrivent toujours à s'infiltrer et à les tuer. J'ai emmené des colliers GPS pour mettre à leurs pattes, ainsi les rangers pourront suivre leurs déplacements et mieux les protéger. Peut-être que nous arriverons dans certains cas à devancer les braconniers.

— Les braconniers sont des plaies pour la faune de ce pays, toujours les gains et les dollars.

— Oui, le profit. Heureusement, les enfants d'aujourd'hui sont sensibilisés à la protection de la faune et de l'environnement. Dans chaque école des villages ou des villes, les rangers passent, organisent des visites dans les réserves et leur expliquent l'importance de la diversité animale. Ils comprennent et y sont très réceptifs.

— Nous faisons nous aussi des campagnes de sensibilisation autour du sida, comment se protéger? Comment se soigner? Les gens nous écoutent de plus en plus, mais beaucoup sont encore contre toute précaution, ils pensent que les préservatifs vont réduire leur virilité. Ils se sentent tous puissants. Selon eux, ils ne peuvent être contaminés, ils sont donc forcément non contaminants. Nous insistons sur le rôle essentiel du dépistage, et nous mettons l'accent sur le fait que, sous traitement, il n'y a plus de transmission. La charge virale devient indétectable, le virus ne se propage plus dans le sang. Nous nous obstinons sur le port du préservatif pour les relations occasionnelles démultipliées.

Les femmes atteintes du sida sont pour la plupart rejetées par leur mari ou par leur entourage, comme la maman de Ketso. Sa famille l'a jetée à la rue sans ressources, elle était très malade, elle a marché de longues heures avec Ketso dans les bras avant d'arriver au dispensaire. Elle s'est évanouie dans la cour, Ketso est tombé. Heureusement, elle l'avait bien enveloppé de cotonnades. Elle est morte quelques jours plus tard, faute d'avoir eu accès à des médicaments plus tôt.

— Triste, pauvre petit bout de chou. Que va-t-il devenir ?

— Pour le moment, il va rester ici à la maison. Je me fais un peu vieille pour l'adopter. S'il m'arrivait quelque chose, il serait placé à l'orphelinat que nous sommes en train de construire. Je n'ai pas pu sauver sa maman, je dois en sa mémoire faire le maximum pour lui.

— Oui, tu as raison, il est mieux ici. Je pense que Françoise doit être folle de lui et d'en prendre soin comme s'il était son petit-fils.

Françoise était la gouvernante qui s'était occupée de Seth, de ses frères et de sa sœur durant leur enfance. Quand ils avaient tous quitté le nid familial, Luce n'avait pas eu le cœur de la congédier. Des liens d'amitié s'étaient tissés entre elles au fil des années et des épreuves diverses de la vie. Françoise était restée, avait participé aux projets d'Afrique de Luce et l'avait suivie. Elle gérait le quotidien, prenait soin de Luce, de Ketso. Elle travaillait aussi au dispensaire où elle ne ménageait pas sa peine. Elle était une Bretonne au cœur sur la main.

— Oui, Françoise l'adore. Je ne sais pas ce que j'aurais fait sans elle toutes ces années. Elle est vraiment un pilier. Et mon Tom, comment va-t-il ? Toujours dans ses compétitions de surf, c'est pourquoi je suppose qu'il t'envoie faire la tournée des réserves sans lui ?

Seth sut que le moment était venu, il ne pouvait cacher plus longtemps le décès de Tom à sa mère. Il regarda le jardin et l'envol des oiseaux.

— Maman, j'ai quelque chose à t'annoncer au sujet de Tom.

Luce se tourna vers lui, le visage tendu comme si elle avait déjà deviné la teneur de ce que son fils allait lui révéler.

— Je t'écoute.

— Te rappelles-tu que Tom devait disputer un grand prix de surf à Teehupoo? Il y est allé, tu sais, il se sentait toujours invincible face aux énormes vagues. Tu te souviens quand petit, il criait qu'il était chevalier dans toute la maison et le jardin. Il a en permanence gardé ce côté grand vainqueur. Ce matin-là, il est monté sur sa planche de surf, joyeux et heureux. Teehupoo est réputé pour ses immenses vagues dangereuses. Tom a été emporté par une grande lame, qui l'a rejeté quelques minutes plus tard. Les sauveteurs n'ont pas pu le ranimer, il est parti rejoindre les étoiles. Il n'a pas eu le temps de souffrir, il a vécu jusqu'au bout sa passion. Paula et moi n'avons pas voulu te l'apprendre par téléphone, tu aurais pris l'avion, le trajet était trop long. Tom avait émis le souhait d'être incinéré et voulait que ses cendres soient dispersées au-dessus de la mer. Nous avons respecté ce choix. Ensuite, en rentrant, je t'avoue que je n'ai pas assuré, je me suis muré dans les reproches vis-à-vis de Paula et dans ma tour d'ivoire. Lassée par mon comportement, Paula a quitté la maison, elle vit sur une île depuis. Nous n'étions pas préparés à la mort de notre enfant. Nous avons réagi différemment. Tu sais que Paula est la femme de ma vie, je lui ai laissé des messages téléphoniques et des mails. Juste avant mon départ pour l'Afrique, elle a répondu à mes courriers, l'amour est toujours là entre nous, mais tout semble à reconstruire.

Des larmes coulaient le long des joues de Luce, elle avait côtoyé la mort si souvent. Sa main droite était posée sur son cœur. Elle ne pensait pas que son petit-fils partirait avant elle. Quand elle avait aidé à l'accouchement de Ketso, elle avait songé à la vie et à la mort. Souvent, lorsqu'une nouvelle vie arrive, une autre s'en va. La mère de Ketso était morte quelques jours après la naissance de son fils, Tom, à des milliers de kilomètres, était parti rejoindre l'autre rive. En Afrique, les animaux totems peuvent se faire messagers des défunts. Luce croyait en cette légende locale. Elle serra la main de son enfant.

— Je suis sûre que Tom n'est pas très loin. Les morts chers à notre cœur restent à nos côtés. Je parle souvent à ton père le soir, je lui raconte ma journée.

— Paula m'a écrit qu'elle avait revu Tom et qu'elle avait pu bavarder avec lui, le blottir contre elle. À la lecture de ses mots, j'ai été un peu surpris.

— Je pense que c'est possible. Tu iras rendre visite à Ousmane, tu sais, il est maintenant un vieux sage qui a traversé beaucoup d'épreuves. Il a acquis et pratique une certaine philosophie de la vie, peut-être que d'être très croyante la réconforte. Il pourra t'épauler pour traverser cette épreuve. Il m'a beaucoup aidée à accepter la mort de ton père et de certains de mes patients.

— J'irai le voir. J'ai décidé de prendre en charge tous les projets de Tom et la suite de la Fondation Hope.

— Oui, tu as raison, Tom avait posé les fondations. Il faut continuer son combat. Je suis certaine que Paula et toi allez-vous retrouver, l'amour peut tout vaincre, il est fort, puissant. Crois-moi !— Oui, je ferai tout pour que Paula et moi nous nous rapprochions.

Luce revisita le passé, le mariage de Seth et Paula, la naissance de Tom, son premier petit-fils. Il était un enfant vif, intelligent, curieux de tout. Dans la nature environnante, ils se promenaient, parlaient oiseaux, arbres, animaux. Ils jardinaient tous les deux. Tom était toujours stupéfait par les miracles de la vie, comment une petite graine pouvait devenir fleur, légume. C'était à chaque fois une nouvelle surprise, une nouvelle interrogation. Luce l'avait aimé dès qu'elle l'avait pris dans ses bras, elle avait eu un faible pour ses yeux rieurs qui la regardaient tous étonnés. Et ce sourire irrésistible avec une fossette auquel personne ne pouvait s'opposer.

Elle avait apprécié et aimé Paula dès leur première rencontre, une femme solaire. Elle avait compris pourquoi son fils arrêtait sa vie volage. Paula était sa destination, serait toujours son port d'attache.

Seth se sentait plus serein depuis son arrivée en Afrique, cette terre ancestrale et remplie de légendes tribales pouvait accueillir sa peine différemment. Seth et Luce étaient heureux de s'être retrouvés après de longs mois. Ils discutèrent toute la soirée à propos du passé et de l'avenir. Françoise les rejoignit avec Ketso dans les bras. Réveillé, le bébé regardait avec intérêt tout ce qui l'entourait. Tout était nouveau pour lui.

Françoise le déposa dans les bras de Seth. Au contact de ce petit corps chaud contre lui, Seth fut ému. Ketso regarda son visage, il fermait et rouvrait les yeux. C'était certainement un petit jeu, Seth fit la même chose. Ketso babilla. Après avoir mangé, il s'endormit dans les bras de Seth. Apparemment, il l'avait adopté parmi ses visages et repères familiers. À la fin du dîner, ils parlèrent encore tous ensemble de l'Europe, de l'Afrique, de Tom et de Paula, du futur dispensaire et du nouvel hôpital. Puis les deux femmes le quittèrent pour aller se coucher. Ketso était toujours endormi dans les bras de Seth, Françoise l'avait enveloppé d'un plaid qui lui tenait chaud. À la nuit tombée, les températures chutaient. Entouré par l'obscurité, Seth s'assit dans un fauteuil à bascule, Ketso blotti contre lui. La terrasse était éclairée par des lanternes dessinant des formes autour d'eux. Tom adorait les jeux d'ombres, Seth et Paula, en faisant bouger leurs doigts, inventaient une multitude d'animaux et de personnages. Tom appréciait, devinait de quel animal il s'agissait et Paula commençait à raconter une histoire.

Depuis quelques heures, Seth se sentait moins malheureux bien que la douleur soit toujours présente. La tristesse se muait en acceptation. Il y a quelques années, c'était Tom qui dormait blotti contre son torse et Paula les observait tous les deux avec attendrissement. Seth regarda le ciel et la Voie lactée, Tom était là quelque part, peut-être le voyait-il ?

Luce n'avait pas voulu montrer à Seth toute l'intensité de son chagrin, elle essayait de se contenir en toute circonstance — héritage ou vestige de son éducation. Sur la commode de sa chambre, tous ses enfants accompagnés de leurs épouses, de leurs maris, de leurs enfants dont elle était l'aïeule désormais, étaient immortalisés dans différents cadres. Chaque cliché racontait une histoire qui changeait au fil du temps de la mémoire.

Luce prit une photo les représentant, Tom et elle. Elle avait été prise un été dans le jardin de la maison de campagne familiale, moment heureux, partagé, insouciant, fugace. Luce effleura le visage de Tom sur l'image. Elle se sentait très fatiguée ces derniers temps, le médecin qui la suivait lui avait laissé entendre que ses jours étaient comptés, son cœur était usé. Luce lui avait souri, en touchant son cœur, elle avait dit : il faut qu'il dure encore un peu pour me laisser mener à bien mes dernières missions, le nouveau dispensaire et l'orphelinat. Françoise n'était pas dans la confidence, elle aurait voulu qu'elles rentrent en Europe et que Luce arrête toute activité. Luce souhaitait travailler jusqu'à la fin. Elle le devait pour l'avenir de certains malades et enfants. Elle posa le cadre sur sa table de chevet et resta éveillée une partie de la nuit, perdue dans ses pensées.

Françoise s'inquiétait beaucoup pour Luce avec qui elle avait tant partagé toutes ces années. Elle lui était totalement dévouée. Elle devait réussir à parler à Seth sans la présence de Luce. Elle pensa à Tom, petit, adolescent, il avait toujours été un rayon de soleil. Dès qu'il rentrait dans une pièce, il captait toute l'attention. Sa mère, Paula, avait la même prestance. Tom, Seth et Paula étaient indissociables. Françoise imaginait la profondeur de leur peine.

Seth déposa Ketso dans son berceau et le regarda un long moment à travers la moustiquaire : dors bien, petit Ange. La vie était surprenante, elle vous embarquait dans ses spirales émotionnelles par vagues. Elle plaçait des êtres autour de vous avec lesquels des liens se tissaient ou non. Mais chaque être marquait par son passage ou sa présence votre vie à jamais. Destins croisés, trajectoires mouvantes, vies entremêlées. Naissances et morts, joie et tristesse, amour et haine, amitié et trahison scandaient les jours et les nuits. Les uns se relevaient, les autres prenaient un nouveau virage. Seth commençait à se reconstruire avec comme point d'ancrage son amour pour sa famille.

Le lendemain, Seth accompagna sa mère sur les chantiers du futur dispensaire et de l'orphelinat. Luce s'appuyait sur lui, plus fatiguée encore qu'à l'accoutumée. Seth modifia et régla certains détails qui ne fonctionnaient pas dans les plans dessinés par un architecte local qui n'osa pas contrarier ses propositions. Quand Luce venait seule, il avait un tout autre comportement assez sexiste bien qu'elle soit âgée et pourrait être sa mère. Ensuite, Seth répartit avec Luce les médicaments qu'il avait apportés d'Europe. Au milieu de l'après-midi, il aida Luce au dispensaire central. Il connaissait les premiers soins à prodiguer, il aida Luce à désinfecter des plaies, à refaire des pansements, à administrer des traitements. Tous les deux travaillèrent efficacement jusqu'à la tombée de la nuit. Le dispensaire ne désemplissait pas. Luce était reconnue par la population locale. Les enfants l'appréciaient beaucoup, elle leur donnait toujours une friandise ou un jeu ou une peluche. Ils aimaient sa voix douce, ses gestes calmes et maîtrisés. Pendant leurs soins, elle leur racontait une toute petite histoire pour faire passer le temps.

Quand ils rentrèrent, Françoise les attendait sur la terrasse. La table était mise, Ketso avait mangé, il semblait repu. En apercevant Seth, il lui tendit les bras. Seth lui sourit. Françoise eut une idée ; avec une étole qu'elle noua autour du buste de Seth, elle confectionna un porte-bébé. Seth dîna avec Ketso, une nouvelle fois tout contre lui. Françoise avait une petite idée en tête qu'elle ne voulait pas encore suggérer ou révéler. Elle ne souhaitait pas que leur protégé parte à l'orphelinat. Son début de vie avait été difficile, il méritait des jours meilleurs dans une famille aimante et responsable qui saurait l'amener sur la bonne route.

À la fin du dîner, Seth emmena Ketso faire un tour de jardin, il lui tapota le dos et lui caressa le haut de la tête. Il pensa à tous les malades qu'ils avaient soignés tout le long de l'après-midi, sa mère leur était toute dévouée. L'Afrique mystérieuse, changeante, ensorcelait. Les hommes et les femmes qui la découvraient aimaient sa musique particulière. Luce lui avait indiqué comment se rendre chez leur vieil ami le sage le lendemain matin. Seth était un peu circonspect, mais restait ouvert aux conseils. Comme il l'avait fait la veille, il déposa Ketso dans son berceau.

Le lendemain, il prit la route tôt afin d'anticiper sur la chaleur, le chemin était sinueux et long. Après d'interminables heures, il arriva au début d'un sentier qui le mènerait en haut d'une montagne. Il s'était équipé de bonnes chaussures de marche, il commença la montée. Il croisa des femmes et des hommes en pleurs ou tout sourire qui descendaient du sommet, le pas lourd ou léger. Certains frappaient la paroi des rochers en parlant. L'atmosphère était étrange, à la fois réelle et surnaturelle. En haut du sentier, se trouvait une grande hutte en bois, des gens étaient assis et patientaient avant d'être reçus par le vieux sage. Seth s'installa parmi eux, et attendit pendant quelques heures. Le jour s'était levé et les rayons de soleil les balayaient de sa chaleur.

Quand ce fut son tour, le vieux sage se dirigea vers lui et lui fit signe d'entrer. Il s'adressa à Seth comme s'il attendait sa venue. Seth le salua.

— Bonjour mon fils, je t'attendais. Je t'ai vu cette nuit dans mes songes. Je sais que tu as perdu ton fils. La douleur t'habite.

— Luce pense que tu peux m'être utile.

— Je peux, mais la première personne qui peut te soulager, c'est toi même, tu dois apprendre à trouver en toi tes propres réponses, t'aider par les prières, puiser au plus profond de ton être.

— Je ne prie plus depuis longtemps.

— Pourquoi ?

— J'ai rompu dans mes jeunes années avec mon éducation religieuse. Devenu adulte, je suis parti découvrir le monde, je me suis senti alors invincible, n'ayant plus besoin de croire ou d'attache. J'ai vécu de nombreuses années ainsi sans prier.

— J'aime ta franchise. Tu sais que les Africains accordent foi aux animaux totems, messagers de leurs proches décédés. Tu pourrais entrer en contact avec ton fils par ton animal totem. Si tu ne comprends pas un rêve, tu peux t'agenouiller pour demander à Dieu de te guider.

— Tous ces gens que j'ai croisés en venant sont-ils tous entrés en contact avec leurs morts ?

— Oui pour la plupart. Les deux mondes peuvent communiquer. Il faut être patient et y croire. Les prières vous guident. Le chemin peut être long, au bout vous trouverez la lumière. Au royaume des morts, une âme part et revient. Il faut être attentif aux signes.

— Merci pour tes conseils, à bientôt.

Les yeux du vieux sage étaient vifs et intelligents, sa peau était tannée par le soleil. Le vieil homme lisait dans les âmes comme un livre ouvert, il pouvait tourner les pages de leurs vies, retourner dans le passé de ses interlocuteurs, revenir dans le présent et conseiller pour l'avenir. Malgré le poids des ans, il se tenait assis, bien droit, attentif à la moindre expression du visage de Seth. Seth sentit naître en lui un début de résilience, une petite ouverture vers un nouveau possible.

Seth reviendrait souvent prendre conseil auprès du vieux sage. Il était bien en sa compagnie, il aimait s'asseoir sur le haut plateau de la montagne et se perdre en contemplant le paysage qui s'étalait sous ses yeux, loin de tout et de tous. Au loin, la pointe de l'horizon semblait toucher la frontière de l'autre monde.

Ce jour-là, quand il reprit le chemin du retour, il guetta sur la route la présence de son animal totem, d'un signe. Paula avait pu revoir Tom, Seth pressentait qu'il allait pénétrer dans un nouveau monde jusqu'alors inconnu de lui. Il rentra dans un état second, il pouvait écouter chaque bruit, sentir chaque nouvelle odeur qui s'offrait à lui. Il fallait attendre de rêver, que son songe soit habité de l'animal totem de Tom. Une part de sa vie était partie avec Tom, il devrait pas à pas en construire une nouvelle. Seth avait prévu de rester trois semaines tout au plus en Afrique, le temps allait en décider autrement, l'Afrique aussi. Les semaines se transformeraient en mois.

Le petit Ketso cherchait toujours sa compagnie le matin dès son réveil, et appréciait d'être transporté dans le porte-bébé improvisé par Françoise. Il suivrait bientôt Seth, Luce et Françoise partout dans la maison et dans le jardin en trottinant ou à quatre pattes. Seth partageait son temps à aider Luce et à planifier des actions et des voyages pour la fondation de son fils.

Il se rendit au Kenya, le dernier bastion. En hélicoptère, il repéra un troupeau de quarante éléphantes, il ne restait qu'un seul mâle. Il apprit plus tard qu'il s'appelait Sataho. Il était majestueux, imposant, ses défenses touchaient le sol. Il représentait un trésor rare, le seul mâle à pouvoir assurer une descendance à la harde. En l'approchant plus tard sur terre, Seth remarqua avec les rangers de la réserve que Sataho avait deux plaies sur le flanc gauche. Ils trouvèrent ce jour-là la carcasse d'une femelle dont les braconniers avaient découpé et retiré les défenses. Le corps était en putréfaction. Le marché de l'ivoire était juteux, l'argent remporté effaçait tout intérêt pour la préservation de la faune locale.

La femelle laissait des éléphanteaux orphelins, une véritable tragédie. Les soigneurs la remplaceraient auprès d'eux en leur donnant des biberons plusieurs fois par jour, en veillant à leur confort et à leur éducation, ils seraient mères de substitution. Les petits orphelins ne pourraient survivre seuls dans la savane. Quand ils seraient plus grands, les hommes essaieraient de les réintroduire dans le troupeau de leur maman. Les autres membres en général conservaient en mémoire les odeurs de leurs congénères et les adopteraient doucement. Vingt mille éléphants avaient été massacrés durant ces dernières années.

Dans chaque réserve, une école était construite pour les enfants des rangers, des villageois et des expatriés. Les enfants étaient sensibilisés à la préservation des espèces et de la nature grâce à de vastes programmes réalisés par leurs professeurs et les rangers. Politiquement, Seth et ses confrères souhaitaient que des lois soient votées pour abolir la vente de l'ivoire.

Quelques jours après la découverte de la carcasse de l'éléphante, le mâle Sataho succomba à une flèche empoisonnée. Les braconniers avaient emporté ses longues défenses. C'était un désastre. Seth savait que s'ils n'arrivaient pas à conserver les éléphants d'Afrique, la faune allait s'éteindre progressivement jusqu'à atteindre le point de non-retour. Il fallait continuer d'agir, le temps était compté. Les braconniers utilisaient une panoplie de moyens dont une très rapide et qui pouvait faire le maximum de victimes, ils empoisonnaient les points d'eau au cyanure. Seth noua de nombreux contacts dans la région, toute une chaîne humaine de solidarité se mit en place ayant pour but la lutte contre les chasseurs et leur trafic.

À Abu Camp au Botswana, Seth suivit les progrès d'un bébé femelle éléphant qui avait perdu sa mère. Elle était élevée par une équipe de soigneurs qui se relayaient autour d'elle nuit et jour pour lui donner les biberons et ne jamais la laisser seule. Elle les suivait partout aux alentours de son enclos. Le but était qu'elle rejoigne au plus vite son clan dont elle était séparée depuis quatre mois, elle devait être éduquée par d'autres éléphants. Il était temps qu'elle les retrouve. Elle s'appelait Nahati. L'opération de sa réintégration n'était pas simple, les soigneurs avaient repéré son troupeau et ses deux grandes sœurs.

L'une d'elles, Lorato, leva sa trompe à son approche, elle reconnut son odeur. Mais Nahati était partie depuis quatre mois, elle était déboussolée. Les soigneurs formèrent un cercle autour des trois sœurs afin qu'elles se retrouvent. La petite Nahati reconnut ses deux grandes sœurs, elles se sentirent. Nahati se mit entre leurs pattes, le lien n'était pas rompu, la famille fêtait son retour. Les deux aînées devaient apprendre à la petite Nahati à se nourrir, lui montrer quelle herbe manger, lui indiquer de ne pas s'éloigner du troupeau car elle serait une proie facile pour les prédateurs environnants.

Les soigneurs très attachés à Nahati fêtèrent son premier anniversaire, ils lui chantèrent des chansons locales et dansèrent autour d'elle. Nahati mangea son gâteau avec grand appétit. Le lendemain, elle rejoignit définitivement son clan. Seth et les soigneurs furent émus, c'était une petite victoire sur les braconniers, chaque éléphanteau sauvé pourrait perpétuer l'espèce. Seth lui accrocha à une patte un bracelet GPS. Les rangers pourraient suivre ses déplacements ainsi que ceux de son clan.

La fondation Hope avait financé un parc non loin de chez Luce, Seth s'y rendait chaque jour. Il aimait parcourir toute la réserve dans sa jeep au petit matin, assister au réveil de la nature et des animaux : tigres, éléphants, hippopotames, lions, gazelles. La réserve était un petit Éden, la fondation avait construit une école au centre. Les enfants avaient l'habitude de côtoyer les animaux et tout ce petit monde cohabitait paisiblement. Mais depuis quelques jours, Seth et les rangers avaient remarqué des traces d'empreintes de panthère autour de l'établissement. Ils devaient se tenir sur leurs gardes, il fallait réussir à la capturer dans le bush afin de la déplacer à l'opposé de l'école. Elle avait déjà tué ; cachée, elle pouvait les observer. La situation était dangereuse pour les enfants.

Seth pensa que les traces des pattes de la panthère étaient un signe de l'autre monde et du pays des rêves. C'était peut-être l'animal totem qu'il attendait pour rentrer en lien avec Tom.

Seth et les rangers décidèrent de déposer une carcasse dans une cage afin d'appâter le fauve et de pouvoir le capturer. Ainsi elle comprendrait que les humains n'étaient pas amicaux. Le lendemain matin, la panthère avait été prise au piège, elle était en colère. C'était une survivante. Quelques jours plus tard, elle fut relâchée comme convenu du côté opposé de l'école. Les élèves étaient de nouveau en sûreté. Ils étaient sensibilisés aux dangers de la savane. Leurs maîtres les avaient informés du risque représenté par la panthère. Ils leur avaient montré les traces sur la terre tout autour de l'école. En cours de dessin, les élèves en avaient reproduit une surgissant dans la savane, allongée au soleil. Elle ne revint pas, Seth comprit qu'elle n'était pas le signe qu'il attendait.

Dans un autre parc, une femelle buffle semblait très affaiblie, elle peinait à suivre son troupeau. Les buffles, les éléphants, les lions, les léopards vivaient dans la réserve. Au cœur de la nature sauvage, Seth, les soigneurs et les rangers, observaient à distance. Assis à l'avant du capot de la jeep, le pisteur africain levait sa baguette de bois en l'air si un animal était bientôt en vue. Ils virent que la femelle buffle était morte sous l'assaut de deux jeunes lions qui en firent un festin gargantuesque. Dans la chaîne alimentaire, elle permettait la survie de plusieurs animaux, la carcasse laissée par les lions serait récupérée par les hyènes et d'autres prédateurs. Les hommes avaient un autre rapport au temps, ils vivaient dans l'instant présent, conscients que la vie pouvait s'arrêter à n'importe quel moment. Ils croisèrent les charognards attirés par l'odeur de la carcasse. Parmi eux, des bébés hyènes exploraient les alentours et se forgeaient leurs expériences par l'environnement. Seth et ses compères savaient que les hommes, pour la plupart, avaient perdu le sens de l'aventure et qu'ils devaient s'inspirer des animaux.

Chaque jour, Seth pensait aux propos et aux conseils du vieux sage qui le guidaient pas à pas vers une nouvelle route de vie. Il sentait Tom à ses côtés. Il lui arrivait de sourire seul en admirant la nature environnante, mystérieuse et envoûtante. Seth était inspiré par la croyance des Africains, les rencontres qui redonnaient espoir. La destination importe moins que le voyage. Il reprenait en pleine conscience foi en la beauté de la vie.

Quand il ne prenait pas la Jeep, il laissait l'un des rangers ou l'un de ses amis la conduire. Il emmenait Ketso en promenade. Il le calait contre sa poitrine dans son porte-bébé. Il souhaitait que Ketso voie toute la beauté naturelle et animale qui les entourait. Françoise était inquiète les jours de promenade, mais elle faisait confiance à Seth. Le bébé levait la tête ou la penchait, regardant les arbres, le soleil filtrer entre les branchages, l'envol des oiseaux. Il fermait les yeux, les rouvrait, souriait. Il était détendu, heureux. Il agitait ses petites mains pour montrer les animaux croisés à Seth qui nommait chaque animal. Ketso était bien trop petit pour les mémoriser, mais ils feraient partie de ses souvenirs. Ketso babillait, à son tour, il racontait à Seth certainement une belle histoire inspirée par tout ce qu'il découvrait autour de lui.

Luce les avait photographiés dans la Jeep près de l'Okavango, un gigantesque delta qui voit se jeter un fleuve dans le désert. Ketso paraissait minuscule contre le grand corps mince de Seth.

Les éléphants étaient à la baignade, les crocodiles pas très loin, des milliers d'oiseaux de toutes espèces et de toutes les couleurs s'étaient posés sur l'herbe et sur l'eau. C'était la saison sèche, le temps semblait suspendu. Seth regardait souvent les lettres du prénom de Paula tatouées sur son poignet et son alliance. Paula et lui gardaient le contact à travers des écrans d'ordinateur et Skype. Il leur semblait que c'était une étape avant peut-être de se retrouver. Tom leur manquait, il était toujours présent dans leurs pensées, leurs messages étaient empreints de leur amour pour leur fils. Chaque pas, chaque jour, était une avancée vers la lumière. Paula avait eu besoin de se retrouver sur une île entourée par l'océan, Seth était parti pour l'Afrique. Ces deux lieux très différents, tout aussi mystérieux, les protégeaient, apaisaient leurs peines.

En ce jour de promenade, Seth, Luce et Ketso arrivèrent à un petit Éden, une réserve où se trouvaient beaucoup d'hippopotames. Ils étaient en train de se baigner. Un des amis de Seth leur raconta qu'à la nuit tombée, ils se rendaient par petits groupes dans la petite ville voisine. Ketso et Luce endormis en fin de soirée, Seth les accompagner dans leur virée nocturne. Ils croisèrent sur la route et dans la rue des hordes d'hippopotames dispersés sortis de l'eau. La légende locale racontait que les hippopotames suivaient les sentiers disparus désormais goudronnés. Ces derniers broutaient l'herbe verte, fraîche, d'un parc, des jardins des habitants. À leur façon, ils tondaient les pelouses. Ces hippopotames et les résidents vivaient en parfaite harmonie. La nuit, les habitants se déplaçaient avec des torches. Quand ils avaient fini de se repaître et de manger, les hippopotames repartaient tranquillement sur le territoire de la réserve. Le matin, chacun reprenait sa place dans la plus grande tolérance. Ce spectacle heureux réconforta Seth dans son combat pour la protection animale et de la nature. Malgré les indicateurs passés au rouge et le compte à rebours en cours, enrayer la destruction lui parut encore possible et réalisable, il suffisait que chacun apporte de la bonne volonté, de la compréhension, de l'intelligence visionnaire, que les nations travaillent de concert.

Un sentiment de liberté, de bien-être envahit Seth, pour la première fois depuis bien longtemps. Il se sentait comme un homme convalescent cheminant sur la route de la guérison.

Paula et Seth se donnaient rendez-vous par Skype, plusieurs fois par semaine, ils parlaient du quotidien, de leurs projets et depuis peu arrivaient à évoquer la mort de Tom. Cette relation à distance pouvait étonner, elle était une étape dans un long processus d'une nouvelle vie, de nouvelles connexions. Ils avaient cessé de s'accuser, de se sentir fautifs de la mort de leur fils. Ils venaient de comprendre que la culpabilité était un poison qui se diffusait via le cerveau dans leurs corps et qu'elle les rongeait jour après jour. Un premier pas avait été franchi. Ils ne pouvaient pas trouver d'explication à la perte de leur fils et n'en cherchaient plus. Ils faisaient au mieux pour avancer.

Le deuil les hantait toujours, mais de façon plus apaisée. Ils étaient à fleur de peau, l'amour qui les unissait était leur soupape. Ils avaient chacun leur rendez-vous avec Tom au sein des jours ou des nuits. Ils avaient été un puis deux puis trois avec bonheur. Ils étaient en train de créer une nouvelle géographie familiale et affective. Paula et Seth avaient réagi différemment face au deuil. Paula était partie, Seth s'était emmuré dans son silence. Au début, ils avaient trouvé des filets de sécurité autour d'eux peut-être pour leur redonner envie. Ils avaient renoué le lien, ils étaient de nouveau connectés. Au-delà de tout, ils n'avaient jamais cessé de s'aimer. Paula et Seth conservaient la douleur en eux, chacun à sa manière l'avait déposé, enfouie quelque part en eux, la douleur était plus vivable bien qu'elle ne disparaîtrait jamais. Par vagues, accalmie ou chagrin les envahissaient. Ils réussissaient à en parler maintenant. Ils avaient choisi la renaissance, ils souhaitaient embrasser à nouveau la vie. Sentir les choses, les vibrations de leur environnement.

Leurs existences avaient été percutées de plein fouet par l'annonce de la mort de Tom, et s'étaient transformées en champ de ruines. Ils essayaient jour après jour de semer de nouvelles petites graines qui deviendraient de belles fleurs. Ils l'espéraient, Tom aimait tellement les fleurs. Luce lui avait tant appris du monde des plantes, de la nature.

Au centre du jardin de Luce, un baobab largement centenaire trônait, entouré d'oiseaux. Il semblait veiller sur le terrain et la maison. Il avait dans son tronc une cavité où Seth aimait s'asseoir. À l'intérieur du tronc, Seth apercevait le ciel, les branches feuillues, le vol des oiseaux. Il y emmenait maintenant Ketso qui agitait les mains vers l'azur. Seth et Ketso s'étaient beaucoup attachés l'un à l'autre au fil des jours. Un matin, le jardinier lui rappela que le baobab abritait de bons esprits. Il était un arbre à souhait. Seth fit un vœu. Il espérait de tout son être qu'il se réalise prochainement. Seth était attendu en Jamaïque pour un nouveau programme sponsorisé par la fondation Hope : une formation de surf pour les jeunes afin qu'ils aient un projet d'avenir. Tom était à la source de cette initiative, Seth ferait en sorte que l'expérience soit un succès et se crée dans d'autres pays.

Seth aimait les livres qui lui ouvraient de nouveaux horizons de vie et de pensées. Il venait de lire un ouvrage sur les habitants d'Okinawa. Selon eux, pour atteindre le bonheur, chacun devait trouver sa raison d'être. Okinawa était célèbre pour abriter un peuple à la longévité exceptionnelle et pour qui le secret d'une vie longue et heureuse tenait tout entier dans cette quête. Seth était quant à lui sur la voie lente de la construction, il sentait à nouveau autour de lui les éléments, la nature, sa famille, ses amis. Il s'ouvrait au monde et à ses cycles. Sa raison d'être, il l'avait trouvée, mener à bien tous les projets de son fils.

Paula

Depuis qu'elle avait pu à nouveau serrer Tom dans ses bras. Paula continuait à se rendre à la pointe de l'île où se trouvait un vieux banc en pierre. De là, elle surplombait l'île. Personne ne venait l'importuner, elle pouvait rester là une heure ou plus, perdue dans ses pensées, parlant à Tom. Elle emportait toujours un cahier, elle y écrivait des souvenirs, des conversations qu'elle avait eues avec lui, qu'elle voulait continuer au présent et au futur. L'écriture était libératrice, confidente, lien, témoin, amie.

À la Villa Eugénie, Paula conversait régulièrement avec Jane Eugénie. Cette dernière et Léo avaient été vraiment des piliers qui l'avaient soutenue les premiers mois de son arrivée dans l'île. Ils étaient devenus des membres à part entière de sa famille de cœur et d'adoption. Ils lui avaient permis de penser que tout irait mieux. L'amitié et l'amour avaient des valeurs plus fortes qu'auparavant. Chacun possédait en lui une force étonnante qui poussait vers l'avant. Jane Eugénie qui avait vécu comme elle le décès de son enfant lui était précieuse, elle l'avait aidée à accepter le sien. Elle était son lien entre les deux mondes. Paula appréhendait la mort différemment, non plus comme une fin, mais comme une suite.

L'atmosphère calme et sereine qui l'entourait l'aidait. Le temps s'écoulait paisiblement, la proximité de l'océan, l'amitié de Léo, Jane Eugénie, Madeleine et les autres étaient des appuis salvateurs. Paula aimait profondément chacun de ses nouveaux amis, l'île et la Villa Eugénie. Le hasard l'avait conduite sur la route, elle avait fait halte à l'agence immobilière de Mathilde juste avec une petite idée en tête, trouver un endroit où s'abriter, abriter sa peine. Mathilde avait su la comprendre d'un bref coup d'œil. Elle avait tout de suite vu que la villa serait sa résurrection, elle possédait une âme, issue de ruines et rebâtie par un amoureux, elle entourait chaque nouvel arrivant de toute sa protection.

L'écriture offrait à Paula des plages de reconnexion, elle ne s'était pas perdue tout à fait. L'écriture était réparatrice, passeuse de nouveaux messages, de questionnements, elle l'emmenait au loin en compagnie de ses personnages. L'océan restait ami, cocon, lieu de souvenirs et de recueillement. Paula nageait. Elle avançait dans les vagues en regardant un vol d'oiseaux blancs évoluer au-dessus d'elle, elle se disait que peut-être Tom la voyait de là-haut sur sa planche de surf. Autour de ses pieds, des petits poissons multicolores nageaient en groupes. Elle aimait l'océan, elle affectionnait se laisser emporter par le courant de l'eau, faire corps avec elle.

Les oiseaux partis, le silence s'installait parfois, entrecoupé par le chant de Poppy, la baleine de son enfance, présence quotidienne et amicale. Après tant d'années, elles s'étaient retrouvées. La dernière fois qu'elles s'étaient vues remontait à la première année de Tom quand Paula lui apprenait à nager. Poppy était apparue, elle avait eu un chant spécial pour saluer Tom. Elle était restée près d'eux quelques heures et était partie rejoindre les siens. Poppy avait toujours ressenti les émotions de Paula. Elle était à nouveau réapparue dans la vie de Paula quelques jours après son installation sur l'île. Elle pouvait entendre et comprendre le chagrin presque inaudible de Paula. Elles avaient tissé entre elles un lien spécial. Poppy avait été la première baleine qu'avait vue Tom.

Paula nageait souvent en sa compagnie. L'océan l'enveloppait dans une bulle protectrice. Elle se laissait aller, ne semblait plus faire qu'une avec les éléments, légère, dégagée de toute douleur, de la lourdeur de son corps pour quelques instants. Elle nageait puis revenait s'allonger sur le ponton, d'où elle suivait le voyage des cumulus. Elle pensait à Tom, ils avaient aimé tous les deux donner un nom aux formes des nuages : cheval, lion, fantôme. Il aurait apprécié la présence de Poppy. La baleine restait encore quelques instants près du ponton puis partait vers le large. Paula la regardait s'en aller. Elle reviendrait le lendemain. Chaque jour, Poppy s'éloignait des siens pour retrouver Paula et l'accompagner dans son deuil.

Quand il faisait beau, Paula plongeait avec Léo. Les fonds marins recélaient un monde étrange, Léo lui montrait les principales espèces menacées. Ils étaient conscients d'être les témoins d'un espace à préserver qui pourrait disparaître très prochainement. Paula pensait à Tom, à Seth qui avait repris le flambeau de la fondation Hope. Revenus à la surface de l'eau, Paula et Léo nageaient côte à côte, leurs mouvements presque synchronisés, la tête encore remplie par ces instants fugaces passés dans un autre univers. Quand ils revenaient sur la terre ferme de l'île, le sol semblait tanguer, le monde marin si proche se refermait sur ses secrets et sa beauté unique.

Lors de ses promenades matinales, Paula se demandait où elle allait emmener ses personnages, Alex et Adèle. L'île était devenue son fief. La mer dans tous ses états, calme, déchaînée, la rassurait. Elle lui avait pardonné de lui avoir enlevé son fils. Tom aimait la mer, c'est ce qui devait rester en sa mémoire. Certains matins, la côte sauvage, brute, presque agressive, la ressourçait. La plupart des criques n'étaient accessibles que depuis la plaine liquide, elles abritaient les nids d'oiseaux, fourmillants de vie.

Paula et Seth se ressourçaient, se reconstruisaient dans des lieux opposés. Au sein de la nature sauvage à la fois protectrice, les éléments les ramenaient à l'essentiel, les sauvegardaient du superflu.

Sur l'île, les habitants allaient célébrer l'équinoxe d'automne, autour d'un grand feu de bois sur la plage. Léo lui avait décrit le déroulement de la fête, chacun écrirait sur un papier quelque chose dont il voulait se débarrasser en le jetant dans les flammes. Il y aurait des chants, des danses locales venant des siècles passés, racines immuables, des conversations entre amis, un grand pique-nique improvisé sur la plage, de la chaleur amicale et bienveillante. Les fleurs de saison étaient en pleine floraison. Ce serait la première grande sortie de Paula depuis le décès de son fils. Elle se sentait capable de participer à une fête à nouveau. Elle profitait de l'anonymat, aucun habitant ne parlait d'elle à l'extérieur de l'île. Elle pouvait y blottir son chagrin les jours de vague à l'âme.

Le lion

Lors d'un rêve, Seth reçut un signe, il vit un lion. Le vieux sage lui avait indiqué que chacun trouvait son animal totem qui le reliait à l'autre monde. Ousmane aurait pu lui transmettre le nom de son talisman il n'en fit rien. Il laissa à Seth le soin de le découvrir lui-même. À travers son songe, Seth comprit que le lion serait son totem, animal de protection, roi des animaux.

Le matin de cette révélation, Seth se leva, ragaillardi, plus apaisé. Le vieux sage avait raison, il devait laisser venir les choses, les signes. Il aimerait tant revoir son fils Tom, lui parler, le toucher comme avait pu le faire Paula. Il savait que c'était possible. Il rejoignit Luce et Françoise sur la terrasse pour le petit déjeuner. Ketso dormait encore. Luce lui parut préoccupée et plus fatiguée qu'à l'ordinaire. Seth était conscient qu'elle épuisait ses dernières forces dans ce nouveau projet de dispensaire et pour accompagner ses patients jusqu'au bout. Il y avait un accord tacite entre eux et dans leur famille, chacun respectait les choix de vie des uns et des autres. Seth sourit aux deux femmes, c'était une belle matinée, le soleil n'était pas encore à son zénith. L'air était doux. Seth ne leur parla pas de son rêve.

C'était jour de marché, Françoise lui demanda de l'accompagner pendant qu'il faisait encore frais. Seth se doutait qu'elle allait évoquer l'état de Luce. Ils laissèrent Luce qui en profita pour lire de nouvelles revues médicales.

Françoise considérait les enfants de Luce et Joseph, comme les siens. Elle s'adressait toujours à eux franchement, sans emphases. Dès le départ de la voiture, elle entama la conversation qu'elle souhaitait mener jusqu'au bout. Elle avait deux idées en tête, elle devait les exposer à Seth et obtenir des réponses.

— Comment vas-tu, mon petit Seth ?

Seth sourit, pour Françoise, il était toujours un enfant, un éternel adolescent.

— Je recommence à vivre, pas à pas, doucement.

— Oui je sens que tu vas déjà mieux qu'à ton arrivée. Je souhaitais te parler de Luce et de Ketso. Je m'inquiète beaucoup au sujet de ta mère. Elle est de plus en plus faible, elle devrait retourner en Europe pour se soigner. Nous en avons parlé à maintes reprises. Elle ne le souhaite pas. Je respecte son choix. L'autre soir, elle m'a dit qu'elle sentait que la mort s'approchait. Elle l'acceptait, elle ne voulait plus lutter, sa vie était ici. Elle m'a dit que ton père, Joseph, l'attendait depuis bien longtemps.

— Luce s'est toujours dévouée aux autres. Il faut respecter ce qu'elle souhaite, ses dernières volontés, la laisser vivre ses choix jusqu'au bout.

— Oui je comprends. Tu as raison, je suis à ses côtés depuis tellement longtemps. Je la considère comme ma sœur. Je fais tout pour que ses jours soient doux.

— Je sais combien tu lui es dévouée. Je comprends ton inquiétude, je pense qu'il faut l'accompagner le mieux possible. Tu souhaitais me parler de Ketso ?

— Je me suis attachée à ce petit garçon, je l'aime comme un membre de la famille à part entière. Je suis inquiète pour son avenir si Luce part vers l'autre rive, je ne suis plus toute jeune. Que va-t-il devenir ? Ne connaîtra-t-il que l'orphelinat sans amour, sans tendresse ? Il s'est habitué à nous tous. Nous sommes désormais sa famille. Ses grands-parents ne veulent pas de lui, ils l'ont dit clairement à Luce. Ils pensent qu'il a le sida. C'est un déshonneur pour leur famille. Ce petit bonhomme s'est beaucoup attaché à toi.

Il se dégage de vous deux une grande complicité, de la tendresse, de l'affection. Ce que j'ai à te demander est très difficile.

— Tu sais que tu peux tout me demander, Françoise. Je t'écoute.

— Avant de partir, pourrais-tu adopter Ketso afin de lui assurer un bon avenir. J'aimerais tellement qu'il grandisse dans un doux foyer.

Seth fixa la route, il pensa à Paula et à Tom. Il se rappela les paroles du vieux sage, une âme pour une âme. Il ne pourrait jamais accepter de savoir Ketso dans un orphelinat. Il pensa à Paula qui adorait les enfants, ils n'avaient jamais pu donner des frères ou des sœurs à Tom. Le destin pouvait être surprenant. La vie jouait des tours à des lendemains tous tracés, elle faisait prendre des chemins de traverse. Sur le sol de la mystérieuse Afrique, un bébé avait besoin d'eux, d'un nouveau foyer pour grandir et survivre, de mains tendues pour l'accompagner sur le sentier de la vie. Avec Paula, sa femme adorée, ils se retrouvaient chaque jour, se téléphonaient. Leur amour était toujours présent.

— Rassure-toi, Françoise, je ne laisserai pas Ketso seul. Je vais en parler à Paula ce soir. Ensuite, nous pourrons lancer les formalités. Nous l'annoncerons à Luce en rentrant. Elle sera rassurée elle aussi.

Françoise se pencha vers lui pour l'embrasser. Il avait toujours été un garçon sur qui s'appuyer, le cœur sur la main. Elle se sentait plus sereine, maintenant qu'elle avait obtenu ses deux réponses. Elle accompagnerait Luce jusqu'au bout de sa route. Elle regagnerait ensuite la France où elle irait vivre en Bretagne près de son frère, veuf depuis peu. Au décès de leurs parents, il était retourné habiter dans la maison familiale sur la côte sauvage. Il y vivait seul avec ses chiens, il serait heureux d'avoir de la compagnie et ravi de déguster les petits plats de sa sœur, véritable cordon bleu. Ils pourraient couler de vieux jours au milieu de souvenirs enchantés de leur maison familiale. Françoise adorait sa terre natale et ses traditions.

Ils retrouvèrent Luce assise sous la véranda, Ketso perché sur ses genoux. Il babillait, il racontait une histoire à sa façon. Quand il vit Seth, il tendit les bras vers lui. Seth l'installa dans son porte-bébé tout contre lui.

— On dirait qu'il ne peut plus se passer de toi. Tout à l'heure, quand il s'est réveillé, il te cherchait des yeux dans toutes les pièces que nous avons traversées avant d'arriver sur la terrasse. Je suis heureuse qu'il se plaise parmi nous.

— Luce, Seth a quelque chose à t'annoncer.

— Françoise m'a fait part de son inquiétude pour l'avenir de Ketso. J'y avais déjà pensé de mon côté sans vous en parler. Je n'ai donc pas été surpris par la demande de Françoise. Je vais en informer Paula ce soir, j'aimerais que nous adoptions Ketso dans les prochains mois. J'ai déjà parlé à Paula du petit Ketso, elle l'a vu par Skype. Elle l'a trouvé trop chou.

— Seth, si tu savais combien tes paroles me rassurent. J'ai promis à sa maman de m'occuper de lui juste avant qu'elle ne rejoigne les étoiles. Elle est partie rassurée, son petit aurait un foyer. J'espérais un miracle, nous ne sommes plus toutes jeunes toutes les deux. J'irai sur la tombe de sa mère cet après-midi lui annoncer cette bonne nouvelle.

— Nous irons tous ensemble, maman.

Seth respectait les relations de Luce et de ses patients qui perduraient au-delà de la mort pour certains. Il partit vers l'arbre centenaire, il aimait s'asseoir au creux de son tronc. C'était un lieu apaisant, magique où il se sentait en paix. Ketso semblait lui aussi apprécier cet endroit, il regardait le ciel, souriait aux nuages, tapait dans les mains quand il entendait la musique de la maison voisine. Puis souvent s'endormait. Seth aimait sentir ce petit être tout contre lui, sa chaleur. Comment allait réagir Paula à sa demande ? Peut-être était-ce trop tôt ? Tom ne les avait quittés que depuis quelques mois. Ils avaient vécu leur deuil chacun à leur manière avec des besoins et des attentes différentes. Ils s'étaient retrouvés. Seth se rappela leur première fois sur la plage au clair de lune.

L'après-midi, Luce, accompagnée de son fils, de Françoise et de leur petit protégé se rendit sur la tombe de la mère de Ketso. Une sépulture simple en pierre blanche avec une croix indiquant la date de naissance et de la mort de la défunte. Chaque semaine, Françoise et Luce nettoyaient ce caveau et d'autres d'anciens malades. Elles renouvelaient les fleurs. Le cimetière avait été érigé dans un endroit calme et excentré de la ville.

Parfois, Luce s'asseyait sur l'une des tombes pour donner des nouvelles des membres de leurs familles aux défunts. Ce jour-là, elle s'installa sur celle de Fatou, la mère de Ketso pour lui parler de l'avenir de son enfant. Elle posa sa main sur la photo de Fatou, pour être plus proche d'elle.

— Ma douce Fatou, comme tu peux le voir, Ketso a grandi de trois centimètres et pris deux kilos. J'ai une formidable nouvelle à t'annoncer, comme je te l'avais promis, j'ai trouvé un bon foyer pour ton fils. Il y sera heureux, accompagné, soutenu, aimé, compris. Je te présente mon fils Seth. Ketso s'est beaucoup attaché à lui. Ils sont devenus inséparables. Mon fils et sa femme vont adopter ton petit. Paula son épouse est la douceur réincarnée. Ils s'occuperont bien de lui. Ketso va partir dans un autre pays, tu seras toujours là autour de lui pour le regarder grandir, nos êtres chers ne nous quittent jamais. Ils reviendront te voir chaque année afin que Ketso n'oublie pas sa terre natale, l'Afrique. Nous te le promettons.

Luce, Seth et Françoise quittèrent le cimetière, le cœur serein. Ketso quant à lui, s'était à nouveau endormi pour la sieste dans son porte-bébé.

Le soir même, Seth téléphona à Paula. Celle-ci venait de fêter l'équinoxe d'automne, elle avait noté sur un papier ce qu'elle ne voulait plus, en un seul verbe et l'avait jeté au feu. Aux branches de l'arbre à vœux, elle avait accroché un souhait qui, elle l'espérait, se réaliserait. Tom continuait de vivre, différemment, dans un autre monde. Grâce à Jane Eugénie, elle pouvait rester en contact avec lui, le revoir, lui parler. Elle avait passé un cap dans l'acceptation de la mort de son fils. Lors de la dernière apparition de Jane Eugénie, elle lui avait demandé si elle pouvait faire en sorte que Tom rende visite à son mari. Jane Eugénie avait acquiescé. Les jours prochains, elle ferait le lien entre les deux mondes afin que père et fils se voient. Paula et Seth aimaient se retrouver le soir, un moment rien qu'à eux.

— Bonsoir ma douce, comment s'est passée la fête pour l'équinoxe de l'automne ?

— Bonsoir chéri, très bien. Il y a encore quelques semaines, je pensais que je ne pourrais plus jamais pu assister à une réception. Grâce aux paroles de Tom et aux habitants de l'île, Léo, Mathilde, j'ai beaucoup aimé, l'ambiance était sympathique. Chacun a jeté un papier avec ce qu'il ne voulait plus. C'est un geste symbolique qui soulage les maux. Le feu tel un guérisseur. Nous avons tous accroché un souhait aux branches de l'arbre à vœux.

Paula ne révéla pas quel était le sien.

— Je comprends. De mon côté, ma visite au vieux sage Ousmane a calmé mes peurs. Je sens à nouveau les vibrations de ce qui m'entoure, la vie, les autres, une nouvelle existence possible. Je pense que chacun de notre côté, nous avançons pas à pas sur un meilleur chemin. J'ai quelque chose à te demander ce soir.

— Je t'écoute.

— Tu sais j'ai passé beaucoup de temps avec le petit Ketso, je l'emmène le plus possible dans mes déplacements afin de laisser plus de liberté à Françoise et Luce. Je vais devoir bientôt partir pour continuer à faire entendre le message de la fondation de Tom. Luce et Françoise ne sont plus toutes jeunes. Luce n'est pas en bonne santé, elle s'affaiblit de jour en jour, elle fait comme si elle ne le voyait pas. Nous respectons ce choix. Ketso a besoin d'un foyer pour grandir. Ses grands-parents ne veulent pas de lui dans leur demeure, sa présence jetterait l'opprobre sur leur maison et leur famille. Ils le soupçonnent d'être porteur du sida. J'ai pensé que nous pourrions l'adopter.

Pendant quelques instants, Paula songea à Tom bébé, à sa chaleur, ses rires, ses petits gestes affectueux. La veille, elle avait regardé d'anciennes vidéos des moments heureux partagés en famille. Leur premier jour ensemble à la maternité, leur émerveillement, leur tendresse, leur complicité autour de leur nourrisson, le berceau et la chambre préparée, décorée au fil des mois de sa grossesse, ses premiers achats de layette, son gros ventre, la première échographie, le regard de Seth fou d'amour et de joie à la perspective d'être père. Les premiers pas de Tom, les premiers mots prononcés : maman, papa et plus tard chat.

Paula scruta le phare au loin, sa lumière clignotante, la mer, repères familiers, rassurants. Elle écouta le murmure de l'océan, calme à cette heure. Elle toucha son ventre, elle y avait abrité Tom, son enfant, leur enfant. Elle lui faisait entendre ses morceaux de musique préférés, lui parlait des heures de son papa et d'elle. Elle lui lisait des contes, caressait son ventre, le sentait bouger, donner des petits coups de pieds. Durant sa grossesse, elle lui avait lu le livre de la Jungle de Kipling. Des années plus tard, Seth et elle avaient emmené Tom au cinéma pour la première fois, il avait assisté, les yeux écarquillés, à l'adaptation en dessin animé du livre de la Jungle par Walt Disney. Il découvrit qu'un petit garçon, qui aurait pu être lui, parlait avec les animaux. Il était sorti de la séance, la tête dans les nuages, rêveur, les yeux pleins d'étoiles. Ses parents avaient toujours pensé que ce jour-là, la vocation de Tom était née. En rentrant de classe, il s'était mis à parler des heures au chat Jimmy et à Goya qui l'écoutaient, les oreilles dressées, très attentifs. Tom était très attaché à ses deux compagnons qui le suivaient dans toute la maison et bien au-delà du jardin de leur villa. Il attendit de nombreux mois, que ses deux animaux lui parlent, en vain. Il dut apprendre à décrypter leurs émotions selon l'intensité de leurs aboiements et de leurs miaulements.

Paula caressa Goya, survivant de ce passé heureux. Le chien la regarda avec ses yeux si doux et si bienveillants, il avait toujours semblé comprendre les membres de la famille qui l'avait adopté.

— Tu es là, chérie. Tu m'as entendu ?

Paula revint à la réalité. Un petit garçon avait besoin d'eux. Il semblait que la vie leur envoyait un message, ils allaient être de nouveaux parents au présent et au futur, des parents différents qui venaient de traverser la dure épreuve de la perte d'un bambin. Une femme, une mère avait mis au monde Ketso. Elle n'était plus, Paula allait prendre le relais auprès de son enfant qui deviendrait sien.

— Oui, je t'ai entendu. Je pensais à Tom, à son enfance, à nous, au passé, au présent. Oui, je suis d'accord pour que nous adoptions le petit Ketso. Il a besoin de nous. À son âge, il a déjà un lourd vécu. Faisons en sorte que sa vie soit plus douce.

Seth éprouva un soulagement, il avait craint un fragment de minute que Paula ne redoute cette adoption. Elle était une femme formidable, toujours à tendre la main à qui en avait besoin. Durant les quelques minutes de son silence, il avait eu peur de l'avoir blessée en lui proposant l'adoption de Ketso. Leur séparation aurait pu briser leur couple.

La perte d'un enfant est un déchirement. Le processus de réadaptation à la vie est un mécanisme lent et difficile. Pour accueillir un nouveau bout de chou, il faut avoir fait son deuil. Parfois la vie vous faisait prendre un virage imprévu.

— Merci Paula, je savais que tu comprendrais ma démarche. Luce et Françoise vont être soulagées, elles s'inquiétaient pour l'avenir de Ketso. Je crains que Luce ne soit arrivée à la fin de ses forces, elle souhaite continuer jusqu'au bout à soigner ses patients. Elle se démène pour un nouveau projet de dispensaire, elle forme des locaux pour prendre sa succession. Elle pense que ce sera plus simple, ils connaissent bien leur communauté, ils seront écoutés.

— Je comprends ce qu'elle peut ressentir. Nous élèverons Ketso au mieux de ce que nous pourrons faire. J'ai aussi quelque chose à te demander, j'y ai déjà réfléchi de nombreuses fois. Je ne sais pas si tu accepteras.

— Je t'écoute.

— Tu sais que j'aime la Villa Eugénie et l'île où je me suis installée. La maison est très grande avec un immense jardin. Elle appartient à un couple d'Anglais, ils sont en voyage. Ils ont appelé Léo cette semaine, ils veulent mettre la Villa Eugénie en vente, ils la lui ont proposée en priorité à un prix dérisoire sur le marché immobilier actuel. À la mort de Jane Eugénie, Léo avait émis le souhait de la racheter en souvenir de moments heureux passés en ses murs. Il s'est porté acquéreur pour la moitié et j'ai proposé d'acheter l'autre partie. J'aimerais que nous passions chaque année quelques mois sur l'île. Cet endroit est particulier, magique, tu comprendras quand tu le découvriras.

— Je n'ai encore jamais habité sur une île. Je suis partant, je veux être près de toi, que nous soyons ensemble.

— Cette acquisition portera aussi un projet de Tom. Tu te souviens, il souhaitait encourager d'autres jeunes à concrétiser leurs ambitions. Une partie de la Villa Eugénie sera dédiée à la création, de jeunes artistes pourront y vivre en résidence une année tous frais payés et ensuite voler de leurs propres ailes. Léo a trouvé ce projet super, il y adhère totalement ainsi que les habitants de l'île. Nous en avons parlé à la fête du solstice d'automne. Léo et Tangui, quant à eux, veulent que la Villa Eugénie soit également un abri pour des jeunes en difficulté, rejetés par leurs familles ou privés de foyer après avoir avoué leur homosexualité.

— C'est génial. Tom serait heureux d'apprendre cette bonne nouvelle.

— Tu peux dire Tom sera heureux d'apprendre. Attends, sois patient, il viendra te rendre visite. Tu pourras lui parler.

Seth pensa au vieux sage ; s'il ne l'avait pas rencontré, il aurait pu rire ou douter des paroles de Paula. Désormais, il avait changé sa manière d'appréhender la mort. Il était prêt, il attendait un signe de son animal totem.

— J'ai hâte de le revoir, de lui parler, de le toucher, de le sentir près de moi.

— Bientôt, Seth.

Ce soir-là, après avoir couché Ketso, Seth travailla sur ses dossiers sur la table de la terrasse. Il faisait chaud, lourd. Les habitants attendaient la pluie avec impatience. Quelque chose de puissant, d'électrique chargeait l'atmosphère déjà pesante. Seth se promena dans le jardin. Il pensait aux derniers mois écoulés. D'inédites joies étaient nées malgré le deuil, il avait retrouvé Paula son épouse, sa complice, son amour, la femme de sa vie sans qui il n'était plus rien. Ils allaient être parents à nouveau. La fondation de Tom étendait ses actions de jour en jour. De nouveaux projets avaient pris forme. Il lui manquait de revoir Tom. Seth regarda le ciel, son fils était là quelque part, peut-être pas très loin.

La nuit l'enveloppait de ses bras. Il n'avait pas envie de fermer les yeux. Il se rendit dans la chambre de Ketso avec un livre. Malgré la chaleur, Ketso dormait à poings fermés. Seth se plongea dans la lecture et finit par somnoler. Il rêva, il était seul au milieu de la savane au volant de sa Jeep. Soudain, un lion apparut devant lui. Il stoppa la Jeep et resta sans bouger. Le lion le regardait, splendide, altier, dans la lumière du jour, ses yeux étaient d'un bleu intense. Seth était comme hypnotisé. Ni l'un ni l'autre ne bougeait. La savane les entourait de ses mille bruits et arômes. L'odeur de la terre ocre était la plus réelle.

Seth se réveilla, il lui semblait qu'une main avait effleuré son visage. Il se rappela du lion de son rêve, son animal totem, roi de la savane. Il ouvrit les yeux, il vit Tom près du berceau de Ketso. Tom lui souriait. Il était là, il était revenu.

– Papa, je suis si heureux de te revoir. Tu m'as manqué. J'ai vu maman, il y a quelque temps.

Tom et Seth s'étreignirent.

– Tommy, tu m'as manqué.

– Toi aussi.

– Tu sais, j'ai laissé la gérance de la clinique vétérinaire à mon associé. Je me consacre à Hope, on avance à grands pas dans tes projets.

– Chouette, papa. J'ai toujours su que je pouvais compter sur toi.

Il rit.

– Fils, je n'ai pas toujours répondu présent dans le passé. J'ai décidé de me rattraper.

– Tu n'as rien à rattraper, Pa, tu as toujours été un père formidable. Tu étais toujours là. Il est vrai que je ne t'ai pas suffisamment écouté surtout pour ma dernière compétition.

– Fils, on ne peut pas refaire le film. Tu vois, ce petit dans le berceau s'appelle Ketso, il est orphelin. Sa maman est morte du sida. Sa famille ne veut pas de lui. Il a besoin de nouveaux parents. Nous avons décidé de l'adopter pour lui offrir une meilleure vie. J'espère que tu n'es pas choqué de notre démarche.

– Je ne suis pas choqué, je comprends. C'est génial. Vous êtes de super parents. Ketso sera bien avec vous.

Tom s'approcha du berceau, et regarda l'enfant endormi. Il sourit, il était heureux de retrouver son père pour un moment. Ils parlèrent jusqu'à la fin de la nuit. Un orage avait éclaté, rendant l'atmosphère plus respirable. Tom répéta à son père ce qu'il avait dit à sa mère, ne pas s'en vouloir de sa mort et arrêter de culpabiliser. Ils n'étaient pas responsables, ils devaient vivre à nouveau, rire, chanter, être heureux tout simplement.

Ils seraient toujours une famille, une famille agrandie par l'arrivée de Ketso. Une nouvelle maison serait leur foyer. Tom leur rendrait visite de temps en temps, ce serait leur secret. À l'aube, Jane Eugénie vint chercher Tom pour le ramener dans leur monde. Elle fit la connaissance de Seth et comprit pourquoi après plus de vingt ans de mariage, Paula en était toujours éperdument amoureuse. Seth était irrésistible, drôle, intelligent, bel homme.

Le père et le fils s'embrassèrent. Seth regarda Tom et Jane Eugénie s'éloigner. Ils reviendraient. Seth décida d'aller rendre visite au vieux sage, en haut des montagnes. Il laissa un mot à l'attention de Luce et Françoise afin qu'elles ne s'inquiètent pas. Seth et Tom avaient passé la nuit à parler. Seth ne ressentait aucune fatigue. Il était en pleine forme, se sentait léger, délesté du poids de la culpabilité de la mort de son fils. Les paroles de Tom l'avaient libéré. Il pouvait continuer le chemin de sa vie avec Paula et Ketso, Tom serait toujours présent à leurs côtés.

Au dernier virage qui menait au bas du sentier de la montagne, à travers la poussière de la route, un lion apparut, Seth freina pour le laisser passer. L'animal traversa nonchalamment, d'une beauté saisissante, ses yeux bleus le fixèrent quelques secondes. Connexion mystique entre animal et humain, mimétisme, compréhension, message de l'au-delà. Seth regarda le lion s'éloigner et prit le chemin du sentier. Il croisa quelques hommes et femmes en quête de leurs morts.

Comme au premier jour de sa venue, une queue s'était formée devant la cabane du vieux sage. Seth attendit son tour, l'esprit voguant au-delà de la plaine et de la montagne tel un oiseau migrateur, il plongea dans les années passées de sa vie. Il ferma les yeux. Le temps s'égrena très vite alors qu'il patientait depuis des heures, ce fut à lui. Le vieux sage lui fit signe de s'asseoir.

— Tu as vu ton fils, cette nuit. Le lion t'a rendu visite du royaume des songes.

— Oui, merci de m'avoir aiguillé et de m'avoir conseillé d'attendre un présage et la venue de mon animal totem.

— Le lion, seigneur, roi de la savane. Il vous protégera désormais, il est capable de détourner beaucoup d'événements. Il sera ton lien avec l'autre monde. À chaque fois que tu le verras, quelques heures ou quelques jours après, Tom te rendra visite. J'ai pu parler à ton fils hier. Je l'ai trouvé très mûr pour son âge. J'ai eu plaisir à échanger avec lui, nous avons une vision identique du monde. C'est un jeune sage.

— Oui, il luttait toujours pour ses idées, pour un avenir meilleur, pour stopper le mal. Je suis fier de lui.

— Il vous aime, vous et votre femme de tout son être. Il m'a aussi parlé de Ketso, il est heureux de son arrivée.

— Nous aussi.

— Vous savez que votre maman, Luce, ma grande amie va bientôt nous quitter. Je l'ai senti cette nuit. Mon animal totem m'a prévenu. Il faut vous attendre à son départ.

— Je me prépare depuis quelque temps, Luce sait qu'elle va nous quitter. Je l'ai vu à son regard.

— Oui, elle le sait. Nous avons évoqué maintes fois la mort tous les deux. Après la perte de votre père, elle a retrouvé la paix dans ce pays et au sommet de cette montagne. Elle vient souvent me voir après le décès de l'un de ses patients. Elle n'a pas peur de la fin, elle la conçoit comme un passage vers un autre monde. Luce sait que votre papa l'attend. Leur amour a résisté au temps, invincible, fort, puissant.

— Oui, ils vont se retrouver. Ils n'ont jamais cessé de s'aimer, ils ont tout traversé ensemble. J'ai toujours admiré leur lien si intense, si beau, qu'ils ont tant cultivé, magnifié. Je suis amoureux fou de ma femme. Grâce à vous, à vos sages paroles de la dernière fois, j'ai su retrouver le chemin de son cœur. La fois précédente, lorsque je suis venu, j'étais happé par la douleur, la colère, pris dans le piège de la culpabilité. J'ai acculé ma femme Paula, je l'ai accusée de la mort de notre fils. Elle est partie, elle s'est réfugiée sur une île.

— Nous réagissons différemment à l'annonce de la perte d'un proche. Je suis heureux que vous ayez pris du recul et le chemin de la paix. La colère, les accusations n'amènent rien de bon dans la vie. L'apaisement est un nouveau départ, vous êtes sur la voie de la reconstruction.

— Oui j'ai trouvé ici en Afrique une renaissance, un nouveau sens à ma vie. Mon épouse et moi allons adopter le petit Ketso.

— J'ai bien connu la mère de Ketso, une femme respectable mariée à un coureur de jupons. Elle a eu une triste vie, elle était remarquable, courageuse, intelligente, dévouée, toujours digne. Avant que le ciel ne la rappelle, nous avions parlé longuement. Luce était venue me chercher, nous l'avons veillée ensemble dans ses dernières heures. C'est cette nuit-là que Luce s'est confiée, elle savait que ses jours étaient comptés. Elle espérait avant trouver un foyer à Ketso.

— Oui elle pourra partir tranquillement, rassurée. Nous prendrons soin de Ketso. Je serai un père plus présent pour lui. Nous reviendrons régulièrement ici afin de ne pas couper le lien avec son passé.

— Oui il est préférable que chacun sache d'où il vient. Nous avons tous besoin de savoir que nous venons de quelque part.

Ses sages paroles résonnèrent en Seth. Il pensa à nouveau à sa tendre Paula. À cet instant, il aurait aimé la serrer tout contre lui, lui murmurer à l'oreille tout son amour, se perdre dans son regard si intense, sentir sa chaleur à travers le tissu de sa robe.

Seth prit congé d'Ousmane le vieux sage ; ce dernier le regarda partir vers le sentier qui le ramenait à sa voiture. Il avait su le guider, lui apprendre à écouter ce qui n'est pas perceptible à la première écoute, de ressentir, de voir ce qui n'est pas visible au premier regard. Seth avait été capable de changer, d'entrer en relation avec son animal totem et de revoir son fils, il était sur la bonne voie.

Le vieux sage sourit, la vision de la montagne était magnifique, changeante selon les heures de la journée et lui apportait depuis des années le ressourcement, la sérénité dont il avait besoin. Les gens venaient à lui, il était là pour les écouter, les conseiller.

Seth allait revoir le lion, rester immobile et attendre qu'il s'approche de lui sans crainte, sans peur, en totale connexion. Ils devinrent amis, Seth lui parlait de sa vie quotidienne, assis à côté de lui. C'était un temps qu'il s'accordait, un temps avec un ami, lien avec son fils Tom. Un jour, le lion apparut avec sa petite famille qu'il lui présenta.

Le dauphin

Sa conversation téléphonique avec son mari achevée, Paula regarda à nouveau le phare et sa lumière clignotante au loin. Elle avait toujours aimé les phares, elle trouvait leur présence rassurante au sein de la nuit. Elle marcha jusqu'au bout du ponton qui menait à la mer, les épaules enveloppées par un châle de Jane Eugénie, elle se tint là, immobile en symbiose avec les éléments naturels, le bruit des vagues la berçait. Elle allait tenir un enfant dans ses bras, guider ses pas avec son mari. Ils allaient accueillir dans leur foyer un fils à nouveau. Elle mit les mains sur son ventre, elle avait été en osmose avec Tom le long de ses neuf mois de grossesse. Elle et Seth étaient émus lors des échographies. Paula posait la main de Seth sur son ventre quand Tom donnait des petits coups. Seth l'imaginait déjà sportif, dynamique, joueur.

Paula respira profondément, elle sentit sous les pieds la tiédeur des planches du ponton. Elle était bien. Elle se souvint. Il y avait eu toujours en elle un dauphin libre, fendant les océans. Il a été de tous ses voyages, pulsateur de sa vie. Enfant et adolescente, elle avait accompagné son père, chercheur océanographe, dans ses missions de découverte de la faune. Ils avaient admiré des aurores boréales, des glaciers, des îles nordiques vierges de toute trace humaine, préservées de la main et de l'exploitation des hommes. Ils avaient découvert des îles dans le Sud, protégées de l'invasion touristique, des bancs de coraux non altérés, des îles où les seuls habitants étaient des colonies d'animaux. L'enfance de Paula avait été un perpétuel voyage.

Le soir où son père l'avait découverte en pleurs sur le pont de leur bateau, il lui avait dit qu'elle était un dauphin. Démuni devant tant de chagrin, il avait trouvé l'idée du dauphin. Il savait que sa mère lui manquait. Il se sentait désemparé depuis la mort de son épouse, il n'avait pas été préparé à s'occuper seul de sa fille. Il l'avait emmenée avec lui, ils menaient une vie de nomades guidée par ses missions scientifiques. Le dauphin imaginaire passa au monde réel. Quand elle était triste, se sentait seule malgré la présence de son père, Paula devenait un dauphin. Elle s'inventa un ami, un autre dauphin. Paula rencontrait des enfants de son âge quand ils allaient sur terre. En mer, elle était la seule enfant. Elle suivait ses cours à distance avec un professeur. Elle grandit en compagnie de son dauphin, de son père et des adultes qui les entouraient. Elle gardait sous son oreiller une photo de sa mère. Elle l'embrassait chaque soir, lui racontait ses journées. Parfois dans sa mémoire, l'image de sa mère devenait floutée, irréelle. Avec le temps, la photo avait jauni, s'était écornée. Pour la petite fille, sa mère restait belle.

La haute silhouette de son père était son repère sur le bateau. Quand elle se réveillait la nuit, elle montait sur le pont et elle le trouvait là, scrutant l'obscurité, perdu dans ses pensées. Il ressemblait plus à un bûcheron qu'à un océanographe. Quand il la hissait sur ses larges épaules, elle se sentait en sécurité, reine de la mer. Son père avait un timbre de voix haut qui résonnait dans le silence de la nuit. Il chantait des ballades, des chansons apprises au cours d'escales à travers les mers et les océans. Quand il la voyait arriver, il esquivait quelques pas de danse. Il essayait toujours de se montrer de bonne humeur et disponible pour la petite Paula. Il n'était pas aisé de faire accepter la petite fille aux autres membres d'équipage à chaque mission. En leur disant simplement la vérité, qu'il n'était plus que le seul parent de Paula, il trouvait à chaque fois des mains tendues, une grande solidarité. Paula était la mascotte sur le bateau. Chacun essayait de lui faire des surprises avec les moyens du bord. Les différentes équipes que dirigea son père tout le long de ses années d'enfance et d'adolescence, devinrent pour elle de grandes familles de substitution.

C'est à cette époque qu'elle commença à écrire des poèmes, des petites histoires. Elle racontait les aventures de son camarade le dauphin. Elle était libre dans les océans, elle fendait les flots avec son compagnon. Au fil de leurs pérégrinations, le dauphin et la petite fille se firent de nombreux fidèles amis : un ours blanc, une tribu de phoques, une famille de manchots, un pélican, une baleine, des mouettes.

L'écriture l'avait aidée, transformée. Elle avait grandi en sa compagnie. La prose et le dauphin lui avaient permis de vivre tant d'aventures. Au fil des expéditions, elle rencontra un vrai dauphin. Il n'était jamais très loin du bateau. Quand il devait partir très loin, il prévenait toujours Paula. Il était le lien avec l'extérieur. Ils avaient grandi ensemble. Puis Paula avait regagné la terre ferme, elle était rentrée à l'université. Le dauphin était resté au large de la ville portuaire où elle résidait. Au fil du temps, la vie l'avait déviée de sa route et de son esprit. Enceinte de Tom, Paula avait de nouveau pensé à son ami. Le soir, elle racontait à Tom, blotti bien au chaud dans son ventre, les voyages du dauphin nomade. Dès ses premières perceptions du monde extérieur, Tom avait été en contact avec les fonds marins, les océans et leurs habitants.

Le dauphin était resté quelque temps puis était reparti. Paula avait raconté l'histoire du dauphin à Seth. Il avait compris. Seth avait accepté Paula telle qu'elle était avec ses zones de lumière et d'ombre. L'histoire du dauphin l'avait ému. Il comprenait que la perte de sa mère enfant l'avait beaucoup peinée ainsi que la mort de son père quelques mois après la naissance de Tom. Il aimait à la fois la fragilité et la force de Paula. Dans ses bras, elle pouvait se laisser aller. Seth, Tom et sa belle-famille étaient devenus sa famille.

À la mort de Tom, elle avait renoué à nouveau avec son ami le dauphin. Il était en elle, double, libre. Elle aimait sa présence. Il lui permettait de s'évader d'elle-même, de retrouver en chemin la petite fille qu'elle avait été. Le dauphin faisait partie de sa mémoire de l'eau. La vie mettait à la croisée de leur chemin un petit garçon orphelin. Paula allait être à nouveau maman, responsable d'une autre vie. Elle serait une mère différente.

En rentrant, elle lut les dernières pages qu'elle avait écrites dans la journée. Elle prit une décision, un virage à 180 degrés. Son éditeur attendait avec impatience son nouveau manuscrit, elle s'en moquait. La vie est faite de changements, de remises en cause, de départs, de retours, de courbes, de tumultes et de temps morts. Paula se trouvait dans un entre deux temps, entre une nouvelle vie et les vestiges d'une ancienne vie.

Elle alluma un feu dans la cheminée comme elle avait vu maintes fois Léo le faire. Elle y lança toutes les feuilles de son dernier roman en cours. Avant de jeter son manuscrit, elle laissa ses personnages, Alex et Adèle s'échapper pour vivre leurs propres destins sans elle. Ils étaient désormais maîtres de leur vie, de se découvrir, d'unir leurs singularités, de s'aimer ou de suivre chacun leur chemin. Ils étaient libres.

Quand elle se retourna, elle vit Jane Eugénie assise sur le canapé. Les deux femmes se sourirent. Paula se blottit contre son amie, et s'endormit. Jane Eugénie lui caressa les cheveux et lui chanta une ballade de son enfance. Dans la nuit, Paula murmura : Tom, puis tout doucement, Ketso. Jane Eugénie posa la main sur la sienne, Paula entra ainsi en contact avec les images de l'autre monde. Elle vit Tom voguant sur l'océan au milieu des dauphins et des surfeurs, sa planche jaune se déplaçait au gré des vagues. Tom riait. Elle pouvait entendre le ressac de l'eau, le cri des mouettes, le soleil sur sa peau, le goût salé sur ses lèvres. Elle vit William sur une plage avec d'autres enfants, construisant des châteaux de sable. La maladie avait quitté le corps du jeune garçon. Il était doux de revoir Tom et William.

Tangui

Dans sa chambre d'hôtel, avant de partir pour son dernier Grand Chelem, Tangui regardait une photo de Léo. Léo avait été sa chance, il l'avait aidé à assumer sa différence, ils étaient semblables. Son père prônait une éducation rigide à la dure, aucun loisir, les études, le travail, faire partie des meilleurs de son université. Il avait toujours mis la barre très haute pour ses enfants : garçons ou filles. Il cassait les rêves. Ses fils auraient en héritage son patrimoine industriel. Après l'université, Tangui devrait rejoindre l'une de leurs usines de construction automobile. Son père avait programmé de le faire débuter au bas de l'échelle afin qu'il maîtrise les différents départements de l'entreprise au fil des années. Son premier poste serait un travail sur une chaîne de montage, il devrait assembler chaque élément d'une voiture.

Tangui avait une route toute tracée par un père autoritaire quand il rencontra Léo. Dès leur premier regard, ils s'étaient compris. Ils s'étaient aimés la première fois près d'un lac au milieu de la nature. Leur amour avait été une libération. Ils devaient faire très attention à l'époque, ils arrivaient toujours à voler quelques instants pour se voir au cours de la journée. Ils partageaient leur amour, leurs doutes, leurs espoirs, une passion commune pour la littérature. Ils ne pouvaient déjà plus se passer l'un de l'autre. Tangui aimait se noyer dans le regard bleu azur de Léo, il y voyait l'océan, le désir, la ferveur, la flamme, la compréhension, l'acceptation de celui qu'il était réellement.

À l'approche de l'été, Léo lui proposa de passer les vacances sur l'île. Tangui savait déjà que son père refuserait. Léo insista. Jane Eugénie était une femme charmante à qui personne ne pouvait résister. Tangui transmit le numéro de téléphone de son père à Léo. Jane Eugénie l'appela le soir même. Elle sut se montrer, comme à l'accoutumée, bienveillante, persuasive. Les deux garçons ne connurent jamais la teneur de leur conversation. Ils purent passer chaque grande vacance d'été sur l'île à la Villa Eugénie. Jane Eugénie leur avait ouvert à toute volée les portes de la liberté. Chez elle, ils n'avaient plus à se cacher, ils pouvaient vivre leur amour en toute transparence. Jane Eugénie aimait l'amour, il la ravissait, il donnait des ailes, il emportait, il transformait, il peignait la vie en rose, il était coloré.

Au fil du temps, Léo et l'île étaient devenus ses points d'ancrage nécessaires à sa subsistance. Tangui s'arrangeait pour ne rendre visite que très rarement à sa famille. Son père, fier de lui, le laissait plus tranquille, Tangui remportait des coupes, des trophées. Il était devenu un sportif accompli, un champion de tennis. Il passait le plus clair de son temps sur les courts à s'exercer ou à disputer des matchs. À l'aide d'un coach, il suivait un programme d'entraînement mental et physique drastique qui devait le mener au meilleur niveau et y rester. Sur certains courts, avec le temps, on le saluait de ce surnom « le roi Tangui ».

Pour Léo, il était Tangui tout court, son double, son amour, sa moitié, sa respiration. En regardant la photo de Léo, Tangui se remémora leurs moments heureux. Leur relation avait tout vaincu, les injures homophobes de certains, le rejet de leurs pères respectifs quand chacun d'eux leur avait révélé son homosexualité. Jane Eugénie était restée un soutien, une confidente, une mère de substitution. Ils étaient ses fils d'adoption. Sur le continent, Tangui et Léo exercèrent de multiples petits métiers, leurs pères leur ayant coupé les vivres. Ils étaient fiers de s'assumer, d'assumer enfin qui ils étaient.

Jane Eugénie trouva le premier coach pour entraîner Tangui. Elle participa pour plus de la moitié à la construction du premier voilier de course de Léo. Elle ne cessa de les propulser dans le monde. Elle croyait en eux. Léo et Tangui étaient deux êtres complémentaires animés par des passions communes et le dépassement de soi. Ils s'émancipèrent ensemble. Adieu les routes tracées par leurs géniteurs. Ils faisaient désormais leurs propres choix. Être rejetés par leurs pères fut une expérience difficile, ils en sortirent forts et invincibles. Ils se laissaient guider par leurs envies.

Tangui allait disputer son dernier match. Il voulait que sa vie prenne une nouvelle orientation. Après avoir passé des années sur les courts de tennis internationaux, Tangui aspirait à être aux côtés de Léo, savourer chaque instant en sa compagnie. Pour le moment, Tangui était concentré, il voulait gagner ce tournoi, partir en vainqueur, la coupe levée vers le ciel, vers Jane Eugénie et le public avec qui il avait tant partagé. Il mit dans la poche de son short un galet plat qui le suivait de match en match depuis vingt ans. Ce galet plat venait de l'île, Léo le lui avait donné lors de leur premier été passé là-bas. Le caillou était devenu un talisman, un porte-bonheur.

Avant chaque compétition, Léo l'appelait. Tangui partait toujours chargé d'amour, le cœur heureux, l'âme en paix. Une grande surprise l'attendait pour son retour sur l'île. Léo n'avait pas voulu lui en dire plus. Léo avait été sa chance, l'avait amené à assumer sa différence. Durant les étés de leur adolescence, l'île fut leur royaume, abritant les graines d'hommes qu'ils allaient devenir, leurs rêves, leurs espoirs. Ils lisaient, parcouraient l'île, nageaient, faisaient du voilier, jouaient au tennis. Ils avaient déjà le feu sacré chevillé au corps. Leurs corps musclés, bronzés, rompus à l'exercice se cherchaient, s'aimaient, ne se lassaient pas de se découvrir. Ils agissaient souvent par mimétisme.

Avant chaque match, Tangui pensait à Léo, Jane Eugénie, l'île. Cela le réconfortait tout comme sentir sous ses doigts la pierre plate. Il aimait se projeter différentes images mentales positives de ses derniers entraînements, des victoires à remporter. Il ajoutait toujours un souvenir personnel. Un été, Léo et lui avaient scellé leur amour en écrivant chacun une lettre où ils avaient mis à nu leurs sentiments, leurs émotions dans toute la magnificence de leur passion. Ils avaient lu chacun leur message puis les avaient roulés tels des parchemins et glissé chacun dans une bouteille.

Après s'être embrassés tendrement, ils avaient grimpé sur la partie haute de l'île et avaient jeté leurs flasques à la mer. Ils les avaient regardées un long moment être emportées par les vagues. Ils avaient fait la course jusqu'à la Villa Eugénie. Jane Eugénie les attendait pour le thé.

Qu'étaient devenues ces deux bouteilles jetées à la mer des années plus tôt? Quelqu'un les avait-il trouvées?

Tangui prépara ses raquettes et son sac. Son entraîneur frappa à la porte de sa chambre, il était temps qu'ils se mettent en route. Tangui avait toujours le même entraîneur, ce qui était rare dans la profession. Ils formaient une bonne équipe. Dès leur première poignée de main, un profond respect s'était installé entre eux. L'entraîneur avait reconnu dans son jeune élève du talent, de la pugnacité, de l'endurance, de la volonté. Ils ne comptaient jamais leurs heures d'acharnement. Cela avait payé. Tangui faisait partie des meilleurs joueurs internationaux. Son coach était devenu un ami, un conseiller de confiance qu'il écoutait. Tangui lui tapa dans la main, rituel avant match. Il entra sur le court de tennis.

Leo lui avait fait une belle surprise. Il était dans les gradins. Les deux hommes se regardèrent longuement. Le match commença. Tangui avait toujours excellé sur la terre battue. Léo pensa combien il l'aimait. Leur couple avait connu des hauts et des faiblesses. Ils étaient restés loyaux dans leur amour né en pleine adolescence. Ils avaient grandi, s'étaient forgés ensemble. Ils étaient inséparables.

Tout le long du match, Tangui ressentit la présence de Léo, son amour, ses encouragements. Après de longues heures, Tangui gagna le dernier duel de sa carrière, une victoire en quatre sets. Comme il l'avait souhaité dans sa chambre d'hôtel quelques heures plus tôt, il porta fièrement la coupe. Il la tendit vers Léo, le ciel pour Jane Eugénie, et son fidèle public. Il reconnut dans l'assistance beaucoup de visages familiers. Ils allaient lui manquer, il les retrouverait dans d'autres circonstances. Il continuerait le combat avec Léo pour récolter des fonds pour la recherche afin de trouver des traitements plus efficaces pour le virus du Sida. Léo l'associait à son projet d'un refuge à la Villa Eugénie pour les homosexuels rejetés par leur famille. Beaucoup de leurs amis étaient morts du virus au long des années. Aider les jeunes en difficulté était un devoir, une mission pour les deux hommes en rappel à leur propre adolescence où ils avaient pu trouver empathie et abri auprès de Jane Eugénie. À leur tour, ils allaient répondre présents pour de nouveaux combats. Leur notoriété leur serait très utile. Il était temps de donner aux autres tout ce qu'ils avaient reçu de l'héritage des valeurs de Jane Eugénie, de porter la parole de ceux qui n'en avaient pas la possibilité.

Luce

Assoupie dans le rocking-chair à côté du berceau de Ketso, Luce rêvait de son Jean comme elle l'avait toujours appelé. Son Jean né Joseph rue des Rosiers à Paris. Elle l'avait rencontré à la faculté de médecine. La petite provinciale s'était égarée dans l'un des nombreux couloirs. Au détour de l'un d'eux, elle avait percuté un jeune homme à la chevelure brune bouclée et hirsute. Elle avait rencontré des yeux rieurs marron. Il se dégageait de l'inconnu une grande douceur, un calme que plus tard ses patients apprécieraient. Il l'avait aidée à ramasser ses livres et ses feuilles de notes. Il s'était présenté :

– Jean

– Enchantée, Jean, je m'appelle Luce.

– Je peux t'aider?

La proposition et le tutoiement immédiats la mirent très à l'aise. Elle cherchait l'amphithéâtre, il la conduisit jusqu'à la porte. À la sortie du cours, il l'attendait, il était déjà en première année. Il voulait devenir un grand cardiologue. Luce louait une chambre dans une pension de famille. Elle avait laissé sa mère et sa grand-mère en Province. Les deux femmes avaient fondé beaucoup d'espoirs en elle, elle serait médecin. Jean aima tout de suite la simplicité de la jeune fille, son naturel, sa fraîcheur, sa générosité. Malgré les cours, leur internat, ils trouvaient toujours du temps à s'accorder, pour être ensemble.

Rien ne pouvait remplacer ce qu'ils vivaient au sein de leur couple. Ils étaient de deux milieux différents. Jean avait perdu toute sa famille disséminée dans les camps de concentration. Dès qu'ils avaient entendu parler des rafles et qu'ils furent obligés de porter l'étoile jaune, les parents de Joseph lui répétèrent que désormais il allait s'appeler Jean. Il répéta, je m'appelle Jean. Joseph devait se cacher en lui, ne pas apparaître. Son père l'envoya en Amérique chez son frère Samy. Là-bas, il serait en sécurité. Joseph se rappelait toujours la dernière fois où il avait vu ses parents. Ils ne pleuraient pas, ils étaient souriants. Ils voulaient être rassurants jusqu'au départ du bateau. Jean découvrit l'Amérique, les boîtes de nuit. Il suivait Samy et son orchestre de jazz en tournée. Les femmes et les hommes dansaient, insouciants. À la radio, ils entendaient parler de la guerre qui leur paraissait lointaine. Jean pensait que ses parents allaient bien et qu'il allait les retrouver bientôt. Des soldats américains partirent à la guerre. Sami et Jean assistèrent à leur départ, l'un des militaires sourit à Jean et lui donna une tablette de chocolat et des chewing-gums.

Quelques jours après sa fuite, ses parents furent emmenés au Vel d'Hiv et déportés à Auschwitz. Ils étaient marchands d'art, ils furent spoliés de leurs biens par la Gestapo aidée par le régime de Vichy, leur appartement et leur galerie pillés. Le commissariat général aux questions juives de Vichy organisait des ventes des biens juifs. Les photos de famille piétinées ornèrent longtemps le sol de leur résidence parisienne jusqu'à ce que des nouveaux locataires les balaient et les jettent aux ordures.

La concierge de leur immeuble avait toujours apprécié Joseph et ses parents, elle réussit à récupérer deux photos qu'elle cacha sous une pile de draps. Des années plus tard, Jean était revenu sur la piste de son enfance et de sa famille. Il avait appris l'impensable. Derrière le rideau de sa loge, Marguerite reconnut en ce jeune homme brun et fougueux le petit Joseph. Elle le fit entrer, lui raconta la rafle une nuit, le bruit des bottes cirées de la Gestapo sur les marches en pierre de l'immeuble, une immonde dénonciation. Joseph se souvint des chansons de sa mère, du shabbat du vendredi soir, des amis artistes de ses parents, de la communauté juive qui avait été amputée, sacrifiée, exterminée. Des tableaux de la galerie de son père, qu'il passait des heures à contempler jusqu'au moindre détail. Il aimait les univers de Renoir, Bonnard, Manet, Daumier, Pissarro, Rodin, Toulouse-Lautrec.

Il jura que s'il parvenait à réaliser son rêve de devenir un grand cardiologue. Le prénom qu'il mettrait à côté de son nom sur la plaque de son cabinet et à l'hôpital serait Joseph et non Jean. En mémoire de ses parents, en souvenir des morts et parce qu'il était toujours et resterait Joseph. Il s'appelait Joseph et était fier de son prénom, de ses origines, de ses racines.

Quand il rencontra Luce, il eut un déclic. Luce n'était pas juive, elle était universelle, elle était celle qu'il attendait, elle serait sienne. Luce venait de la petite bourgeoisie de Province. Sa mère était avocate, elle avait lutté pour tous les combats féminins. Elle était profondément féministe et avait toujours poussé Luce à se dépasser. Quand elle lui avait dit qu'elle voulait faire médecine, elle l'avait encouragée et accompagnée à Paris. Elle l'avait mise en garde vis-à-vis des hommes, ces jolis cœurs, la jeune femme devait penser à ses études et non à ses amours. Luce la réconforta, comme elle devait la rassurer depuis son enfance. Être une fille mère avait été une épreuve. Les ragots avaient fusé, la mère de Luce avait tenu bon, la tête haute, et avait réussi ses examens. Et avait été engagée dans l'un des meilleurs cabinets, elle avait gagné son premier procès quelques mois plus tard. À la mort de son mari, sa douce grand-mère Mamie Rose s'était installée avec elles. Mamie Rose avait enchanté l'enfance de Luce, toujours présente à la sortie de l'école, elle lui racontait chaque soir une histoire, confectionnait de bons goûters et cousait des robes de fées.

Dès leur première rencontre, Luce et Joseph firent fi de leurs origines, de leurs différences culturelles, de leur religion. Luce devint oncologue puis chercheuse, Joseph devint l'un des meilleurs cardiologues de la planète, reconnu par ses pairs. Joseph parlait enfants, il voulait une grande famille, des fils, des filles, des rires, de la joie, une maison emplie de vie, certainement pour effacer la perte des siens. Luce se laissa mener par cette vague de douceur, elle porta son premier enfant avec grâce et plénitude. Joseph assista à chacun des accouchements. Chaque naissance fut pour lui un cadeau, une rose délicate offerte par la vie. Ses enfants perpétueraient l'héritage des valeurs familiales. Leurs grands-parents n'étaient pas morts pour rien. Des roses à la place des murs d'Auschwitz qui venaient encore le hanter certaines nuits. Il avait aimé tenir chacun de ses enfants au commencement de leur vie, petits êtres sans défense, aux yeux à demi fermés éblouis par les néons de l'hôpital, sentir leurs minuscules doigts s'accrocher à l'un des doigts de sa main. Il avait adoré regarder Luce leur donner le sein. Il avait aimé les voir grandir, évoluer.

Le soir, Joseph revenait harassé de l'hôpital. Luce lui caressait le visage, lui disait : je t'aime, mon Joseph et tout s'effaçait, les malades, le temps, les autres. Ils étaient un, ils étaient deux. Souvent, les gens disent que nous avons un seul véritable amour dans toute une vie, Joseph et Luce avaient ressenti ce sentiment unique, beau, sublimé l'un pour l'autre. Ils étaient toujours amoureux quand le temps déposa sur leurs visages les marques des saisons et orna leurs chevelures de fils d'argent. Pour Luce, Joseph fut toujours ce charmant jeune homme brun de leur première rencontre, elle aimait ébouriffer ses cheveux. Il était Jos, le diminutif de Joseph. Le temps de l'érosion n'avait jamais effleuré leur couple.

Quand Joseph lui raconta la perte de sa famille, Luce pleura. Elle eut honte d'être française, de savoir que le régime de Vichy avait collaboré avec l'ennemi. Elle comprit mieux les regards lointains, pensifs, les moments de solitude de Joseph, elle accepta ses failles. Quelques années plus tard, elle avait accompagné Joseph dans un voyage de recueillement pour connaître les derniers instants de la vie de ses parents. Ils avaient foulé le sol du camp d'Auschwitz, les bâtiments toujours debout, témoins d'années d'atrocités et de génocides : un million cent mille personnes y étaient mortes. Auschwitz, sous la neige immaculée, désormais théâtre de la mémoire indissociable de l'héritage familial de Joseph. Luce avait vu les larmes couler sur les joues de Joseph. Ses parents avaient été séparés à leur arrivée au camp. Ils étaient partis, désunis, nus au milieu de leurs compagnons d'infortune, gazés dans l'une des chambres de la mort. Leurs effets avaient été dispersés dans les différents tas formés à l'entrée des *« douches »* : lunettes, vêtements, chaussures, valises. Luce avait essuyé doucement les larmes de Joseph, elle lui avait serré très fort la main, pour lui dire : je suis là, je te comprends, nous aurons une grande famille, tu ne seras plus jamais seul. Elle savait qu'en restant avec lui, elle serait entourée à la fois des morts et des vivants. La vie devait gagner. Elle gagna.

Joseph et Luce avaient lutté pour la vie. Avec d'autres professeurs à travers le monde, Joseph avait réalisé les premières transplantations cardiaques. Luce avait bataillé avec ses malades contre le cancer puis elle avait fait partie des premiers soignants qui avaient essayé de comprendre le virus du Sida. Leur lutte pour la vie leur avait semblé bien souvent un combat inégal, ils n'avaient cependant jamais baissé les bras. S'informant, échangeant avec des collègues à travers le monde, en accompagnant leurs patients tout au long de leurs parcours. Ils partaient à tour de rôle pour des missions humanitaires pour sauver des vies avec souvent des moyens rudimentaires. Sauver des vies avait été leur principal combat. Leur plus belle réussite était la famille qu'ils avaient créée, les existences sauvées du danger.

Luce voulait vivre sa vie toujours souriante, c'est ce qu'elle fit pour elle, pour Joseph, pour les siens, ses malades, toutes les personnes qu'elle croisa. À certains moments, Luce se sentit fatiguée. Une force intérieure la mena perpétuellement en avant, portée par son amour pour les autres. Joseph calqua sa vie sur la joie de vivre de son épouse. Il avait toujours admiré la force, l'obstination de Luce face au quotidien. Luce donna de nouvelles racines à l'orphelin qu'il était, elle illumina ses journées de couleurs, de fous rires avec les enfants, de sourires, de caresses. Le soir à l'autre bout du monde, retenu par un séminaire, un colloque, Joseph téléphonait longuement à Luce qui lui parlait de leurs enfants, de leurs progrès à l'école, de la maison, des amis. Ils n'avaient pas besoin de causer d'eux-mêmes, ils avaient leur propre mode de communication. Joseph gardait toujours en tête la première fois où il avait vu Luce, ses beaux yeux au regard si doux, si tendre, sa chevelure rousse extravagante, sa soif de vie et de bonheur.

Le premier clin d'œil échangé par Luce et Joseph lors de leur première rencontre fut une promesse d'aubes, de nuits, de jours d'amour, d'entente, d'écoute, une acceptation. Ce premier regard scella à jamais leur amour. Peu importe ce que l'avenir leur réserverait, ils se jurèrent qu'ils conserveraient cette flamme, belle et pure jusqu'au bout. Luce se consacra à son mari et ses enfants.

C'était son choix, sa volonté. Ils créèrent une famille, un nouveau cocon pour l'orphelin Joseph. Elle fit toujours ce qu'elle pensait juste pour chacun de ses enfants et son mari.

À l'hôpital, son équipe et ses patients l'appelaient « toubib », Joseph appréciait cette proximité avec eux. Il était persévérant, attentif. Il savait qu'ils avaient besoin de déposer lors de ses consultations leur trop-plein de questions, de doutes, de douleurs, de mal-être. Ils espéraient de lui des miracles, il n'était pas Dieu, il réparait leurs cœurs fatigués, les avancées médicales l'y aidaient. Il aimait enseigner à la faculté, il trouvait de l'émulation en échangeant avec ses élèves. Après de longues heures passées au bloc opératoire, Joseph retrouvait les siens avec bonheur. Sa famille était son socle, sa respiration, sa soupape. Il s'extasiait sur leurs petites histoires et plus tard leurs grandes histoires. Ils étaient sa force, sa vie. Quand on les interrogeait sur la profession de leur père, ses enfants répondaient qu'il était réparateur de cœur. Adolescents, quand ils lui rendaient visite à l'hôpital, ils le trouvaient beau dans sa blouse blanche. Ils étaient fiers de leurs parents, ils les considéraient comme des magiciens. Joseph s'était enraciné auprès de Luce et leurs enfants, il s'était apaisé. Avant sa rencontre avec Luce, il avait toujours sous son lit un sac avec quelques vêtements, constamment prêt à partir. Il rêvait souvent que les officiers allemands allaient venir le chercher alors que la Deuxième Guerre mondiale était finie depuis des années.

La vie de Luce et Joseph ne fut pas toujours douce, ils rencontrèrent comme tous les couples des difficultés. Ils parlaient, partageaient, chacun respectant les décisions de l'autre, trouvaient des terrains d'entente en cas de conflits ou de différends. Luce mit sa carrière en second plan pendant un long moment, elle aimait s'occuper de son Joseph et de ses quatre enfants. Leur maison était bien remplie et joyeuse. Ils adoptèrent un cinquième enfant, un jeune Polonais orphelin à qui Joseph avait transplanté un cœur. Boris fut le seul à posséder une chevelure blonde comme les blés au milieu des têtes brunes de ses frères et sœurs. Tous s'aimaient, de rares disputes éclataient, très vite aplanies par l'un des adultes présents. Les enfants apprirent très tôt à développer de l'empathie, du respect pour les différences, les autres. Joseph et Luce leur expliquèrent qu'à travers le monde, des membres de leur communauté continuaient à être persécutés, assassinés par armes blanches ou armes à feu, brûlés, injuriés, violés, victimes d'actes de racisme. Ils avaient souhaité qu'à l'adolescence, leurs enfants soient au courant, alertés des dangers potentiels qui les entouraient. Des nazis vivaient encore et bénéficiaient d'une retraite paisible. Les graines du nazisme étaient toujours prêtes à germer sur les terres fertiles de l'ignorance et de son héritage. Leurs enfants devenus adolescents devaient savoir qu'en dehors de leur bulle familiale, ils pouvaient être confrontés aux injures raciales, aux agressions. Les cinq enfants comprirent, bien qu'ils se demandèrent pourquoi tant de haine animait certains humains. Joseph et Luce leur enseignèrent le pardon, la paix, la résilience, la tentative de répondre si possible par la parole à tout acte de violence.

Des années plus tard, devenus adultes, les enfants pensèrent à nouveau aux alertes de leurs parents à l'écoute des derniers événements survenus en France ; à un an d'intervalle, deux femmes juives étaient tuées dans leurs appartements par des voisins, des hommes qu'elles côtoyaient chaque jour. À la suite d'un appel de Daniel Knoll, son fils, une marche blanche avait eu lieu pour sa mère, Mireille Knoll. « Nous appelons tout le monde, je dis bien tout le monde sans exception. Le Crif fait de la politique et moi, j'ouvre mon cœur. » Le corps de sa mère avait été retrouvé en partie carbonisé portant onze coups de couteau. Mireille Knoll avait été rattrapée par son destin, assassinée à quatre-vingt-cinq ans parce qu'elle était juive, tuée à Paris, cette ville qu'elle avait fuie avec sa mère en 1942, échappant de justesse à la rafle du Vel d'Hiv. Les parents de Joseph n'avaient pu se soumettre à cette arrestation. Depuis 2006, en France et l'assassinat du jeune Ilan Halimi, « onze juifs ont été exécutés parce que juifs », avait souligné l'historien Marc Knobel.

Deux enfants de Joseph et Luce s'étaient investis dès leur jeune âge pour la défense de leur communauté, Dora et David. Dora devint historienne d'art et se spécialisa dans la recherche des œuvres d'art spoliées aux juifs par les Allemands en collaboration avec le Régime de Vichy dès juin 1940. Ses investigations furent longues et fastidieuses, elle faisait appel à des généalogistes. Les descendants des familles attendaient beaucoup de ces découvertes, le moindre indice leur donnait à nouveau de l'espoir. Il était très difficile et complexe de rendre aux héritiers les biens de leurs aïeux. Depuis 1951, en France, seulement cent onze œuvres ont été restituées à leur propriétaire. David était devenu avocat et avait monté un cabinet pour défendre les membres de la communauté, ses associés et lui traitaient chaque jour des dossiers allant d'agressions verbales raciales, d'agressions physiques aux meurtres. Chacun des cinq enfants avait à cœur sa collectivité, ils étaient tous engagés différemment.

Chacun avait son rôle dans la petite tribu. Le soir, certains week-ends et durant les vacances, quand Joseph ne travaillait pas, il consacrait son temps à Luce et à ses enfants. Ils jouaient aux cow-boys et aux Indiens, ils couraient dans le jardin, plongeaient dans la piscine, lisaient, montaient des pièces de théâtre. Ils partaient en virée à la campagne, en vacances à la mer. Joyeuse tribu.

Les parents de Joseph veillaient sur eux. Les deux photos conservées pendant la dernière guerre par Marguerite trônaient sur le piano du salon. Derniers vestiges d'une famille. Quand Joseph jouait, il se rappelait ses racines, ses parents. Les chants juifs revenaient à ses lèvres de la nuit des temps, Luce l'accompagnait au violoncelle. Leurs cinq enfants fredonnaient. Françoise venue les rejoindre et Marguerite, que Joseph avait convaincue de finir ses vieux jours chez eux, étaient leurs spectatrices.

Joseph se rappelait d'autres paroles venues d'une autre culture, d'un autre peuple. Les Indiens Navajo disaient : si tu peux faire une belle musique, tu peux atteindre la voix de la beauté. Joseph pensait au charme de la vie. Elle restait pour lui un miracle permanent.

La mère de Luce ne comprit jamais vraiment l'amour que Luce portait à Joseph ni pourquoi sa fille mettait sa carrière au second plan pour se consacrer à son mari et à ses enfants. Cependant, après maintes discussions avec Luce, elle accepta et respecta ses choix de vie. Elle estimait Joseph, elle le trouvait très différent des hommes qu'elle avait côtoyés jeune femme. Joseph se montra un gendre idéal. Joseph et la mère de Luce pouvaient échanger sur maints sujets et se découvraient des points communs.

Elle ne fut jamais une aïeule très présente. Ses petits-enfants ne devaient l'appeler ni Mamie ni grand-mère. Ces deux mots la vieilliraient trop. Ils devaient l'appeler Hortense et la vouvoyer. Marguerite et Françoise la remplacèrent dans le cœur des enfants.

Hortense était cette dame toujours un peu trop chic, un peu trop apprêtée qui leur parlait de loin. Joseph respectait Hortense. Il s'était souvent demandé comment une femme si sèche avait pu donner naissance à sa douce Luce. La vie l'avait certainement profondément déçue. Il pensait que l'abandon du père de Luce avait tari son cœur et brouillé l'image des autres hommes à jamais. Il la comprenait. La vie pouvait changer les êtres humains.

Luce n'avait jamais regretté d'avoir pris soin d'eux tous, elle les aimait. Ils illuminaient sa vie. Ils étaient son foyer. Joseph était son repère. Elle s'était toujours dit qu'un jour, elle aurait du temps à elle, pour elle. Elle faisait partie de ces femmes qui se dévouent sans calcul, sans attente, naturellement. Elle aimait sa vie, leur vie. Chacun de ses enfants devint l'homme ou la femme qu'il ou elle désirait être.

Luce et Joseph furent grands-parents. Luce pensa à son petit Tom, à son intrépidité, ses rires, sa soif d'apprendre. Elle ne pouvait pas dire : tu es mort, cher enfant, elle préférait se dire, on se retrouvera quelque part dans l'immensité du ciel. On se rejoindra avec ton grand-père, bientôt.

Luce se réveilla et regarda Ketso. Elle était vieille maintenant. Elle savait qu'elle était arrivée au sommet de la montagne de sa vie. Elle en avait parlé avec son ami le sage. Elle aimait se rappeler les années heureuses, une légère brise lui caressa le visage comme le faisait tendrement son mari avec ses belles mains, agiles et douces. Son mari était parti avant elle vers l'autre monde. Ils auraient tellement voulu vieillir ensemble. Au seuil de sa vie, l'ultime regard de Joseph avait été pour Luce. Elle avait senti sa main devenir toute molle dans la sienne. Il était parti dans un dernier souffle quelques secondes plus tard. Elle avait pris la décision de se retirer en Afrique.

Elle correspondait depuis plusieurs années avec leur meilleur ami. Ils s'étaient rencontrés à la faculté. Ils formaient un drôle de trio , Joseph avec ses cheveux souvent hirsutes, Luce, la rousse qui aurait pu figurer sur une toile de Botticelli et Ousmane à la peau couleur d'ébène venu d'Afrique pour étudier la médecine, trois amis à la vie à la mort. Un soir, dans les années 1970 où tout était enfin possible sur le plan amoureux, la liberté sexuelle, les corps dénudés, ils avaient réservé une table dans un restaurant chic pour fêter la fin des études de Joseph et d'Ousmane qu'ils avaient réussies brillamment. Il restait à Luce une année à boucler. Durant les années suivantes, Ousmane allait devenir l'un des meilleurs spécialistes du Sida et Joseph un cardiologue de réputation internationale.

L'heure était à l'insouciance. Luce était apparue plus belle et plus désirable que jamais. Les deux jeunes hommes l'avaient scrutée, admiratifs, deux regards empreints de désir. Joseph et Ousmane s'observèrent quelques minutes et finirent par sourire. Luce était à son habitude un peu rêveuse, un peu en décalage avec l'environnement ambiant. Le dîner fut rythmé par des anecdotes, des fous rires, des songes d'avenir, de sauver le monde et le plus de malades possibles. C'était une belle soirée d'été, ils décidèrent de marcher bras dessus bras dessous jusqu'à une boîte de nuit de Saint-Germain-des-Prés. Quand ils entrèrent, l'effet du vin millésimé bu au restaurant répandait dans leur corps une douce langueur. Les platines diffusaient une chanson des Rolling Stones. Après avoir commandé une bouteille de champagne, ils gagnèrent la piste de danse. Luce se déhanchait entre eux, elle avait toujours aimé la danse, elle bougeait merveilleusement bien. Ils voulaient s'amuser, se détendre jusqu'au bout de la nuit. À l'arrivée des slows, ils restèrent sur la piste, indifférents aux autres qui les entouraient. Joseph et Ousmane enlacèrent Luce. Ils bougèrent lentement en rythme, collés, en fusion. Les deux garçons caressaient doucement Luce, l'embrassant chacun à leur tour. Personne ne les dérangea, l'endroit était connu pour sa liberté de mœurs. Cette année-là, tout était sujet à la fête, à l'indépendance, à la joie, à la nouveauté, à braver les interdits. Luce fut au départ un peu troublée d'être au centre des caresses de l'homme qu'elle aimait et de leur meilleur ami. Elle se détendit rapidement, bercée par la musique, la chaleur de leurs deux corps, l'alcool, tentée elle aussi par une expérience nouvelle. Ils voulaient profiter du moment présent. Au centre de la piste, sous les boules à facettes, dans les volutes des cigarettes, ils étaient beaux, sensuels, unis. Sept ans plus tôt, Martin Luther King avait prononcé son discours *I have a dream*, un hymne d'espérance que les différences de toute race seraient abolies. Joseph, Luce et Ousmane étaient l'illustration de cet espoir ; un juif, une non-juive, un Africain dansaient ensemble sans aucune barrière, leur amitié était universelle. Pendant que Joseph embrassait langoureusement Luce, Ousmane lui caressait les fesses, les seins. Ils bougeaient lascivement au son de la grande voix de la diva de la soul Aretha Franklin qui chantait sa fameuse chanson : *Respect* qui deviendrait un tube planétaire, intemporel. Puis, ils s'ébrouèrent sur les derniers tubes des Beatles.

Joseph et Ousmane avaient changé de place. Ils avaient lu dans chacun de leur regard l'acceptation. Ils avaient regagné leur table, bu du champagne, Luce avait joui sous leurs caresses. Ils avaient rejoint la chambre de bonne d'Ousmane, proche de la boîte de nuit. La mansarde était en désordre, Ousmane aimait la pagaille, il appréciait vivre dans un éternel bric-à-brac. Au milieu des livres, des vêtements, ils se déshabillèrent et firent l'amour sur le lit qui semblait les attendre à draps ouverts en cette chaude nuit. À la lueur du clair de lune, Luce fut reine, princesse dans leurs bras, sous leurs mains, son corps fut transporté dans les tourbillons de jouissance, fruit offert à leurs bouches sensuelles, leurs doigts caressants, leurs sexes en érection. Ils la pénétrèrent ensemble, s'embrassant, se regardant. Leurs râles de plaisir transformèrent la sage chambre de bonne d'étudiant en lieu de débauche. Ils n'avaient jamais fait l'amour en trio, ils explorèrent de nouveaux jeux, se mêlèrent, enveloppés par la torpeur et la nuit chaude. Ils s'endormirent tous les trois enlacés au petit matin. Ousmane sortit du sommeil le premier, les personnes qu'il aimait le plus sur terre à ses côtés. Il se leva sans bruit et alla chercher des croissants.

À son retour, Joseph et Luce étaient réveillés. Il n'y eut pas de gêne, d'explications, ils déjeunèrent, insouciants. Aucun d'eux n'évoqua la soirée, la nuit passée. Ils avaient eu cette envie de partager l'amitié, l'amour, le sexe sans tabou ni barrière. Ousmane devait partir pour les États-Unis quelques jours plus tard pour compléter sa formation. Il y militerait de nombreuses années pour les droits civiques des noirs, de ses frères. La vie allait continuer. Ce moment d'amour entre parenthèses resterait toujours cher à leur cœur, unique, un intervalle accordé dans une ambiance hippie générale de *Summer of love de San Francisco,* bercée par la chanson de *Scott Mc Kenzie* :

« If you are going to San Francisco,
Be sure to wear some flowers in your hair...
If you're going to San Francisco,
Summertime will be a love-in there. »

Ni hostilité, ni rancœur n'apparurent entre les deux hommes. Joseph et Luce allaient se marier, créer une grande famille. Joseph ouvrit son cabinet, en regardant l'ouvrier qui posait la plaque de son officine : avec son vrai prénom Joseph et son nom, il fut fier, fier de son identité. Il pensa à ses parents, à leurs sourires le jour de son départ pour l'Amérique. Il lui sembla qu'un siècle s'était passé. Luce entama sa dernière année de médecine.

Ousmane épousa une Suédoise, ils surent accorder leurs personnalités différentes et leurs tempos. Ousmane était désormais un vieux sage retiré du monde au sommet d'une montagne, les hommes et les femmes venaient à lui pour être conseillés, guidés, compris. Ousmane, ce vieil ami si cher au cœur de Luce et Joseph. Ils n'avaient jamais coupé le lien de leur camaraderie. Ils échangeaient à travers les courriers, les mails, les visites des uns des autres. Puis un jour, Ousmane leur avait fait part de son souhait de se retirer du monde médical, ils l'avaient compris. Ils savaient tous les trois que leur amitié serait éternelle au-delà des hommes et des montages, outre toute frontière entre les deux mondes.

Après le décès de son mari, Luce avait trouvé refuge en Afrique pour panser son chagrin. Elle avait passé de longs moments à dialoguer avec Ousmane, elle aimait rester assise à ses côtés au sommet de la montagne. Parfois, ils ne parlaient pas, ce n'était pas nécessaire. Ils se comprenaient au-delà des mots, par un regard, un geste. Le silence était ami, acceptation, entendement.

Luce s'approcha du berceau : Ketso, petit bonhomme, tu vas découvrir le monde avec mon fils Seth et sa femme Paula. Ils t'accompagneront jour après jour. Elle était rassurée que Ketso n'ait pas à grandir dans l'attente d'être adopté. Il ne craindrait pas la solitude, le manque d'affection. Luce avait toujours tenu ses promesses, elle avait juré à Fatou, mourante, qu'elle s'occuperait de Ketso.

Luce savait qu'elle allait bientôt partir. Son cœur et son âme étaient en paix. À la disparition de son mari, l'Afrique l'avait accueillie dans ses bras chaleureux. Elle la verrait partir pour rejoindre Joseph. À chaque moment de doute, Luce, au-delà de la mort, avait continué à parler à Joseph, à lui confier ses craintes, ses interrogations et ses combats. Parfois au bord de l'épuisement, elle avait reconnu sa présence réconfortante à ses côtés. Elle avait senti qu'il lui caressait la joue, l'effleurement de l'apaisement, de la tendresse, de l'amour, de la paix, leur signe.

Luce entendit des pas se rapprocher dans le couloir. Seth entra dans la chambre et l'embrassa. Il lui apportait un café, il savait qu'il la trouverait là. Petit, souvent, il se réveillait quand il entendait sa mère monter à l'étage avant d'aller se coucher. Elle embrassait chacun d'eux en lui chuchotant un « Je t'aime » à l'oreille, arrangeait les couvre-lits, rabattait les draps, allumait une veilleuse pour les plus inquiets, ramassait doudous et jeux préférés. Quand ils étaient malades, elle restait près d'eux, elle les surveillait, assise sur un rocking-chair.

– Bonjour maman, comment vas-tu ?

– Bonjour Seth. Cette nuit, j'ai entendu Ketso tousser. Je me suis levée, j'ai passé la nuit avec lui. Je me suis assoupie, j'ai rêvé.

– Et tu as décidé de rester à ses côtés comme quand nous étions malades enfant.

– Tu as tout compris.

– Je vais prendre le relais, ne t'inquiète pas.

– Je ne m'en fais pas, je sais que je peux compter sur toi. Pourras-tu m'accompagner plus tard dans la journée ? Je dois retourner sur le chantier du dispensaire et de l'orphelinat, je voudrais vraiment que ce projet soit achevé rapidement.

– Tu peux compter sur moi.

– J'ai des consultations à l'hôpital ce matin, on peut y aller en milieu d'après-midi ?

– Oui ok pour moi, tu veux que je t'accompagne ?

– Non, reste avec Ketso, Françoise va m'y conduire, elle doit faire des courses en ville.

– À cet après-midi, je passerai te prendre.

Quelques minutes plus tard, Ketso se réveilla. Il chercha un visage familier. Quand il vit Seth, il lui sourit en tendant les bras. Seth retrouvait avec l'enfant les gestes usuels qu'il avait eus dans le passé pour Tom. Son instinct paternel s'était réveillé, il mit Ketso dans son porte-bébé préféré. Bientôt, il aurait une nouvelle maman.

À cette évocation, Seth sourit. Il se souvint de Paula enceinte, nue, le ventre arrondi, elle était belle, épanouie. Il aimait la masser, poser ses mains et son oreille sur son ventre, pour écouter leur fils, lui parler, commencer à faire sa connaissance. Il aimait leurs séances de shopping à la recherche de layette, de jouets, de peinture pour les murs de la chambre de leur futur nourrisson. Tom était un bébé très attendu, déjà chéri et adoré. Seth revit à la maternité Tom dans les bras de Paula. Elle l'emmenait partout quand il était petit. . Lorsqu'elle donnait des conférences ou des dédicaces. Tom n'était pas très loin dans son couffin, l'assistance s'extasiait devant sa petite bouille. Quand il grandit, il l'attendait en lisant, en jouant ou en apprenant ses leçons. Paula l'avait habitué dès la naissance à cette vie nomade.

À l'évocation de ses souvenirs, Seth fut attristé. Il se reprit rapidement, Ketso blotti contre lui. Un nouvel être lui était confié, il allait veiller sur Ketso avec Paula. Il serait à nouveau père, il serait un père neuf, plus présent. Il souhaitait profiter de chaque moment en famille. Pour lui, il n'y avait pas de doute, ils seraient toujours quatre. Tom serait le grand frère. Ketso ne serait pas leur fils de substitution, mais leur deuxième fils à part entière.

Seth passa prendre Luce à l'hôpital pour se rendre sur le chantier du nouveau dispensaire. Il la trouva au chevet d'un jeune malade, à qui elle parlait en lui caressant la joue. Seth avait tant vu ce geste maternel, répété au fil des années, signe d'apaisement que tout allait rentrer dans l'ordre. Il se tint là, silencieux, à l'embrasure de la porte de la chambre d'hôpital, en communion avec ce signe pour arrêter le temps et la progression de la maladie. Cette caresse le renvoya des années auparavant, il ne se passait pas une journée sans cette marque d'amour entre son père Joseph et sa mère Luce, effleurement sur la joue, signe de je t'aime, je te comprends, tu es là, je suis là, nous sommes ensemble pour toujours, mon bel amour. Seth et ses frères et sœurs avaient évolué au sein de cette affection, bulle protectrice que leurs parents avaient créée autour d'eux. Les enfants connaissaient le passé des parents de Joseph, des camps de concentration. Luce et Joseph ne souhaitaient rien leur cacher de leur histoire familiale. Ils leur avaient appris à ne jamais rentrer dans la spirale de la haine, de la cruauté, même en cas d'agression. Tout pouvait se résoudre selon eux par la communication non violente, l'empathie, la compréhension, le pardon, le pacifisme à la place des coups et des armes. Ses frères et ses sœurs étaient désormais dispersés à travers le monde, le lien entre eux restait fort. Ils avaient connu des moments où leurs origines avaient été sujettes de remarques, de railleries qui auraient pu dégénérer. Dans ces instants, les figures paternelle et maternelle s'imposaient à eux, leur rappelant leurs valeurs de paix. Jusque-là, ils s'en étaient toujours tirés en dialoguant.

Luce découvrit Seth perdu dans ses pensées et lui sourit. L'éclat de ses yeux verts n'avait pas changé, lumineux, brillant, il rappelait l'ambre de la mer des Caraïbes.

– Coucou mon grand. J'ai fini ma tournée à l'étage. Nous pouvons y aller. Je compte sur toi pour mettre un peu de pression au chef de chantier afin que la construction du dispensaire et de l'orphelinat se termine prochainement.

Prochainement, ce mot utilisé par Luce était vague. Seth comprit au regard de sa mère et au ton de sa voix ce que sous-entendait ce prochainement, elle souhaitait dire rapidement. Seth était, parmi ses enfants, le plus proche d'elle, celui qui la déchiffrait sans parler, au regard, à l'intonation de la voix. Luce savait que ses jours étaient comptés. Elle souhaitait mener à bien ses deux dernières missions. Elle venait de former ces précédentes années une équipe médicale locale qui prendrait le relais.

Quand ils arrivèrent sur le chantier, le chef et ses employés étaient en pause au soleil. Seth descendit de voiture, mit Ketso dans les bras de Luce et lui dit de rester dans le véhicule à l'ombre pour se reposer. Il se dirigea vers le groupe d'hommes. Seth avait toujours été respecté, il se dégageait de lui une autorité naturelle qui en imposait. Il serra la main du chef de chantier et de ses collègues. Il invita le responsable à faire le tour des deux constructions en cours. À la fin, ayant évalué ce qu'il restait à faire, les moyens à mettre en œuvre, les modifications à effectuer, il donna quinze jours à l'équipe en place pour tout terminer. L'inauguration devait avoir lieu dans trois semaines. Seth pressentait que Luce prenait sur ses dernières forces pour tenir. Avec Françoise, il voulait lui aplanir toute difficulté.

Quand il revint à la voiture, Ketso babillait dans les bras de Luce.

– Tout est réglé, le chantier sera terminé dans deux semaines. Tu pourras lancer l'inauguration dans trois semaines.

– J'ai toujours su que je pouvais compter sur toi. En rentrant, je vais confier à Françoise l'organisation de l'inauguration. Elle adore orchestrer ce type d'événements.

Luce était soulagée. La journée à l'hôpital avait été éprouvante. Panne de climatisation, ventilateurs qui brassaient l'air chaud, une file interminable de patients, certains ne survivraient pas. Elle le savait. Habitant des villages très éloignés de l'hôpital, ils avaient trop attendu avant de se mettre en route. Quand ils arrivaient à l'hôpital, la maladie était déjà à un stade trop avancé.

À l'apparition du virus du Sida, dans les années 1980, Luce avait compris que le combat serait long pour la recherche et la sensibilisation des personnes. Les chercheurs étaient gardiens des vies depuis trente-cinq ans. Cette maladie était un enjeu de santé publique. En effectuant des recherches pour trouver un vaccin contre le virus du Sida, les chercheurs trouvaient en parallèle des vaccins contre le cancer ou d'autres maladies.

Les traitements des malades s'étaient allégés. Il fallait que les hommes de science, le corps médical et le public continuent le combat. Il était nécessaire que les associations trouvent des fonds pour poursuivre les recherches. Il fallait sans cesse rappeler les bases : utilisation du préservatif, avoir des rapports sexuels protégés, se faire dépister régulièrement. Ils étaient forcés de combattre les préjugés, lutter contre les croyances. Non, le virus du Sida ne se transmet pas par un baiser, par la respiration. Les jeunes ne se protégeaient pas ou plus, ne se faisaient pas dépister. La sensibilisation devait être faite au sein des établissements scolaires, des collèges, des facultés. De nouveaux spots devaient être diffusés pour rappeler que le virus du Sida était toujours présent, infectait et tuait encore, qu'il n'avait pas disparu de la surface de la Terre.

Les chiffres étaient là, rappels dans le temps : (sources ONUSIDA)

- 1,8 million [1,6 million - 2,1 millions] de personnes ont été nouvellement infectées par le VIH en 2016,
- 1 million [830 000 - 1,2 million] de personnes sont mortes de maladies liées au sida en 2016,
- 76,1 millions [65,2 millions - 88,0 millions] de personnes ont été infectées par le VIH depuis le début de l'épidémie,
- 35,0 millions [28,9 millions - 41,5 millions] de personnes décédées de suite de maladies liées au sida depuis le début de l'épidémie

À travers le monde, des hommes et des femmes tels que Luce veillaient, sentinelles en alerte jour et nuit. Luce rappelait l'importance du dépistage, une personne diagnostiquée est une vie sauvée. Luce partageait le slogan d'une association de lutte contre le sida « Croire dans un monde sans sida. » Elle savait qu'elle ne verrait pas ce monde sans le VIH. Elle espérait qu'un jour prochain, ce monde naîtrait, une aube nouvelle balayée de ce virus, une vie arc-en-ciel. Le mystère du sida serait percé grâce aux recherches d'éminents scientifiques et de nouvelles technologies.

Seth démarra la voiture. Ils regagnèrent la maison de Luce. Luce caressa le haut de la tête de Ketso qui adorait déjà ce geste. Françoise les attendait sur la terrasse. Luce lui demanda d'organiser l'inauguration du dispensaire et de l'orphelinat. Françoise était ravie, elle avait toujours aimé les relations publiques, préparer les buffets. Luce avait en permanence pu compter sur elle.

Via Skype, Paula faisait connaissance avec Ketso qui la regardait et commençait à s'habituer à sa voix, à son visage. Ce jour-là, il battit des mains à la vue du visage souriant de Paula. Elle tendit les bras vers lui : coucou, petit bonhomme. Seth et Paula se redécouvraient, leur passion était palpable dans leurs regards, leurs conversations. La clarté était revenue. L'amour habitait à nouveau les corps, les vies, les âmes et revêtait les cœurs de ses habits de lumière.

Paula aimait se promener le long de la plage avec Goya. Poppy les suivait au large. Paula saluait ses voisins. Elle pouvait croiser à nouveau des familles accompagnées de leurs enfants sans ressentir un gouffre s'ouvrir sous ses pieds. Elle marchait en paix, bercée par ses souvenirs, les moments présents, quelques ébauches d'avenir. Elle s'arrêta et écrivit sur le sable : Seth, Paula, Tom, Ketso qu'elle entoura d'un cœur. Elle s'assit à côté des inscriptions tracées de leurs prénoms. Elles restèrent intactes un interminable moment avant d'être léchées par le ressac des vagues et de disparaître.

Goya s'allongea à ses côtés, il aimait poser son museau sur ses pattes et observer le vol des mouettes. C'était un chien contemplatif. Paula se plaisait à être là, assise au milieu des éléments naturels. Elle regardait Poppy plonger au loin. Son ami le dauphin était revenu. Ils lui chuchotèrent de nouvelles histoires. Ils lui demandèrent de l'aide, leur peuple était en grand danger.

411 000 dauphins étaient tués chaque année. Ils s'échouaient sur les côtes. Les filets des pêcheurs étaient en cause. Pris dans les mailles, les animaux mouraient asphyxiés. Au large des côtes, la pêche était meurtrière. Un seul filet pouvait tuer une baleine, c'était encore plus dramatique quand elle était gestante. Des sociétés spécialisées dans le sauvetage des cétacés, quand elles étaient appelées à temps, pouvaient leur venir en aide. Cependant, l'opération était toujours délicate.

Des équipes de scientifiques avaient autopsié leurs corps, ils avaient retrouvé les mailles de filets dans leurs bouches. Le nombre de dauphins vivants diminuait chaque jour. Un petit dispositif avait été inventé, certains chalutiers s'en équipaient. Les ondes émises par l'appareil pouvaient éloigner les dauphins des filets de pêche. Il fallait combattre cette extinction et très vite. Cette bataille serait à ajouter à la longue liste de la Fondation Hope pour la protection des animaux et de l'environnement.

La plume de Paula servirait désormais cette cause et bien d'autres. Elle devait cela à ses amis : le dauphin, Poppy la baleine et à tous ceux rencontrés au fil des eaux et du temps. Elle avait retrouvé la petite fille qu'elle avait été.

Jane Eugénie

Jane Eugénie avait été un modèle pour Léo et Tangui, si libre, si cultivée, ayant su mener sa carrière à l'international aux plus hauts sommets de son art. Elle était reconnue tant au théâtre qu'au cinéma, dans des films d'auteurs ou de grandes productions. Dépasser le cap de la quarantaine, obtenir des rôles intéressants était difficile pour la majorité des actrices. Jane Eugénie en eut toujours grâce aux jeunes réalisateurs. À leurs yeux, elle était une muse, une caution pour attirer le public en grand nombre. Elle servait également de faire-valoir à la nouvelle génération d'acteurs et d'actrices. Elle acceptait de jouer gratuitement pour de jeunes cinéastes afin de leur donner leur chance. Ils appuyaient leur premier film sur son talent reconnu de tous.

Quand elle eut plus de cinquante ans, elle recevait toujours des propositions de plus en plus orientées vers le théâtre classique. Elle excellait dans les grands rôles de tragédiennes du répertoire. Les jeunes années qu'elle avait passées au conservatoire à apprendre son métier lui avaient donné des bases solides pour pouvoir interpréter n'importe quel registre. Elle répétait, se mettait complètement dans la peau de son personnage, faisant abstraction du monde qui l'entourait. Elle restait installée en haut du box-office international. Jane Eugénie faisait souvent les choses à l'instinct. Les cinéastes, les réalisateurs appréciaient son amour, sa passion du métier.

Elle se plongeait totalement dans l'époque du film, de la pièce de théâtre qu'un metteur en scène lui proposait. Elle se transformait physiquement pour chaque rôle. Dans ses tendres années, elle s'était travestie, interprétant un jeune homme de bonne famille. Jane Eugénie comprenait le long travail des couturiers, elle œuvrait de concert avec eux pour chaque film, chaque pièce de théâtre. À la Villa Eugénie, elle conservait certains de ses costumes de scène, donnés à la fin de chaque film. Chacun avait son histoire.

Elle aimait les rôles hors normes demandant des mois de répétition ou de transformation. Elle appréciait être ces multitudes de femmes qu'elle avait incarnées. Elle pouvait être toutes les femmes. Elle était fière de chaque interprétation. Elle avait une sympathie particulière pour ses premiers pas dans des courts métrages d'amis étudiants, reconnus depuis. Son métier lui permettait d'être une femme multiple : brune, blonde, cheveux courts, mi- longs, longs, femme fatale, mère de famille, femme libre, femme soumise, femme rebelle, ouvrière, paysanne, princesse, reine, riche, pauvre, professeur, avocate, écrivain, artiste peintre. Elle avait aimé toutes ses premières fois, ses levers aux aurores, les ambiances particulières de plateaux jusqu'aux cafés imbuvables servis par de timides assistants. Les temps de tournages étaient des moments où elle s'oubliait totalement, toute à son rôle et à son interprétation.

À chaque promotion de film, elle refaisait surface, amincie, un nouvel éclat dans ses yeux, sur son visage, au fil des ans le scintillement de la maturité. Elle gommait le dernier personnage qu'elle avait joué, et redevenait Jane Eugénie, l'incarnation du chic à l'anglaise, une référence, un exemple pour la prochaine génération d'actrices, une source d'inspiration constante pour des metteurs en scène et des cinéastes. Jane Eugénie était au sommet de son art, de son jeu. Son parcours professionnel fut ponctué de belles rencontres.

Pour le public, Jane Eugénie resta pétillante, intemporelle, un modèle. Elle sut tisser un lien particulier avec ses fans tout en préservant sa vie privée. Lors des interviews, les journalistes appréciaient son esprit vif, drôle, parfois un peu caustique, ses pirouettes verbales afin de protéger son existence.

Dans ses jeunes années, enceinte de William, elle avait continué à tourner. Dès sa gestation, William avait baigné dans l'atmosphère des plateaux. Cette année-là, elle avait joué une pionnière arrivant dans un nouveau pays où tout était à construire. Dans sa vie, elle avait pensé qu'elle était aussi en train de créer un foyer pour William. Elle fit partie des nominées et gagna le prix de la meilleure actrice. Bien au chaud dans son ventre, William fut aux premières loges pour entendre le tonnerre d'applaudissements. Elle dédia son prix à l'équipe du film, au réalisateur, son répétiteur, au père de William présent dans la salle et à son enfant. Elle était resplendissante, ses longs cheveux roux bouclés agrémentés d'un gardénia blanc, le teint de sa peau mettaient en valeur une superbe robe en soie blanche. Elle semblait sortir tout droit d'un conte féérique.

Le père de William était un jeune acteur promis à un bel avenir. Ils aimaient se retrouver entre deux tournages pour quelques heures, pour quelques jours volés dans leurs plannings bien remplis. Sur les plateaux, avec la foule d'acteurs qu'ils côtoyaient, la tentation était permanente. Enlacer, embrasser ses partenaires, simuler nus des scènes d'amour, de sexe pouvait rapprocher des hommes et des femmes loin de leurs foyers. Il n'en était rien pour Jane Eugénie et son amoureux. Ils s'aimaient sincèrement de tout leur être, ils ne se cachaient rien de leurs doutes ou de leurs certitudes. Parfois, ils s'échangeaient les scénarios reçus pour comparer leurs impressions, leurs avis, les approches de leurs rôles. Ils détestaient être séparés très longtemps. Passionnés par leur métier, ils s'étaient promis de penser toujours en premier à leur couple et à la famille qu'ils venaient de commencer de créer. Quand ils ne tournaient pas ensemble, ils s'arrangeaient pour ne pas jouer aux mêmes périodes.

Un jour, au gré du hasard, ils avaient découvert l'île et étaient tombés amoureux de ce coin de paradis. Ils la parcoururent. Ils demandèrent à un groupe de pêcheurs si une villa ou une petite maison serait disponible en location. Les hommes leur indiquèrent le chemin qui menait à la grande villa blanche qui surplombait l'île. La propriétaire, une charmante vieille dame, pourrait peut-être les aider. Jane Eugénie était enceinte de cinq mois et rayonnait.

Le jeune couple plut de suite à la propriétaire. La villa était très grande. Ils passèrent un marché avec elle, ils pouvaient louer la moitié de la maison et commencer à effectuer les réparations dont elle avait besoin.

Jane Eugénie tomba en extase devant la vue imprenable sur la plage, la mer, le phare au loin et le jardin extraordinaire entourant la bâtisse. Dès que le couple avait un break dans son emploi du temps, ils venaient sur l'île. Jane Eugénie enfilait une vieille salopette en jean's, vestige d'un tournage et coiffait un chapeau de paille, elle passait ses journées côté jardin et son compagnon se transformait en peintre, menuisier, électricien selon les besoins. Leur présence ravissait la vieille dame.

Ils décidèrent, un jour de printemps, de s'unir pour la vie, à l'arrivée de l'été sur l'île, sous le regard bienveillant de la Villa Eugénie, en présence de quelques proches. À l'époque, il était plus moral d'être enceinte après le mariage qu'avant. Jane Eugénie s'en moquait, son compagnon également. Ils s'unirent par amour, pour l'éternité. Aux premiers jours de l'été, ils se marièrent dans cet endroit qu'ils adoraient, leur coin de Paradis. Ils formaient un beau duo uni et amoureux. Jane Eugénie resplendissait dans une simple robe blanche en dentelle, une couronne de fleurs ornait sa longue chevelure. La vieille dame, propriétaire de la Villa Eugénie fut le témoin de Jane Eugénie et un ami du couple celui d'Hugo. Une poignée d'amis assista au mariage suivi d'une petite fête. Un air bohème se dégageait de l'ensemble des invités, artistes, peintres, acteurs, danseurs, îliens.

C'est ainsi que Jane Eugénie et Hugo furent intégrés à la communauté de l'île et s'installèrent à la Villa Eugénie. Leurs vœux prononcés, des ballons blancs furent lâchés dans le ciel. Ils disparurent bientôt dans l'azur, petits points crayeux perdus au milieu de l'immensité bleue. Le jour, la soirée, la nuit de leur union furent doux et joyeux. À la nuit tombée, les lucioles les entourèrent. Les lanternes éclairaient d'une lumière particulière les mariages célébrés sur cette île. Quelques jours plus tard naissait William, Berthe, qui faisait office de sage-femme depuis des décennies dans l'île, effectua les gestes ancestraux et attentionnés qui aident à la venue de la vie.

La vieille dame, veuve depuis de nombreuses années, une fille au loin, les considéra rapidement comme des membres de sa famille à part entière. La Villa Eugénie retrouva son ancienne allure et son éclat. Le jardin était un enchantement pour la vue et l'odorat. Hugo y installa un nouveau banc en bois réalisé par ses soins pour la vieille dame, que Jane Eugénie agrémenta de confortables coussins. La vieille dame y passait désormais une grande partie de la journée à lire, à rêver, à remonter le fil de ses souvenirs, à observer les paysages changeants et l'éclosion des fleurs du jardin. Elle aimait regarder la mer, le phare sentinelle du temps, le continent au loin, les magnifiques couchers de soleil. Pendant que Jane Eugénie et Hugo répétaient leurs rôles, elle prenait soin de William.

Jane Eugénie travaillait sur un rôle difficile, elle devait incarner l'artiste Frida Kahlo. Durant plusieurs mois, elle s'obligea à porter un corset, à marcher avec deux cannes puis à se déplacer en fauteuil. Elle prit des cours de peinture. Des années plus tard, lors d'une interview, elle évoqua ce rôle qu'elle avait particulièrement aimé. Peut-être parce qu'il avait éveillé en elle des échos personnels ? Frida Kahlo avait toujours lutté pour être reconnue malgré la maladie, la souffrance, les autres, l'adultère de son compagnon. Frida Kahlo était un exemple de courage, une artiste, une femme forte, une femme passionnée, bien décidée à aller au bout d'elle-même quels que soient les obstacles.

Hugo et Jane Eugénie jouèrent ensemble dans un seul film, ils y représentaient un couple d'amants. Ils avaient répété leurs rôles avec profondeur. Ils érigèrent des barrières pour bien séparer leur vrai tandem de celui des amants qu'ils incarnaient. Le tournage avait duré quatre mois à travers le monde. William les avait suivis. Une nounou le gérait quand Hugo et Jane Eugénie jouaient, le reste du temps, le couple s'occupait de lui. Ces cinq mois furent formidables, mémorables.

Un soir de représentation alors que le rideau venait à peine de se fermer sur la scène du théâtre londonien où Jane Eugénie s'était produite et que le public, ravi, l'applaudissait debout, lui lançant des bouquets de fleurs, son habilleuse lui fit de grands signes côté coulisses. Jane Eugénie sentit tout de suite que quelque chose de tragique s'était produit. Elle salua une dernière fois l'assistance avec ses compagnons de scène et courut vers les coulisses. Son habilleuse lui apprit qu'Hugo venait d'être victime d'un grave accident sur le tournage du film où il jouait. Hugo ne se faisait jamais doubler pour les cascades. Il les interprétait, elles faisaient partie de son quotidien sur les films d'action. Il s'entraînait tous les jours, c'était un sportif rompu aux dangers de ce genre de scènes. Avec son équipe, il évaluait les risques, répétait les plans méticuleusement. Rien n'était jamais laissé au hasard. Sa brigade était composée d'amis d'enfance, ils se faisaient tous confiance. L'accident était dû aux conditions météorologiques qui avaient changé au dernier instant, transformant le sol en patinoire. Le véhicule d'Hugo avait dérapé, après plusieurs tonneaux, elle avait percuté un énorme pilier métallique. L'équipe d'Hugo avait juste eu le temps de le sortir avant l'explosion de la voiture.

Jane Eugénie partit dans la nuit à son chevet. Des années plus tard, elle resta persuadée qu'il avait tenu de longues heures pour l'attendre, pour la voir une dernière fois avant de s'en aller. Quand Jane Eugénie arriva enfin à l'hôpital, elle portait toujours son costume de scène, son maquillage avait coulé sur ses joues. Elle avait le visage barbouillé, les cheveux emmêlés. Elle s'en moquait, elle voulait être à côté de son mari, le serrer contre elle, l'embrasser, sentir son odeur, savoir qu'il n'allait pas partir, que ce n'était pas la fin. Elle n'aimait pas le mot fin.

Quand elle ouvrit la porte de la chambre d'hôpital et découvrit son époux relié à un respirateur artificiel, elle comprit que la situation était grave. Elle se ressaisit et s'approcha de lui. Elle posa la main sur son corps inerte, elle voulait lui insuffler la vie. Pendant quelques fractions de seconde, Hugo réussit à ouvrir un œil puis l'autre, il la fixa intensément. Jane Eugénie ne rencontra plus jamais un regard si empli d'amour jusqu'au jour où des années plus tard, elle le découvrit à nouveau entre Léo et Tangui.

Hugo lutta, s'accrocha. Il voulait rester en vie, à côté de Jane Eugénie et de leur fils William. Le film de sa vie se déroula rapidement dans son cerveau, sa plus belle rencontre était la femme qui se tenait à ses côtés dans cette chambre d'hôpital triste et impersonnelle. Dès son premier regard posé sur elle, il avait su qu'elle serait la femme de sa vie. Il l'avait vue pour la première fois au théâtre en répétition. Il était resté dans la salle en admiration, Jane Eugénie travaillait, seule sur les planches, l'un de ses plus grands rôles, Phèdre, elle avait jeté au loin ses escarpins, pieds nus, elle arpentait la scène. Elle était au naturel sans maquillage. À un moment, elle avait enlevé les pinces qui retenaient ses cheveux. Sa longue tignasse était tombée en cascade lumineuse, étincelante. Quand les mots lui échappaient, la jeune comédienne touchait son lobe d'oreille et sondait les alentours. Hugo aima ce geste que Jane Eugénie garda toute sa vie. Il ne voulait pas quitter Jane Eugénie, William. Il était trop tôt, il avait encore tant de choses à découvrir, à réaliser. Il avait cette immense soif de vivre en lui. Il lutta de toutes ses forces, mentales et physiques. Jane Eugénie resta à ses côtés. Leurs mains étaient enlacées. Ils étaient unis dans la bataille pour la vie. Jane Eugénie pria de toutes ses forces, il fallait qu'elle se raccroche à leur amour, un environnement connu, quotidien, à des valeurs familiales auxquelles elle croyait plus que tout. Elle parla à Hugo toute la nuit. Il l'écouta, il adorait le son de sa voix. Il ne pouvait pas répondre, ses mots ne pouvaient plus sortir de sa bouche ; s'il avait pu, il lui aurait crié tout son amour. Un violent désir de vivre l'habitait.

Jane Eugénie lui parla d'eux, de leur rencontre, de leur union, de leur métier, des anecdotes de tournage, des rôles qu'ils avaient interprétés. Elle voulait le maintenir en vie, accrochée à sa voix. Elle lui révéla une autre partie d'elle-même, secrète, intime, elle lui livra tout d'elle, de ses sentiments si profonds pour lui, de son amour. Ils restèrent ainsi deux jours et deux nuits indifférents aux entrées des infirmières, des médecins. La presse avait envahi le hall d'accueil de l'hôpital et les rues avoisinantes. Jane Eugénie ne quitta pas la chambre de son mari, le temps semblait suspendu à ses lèvres, à sa voix. Elle portait toujours son costume de scène, un tailleur fripé. Elle s'était aspergé le visage d'eau. En se regardant fugacement dans le miroir dépoli de la salle de bains, confrontée à son image, elle s'était demandé qui était cette femme à l'air hagard?

Quand le sommeil la gagna et que sa voix perdit de son intensité, elle sentit les doigts de son mari bouger légèrement, pour lui dire qu'il était encore là près d'elle. Son geste lui signifiait : ne t'endors pas, mon amour, restons ensemble jusqu'au bout, parle-moi. Elle continua à lui murmurer, à caresser ses cheveux. Elle renvoya l'aide-soignante qui voulait faire la toilette de son mari. Elle le lava lentement, le changea. Elle se rappela cet homme plein de vie, de sensualité, de fougue, de désir, désormais presque inerte. Ce corps nu qui l'avait étreinte, aimée, accompagnée dans la jouissance des sens, amenée à l'orgasme. Ce corps qui ne faisait qu'un avec le sien. Elle en chérissait le grain, la couleur, l'odeur, le toucher. Elle aimait se blottir contre ce corps chaud au sein des nuits ou des siestes amoureuses volées au temps. Cycle amoureux suspendu au milieu de l'agitation du monde. Le corps d'Hugo cambré en elle, dansant avec le sien dans l'explosion des sens, un pas de deux qu'ils auraient souhaité éternel, enlacés pour de nouvelles chorégraphies en totale communion. Leurs corps ne faisaient qu'un dans toutes les positions des jeux amoureux enflammés jusqu'à l'incandescence, odeurs, jouissances, sueurs mêlées. Hugo était son double. Elle trouvait le repos près de lui. Ils étaient affamés, ils se dévoraient, s'embrassaient, s'étreignaient langoureusement. Ils riaient, chahutaient, profitaient du bonheur d'être ensemble.

Que ferait-elle sans Hugo ? La stabilité de leur vie familiale lui était nécessaire dans ce monde de paillettes, d'illusions dans lequel ils évoluaient depuis le début de leur carrière. Hugo était son mari, son conseiller, son meilleur ami, son confident, le père de son enfant, sa continuité. Elle avait trouvé en lui un partenaire, pour tout affronter. Ils pouvaient parler jusque tard dans la nuit de composition de rôles, de textes, de dialogues, refaire le monde. Ils venaient de créer une famille. Ils souhaitaient qu'elle s'agrandisse prochainement. Ils s'aimaient. Ils avaient été heureux de devenir parents malgré leur jeunesse, leur inexpérience. Ils étaient en admiration devant le miracle de la vie, de la naissance de leur fils. Ils aimaient chacune de ses fossettes, de ses sourires, de ses rires, sentir son petit corps si fragile contre eux, bien au chaud. La naissance de leur fils avait ancré encore plus profondément leur amour, et l'avait scellé.

Sur son lit d'hôpital, Hugo savait que le temps leur accordait un sursis. Il adorait plus que tout la voix mélodieuse qu'il entendait, qu'il connaissait, son accent *so British*, ses intonations suaves graves ou basses véhiculant un registre d'émotions, porteuses d'espoir même dans la solennité de ces instants clos. Jane Eugénie aimait cet homme plus que tout, Hugo le flamboyant, l'intellectuel engagé, le défenseur des minorités. Il parcourait régulièrement dans des zones de guerre pour dénoncer le manque de moyens des habitants pour survivre, la carence de ressources médicales, le non-respect des trêves demandées par les Nations Unies. Il se rendait très souvent dans des camps de réfugiés pour avertir le monde sur des situations critiques. Il se servait de son nom, de sa notoriété montante pour appeler aux dons. Il reversait une partie de ses cachets à différentes causes correspondant à ses principes d'équité. Il tournait souvent dans des films d'auteur audacieux véhiculant des messages forts, originaux, personnels et engagés. Il aimait les longues discussions autour d'une table avec les équipes de tournage jusqu'au petit matin. Il n'avait besoin que de quelques heures de sommeil pour réapparaître rasé de près et en pleine forme. La passion l'animait.

Hugo était arrivé au cinéma par hasard. Un acteur, qui devait jouer un second rôle dans un court métrage réalisé par l'un de ses amis, lui fit faux bond. Hugo était passé ce jour-là sur le tournage pour saluer son camarade. Ce dernier lui proposa le rôle, Hugo, qui avait toujours aimé les défis, les nouveaux challenges, creva l'écran. Il se destinait à la finance, ce premier court métrage changea sa vie. Il fut propulsé et lancé. Sa carrière s'annonçait prometteuse. Quand un rôle lui plaisait, il ne reculait devant aucune transformation, aucun sacrifice afin de parvenir à être son personnage dans toute sa réalité. Il excellait dans les rôles extrêmes. Et était toujours partant pour faire la promotion d'un film, signer des autographes, parler avec ses fans. Il avait pour eux un total respect, il répétait aux journalistes qu'il ne serait rien sans son public. Ses admirateurs fidèles le suivaient dans chaque aventure cinématographique, théâtrale et sur les circuits de compétition de F1. Ses fans les plus proches pouvaient lui parler, il leur accordait du temps, de l'écoute, de l'attention. Les gens appréciaient son fonctionnement à l'instinct, à l'envie, la façon particulière dont il s'appropriait les personnages qu'il interprétait.

William était sur l'île, entouré d'affection par Berthe. Préservé dans ce temps d'enfance, où tout est doux et cocon. Il avait quatre ans. Il était habitué aux absences de ses parents. Il appréciait beaucoup Berthe qu'il considérait comme sa grand-mère. Il adorait ses confitures et ses gâteaux confectionnés avec les fruits du jardin, pour son goûter. Il aimait regarder le large avec la longue vue qu'elle lui avait offerte pour guetter l'arrivée de la navette qui venait du continent. Celle qui ramenait ses parents sur l'île.

Le jour où ses parents revenaient à la Villa Eugénie était jour de fête, d'embrassades, de câlins, de fous rires, de joie, de jeux, de surprises, de pique-niques sur la plage. Son père le portait sur ses épaules, et courait à travers la villa et le jardin. Son papa lui avait appris à nager. Avant de partir, Hugo lui avait promis de lui rapporter une voiture de course pour enfant qu'il avait fait fabriquer spécialement pour lui. Chaque matin, au petit déjeuner, il demandait à Berthe combien de jours il restait avant le retour de ses parents. Jane Eugénie avait prévenu Berthe de la tragédie qui était en train de se dérouler dans la chambre d'hôpital, bien loin de leur île chérie. Berthe mentit un peu sur le nombre de jours, William sembla ne rien remarquer. Tout comme ses parents, il aimait la Villa Eugénie et l'île. Chaque jour était source de nouvelles découvertes, d'inédites senteurs. William aimait suivre l'envol des oiseaux migrateurs, observer comment ils construisaient leur nid. Il était ébahi de voir les adultes donner la becquée à leurs oisillons. Il était fasciné par l'éclosion des fleurs dans le jardin. Il aimait construire des châteaux de sable, s'allonger sur l'herbe, regarder le voyage des nuages dans le ciel, rêver. Avec des jumelles, l'enfant observait les sternes et les macareux moines défier la force des vagues pour se nourrir. C'était un petit garçon très proche de la nature, profondément heureux sur cette île, d'un caractère facile.

Hugo alla jusqu'au bout de ses forces pour rester le plus longtemps possible avec sa bien-aimée. Il partit dans le courant de la deuxième nuit. Il serra la main de l'amour de sa vie. Jane Eugénie comprit que le moment était venu. Elle l'embrassa et lui chuchota à l'oreille : mon cœur, je t'aime, je t'adore. Ne t'inquiète pas, un jour nous nous retrouverons. Je prendrai bien soin de notre fils. À cet instant, elle sentit la vie quitter son mari. Elle s'allongea à côté de lui, quelques minutes après, le cœur de son compagnon s'arrêtait. Juste avant de mourir, Hugo se rappela le toucher de la robe soyeuse de Jane Eugénie, la première fois qu'ils avaient fait l'amour, elle était tombée dans un infime bruissement découvrant un corps en attente, offert dans toute sa sensualité. L'infirmière de jour les trouva allongés, enlacés le lendemain matin. Elle réveilla doucement Jane Eugénie qui, épuisée, s'était endormie.

Jane Eugénie se leva, elle sut que désormais sa vie serait différente. Elle voulait ramener le corps de son mari au plus vite sur l'île où il souhaitait être enterré face à la mer dans le petit cimetière sur les hauteurs. Elle donna cependant son accord afin que sa dépouille repose deux jours dans une église pour que ses nombreux fans puissent lui dire : adieu, l'artiste.

Son habilleuse lui apporta des vêtements de ville, la maquilla et la coiffa. Jane Eugénie devait affronter les flashs des photographes et faire un communiqué avant de quitter l'hôpital. Elle cacha son regard vide derrière des lunettes de soleil qui lui serviraient désormais d'écran entre elle et le monde. Devant l'assemblée de journalistes et de fans, elle resta droite, digne. Elle répéta aux admirateurs de son mari combien il les avait aimés. Qu'il serait toujours présent à leurs côtés ! Elle esquissa un sourire et leur fit un signe d'au revoir avant de monter en voiture.

Avant de regagner l'île, elle pensa à la petite voiture de course que son mari avait promise à leur fils. Elle demanda à l'artisan de la livrer à son hôtel. Deux jours plus tard, elle prit place sur la navette avec le cercueil de son époux et la petite voiture de course. Sur l'embarcadère, William guettait l'arrivée de ses parents, Berthe à ses côtés. Le petit garçon était impatient de retrouver ses parents qu'il adorait. Quand le navire accosta, il lâcha la main de Berthe et courut au-devant d'eux. Berthe se précipita derrière lui. Jane Eugénie apparut seule dans la file qui descendait de la navette. Où étaient son papa et la voiture de course qu'il lui avait promise ?

Jane Eugénie s'était composé un visage souriant, n'était-elle pas une actrice confirmée ? Elle embrassa et serra contre elle son enfant. Et lui montra un grand carton qu'un de leurs voisins s'était proposé de porter jusqu'à la villa. Le petit garçon sauta de joie, il avait hâte de monter dans son nouveau jouet. Où était son papa ? Il le chercha du regard, sautant sur place pour essayer de voir au-delà des épaules des adultes. Jane Eugénie lui dit que son papa avait été retenu sur un tournage. Le petit garçon fut déçu, sa déconvenue fut atténuée par la présence de sa mère, un bon goûter qui l'attendait et sa petite voiture de course. Berthe pressa longuement Jane Eugénie contre elle. Ayant perdu son mari, elle comprenait la douleur qu'elle éprouvait.

Bien après que tous aient quitté le bateau, le capitaine fit descendre le cercueil où reposait Hugo. Afin de ne pas contrarier son fils William, Jane Eugénie avait donné des instructions pour qu'il soit déposé dans la petite chapelle de l'île. Le prêtre qui les avait mariés quelques années plus tôt devait célébrer la messe d'adieux.

Les intimes, qui avaient assisté à leur mariage, étaient présents pour saluer une dernière fois leur ami. Jane Eugénie respecta le souhait de son mari, être enterré sur cette île qu'il avait tant aimée, qui avait abrité leur bonheur, leur petite famille. La cérémonie fut très sobre, les fans avaient pu se recueillir devant le corps de son époux pendant deux jours sur le continent. Quelques amis proches, acteurs ou actrices, étaient présents. Chacun des intimes d'Hugo lut un texte en sa mémoire. Ils décrivaient un fidèle proche, un acteur, un mari, un père, un homme engagé, un être parti trop tôt, à la vie et la carrière foudroyées en pleine ascension. Jane Eugénie salua son âme sœur, son compagnon de vie. Émue, elle lut un extrait du Petit Prince de Saint-Exupéry, livre préféré de son conjoint. À leur premier rendez-vous, Hugo lui avait lu ce passage de la rencontre entre le renard et le Petit Prince. Hugo et elle avaient su s'apprivoiser. Il était impulsif, elle était d'une nature réservée. Elle voulait prendre son temps pour le connaître, il souhaita vivre tout de suite avec elle, sous le même toit. Il la désirait toute à lui, elle sut lui imposer sa force tranquille et des limites. Ils se complétaient et avaient réussi à accepter leurs différences.

Jane Eugénie avait laissé William à la Villa. Elle n'avait pas encore trouvé les mots pour expliquer à son fils la mort de son père. Elle souhaitait le préserver quelques jours. Elle était totalement dévastée, meurtrie. Pour la première fois de sa vie, elle fut incapable d'honorer un contrat. Elle demanda au metteur en scène de la remplacer pour le rôle qu'elle interprétait quelques jours auparavant au théâtre. Elle n'avait pas la force de jouer, de faire semblant. L'île serait son refuge de longs mois. Elle s'appuya sur Berthe pour le quotidien. Malgré son âge, Berthe était un roc, la vie n'avait jamais réussi à la mettre à terre. La joie de vivre semblait avoir quitté à jamais Jane Eugénie. Elle aimait rester allongée au milieu du grand lit de la chambre qu'elle avait partagé avec Hugo, témoin de leur amour, de leurs tendres étreintes. Elle contemplait le plafond, le bout de ciel qu'elle apercevait. Le film de sa vie avec Hugo défilait différent chaque jour, elle ajoutait des détails, des dialogues oubliés la veille. Elle se levait pour son fils. Elle essayait alors de paraître souriante.

La nuit, le sommeil la quittait. Elle errait sur la terrasse, s'asseyait sur un transat, recouverte d'un plaid. Les clignotements du phare au loin lui tenaient compagnie, un autre veillait. Elle aimait observer les étoiles et se plaisait à penser qu'Hugo était parmi elles. Elle restait là jusqu'à l'aube. À la naissance du jour, elle descendait à la plage, pieds nus, par le ponton. Elle aimait regarder la brume se dissiper sur la mer, le lever du soleil dans sa palette de couleurs changeantes. Ses pieds foulaient le sable tiède, l'eau douce. Elle était une femme sans aucun fard, désarmée, transfigurée. La perte de son alter ego la broyait littéralement. Elle trébuchait sur le sol, se relevait, marchait, tombait à genoux devant l'océan, hurlait sa douleur. Au milieu de la nature sauvage, elle laissait libre cours à son chagrin. Elle aurait aimé être engloutie à jamais par l'eau. Elle ne le pouvait pas, elle était maman.

Le vent vivifiant du large séchait ses larmes. La troupe habituelle de mouettes poussait dans le ciel des cris perçants comme pour éloigner le chagrin. Certaines nuits, Berthe était le témoin silencieux de cette errance.

Face à son fils, Jane Eugénie se reprenait, se tenait droite. Elle devait se montrer forte. Il était un innocent petit garçon, elle devait le préserver, le chérir. Il réclamait son père chaque jour. Pourquoi son papa ne lui téléphonait-il pas ? Il adorait la petite voiture de course tant attendue, il aurait voulu que son papa le voie au volant. Il aurait été fier. William rêvait d'être coureur automobile. Il avait assisté à de nombreux tournages et restait fasciné par les cascades de son père, son héros.

Un après-midi ensoleillé, Jane Eugénie emmena Hugo à la petite chapelle et se rendit avec lui sur la tombe d'Hugo. Ils s'assirent sur un banc de pierre à côté de la sépulture. Avec des mots choisis, elle lui dit doucement que son papa avait eu un accident en effectuant une cascade sur le tournage de son dernier film. Une ambulance était venue le chercher pour l'emmener à l'hôpital. Parfois il y a des fois où le blessé s'en sort. Mais pas toujours. Son papa n'avait pas survécu, il était mort. William lui demanda ce que voulait dire mort. Jane Eugénie lui cita des exemples de la nature environnante qu'il connaissait. Elle savait qu'il observait toute la faune de l'île et qu'il avait déjà trouvé des petits corps d'oisillons sans vie, couchés sur les feuilles sèches des arbres. Elle lui expliqua que chaque animal, chaque fleur avaient une durée de vie. Il en était de même pour les hommes et les femmes.

– Papa est comme l'oisillon que j'ai trouvé sur la plage. Il ne respirait plus. Je lui parlais, il ne me répondait pas. Il ne m'entendait pas. Il ne bougeait plus.

- Oui, ton papa est comme l'oisillon. Ils sont morts pour toujours, ils ne reviendront pas. On pourra parler de lui tous les deux, regarder ses films en mangeant les cookies de Berthe. On pourra faire tous les deux ce qu'il t'avait promis. Il était d'accord pour que nous adoptions un chien ou un chiot au refuge. Nous irons, tu le choisiras. Il était d'accord pour que tu suives l'école ici avec un précepteur. Je suis d'accord aussi, mon petit William.

– Est-ce que je pourrai lui téléphoner ?

– Non, mais tu pourras lui parler. Le corps de ton papa repose en paix dans cette tombe, à côté du banc. Tu sais qu'il aimait beaucoup les livres comme toi. Parfois, tu pourras lui lire ce que tu veux, si tu en as envie.

– D'accord maman.

À cet instant, Jane Eugénie sentit une autre présence à leurs côtés. En rentrant, elle n'en parla pas à Berthe. La mère et le fils étaient restés longtemps près de la tombe d'Hugo et avaient fait une interminable promenade le long de la plage. La nuit venue, Jane Eugénie s'installa comme à l'accoutumée dans un fauteuil sur la terrasse. Berthe et William dormaient. Jane Eugénie se sentait soulagée d'avoir pu trouver les mots pour annoncer à son fils la mort de son papa.

Une nuit, perdue dans ses pensées, elle distingua à nouveau une présence près d'elle, un effleurement sur sa main, un baiser chaud sur ses lèvres glacées.

Elle murmura :

— Hugo, mon amour tu es là.

Elle sentit alors les mains d'Hugo la frôler à travers l'étoffe de sa robe. Les étoiles furent les seuls témoins du baiser et des caresses. Cette nuit-là marqua le début de l'étrange lien qui la relia à l'autre monde jusqu'à la fin de ses jours. De l'attache qui l'aida à surmonter son chagrin, à revenir à la vie. Hugo ne la quitta plus jamais. Jane Eugénie comprit qu'elle pouvait entrer en contact avec l'autre monde.

Quelque temps plus tard, son photographe attitré débarqua de la navette pour une séance de photos, prémices du retour de la grande comédienne Jane Eugénie. Au premier regard, le professionnel comprit qu'il avait devant lui une femme métamorphosée. Son regard avait changé, la posture de son corps était différente. Elle le laissa la photographier comme si elle mettait son âme à nu. Ces clichés signèrent son grand retour à la scène. L'actrice refit surface, elle se releva de son chagrin. Hugo ne l'avait pas quittée. Son amour inconditionnel pour son mari ne changea pas, il prit un élan nouveau, presque mystique. Elle lui resta fidèle et s'accommoda de cette passion entre deux univers. La présence d'Hugo la porta une nouvelle fois et signa sa renaissance au monde, à la ville et à la scène.

Jane Eugénie put ressentir à nouveau une vague de paix l'envahir. Elle était prête à affronter le public, à être en symbiose avec les personnages qu'elle interpréterait. Lors de chaque interview qu'elle accepta par la suite, elle conserva ses lunettes de soleil, écran entre elle et la curiosité des journalistes, entre elle et le monde. Elle ne mit plus jamais son âme à nu. Elle garda secrète la connexion qu'elle avait avec l'autre univers. Léo et Paula seraient bien plus tard les dépositaires de ses arcanes. Toute sa vie, Jane Eugénie maintint un pied dans chaque monde.

Elle pensa toujours que l'intensité de l'amour qu'elle partageait avec Hugo avait repoussé les limites des sphères de la vie et de la mort. La nuit quand Berthe et William dormaient à poings fermés, elle répétait ses rôles, parlait à son mari. Elle lui faisait part de ses peurs, ses attentes, ses joies. Elle avait fait encadrer les affiches des films de son tendre époux, des photos prises tout au long de sa vie et les avait disposées un peu partout dans la villa. Hugo était présent, les dardant de son regard attentif, curieux, intelligent. Elle ne parla jamais de cet amour qui perdurait au-delà de la vie à son entourage et à la presse. Elle pressentait que les gens l'auraient jugée folle, hantée par un fantôme et ses illusions.

William guetta encore quelque temps l'arrivée de la navette. Il montait dans la cabane construite pour l'un de ses anniversaires par Hugo dans l'un des plus grands pins, à côté de la villa. La vue surplombait la côte et le large. William observait à travers la lunette offerte par Berthe la progression de la navette. Il espérait que son père en descendrait. Au fil du temps, William comprit qu'il ne reviendrait pas. Son papa était allongé dans son cercueil dans sa tombe, comme lui avait expliqué sa maman. Il prit l'habitude de s'asseoir sur le banc à côté du caveau de son père. Il lui racontait des petites histoires, lui lisait des passages de certains livres qu'il aimait. Il lui confia son désir de devenir pilote automobile. Un jour, assis dans la cabane, il lut Robinson Crusoé, ce fut une belle découverte qui lui permit de s'échapper, de rêver. Les jours suivants, il devint Robinson Crusoé au milieu des oiseaux de la forêt de pins. Hugo avait construit la maisonnette avec son âme d'enfant. Elle semblait sortie d'un univers de contes, elle illumina la jeunesse de son fils. C'était son coin à lui où il pouvait rêver, imaginer, être tous les personnages qu'il découvrait au fil des pages. Il était proche des oiseaux, il pensa qu'il pourrait peut-être voler un jour.

Des rumeurs arrivèrent jusqu'à l'île. Sur le continent, l'ambiance générale était morose. En Allemagne, le nazisme gagnait du terrain. Hitler agitait les foules. La guerre pouvait éclater à tout instant. À cette époque, Jane Eugénie découvrit l'Amérique. Elle regarda les lettres HOLLYWOOD devant elle, elles n'étaient plus un mirage. Elles étaient bien réelles, elles semblaient veiller sur la ville, accrocher des destins, attirer des artistes venus de tous les horizons. Combien d'entre eux continuaient de courir de misérables cachets ? Il y avait peu d'élus. Son brillant parcours l'ayant précédé, sur place, de nouveaux projets prirent forme rapidement. Elle aurait pu perdre le fil de son existence, elle évoluait parmi les grandes stars. Hugo, son fils William, étaient là. Leurs présences permettaient à Jane Eugénie de se préserver et de se recentrer sur l'essentiel malgré le succès de sa carrière, ses deux amours. L'actrice se consacrait à son métier, mais donnait la priorité à son fils. Il la suivait dans tous ses déplacements.

Jane Eugénie se sentait libre devant les caméras, elle n'était plus Jane Eugénie, elle devenait une autre. Plusieurs studios la voulurent en exclusivité, elle préféra rester indépendante, elle préférait continuer à choisir ses rôles. Ce qui était très rare, les plus grandes stars avaient signé des contrats les liant pour des années. Ils ne pouvaient plus choisir librement leurs rôles. Jane Eugénie s'entoura d'un coach vocal qui la faisait répéter ses scènes, la guidait, l'aidait à comprendre la mentalité américaine. La guerre fut bientôt déclarée, il était de plus en plus difficile de tourner des films faute de personnel, de techniciens, de cameramen.

Jane Eugénie se proposa avec d'autres stars pour remonter le moral des troupes américaines, anglaises et françaises. Elle se montrait accessible, elle écoutait, se chargeait des lettres pour les amoureux et les familles. Elle savait qu'Hugo se serait porté volontaire pour combattre contre le nazisme. Sur les estrades, devant les soldats émus, elle parlait, chantait, son fils William toujours à ses côtés. Les militaires étaient touchés, Jane Eugénie et son fils leur rappelaient leurs épouses, leurs enfants laissés au pays.

Quand Jane Eugénie le pouvait, ils revenaient sur l'île. Berthe était la gardienne de la Villa Eugénie, du temps heureux, la détentrice des secrets de la maison, qu'elle confia un soir de tempête à Jane Eugénie ainsi que sa longue histoire d'amour avec le capitaine.

Villa Eugénie

Le mari de Berthe avait fait construire la Villa Eugénie pour sa belle. D'une lignée de marins, il était devenu capitaine dans la marine marchande. Il partait avec son équipage de longs mois, sillonnant les eaux internationales et apportant en Europe des cargaisons exotiques. Il ne quittait son uniforme qu'une fois arrivé sur l'île. Cette île qu'il avait découverte au hasard de ses traversées commerciales était devenue son oasis, un enchantement sans cesse renouvelé. Pour lui, l'homme déraciné, sans famille, elle était un retour aux sources, il se reconnectait à l'individu simple qu'il était, amoureux de la nature. L'île était mystérieuse comme certaines femmes, ensorcelante. Il aimait la rudesse de ses contours, de ses rochers, sa nature sauvage, la douceur de l'air, ses parfums enivrants. Le paysage des méandres de l'île se modifiait à l'infini avec la montée et le retrait de la mer. L'endroit était paisible, puissant, il interpellait, entouré par la beauté et la fragilité de l'océan.

Berthe avait toujours aimé la mer, son immensité, ses mystères. Elle admira ce capitaine un peu excentrique avec sa barbe de baroudeur, son teint hâlé, son franc-parler, dès qu'elle le rencontra. Il était différent des hommes qu'elle côtoyait quotidiennement dans le commerce de négoce de son père ou à l'université. À chaque retour, la capitaine lui offrait étoles, soieries venues d'Orient, perles du Japon, fleurs exotiques des Caraïbes, étoffes asiatiques et africaines. Il lui racontait ses voyages, ses rencontres avec les autres peuples, les couchers de soleil différents chaque soir sur la mer. Sa voix était tel le vent venu du Sahara, chaude, enveloppante, l'emportant aux confins des endroits les plus reculés du monde. Ses récits étaient magie, vent de liberté, de chant, de musique aux sonorités étrangères et ensorcelantes.

Un après-midi, le capitaine était arrivé au commerce de négoce plus soigné qu'à son habitude. Il avait enlevé son uniforme de marin, il était passé chez le barbier et le coiffeur. Il était d'humeur fébrile. Il s'apprêtait à faire un grand saut dans la vie, une vie qui pourrait devenir totalement différente. Dans sa poche, il avait un écrin renfermant une bague de fiançailles sertie d'un diamant venu des entrailles de l'Afrique. Il fit le tour du pâté de maisons avant d'entrer dans le commerce du père de Berthe. Le capitaine avait le trac, le trac du débutant. Il avait deux surprises pour Berthe. Il ne savait par où commencer, il fut aidé par le chien de Berthe qui le reconnut. Ses aboiements avertirent Berthe de sa présence. Elle le trouva très à son goût, dans ses beaux vêtements. Elle apprécia sa nouvelle allure, son élégance. Il aimait cette jeune femme si intelligente si vive, d'une beauté atypique, haute en couleur, surprenante, qui se moquait des codes, et se comportait bien souvent comme un homme dans ses décisions. Sans aucun doute, elle était une femme de tête, elle saurait être une épouse de capitaine. Indépendante, d'une nature solitaire, elle saurait l'attendre au long cours. Il espérait qu'elle accepterait de devenir sa fiancée et quelque temps plus tard sa conjointe. Il aurait aimé qu'elle devienne sienne de suite. Il se devait de respecter les codes, déclaration, longues fiançailles et mariage.

Sur le comptoir au milieu des étoffes, Berthe venait de terminer un croquis. Elle était très douée. À l'époque, elle avait acquis une petite renommée auprès des enfants. Berthe illustrait des contes dans lesquels les humains, la nature et les animaux cohabitaient dans la plus grande entente. Son imagination débordante guidait son pinceau. Elle avait remarqué que le capitaine possédait lui aussi une créativité sans limites alimentée par ses nombreux voyages.

— Bonjour Capitaine, quelle élégance, avez-vous un rendez-vous important ?

— Bonjour Mademoiselle Berthe, vous avez deviné. Oui, j'ai effectivement un rendez-vous d'une extrême importance.

— Votre voyage en Afrique s'est-il bien passé ?

— Oui un voyage étonnant, nous avons aidé des hommes à s'échapper, nous les avons cachés dans la cale du bateau derrière des marchandises.

— Qui sont ces hommes ?

— Des esclaves.

— Je ne savais pas que l'esclavage perdurait encore de nos jours. Je pensais qu'il avait été aboli, il y a fort longtemps.

— En réalité, il n'a jamais cessé d'exister dans certaines contrées et en Europe. C'est un esclavage plus caché, plus sournois, qui ne se fait pas au grand jour, des femmes, des hommes, des enfants sont encore vendus au plus offrant. C'est l'exploitation de la misère par les plus forts.

Le capitaine et Berthe aimaient débattre de sujets variés. Ils avaient tous les deux une personnalité forte. Ils n'étaient pas toujours d'accord lors de leurs discussions, ils respectaient cependant l'angle de vue de chacun.

— Berthe.

Berthe nota que le Mademoiselle avait disparu, elle était Berthe tout court, Berthe tout court sonnait plus intimement. Elle remarqua que le capitaine semblait ému. Ses yeux brillaient d'un nouvel éclat. Elle attendit, en alerte, le corps frémissant sous sa robe stricte de fille de marchand. Son chien patientait sagement à leurs pieds, son regard allait de l'un à l'autre, encouragement muet, mais si expressif. Le capitaine se décida, il dirigeait une équipe de trente matelots, des fortes têtes. Il savait gérer ses émotions. À cet instant, il se sentait tel un adolescent timide. Il avait peur du refus éventuel de Berthe. Il se lança :

— Berthe, je viens à chaque retour de voyage pour négocier des marchandises avec votre père. En fait c'est à vous que je rends visite. J'ai besoin de vous revoir. Sur la mer, je pense à vous. Je vous écris des lettres d'amour que je ne vous ai jamais envoyées. Je vous aime depuis des mois.

Le capitaine sortit de sa besace en cuir une liasse de feuilles qu'il tendit à la jeune femme. Il les avait réunies par un lien en soie. Berthe nota ce détail. Derrière la rudesse de cet homme se cachait une certaine poésie, le souci du raffinement. À cet instant, le capitaine retira l'écrin de sa poche.

— Berthe, acceptez-vous de devenir ma fiancée?

Berthe attendait ce moment. Des années les séparaient. Elle aimait cet homme d'âge mûr, les jeunes hommes l'ennuyaient. Elle les trouvait futiles, légers, inconstants. Sa réponse ne se fit pas attendre. Elle ne demanda pas selon l'usage l'accord de son père. Elle savait qu'il avait une grande estime pour le capitaine.

— J'accepte.

Il sortit la bague de fiançailles de son étui de velours et la glissa au doigt de Berthe. Il en profita pour lui serrer la main et la blottir quelques instants contre lui.

— Berthe, je vous jure amour, loyauté, fidélité, de toujours vous chérir.

— Cher capitaine, je vous jure amour, loyauté, fidélité, de toujours vous chérir.

Ils scellèrent ce pacte d'amour par un doux, long et tendre baiser. Le capitaine était le premier homme qui lui déclarait une idylle éternelle. Il était resté très longtemps fidèle à un grand amour de jeunesse contrarié, ils n'étaient pas du même milieu social. Ils auraient pu fuir et vivre dans une contrée étrangère. Mais cela aurait jeté l'opprobre sur eux et la disgrâce sur la noble famille de l'aimée.

Le capitaine, jeune officier à cette époque, était parti de longs mois sur les mers. Quand il rentra au pays, sa promise avait épousé un beau fiancé issu d'une riche famille, espoir d'un nouveau jeune parti politique. Ils se virent une dernière fois en cachette et firent l'amour avec le fol optimisme que tout pouvait encore évoluer. Quelques heures plus tard, la réalité les rattrapa. Rien n'avait changé, la femme qu'il aimait était désormais mariée. Le jeune officier était un homme d'honneur, il embrassa fougueusement une dernière fois celle qu'il chérissait et la laissa regagner son foyer familial. Ce chagrin d'amour l'habita de longues années, les femmes rencontrées au hasard de ses voyages ne réussissaient ni à l'émouvoir, ni à le séduire.

Puis, un jour, au comptoir de négoce d'un port français, il remarqua des aquarelles aux murs qui le ravirent. Tant la fraîcheur que les couleurs lui rappelèrent son pays qu'il avait quitté depuis fort longtemps. Il tomba en admiration devant un tableau représentant un éléphant, majestueux, si expressif qu'il lui sembla à tout instant qu'il pouvait sortir de la toile. Le capitaine sourit, il revenait d'un grand voyage apportant des articles précieux pour les Européens, sélectionnés et choisis avec soin. Pour lui, ces objets étaient des broutilles à côté de la force de ce tableau, le talent, la maîtrise du pinceau qui s'en dégageaient. Ce jour-là, il fut interrompu dans ses pensées par le directeur du comptoir. Les deux hommes s'appréciaient. Le capitaine lui avoua qu'il préférait ces aquarelles et ce tableau aux anciennes gravures de scènes de chasses qui ornaient auparavant les murs. Il n'avait jamais aimé la mise à mort d'animaux. Le directeur du comptoir s'en amusa. Il lui indiqua que c'étaient des créations de sa fille de retour d'une grande université où elle venait de finir des études de lettres. Sa fille était son rayon de soleil. Elle s'appelait Berthe. Le capitaine enregistra toutes ces indications. Les deux hommes parlèrent cargaison et chiffres. En fin d'après-midi, les affaires étaient conclues. Il allait prendre congé quand la fille du directeur fit irruption avec son chien. Elle se présenta directement et serra la main du matelot d'une poigne ferme.

Lorsque le marin croisa le regard de la jeune artiste, il sut que le moment était venu d'ôter de son âme son éternel amour de jeunesse. Il sentit que le véritable amour était là dans cette pièce, à portée de main et de pensées, déjà si doux et salvateur. La passion peut avoir une multitude de visages. Quelques secondes à peine après leur rencontre, le capitaine avait déjà pris sa décision, il attendrait, il demanderait cette jeune femme en mariage. Il n'était plus le pauvre d'autrefois mal habillé, gauche, peu cultivé. Il avait bien changé. Son premier amour s'estompa de sa mémoire, pour laisser place à une nouvelle passion. Cette demoiselle accepterait-elle sa romance, sa demande ? Il se sentait un homme neuf, revigoré par la douce rencontre avec cette jeune femme. Une esquisse d'amour à venir.

Après une première liaison tourmentée, il s'était jeté à corps perdu dans les études et avait gravi des échelons dans l'armée de mer. Plus tard, il avait fait le choix de bifurquer dans la marine marchande. Le soir, il trouvait refuge dans les romans, les recueils de poésie, il avait une soif incommensurable d'apprendre, de s'imprégner des mots. Il avait toujours un livre à portée de main.

Les ouvrages devinrent de fidèles amis. Durant les escales dans les grandes capitales, il avait découvert la peinture, la sculpture, les arts. Il aimait s'asseoir devant certaines toiles, son corps au repos, ses yeux appréciaient les nuances de couleurs. Il étudiait chaque trait, chaque coup de pinceau. Il était heureux d'un bonheur simple. Il lui manquait une femme avec qui partager ce qu'il avait lu, ce qu'il avait vu, ce qu'il avait ressenti. Lors de sa première rencontre avec Berthe, il sut que c'était elle, celle qu'il attendait.

Après la magnifique bague de fiançailles, le capitaine avait une autre surprise pour sa belle artiste. Il souhaitait lui parler de cette île dont il était tombé sous le charme, en revenant d'Afrique pour regagner l'Europe. Il avait rencontré les îliens, dialogué et échangé avec eux. Il leur avait donné des graines, des bulbes de nouvelles variétés de fleurs. Les îliens s'étaient installés là par amour de l'île, par le hasard du destin, de la vie. La beauté poétique de l'atoll inspirait les artistes, il était un havre de paix loin de l'agitation du continent et des villes tentaculaires. Sa beauté saisissait. Ses habitants souhaitaient y vivre en harmonie avec les éléments pour transmettre aux futures générations un exemple de nature préservée. Ils étaient tous de grands voyageurs qui se sédentarisaient quelques mois sur l'île. Le temps s'écoulait différemment sur ce coin de terre perdu au milieu de l'océan, les îliens vivaient au rythme de l'endroit, se déplaçant à pied, à cheval, à bicyclette. L'air était pur, vivifiant. Le souffle de la mer était généralement doux sauf en cas de tempête.

Le capitaine avait laissé son bateau amarré à quai un long mois et avait ordonné à ses hommes d'avoir une conduite exemplaire, il ne voulait pas les chercher dans les bars aux alentours. À son grand étonnement, ses hommes semblaient avoir oublié toute mauvaise manière. Ils profitèrent de cette escale pour repeindre le navire, lire, réparer les voiles, ranger les cales. Certains d'entre eux aidèrent à la rénovation de la petite chapelle de l'île. Le capitaine écrivit ses plus belles lettres d'amour à Berthe, sur l'un des rochers, en regardant au large. Ses hommes et lui purent assister aux miracles de la nature. Au coucher du soleil, les tortues géantes pesant environ neuf cents kilos sortaient de l'eau pour venir pondre sur la plage. Contrairement à d'autres habitants d'îles, ils ne mangeaient plus de chair de tortues depuis longtemps. Il était interdit de les tuer. Parmi eux, elles avaient trouvé des amis, des alliés. Elles avaient survécu à l'extinction des dinosaures, il fallait préserver leur espèce en voie de disparition. Le capitaine ramassa avec les habitants les œufs pondus trop près de l'eau pour les déposer plus loin dans le sable. L'un des leurs les avait sensibilisés à cette cause, de quarante elles étaient passées en quelques années à cinq cent qui apparaissaient chaque nuit à l'époque de la ponte. Puis elles regagnaient le large. Dans l'immensité des océans, les habitants ne pouvaient plus les protéger. Ils espéraient qu'elles reviendraient à nouveau pour déposer de nouveaux œufs.

Le capitaine visita l'île dans les moindres recoins, il partit seul avec un carnet pour écrire ses impressions de voyage, réaliser des croquis. Un beau jour, il monta dans les hauteurs, il découvrit une vieille demeure inhabitée envahie par les ronces, les animaux et la nature sauvage. Il toucha les pierres, il se sentit en osmose avec les vibrations des lieux. Il demanda aux habitants, s'il pouvait acquérir la vieille maison. À cette époque, rien n'était à vendre sur l'île. Les nouveaux arrivants, s'ils étaient acceptés par la communauté, pouvaient s'y installer. Ils s'engageaient à respecter la paix, à préserver la nature, la bonne entente avec les autres habitants.

Le capitaine raconta l'île à Berthe. Elle apprécia les dons de conteur de son fiancé. Elle fut transportée au milieu de la biosphère, des arbres, des rochers, des fleurs, de la plage, des animaux, elle y était presque. Il lui parla de la vieille demeure sur les hauteurs de l'île avec son ponton qui menait à la digue, à la mer. La végétation avait repris le dessus sur les pierres. Il souhaitait la rénover, l'agrandir, la rendre habitable. Il la rêvait blanche aux volets bleus, entourée d'une terrasse, d'un magnifique jardin enchanteur. Il voulait y construire son foyer avec Berthe, il désirait que cette maison soit la leur, leur résidence principale. Il l'imaginait peuplée de nombreux enfants. Ils seraient heureux là-bas, il le pressentait, il le savait, il en avait envie. Il ferait tout pour que ce rêve se transforme en réalité.

Depuis le décès de son épouse, le père de Berthe était conscient que le temps de la vie pouvait être court, il fallait profiter de chaque instant, de chaque petit moment de joie. Une nouvelle étincelle illuminait le regard de sa fille, il en était heureux. Il espérait un mariage proche, des petits-enfants, du bonheur pour son unique enfant. Sa fille et le capitaine avaient son approbation.

Le capitaine fit construire sous la Villa Eugénie un sous-sol secret aménagé comme une maison, destiné à devenir un refuge pour Berthe et les habitants de l'île en cas de grande tempête, de grands dangers. L'entrée serait dissimulée derrière la grande bibliothèque cosmopolite de la villa. Après l'ouverture de la porte menant au sous-sol secret, la bibliothèque reprenait place. Le capitaine serait sur les mers de longs mois sans rentrer, il voulait partir rassuré. Il pensa à l'équiper d'un système d'aération, à l'aménager de meubles confortables, d'une chambre froide pour les denrées alimentaires. Il fit creuser un long tunnel allant du sous-sol et amenant au côté opposé de l'île, moins visible, où étaient amarrés quelques petits bateaux. De l'extérieur de la maison, personne ne pourrait en soupçonner l'existence.

En hommage à sa mère et en accord avec Berthe, le capitaine appela plus tard la grande maison la Villa Eugénie. Des années après, Jane Eugénie portant le même prénom que sa mère viendrait y résider. Eugénie de son vivant avait été une grande poétesse, elle aurait été sous le charme de cet endroit. Son fils lui rendit hommage.

Après sa déclaration d'amour, le capitaine resta un long moment à terre. Ils apprirent à se connaître, ils échangeaient souvent jusque tard dans la soirée autour de livres lus en commun, d'expositions vues ensemble, des événements politiques. Le bonheur du capitaine était décuplé, il ne se sentit plus jamais seul devant les toiles qu'il admirait. Berthe était son alter ego. Les amis et l'entourage de Berthe tiquèrent un peu sur leur différence d'âge, Berthe s'en moqua. Le consentement de son père était la plus précieuse des acceptations. Elle aimait la maturité du capitaine, elle pressentait qu'il saurait l'accompagner à la découverte des sens. Elle avait été émue par ses lettres d'amour, par son intelligence, ses mots choisis avec délicatesse, douceur et poésie. Ses missives l'avaient emportée au-delà des mers. Elle aimait l'homme qui les avait écrites, il lui parlait d'absence, d'attente, de tendresse, d'amour, de rêve, de mariage, de paysages enchanteurs et paisibles. Elle glissa les messages dans un joli coffret en bois d'ébène qui la suivit sa vie entière dans ses déplacements et sur l'île. Bien plus tard, elle demandera à Jane Eugénie de jeter le coffret à la mer avec ses cendres si elle mourait, elle irait rejoindre son capitaine avec leurs souvenirs. Son souhait serait respecté.

Berthe était de ces femmes de trempe, émancipées avant l'heure, cultivée, curieuse, intelligente, à l'âme aventurière. Elle aurait pu partir avec le capitaine sur son bateau sans être mariée, parcourir les mers à ses côtés, s'offrir à lui, à ses sens, ses mains, sa bouche, son sexe. Elle le rêvait amant, tendre et passionné. Tous les deux auraient voulu s'affranchir des contraintes traditionnelles, ils ne le firent pas. Ils devaient respecter les conventions. Ils sauraient être patients. Cette attente exacerba leur désir, rendit leurs corps frémissants, leurs esprits imaginatifs, magnifia leur idylle naissante. Elle fut une source d'inspiration pour de nouvelles magnifiques lettres d'amour. Le capitaine avait laissé quelques hommes de confiance sur l'île pour gérer les travaux, ils se révélèrent talentueux et inventifs. Ils ne se contentèrent pas de suivre les plans du capitaine, ils ajoutèrent des détails pour embellir la Villa Eugénie.

À cette époque, le matelot se prit de passion pour les fleurs, il fit la rencontre en Hollande de passionnés d'horticulture qui lui apprirent leur langage. Ils cultivaient des variétés d'une rare beauté aux coloris étonnants. Le capitaine savait que Berthe attendait les mois de mai et de juin avec impatience. Le temps des pivoines était de retour. Chaque année, le capitaine lui en apporta des brassées. Elles étaient magnifiques. Le capitaine fit commerce des fleurs avec les Hollandais, il était persuadé qu'elles apaisaient l'âme et effaçaient les tourments par leur beauté secrète. Son ami hollandais lui confia de jeunes pousses de fleurs rares, que Berthe planta dans leur jardin.

À côté de la villa, il avait construit une serre et une véranda pour Berthe, elle y cultivait les pousses qu'elle mettait en terre plus tard. Elle en faisait régulièrement cadeau à ses voisins, contribuant au charme et à la magnificence de leur île adorée. À chaque retour du capitaine, différentes variétés de tulipes firent leur apparition, bien qu'introduites en Occident à la fin du XVIe siècle, elles rappelaient la Turquie au capitaine où la coutume était d'offrir des bulbes en offrande. Pivoines, tulipes, roses, camélias, lys cohabitaient selon les saisons et les voyages au long cours de l'équipage.

Après avoir glissé sa bague de fiançailles au doigt de Berthe, le capitaine avait repris la mer avec ses moussaillons. Il allait s'absenter de longs mois. Berthe regarda souvent son anneau et lut à nouveau toutes les lettres d'amour qu'il lui avait données. Elle connaissait par cœur certains passages. En peignant, elle pensait au capitaine. Il lui avait expliqué son voyage en lui montrant sur une carte son tracé, les haltes prévues. Elle l'imaginait à la barre de son bateau. Elle était amoureuse, la vie lui sembla plus belle, plus éclatante. Elle profita de ces longs mois d'attente pour former un jeune homme pour la remplacer au comptoir commercial près de son père. Un directeur d'une galerie d'art la contacta afin qu'elle participe à une exposition de jeunes artistes. Elle présenta la toile avec l'éléphant. Le public fut étonné par la force et le réalisme se dégageant de son tableau. Après cette exposition, elle fit partie des jeunes nouveaux artistes dont la côte allait certainement monter.

Berthe envoya au capitaine des coupures de journaux. Il fut très fier en les découvrant. Ils aimaient recevoir chacun de longues missives qui avaient voyagé par les mers et les rails. Les longs mois de leur séparation renforcèrent leur lien. Avant de revenir, le capitaine fit un détour par l'île. Il voulait faire une nouvelle surprise à sa belle qu'il garda secrète jusqu'à son retour. Berthe s'inquiétait, l'absence du capitaine se prolongeait. Elle n'avait plus aucune nouvelle. Son équipage et lui avaient-ils été capturés par les pirates des mers ? Ou avaient-ils péri au milieu d'une tempête au large ? Leurs corps seraient introuvables. Berthe allait régulièrement sur le quai attendre le bateau, accompagnée de son chien. La commanderie du port n'avait aucune nouvelle du Baltimore, le navire du capitaine. Il avait disparu. De longues semaines passèrent, plus de lettres, plus aucune nouvelle. Berthe garda espoir, et peignait jusqu'à l'aube.

Puis un matin, la porte du comptoir s'ouvrit et le capitaine entra, le visage tanné par le soleil, le regard plus brillant et amoureux que jamais, quelques petites rides de plus sur les joues, quelques fils d'argent parsemaient ses cheveux bruns, le rendant encore plus séduisant que dans les souvenirs de Berthe. Ils se jetèrent dans les bras l'un de l'autre, Olaf le chien jappait autour d'eux, tout heureux de retrouver lui aussi le timonier.

Le capitaine attendit quelques jours avant de demander à Berthe si elle voulait bien que leur mariage soit célébré dans la petite chapelle de l'île. La jeune femme accepta, elle aimait les surprises du capitaine qui la ravissaient. Il lui avait montré ses croquis de la villa, de la plage, de la chapelle, des fleurs. Elle adorait déjà cet endroit, cher aux yeux de son bien-aimé, sans en avoir foulé le sol. Le capitaine parla de son idée de célébrer leur mariage sur l'îlot au père de Berthe, ce dernier se montra aussi enthousiaste que sa fille.

Un mois plus tard, prêts pour une nouvelle aventure, ils embarquèrent sur le bateau du capitaine. Dès son jeune âge, Berthe avait senti que son destin serait ailleurs. Il prit le visage de ce voyage sur le Baltimore qui allait l'amener sur une île perdue au milieu de l'océan. À bord, Berthe troqua ses belles robes pour une vareuse, un large pantalon et des bottes, et coiffa ses longs cheveux d'un chapeau. Les femmes n'étaient pas les bienvenues à bord des navires, les marins pensaient qu'elles étaient source de problèmes. Berthe se fit accepter tout de suite par les membres de l'équipage. Le long du voyage, elle fit le portrait de tous les matelots et leur offrit la toile. Dans chaque peinture, Berthe avait réussi à percevoir et à capter la personnalité de chacun. Au bout de quelques jours, les membres de l'équipage la considérèrent comme l'une des leurs. Ils étaient des hommes rompus aux voyages, à la vie sur les mers, aux longues traversées parfois dangereuses, ils avaient tous le cœur sur la main. Ils apprécièrent son écoute, sa simplicité, ils lui confièrent des choses dont ils ne pouvaient pas parler aux autres à bord. Elle prit la plume pour certains d'entre eux qui ne savaient pas écrire de belles lettres à leurs aimées. Certains lui parlèrent de leurs familles, lui montrèrent des photos usées par le temps, qui restaient lien avec les leurs pendant les longs mois d'absence.

Berthe se proposa pour aider le cuisinier, les menus furent agrémentés de ses succulents desserts. Elle veilla, avec le bras droit du capitaine qui faisait office d'infirmier, sur plusieurs cas de paludisme durant la traversée. Elle était dévouée. Elle essayait de rendre la vie de son entourage plus douce. Elle était aux petits soins pour son père, lui apportant un thé, un plaid, un livre. Elle savait qu'il devrait retourner rapidement à son commerce et qu'ils ne pourraient se voir qu'une à deux fois par an.

Pendant la traversée, à la barre de son bateau, le capitaine fut le plus heureux des hommes, il avait trouvé la femme de sa vie. Il avait quarante ans, vingt ans les séparaient. Cette différence d'âge n'affectait pas leur relation, ils s'étaient reconnus, ils s'attendaient depuis longtemps. Chacun d'entre eux avait trouvé son idéal. Le capitaine se sentait jeune, fougueux, amoureux fou. Cette passion qui l'habitait lui insuffla un nouvel élan. Il donnait ses ordres à ses hommes, faisait hisser les voiles, prenait des décisions avec un grand entrain, de nouveaux projets se formaient dans son cerveau toujours en ébullition. Comme il le présageait, Berthe l'avait attendu fidèlement ces longs derniers mois. À bord, elle s'acclimata à merveille à la vie du navire, il avait la certitude qu'il en serait de même sur l'île. Elle était des leurs, une femme des mers, une femme qui serait capable de le suivre dans l'endroit le plus reculé du monde, une femme ayant le goût de l'aventure.

Quand il prenait son tour de garde, Berthe lui apportait une tasse de café dans la salle de navigation, lui tenant compagnie lui lisant des passages de livres, de recueils de poèmes qu'il appréciait. Elle lui parlait de ses impressions de voyage, lui montrait ses nouvelles aquarelles, évoquait leur avenir.

Ils avaient hâte d'arriver à leur destination pour se marier. Berthe appréciait la vie au plein air sur le bateau. La majeure partie du temps, elle dessinait ou écrivait sur le pont, très inspirée par la mer, et le peuple de l'eau. Elle croqua ses plus belles aquarelles lors de cette traversée. Elles étaient empreintes de réalisme et de découverte, elle avait devant elle la nature, la mer, le peuple aquatique tels qu'elle les avait imaginés à la lecture de récits d'aventures. Elle regardait les dauphins, les orques, les baleines plonger dans les flots et réapparaître à côté du bateau. Le bruit des vagues la berçait la nuit et rendait plus doux ses songes. Elle aimait être loin de la ville, de sa grisaille, de la foule, ce voyage lui permit de vivre ses rêves. Elle avait le goût de l'aventure ancré en elle.

Lors de ce périple, bien que le capitaine ne soit guère loin d'elle, elle relisait chaque soir ses tendres lettres d'amour. Elle s'endormait souvent, les feuilles éparpillées autour d'elle, elles étaient talismans, présages de romance passionnée, de doux lendemains. Le capitaine avait atteint cette maturité qui rend les hommes plus expérimentés, plus attentionnés, à l'écoute des désirs, s'accordant à la musique de la femme à leurs côtés. Berthe ouvrait chaque jour la malle contenant sa robe de mariée et son trousseau de mariage, elle en effleurait la délicatesse du tissu et voguait vers le monde ensorceleur des songes. Le capitaine aimerait le toucher sensuel de son déshabillé pour leur nuit de noces.

Elle s'imaginait au bras de son père, remontant l'allée de la petite chapelle, le capitaine l'attendant près de l'autel, ému, un peu impatient, ses yeux cherchant les siens. Elle aurait aimé que sa mère soit présente à ses côtés pour lui demander des conseils. Comment se coiffer pour le mariage? Comment faire pour maintenir son union heureuse malgré les aléas que la vie disperserait parfois sur leur route? Elle ne pouvait poser aucune de ses questions, son seul parent proche étant son père, il lui était impossible de lui confier ses pensées intimes, ses peurs féminines. Elle ferait au mieux, dans son for intérieur, elle savait qu'elle serait toujours fidèle à cet amour né entre le capitaine et elle. Ils étaient très différents. Ils sauraient se compléter, s'apporter expérience ou fraîcheur. Le mélange des deux ne serait que surprise.

En route, ils se retrouvèrent propulsés au sein d'une grosse tempête. L'équipage dut lutter plusieurs jours et nuits contre les éléments déchaînés. La pluie drue, dense, cinglait les visages et les corps, entravant les mouvements des hommes. Le Baltimore et ses matelots paraissaient minuscules au milieu des grandes vagues rugissantes qui pouvaient à tout moment les projeter hors du bateau ou sur les rochers, les tuer. Leurs vies tenaient à un fil. Le Baltimore était un solide navire, il avait essuyé bien des tempêtes, il avait toujours résisté, conduit par des hommes expérimentés. Le capitaine le considérait comme un membre à part entière de leur équipage, il était plus qu'un bateau pour chacun d'eux. Il faisait partie de leurs vies, de leurs histoires. Ils en aimaient chaque recoin, la proue, la poupe, les magnifiques voiles blanches. Ils l'avaient surnommé Sa Majesté Baltimore. Berthe et son père n'étaient pas habitués à la rudesse de la mer, ils aidèrent au mieux l'équipage sur le pont. Il n'y avait plus trente hommes et une femme à bord, mais trente et un hommes soudés. Berthe se révéla forte, courageuse, téméraire veillant au milieu de la tempête, soignant les blessés. Elle gardait son sang-froid et s'avéra douée pour traiter les plaies et faire les pansements. Berthe resta à côté du capitaine, les deux amoureux se découvrirent, au milieu de la nature tourmentée où aucun fard, aucun apparat n'étaient possibles. Les personnalités profondes des hommes et des femmes se révélaient dans leur éclat brut.

Le cinquième matin, la tempête cessa, les oiseaux et les mouettes réapparurent, leurs cris rappelaient la vie. Sur le bateau, les mines étaient harassées, les traits tirés, les vêtements négligés, sales, lacérés, les regards fatigués, les membres rompus. Malgré leurs déchirures, les voiles blanches du Baltimore leur apparurent belles dans les éclats du soleil. Ils étaient vivants. Ce nouveau jour étincelant de lumière leur transmit joie et bonheur. Des mâts étaient cassés, le bateau était endommagé, mais avait résisté, les hommes réparèrent. Tous se firent beaux pour une petite fête improvisée en fin d'après-midi sur le pont pour célébrer la fin de la tempête et l'approche de l'île. Berthe porta pour l'occasion une belle robe et un nouveau chapeau qui mettaient en valeur la couleur de sa peau, de ses yeux et de sa longue chevelure. Le capitaine attacha un message à une bague à la patte d'un pigeon voyageur qui prit son envol. Berthe l'interrogea du regard, il posa son doigt sur la bouche. Et ne répondit pas à son questionnement silencieux. Il se contenta de lui sourire.

Berthe apprendrait plus tard le rôle des pigeons voyageurs. Lors de cette petite fête, elle découvrit que son futur mari chantait et jouait de la guitare, du violon talentueusement. Son registre était vaste, cosmopolite, métissé, dépositaire de différentes cultures rencontrées au fil de ses voyages. Plusieurs de ses hommes l'accompagnaient. La fête égaya les âmes et les cœurs. La mer avait mille visages, ces marins l'aimaient, acceptant ses tourments et ses douceurs, elle les portait. Elle était en eux, elle était comme le sang qui coulait dans leurs veines, ils ne pouvaient vivre loin d'elle, de ses murmures et de ses rugissements. Elle était leur respiration, leur matrice. Sans elle, il leur semblait qu'ils seraient orphelins et qu'ils en mourraient. Ils la respectaient.

Quelques jours plus tard, l'île apparut au loin. Berthe était émue, son cœur battait la chamade, elle avait chaud, l'émotion dessina des rougeurs à ses joues. Elle était impatiente de fouler le sable de la plage, la terre de la forêt. Cette île allait devenir leur foyer loin de toute civilisation proche. Le capitaine la serra contre lui en lui murmurant :

— Nous arriverons dans quelques heures, ma douce. Nous serons heureux. Tu verras cette île est un poème, un jardin enchanteur, une prophétie, une nouvelle page à écrire. Je te promets de toujours t'aimer. Tu seras la reine de mes jours et de mes nuits, ma belle artiste.

Dans sa cabine, Berthe avait ramassé ses affaires éparpillées. En quittant le Baltimore, elle pressentait que sa vie ne serait plus jamais la même. Elle était prête à ce grand changement. À l'approche de l'île, le capitaine se sentit apaisé, serein, il avait attendu si longtemps le véritable amour, celui qui saurait le porter, le rendre meilleur. Berthe incarnait cet amour. Ce lieu serait son épanouissement, son écrin.

Les marins crièrent : Capitaine, île en vue ! Le Baltimore accosta peu après. Le capitaine porta sa fiancée jusque sur la plage et la déposa sur le sable fin. Embarrassée par ses chaussures, elle les ôta pour sentir sous ses pieds le sol chaud mouillé par le ressac des vagues, son premier contact charnel avec ce nouveau lieu fut agréable. Le capitaine lui tenait la main, il lui montra la grande maison blanche un peu plus haut, majestueuse dans l'éclatante lumière dorée d'une journée d'été. Les matelots transportaient déjà sur la plage les énormes malles apportées par Berthe et son père, de la vaisselle, des meubles chinés par le capitaine lors de leurs récents échanges commerciaux avec différents comptoirs dans différents pays lointains.

Berthe ne savait pas encore qu'elle serait bien plus qu'une artiste reconnue et qu'elle adorerait ce lieu et cette maison à l'infini jusqu'au bout de sa vie. Que même en vie, elle ferait partie de la légende de l'île et de l'histoire de la Villa Eugénie. Sa destinée serait à jamais indissociable de ce bout de terre. Les habitants de l'île prévenus de leur arrivée par le messager pigeon voyageur les attendaient avec des colliers de fleurs locales qu'ils glissèrent autour du cou de Berthe et de son père en signe de bienvenue. Les visages jeunes ou plus âgés étaient tous bienveillants, souriants, sympathiques.

Le capitaine présenta sa fiancée et son père à ses amis, ils firent connaissance. La musique, les chants faisaient partie de la vie quotidienne. C'est en mélodie, appuyée au bras du capitaine que Berthe monta l'allée qui menait à la villa. Senteurs nouvelles, bruits inconnus, chatoiement de couleurs mirent ses sens en alerte. Tout était neuf. Elle aima le contact de la surface tiède et humide sous les pieds, elle laissa les premières traces de ses empreintes sur cette nouvelle terre aux tons rouge orangé ; un doux alanguissement, une lente torpeur, un lâcher-prise gagnèrent son corps. Elle sentait dans la main de son amoureux la force, la puissance qui ne demandaient qu'à être libérées. Des passages de livres d'aventures qu'ils avaient lus ensemble lui revinrent en mémoire. Ils vivraient tels des pionniers sur un bout de terre perdu au milieu de l'océan préservé et caché, connu seulement par une poignée d'hommes et de femmes, arrivés là par le hasard des vagues, les courants de la mer. Les aléas des flots existaient-ils vraiment ou la mer agissait-elle de concert avec l'île, ne lui amenant que des humains choisis et élus grâce aux valeurs auxquelles ils croyaient ?

Certains hommes tels le capitaine quittaient ce bout de terre mais y revenaient toujours, le chemin gravé dans leur mémoire, nulle tempête ne pourrait les en détourner. Nul besoin de carte maritime pour en retrouver l'accès. Elle était leur récompense. La nature y était luxuriante, elle abritait des oiseaux et des mammifères qui vivaient en harmonie avec les humains, chacun respectant le territoire de l'autre. Les îliens ne prélevaient que ce qui leur était nécessaire en dehors de leurs potagers et les réserves apportées à chaque retour du Baltimore. Ils ramassaient selon les saisons les fruits tombés en surplus, les herbes pour se soigner. Il n'y avait pas de médecin sur l'île, une vieille guérisseuse faisait office de docteur et de sage-femme.

La Villa Eugénie était entourée par un jardin d'inspiration anglaise et écossaise de par son dessin, plus coloré. Berthe fut intriguée par différentes espèces de fleurs et de plantes venues de tous les continents qu'elle ne connaissait pas encore. Elle reconnut des bougainvilliers, des hortensias, des fuchsias, des capucines, des dahlias, des anémones, des marguerites, du lilas, des roses. En passant, le capitaine cueillit à son attention une rose de Damas. Il lui montra la serre, nouveau cadeau à sa bien-aimée et à l'étage, face à la mer, il avait fait aménager un atelier d'artiste à côté de son bureau. Pinceaux, pastels, tubes de peinture, chevalet, toiles vierges l'attendaient. Berthe était ravie. Le perroquet de la maison, Joachim, avait appris son prénom, il répétait : Berthe, Berthe. Olaf le chien de la jeune femme et Joachim allaient devenir d'inséparables compères.

La cérémonie de mariage était prévue pour le lendemain, des voisins s'activaient dans la maison, la cuisine, le jardin et à la petite chapelle afin que tout soit prêt. Le chef d'orchestre était le capitaine, leur union devait être mémorable et réussie. Des petites filles confectionnaient avec leurs mères, leurs tantes, des bouquets, des colliers et la couronne de fleurs qui ornerait la longue chevelure de la mariée. À la petite chapelle, le prêtre répétait son discours et sa bénédiction au couple. L'équipage du capitaine profitait des mains habiles locales pour se faire raser et couper les cheveux. Ils réservaient une surprise à leur chef pour le lendemain. Ils avaient préparé un petit discours et répété quelques chants. Le capitaine était un homme bon, juste. Ils souhaitaient lui montrer leur amitié et rendre hommage à Berthe.

De la cuisine s'échappaient conversations, rires, éclats de voix, fredonnements, bonne humeur, odeurs de succulents mets locaux. Son père faisant la sieste, Berthe se retrouva un peu livrée à elle-même. À l'étage, le capitaine l'avait fait installer dans l'une des nombreuses chambres d'amis. Elle ouvrit ses malles, suspendit sa robe de mariée, cacha son cadeau pour le capitaine, sortit le coffret des lettres d'amour. Berthe se déshabilla et se posta devant le grand miroir de la chambre. Demain soir, elle serait femme, maîtresse, épouse. Elle serait nue contre le corps de l'homme qu'elle aimait. Elle avait lu des livres secrets, cachés, que les étudiants se prêtaient sous le manteau en cachette des enseignants, des écrits érotiques, sensuels, évoquant les multiples jeux de l'amour, elle avait observé, regardé des gravures venant d'Inde, révélant des sources de jouissance insoupçonnées. Elle avait découvert toutes les positions du Kamasutra. Ayant perdu sa mère très jeune, elle s'était retrouvée à l'adolescence propulsée dans le monde adulte où elle se formata selon ses opinions. Elle avait beaucoup voyagé et étudié. Elle avait sa propre vision du monde, elle était pour que les droits des femmes soient reconnus, elle était pour toute émancipation. Elle avait un caractère indépendant. Elle ne dérogeait que très rarement à ses premiers avis. Ses amies lui déconseillaient de se marier avec un homme beaucoup plus âgé. Elle ne les écouta pas. Elle savait que le capitaine lui laisserait vivre ses passions, ses créations, la vie qu'elle voudrait.

À la veille de son mariage, elle souhaitait que le capitaine l'amène sur les rives du plaisir et que malgré son inexpérience, mais avertie par ses nombreuses lectures, elle saurait aiguiser ses sens, sa soif d'elle. Encore vierge, elle espérait que sa nuit de noces serait romantique, douce, amoureuse, aventureuse. À l'université, elle avait juste flirté. Dans son bain, elle était d'humeur rêveuse, son corps était en attente des lèvres, des mains, du sexe du capitaine. Berthe voulut découvrir la chambre nuptiale, elle se heurta à la porte fermée à clef.

Le capitaine fit visiter la villa à sa fiancée. Des tapis persans recouvraient les sols, des brocarts de soie, des objets admirables venus des cinq continents décoraient les nombreuses pièces. Les boiseries d'époque avaient été restaurées par des mains expertes. Un air bohème se dégageait de l'ensemble de la villa, tout était confortable et fonctionnel sans apparat ostentatoire.

Berthe prit possession de son atelier. Elle avait abandonné robe, chaussures. Elle était pieds nus, les cheveux lâchés, revêtue d'une tunique et d'un pantalon en lin blanc confectionnés par les femmes de l'île qui les avaient déposés sur son lit. Cette tenue serait celle dans laquelle elle se sentirait le mieux dans les mois et les années futures. Elle en aimait le confort, la liberté de mouvement et le côté bohème. Revenu de sa tournée sur l'île pour vérifier les préparatifs pour le lendemain, le capitaine la chercha dans le jardin, la serre. À l'étage, il la découvrit, les rayons de soleil léchant ses longs cheveux. Il la trouva magnifique, il la désirait ardemment. Il s'approcha d'elle et enfouit son visage dans ses cheveux. Berthe les parfumait de fleurs de figuier, il aimait la douceur de cet effluve, délicat et sensuel. Ils échangèrent un très long baiser passionné. Blottis l'un contre l'autre, de la baie grande ouverte, ils regardèrent le jardin, la plage, le Baltimore, la mer. Berthe l'emmena dans son bureau où elle avait posé son cadeau. Le capitaine déchira l'emballage et découvrit le tableau qui l'avait tant fasciné quelques mois auparavant représentant l'éléphant. Il l'accrocha face à son bureau. L'animal semblait veiller dans toute sa force et sa magnificence.

Ils passèrent leur dernier repas en tant que fiancés en compagnie de leurs amis de l'île, du père de Berthe et de l'équipage, sur la plage, autour d'un grand feu et d'un souper accompagné d'histoires racontées par les marins, ponctuées de danse et de musique. Les regards amoureux des deux fiancés se rencontrèrent souvent.

Le lendemain matin, une voisine croisée la veille frappa à la porte de la chambre de Berthe. Héloïse était sa plus proche voisine. Les deux femmes allaient devenir amies, Héloïse était la petite-fille de la vieille guérisseuse. Elle lui prépara un bain parfumé aux fleurs d'oranger, l'aida à se coiffer, à revêtir sa longue robe de mariée. Le capitaine avait l'interdiction de venir dans la chambre, par superstition il ne devait pas voir la mariée avant son arrivée à la chapelle. La robe était en soie, pièce unique créée par un couturier français de renom, elle enchantait la vue. C'était le cadeau de son père. Une couronne de fleurs blanches tenait son voile brodé à la main de longues heures par des petites mains italiennes. Ses cheveux étaient ramassés en chignon. Son bouquet très romantique avait été confectionné par le capitaine avec des roses, du muguet, des pivoines blanches du jardin.

La mariée au bras de son père suivit le sentier menant à la petite chapelle. Il faisait chaud, une douce brise enveloppait l'assistance. Le capitaine était comme l'avait imaginé quelques jours auparavant sa belle, ému et impatient. À l'entrée de Berthe et de son père, la marche nuptiale de Mendelssohn retentit et les accompagna. Des murmures de ravissement parcoururent l'assistance. La future mariée était belle, elle rappelait la délicatesse des fleurs. Le capitaine la regardait, Berthe avançait, guidée par ses yeux. Le père de Berthe la laissa devant le prêtre et son promis. Leurs vœux furent prononcés sous les applaudissements de l'assemblée. Les mariés échangèrent leurs alliances et un doux baiser. Ils sortirent de la petite chapelle sous des lancers de fleurs, Berthe jeta son bouquet qu'Héloïse réceptionna. L'un des marins lui plaisait. Peut-être y aurait-il bientôt un nouveau mariage à célébrer.

Pour le banquet, les plus belles pièces de vaisselle glanées par le capitaine, le long de ses voyages, de la porcelaine de Limoges, de Sèvres, des verres Baccarat, des carafes en cristal de Bohème, des coupes aux pieds ciselés de Venise, les mets les plus succulents étaient disposés sur les tables, des tentures italiennes conféraient à l'ensemble une atmosphère intime, les vins venaient de Sicile. Des compositions végétales avaient été tissées, inspirées par l'un des déplacements du capitaine, elles étaient protection contre les esprits maléfiques. À la nuit tombée, l'ensemble éclairé par de multiples lanternes multicolores ajouta une touche venue d'Orient à la décoration dessinant des arabesques sur les murs de la villa.

Les mariés s'éclipsèrent pour rejoindre la chambre nuptiale. Le capitaine porta sa jeune épouse. Il indiqua à Berthe qu'elle pouvait ouvrir les yeux. Elle découvrit une vaste pièce avec une vue donnant sur la mer, un immense lit à baldaquin trônait au centre, créant une atmosphère romantique, des bouquets de dahlias blancs incarnant l'amour et la longévité étaient disposés un peu partout. Des candélabres diffusaient une aura mystérieuse. Des coussins en soie recouvraient le lit et les confortables fauteuils disposés en face du lit. Des pétales de fleurs aux senteurs délicates avaient été déposés au pied du lit. Une bouteille de champagne et deux flûtes attendaient les mariés pour les accompagner dans leur voyage des sens.

Les deux mariés s'embrassèrent doucement puis fougueusement. Le capitaine commença à défaire les attaches qui retenaient encore la robe de mariée. Les sens de Berthe étaient en alerte, le vêtement glissa au milieu des pétales. Le capitaine découvrit le corps de Berthe, le bout de ses tétons était dressé, il les lécha, les mordilla doucement, ses mains caressèrent ce corps si ardemment désiré. Il en aima chaque parcelle de peau, son parfum, sa douceur, son innocence. Il bascula Berthe sur le lit qui sentit la fraîcheur des draps en soie sur sa peau. Son sexe était prêt à découvrir les profondeurs du désir, entrouvert, mouillé. La langue du capitaine le lécha, l'excita, c'était chaud, humide, doux et salé. Son membre dressé, dur, la fourragea lentement, tendrement. Il fouilla, explora. Berthe perdit sa virginité en douceur. Le capitaine se montra puissant, insatiable, imaginatif, habile, expérimenté, un amant fougueux, attentif à ses désirs.

La chambre fut alcôve, témoin silencieux de leurs ébats, leurs soupirs, leurs cris, leurs étreintes jusqu'à une heure avancée de la matinée. Rien ne semblait plus exister autour d'eux, ils avaient oublié le temps. La fusion de leurs corps, leur corps-à-corps, le bruissement des tissus chiffonnés les laissèrent encore affamés. Ils souhaitaient s'aimer à s'en consumer. Les draps en soie et coussins gisaient sur le sol, taches éclatantes à côté de la virginale robe de mariée. Le couple avait bu la bouteille de champagne. Ils avaient traversé la chambre, s'étaient étreints dans toutes les positions, le vin les ayant légèrement grisés, les conduisant à un abandon total de leurs sens et de toutes leurs envies. Leurs lèvres amoureuses avaient le goût du champagne. Ils se permirent tout sans retenue.

Berthe était consentante aux jeux de l'amour, elle n'était pas une mariée prude. Elle voulait profiter de chaque minute. Assise dans un fauteuil, les jambes écartées, elle attendait avec délice un nouvel assaut fiévreux du capitaine, devant elle, dans toute sa puissance le corps musclé, ferme, le sexe gourmand et dressé pour l'emmener à nouveau vers les doux rivages de la jouissance. Leurs sensations décuplées les faisaient vibrer d'extase. Berthe gémissait, submergée par des ondes chaudes de plaisir. Le capitaine se perdait dans ses yeux brillants et amoureux.

Ils restèrent allongés, enlacés, pantelants, leurs membres mêlés. Ils prirent un bain ensemble. Le capitaine fumait un Havane, Berthe lui chipa et inhala à son tour. Elle en aima l'odeur. À travers les volutes du tabac, le capitaine trouva que Berthe était étonnante, elle le surprendrait bien souvent. Il appréciait sa liberté, son affranchissement, son naturel, sa façon d'être. Ils étaient décidés à se donner corps et âme à leur passion. Ils souhaitaient un amour inconditionnel, fort et durable.

Quand ils sortirent enfin de la chambre, un repas les attendait. Le perroquet Joachim salua la jeune mariée et alla se poser sur l'épaule du capitaine. Le père de Berthe lisait de la poésie à l'ombre d'un arbre. Berthe se sentait pionnière dans ce nouvel espace de vie où tout était à découvrir. À l'occasion de leur mariage, le capitaine planta dans le jardin un jeune chêne, témoin de leur engagement. Le chêne symbolisait la force et la solidarité, l'arbre de vie. Le capitaine resta six mois dans l'île pour accompagner les premiers pas de sa jeune épouse dans cette contrée inconnue. Il passa beaucoup de temps à lui faire découvrir les recoins de l'île, elle vit des paysages inattendus à couper le souffle. Elle apprit que la faune et la flore incluaient des espèces uniques au monde. Au fil de leur marche, le panorama changeait. La nature leur transmettait son énergie, son dynamisme. Le capitaine lui montra son endroit préféré, un gros rocher sculpté par le ressac des vagues sur l'autre versant de l'île, abrité par le feuillage tombant d'un arbre. Il s'y asseyait souvent au calme, pour réfléchir, écrire, rêver, regarder la mer. Ils adoraient les longues balades à cheval, le capitaine aimait partager le même cheval, la sentir tout contre lui. Ils étaient libres comme le vent, une sensation de bonheur remplissait leurs cœurs de joie. Ils s'arrêtaient dans une petite crique de l'île protégée des regards, se déshabillaient, plongeaient nus dans la mer. Berthe admirait le corps musclé de son mari. Elle aimait ce contact avec les éléments environnants, le contact de l'eau la délassait, l'enveloppait de bien-être. Elle était une très bonne nageuse, ses brasses quotidiennes vivifiantes la ravissaient. Dès les premiers jours, elle s'attacha à ce bout de terre faisant déjà corps avec leur amour naissant. Le capitaine aimait la voir sortir de l'eau, elle ressemblait à une naïade de la mythologie grecque. Il aimait la contempler, la regarder tout simplement effaçait ses années d'errance sans amour. Blottis l'un contre l'autre, debout du haut de la plus haute falaise de l'île, ils admiraient l'océan et les ciels changeants.

Berthe fit la connaissance de ses voisins, des coutumes, des fêtes, de l'entraide, de l'amitié qui existaient au sein de la communauté. Elle était désormais l'une des leurs, ils l'avaient acceptée. Berthe et son mari étaient très complices, partageant les choses simples du quotidien, sans jamais se lasser ou s'ennuyer. À certaines heures de la journée, le capitaine et Berthe se consacraient à leur travail, elle dans son atelier et lui dans son bureau. Pour le dîner, Berthe se montrait dans une belle robe. Son mari aimait ses charmantes apparitions. Devant le feu de cheminée, ils dansaient, les yeux dans les yeux ou fermés, enlacés jusqu'à une heure tardive. Ils savouraient chaque instant passé ensemble, c'était exceptionnel que le capitaine reste six mois sur l'île. Le Baltimore et son équipage avaient repris la route, dirigés par le second du capitaine. Le père de Berthe était parti avec eux, il aurait aimé rester, les affaires le rappelaient.

Ces six mois passés ensemble renforcèrent le lien qui les unissait. Berthe et le capitaine passaient la majorité de leur temps dans le jardin. Le capitaine connaissait la provenance et l'histoire de chaque fleur. La lumière changeante de la journée se déposait sur les fleurs et en sublimait chaque détail. Ce halo était une source incessante d'inspiration pour Berthe. À cette époque, ses créations devinrent plus lumineuses, enrichies d'un nouvel éclat. Les fleurs, les animaux, les paysages bruts illustraient ses nouveaux contes. Joachim le perroquet et Olaf le chien étaient les deux héros d'une série de livres pour enfants. Les deux compères y multipliaient des aventures rocambolesques. Berthe lisait au capitaine ce qu'elle écrivait et lui montrait ses illustrations. Quand, très concentrée, elle oubliait les heures et qu'inspirée, elle travaillait d'arrache-pied à une nouvelle œuvre, elle perdait toute notion du temps, apparaissait, les mains barbouillées de peinture, des traces de couleur dans les cheveux et sur le visage. Le capitaine appréciait sa fraîcheur, sa simplicité, son appétit de vivre, son côté bohème peu conventionnel. Elle aimait boire, fumer, rire aux éclats, déambuler pieds nus, ses belles robes et ses corsets abandonnés dans la chambre remplacés par une chemise trop grande du capitaine, ses seins libérés sous le vêtement. Elle se sentait femme, elle aimait sentir son corps libre de toute contrainte, désiré par son mari fou amoureux à tout moment de la journée. Leurs journées étaient ponctuées par de l'inattendu, ils se surprenaient toujours.

Un matin, Berthe aperçut au loin le Baltimore. Elle comprit que leur longue lune de miel allait prendre fin dans quelques jours. Le capitaine se préparait à reprendre la mer. Il avait déjà planifié un nouveau voyage, il voulait partir très loin en Asie. Il se plongeait dans les cartes. Il gardait en mémoire la plupart des atlas, il connaissait les océans, les récifs, les coins à éviter. Il était un excellent marin. Il ne serait pas de retour avant de longs mois. Il lui montra derrière la bibliothèque l'entrée de la partie secrète de la maison au sous-sol, le tunnel qui menait à l'autre côté de l'île. Pendant les six derniers mois, il avait appris à Berthe le maniement des armes au cas où elle aurait à se défendre, en cas d'arrivée d'une menace sur l'île. L'endroit était secret. Le capitaine souhaitait partir, l'esprit tranquille.

Berthe rassura le capitaine, elle saurait se débrouiller. Elle ne serait pas seule, il y avait les voisins, Joachim le perroquet, Olaf le chien. Elle saurait quoi faire. Son travail l'accaparait une grande partie de la journée. Dans le jardin et la serre, elle pouvait assouvir sa passion pour les fleurs. La dernière nuit qu'ils passèrent ensemble fut douce et langoureuse. Ils s'aimèrent et se découvrirent à nouveau comme au premier jour. Presque une année allait se passer sans que le capitaine ne revienne. Son voyage en Asie ne devait être que l'avant-dernière étape d'un long périple, le Baltimore tracerait sa route dans des flots lointains encore inexplorés. Le capitaine partit cette première fois avec un secret espoir. Berthe lui confia ses aquarelles, ses manuscrits des derniers mois qu'il devait envoyer sur le continent à son éditeur et à son galeriste. Au petit matin, Berthe avait accompagné le capitaine sur la jetée pour lui dire au revoir puis elle avait couru sur les hauteurs de l'île, et s'était assise sur le rocher préféré de son mari pour regarder partir au loin le Baltimore.

Le soir même, Héloïse frappa à la porte de la maison. Elle annonça qu'au prochain retour du Baltimore, elle allait épouser un membre de l'équipage du navire, un Italien, Luigi. Berthe fut ravie, le jour de ses noces, elle avait jeté son bouquet de mariée au hasard à l'assemblée réunie, Héloïse l'avait attrapé au vol, heureux présage. Le lendemain, Berthe alla prendre le thé chez Héloïse et sa grand-mère, la guérisseuse et sage-femme. Cette dernière lui raconta que son père était médecin et qu'elle avait été son aide pendant des années, observant ses gestes précis, ses diagnostics. Dans l'île, éloignée de tout, elle avait pensé que la nature avait la ressource de guérir les humains. Elle avait passé sa vie à chercher des remèdes sains et naturels en cueillant des herbes dans la forêt et aux alentours. Elle avait répertorié chaque brindille, chaque concoction. Dans la nature, elle avait trouvé sa raison d'être et de vivre. Elle était arrivée, amenée par la mer après avoir chaviré sur un bateau fantôme pendant des jours interminables. Le rafiot où elle se trouvait avec son père avait été pillé et attaqué par des pirates des mers. Elle n'avait eu la vie sauve que parce que son père l'avait cachée dans une cavité dans sa cabine. Il avait donné sa vie pour la protéger. Un pêcheur l'avait trouvée inerte sur la plage. Il l'avait emmenée dans sa cabane et veillée pendant plusieurs jours avant qu'elle ne reprenne des forces et parle à nouveau. Il avait soigné ses plaies avec des cataplasmes d'herbe, des potions diverses venues de la nature environnante. Les jours suivants, elle comprit qu'elle avait tout perdu, personne ne l'attendait nulle part. Elle décida de rester sur ce bout de terre. Le pêcheur lui avait construit une cabane près de la forêt. Elle lui demanda s'il pouvait lui apprendre tout ce qu'il savait sur les plantes et les herbes médicinales. Les mois suivants, il lui transmit peu à peu ses connaissances. Ce fut une révélation. Quand il partait à la pêche, elle faisait des mélanges, les essayait sur elle. Elle découvrit que d'autres herbes, des fruits et des feuilles d'arbres pouvaient embellir la peau, les cheveux.

Un soir, le pêcheur lui avait demandé sa main. Elle accepta bien qu'elle ne soit pas amoureuse de lui. Elle fut heureuse à sa manière, tranquille, le mariage de raison se transforma en une douce tendresse. Elle tomba enceinte et quelques mois après la mère d'Héloïse vit le jour.

Berthe fut captivée par le récit de la vieille femme. Cette dernière lui demanda si elle voulait bien la remplacer pour les prochains accouchements, elle lui transmettrait tout ce qu'elle savait. Berthe accepta, elle devint apprentie guérisseuse. L'entraide était précieuse. La solidarité était importante entre îliens. La vieille femme sourit. Ses yeux étaient usés, sa vue se brouillait de plus en plus souvent. Sa fille était partie sur le continent, et sa petite fille Héloïse n'avait pas envie de prendre la relève. Héloïse préférait développer une mini-ferme avec chèvres, moutons mérinos, vaches, poules pour contribuer à la nourriture de l'île et faire commerce avec le continent avec l'aide du capitaine. Elle confectionnait aussi des habits brodés avec délicatesse que le capitaine vendait à des boutiques.

Chaque jour, Berthe passait quelques heures dans la forêt, à la découverte d'herbes mystérieuses. Un long apprentissage commença. La vieille femme était une source inépuisable de savoir. Berthe s'affranchit un peu plus de sa vie d'avant. Elle se lia encore davantage à l'île. Tout ce qu'elle apprenait lui serait bien utile un jour. La terre était sacrée, sanctuaire, la guérisseuse et Berthe ne prélevaient qu'une infime partie de plantes. Elles plantaient également de nouvelles herbes dans un coin du potager que Berthe avait commencé à jardiner. Le climat particulier océanique tempéré favorisait la bonne pousse des graines. La nature sauvage imposait le rythme et les quantités dont elle accouchait. Bien plus tard, Berthe deviendrait les yeux de la vieille femme quasi aveugle. Elle fit connaissance des autres îliens, elle apprit de chacun : jardinage, tissage, poterie, à utiliser les produits naturels présents sur ce bout de terre. Le miel d'acacia pouvait servir de pansement. Elle découvrit auprès de la vieille guérisseuse la naturopathie, l'herboristerie. Elles préparaient des onguents, les laissaient macérer et pouvaient les appliquer sur les différents maux des îliens qui se sentaient soulagés.

Berthe pensait au capitaine, chaque jour, elle lisait ses belles lettres. Le soir de son départ, elle avait découvert une fleur délicate posée sur l'un des coussins du lit, avec un petit mot :

Ma douce Berthe,

Tu es la plus belle personne que j'ai rencontrée dans ma vie. Reste toujours comme tu es, ne change rien. Je t'aimerai éternellement. À chaque départ, je m'en irai heureux, comblé, apaisé. Avec une seule hâte de revenir près de toi.

Berthe avait lu le mot et l'avait collé sur un mur de son atelier. Quand elle peignait, elle s'arrêtait parfois pour le relire. La nuit, elle s'endormait, bercée par les criquets, le hululement des hiboux, le ressac des vagues. Au loin, le capitaine pensait à son épouse, à ce coin de terre qu'il aimait tant. Le voyage était difficile, des pirates de très mauvaise réputation infestaient les océans, volaient et tuaient les équipages ou les faisaient prisonniers afin de les vendre au plus offrant dans certaines villes. Le capitaine et ses matelots étaient sur le qui-vive, ils portaient désormais une arme. La vie à bord était moins insouciante. La nuit, une partie de l'équipe veillait pendant que l'autre dormait. L'atmosphère était pesante. Le capitaine espérait que ces bandes de pirates des mers assoiffées de meurtres et de pillages ne trouveraient jamais l'île sur leur route.

Une nuit, l'un des marins en veille à la proue du navire cria : un homme à la mer. Aucun bateau n'était en vue. L'équipa se mobilisa pour sauver l'homme, ils réussirent à le hisser à bord. Il semblait en hypothermie, très mal en point, il souffrait apparemment de multiples contusions. Ses membres étaient violacés. Le second fit tout pour le sauver durant la nuit et les jours suivants. Sa vie ne tenait qu'à un fil minuscule. Un matin, alors que le capitaine était près de lui, le naufragé ouvrit les yeux. Le capitaine y lut de la peur, de l'effroi, de la solitude, du désespoir, une envie de fuite. Il essaya de rassurer l'homme. Il lui parla en plusieurs langues, peut-être comprendrait-il l'une d'elles ? Il lui toucha le bras en un signe amical et apaisant. Ce matin-là, le capitaine prit une décision dont il n'informa pas son second et son équipage.

Berthe continuait son apprentissage, la culture des fleurs, ses aquarelles et ses contes pour enfants. L'agitation de la ville ne lui manquait pas. Elle aimait la vie sur l'île, le partage avec les autres habitants, la qualité de leur vie, la lenteur des jours. Elle était amie avec Héloïse. La vieille guérisseuse était devenue sa grand-mère d'adoption. Joachim et Olaf la suivaient dans tous ses déplacements. Joachim avait pris l'habitude de se poser sur le dos d'Olaf, ils déambulaient ainsi, lui inspirant sans cesse de nouvelles aventures à raconter, à écrire.

Samba

En revenant d'un long voyage, le capitaine et son équipage croisèrent quelques bateaux fantômes pillés, avec des cadavres laissés à bord. Il leur sembla que le nombre de navires attaqués était en augmentation. À chaque fois, le capitaine demandait à ses hommes de vérifier s'il ne restait aucune vie sur les embarcations. Il avait installé confortablement le naufragé dans sa propre cabine, lui dormait quand il le pouvait sur un lit pliant. Il était très préoccupé, ces pirates bafouaient les droits de l'Homme si chers au capitaine. Le malheureux venait d'Afrique, il avait embarqué sur un navire comme homme à tout faire afin de gagner l'Europe où il pensait faire fortune. Il parlait un dialecte peu connu et un peu d'espagnol. Il avait compris qu'il était en sûreté sur le bateau du capitaine, la peur avait quitté ses yeux, faisant place à un regard vide d'exilé. Le capitaine lui expliqua que les chances de faire fortune en Europe étaient minces pour un homme non averti et sans formation qui ne connaissait personne. Le second indiqua qu'il allait devoir amputer le pauvre homme, la gangrène menaçant la moitié de sa jambe droite. Il n'avait pas réussi à la sauver. Il fallait stopper sa propagation.

Le capitaine apprit la mauvaise nouvelle à leur protégé, il vit des larmes couler sur ses joues. Ses sanglots le touchèrent en plein cœur. Il pensa à Berthe, belle image à laquelle il se raccrocha en ce tragique instant. Le second procéda à l'opération. Quelques heures plus tard, le malade prit réellement conscience de son nouvel état. Il cria, ses hurlements restèrent longtemps ancrés dans la tête de l'équipage. Le capitaine aurait aimé poser son âme sur l'eau. Le Baltimore poursuivit sa route sans être attaqué. L'espoir qu'il avait ressenti en quittant l'île revint en mémoire au capitaine.

Quelques jours avant leur arrivée, le capitaine envoya un billet à Berthe pour la prévenir via un pigeon voyageur du soir de leur approche. Joachim qui annonçait toujours les nouveaux arrivants lui signala la présence du messager. Berthe lut le petit mot, ravie du retour de son mari. Le soir prévu, elle disposa sur la terrasse et le jardin des lanternes en signe d'accueil. Elle attendit son époux, assise sur un fauteuil, dans la roseraie. Quand elle vit apparaître le Baltimore, elle fut émue aux larmes. Son conjoint lui avait manqué. Il la trouva là, rose parmi les roses. Quand elle se leva, il sut que son espoir n'avait pas été exaucé. Il n'en dit rien à Berthe. Après avoir tant côtoyé la mort lors de ce voyage particulier, il aurait aimé prendre dans ses bras une nouvelle vie, croiser un regard innocent, neuf, tenir une petite main. Il enlaça, embrassa sa tendre épouse, dénoua son chignon et y enfouit son visage. Ses cheveux sentant les fleurs de figuier lui rappelèrent une ancienne légende, Cérès, déesse des moissons donna un jour un figuier à un Athénien qui lui avait offert l'hospitalité. Le capitaine pensa qu'il était très chanceux, il était de retour près de la femme qu'il adorait, dans son doux foyer et ce bout de terre paisible. Sur les océans, il avait réussi à guider le Baltimore et son équipage afin d'éviter les pirates et les contrebandiers.

Berthe remarqua ses traits fatigués, sa mine harassée, son regard préoccupé. Là, au milieu des fleurs délicates aux mille senteurs, sous un ciel étoilé, le capitaine ne lui raconta pas tous les détails de leur périple, il ne cita pas tous les bateaux fantômes qu'ils avaient croisés. Il relativisa les dangers rencontrés et lui raconta l'essentiel. Il la mit dans la confidence de son projet. Il lui parla du naufragé qu'ils avaient sauvé. Berthe savait que son mari était engagé pour la défense des droits de l'Homme. Il ne pouvait rester insensible à ce qui se passait sur les mers dans certains pays. Ces hommes, ces femmes, ces enfants jetés à l'eau, battus, dépouillés, assassinés, le trafic d'esclaves qui perdurait. Il venait d'envoyer une missive à l'un de ses anciens camarades de promotion dans la marine pour demander de l'aide et l'avertir de la multitude de corps découverts en mer et de la recrudescence des attaques de pirates.

— Il me faut ton accord, Berthe. Je ne souhaite pas t'imposer sa présence. Cet homme a besoin de repos, de pouvoir se retrouver, s'accepter avec son handicap afin de continuer sa vie. Nous pourrions l'installer dans la maison au sous-sol.

— Mon chéri, tu sais que je te suivrai dans n'importe quel projet. Allons chercher tous les deux ce pauvre homme. Qu'il passe une bonne nuit dans un lit confortable.

— Il est préférable dans un premier temps de ne pas parler de sa présence à nos amis. Nous verrons par la suite.

— Oui, je suis d'accord. Allons le chercher.

Le couple, main dans la main, descendit sur la plage où était accosté le Baltimore. Le capitaine indiqua au marin de quart qu'ils emmenaient le blessé. Le marin les aida à le descendre à terre. Le capitaine expliqua à l'homme qu'ils le conduisaient chez eux où il serait à l'abri pour guérir. Berthe lui sourit pour l'encourager. Ils l'installèrent dans l'une des confortables chambres du sous-sol. Ils lui montrèrent le fil à actionner en cas de besoin, ce fil ferait sonner une cloche dans la cuisine qui les avertirait. L'homme avait révélé au capitaine son prénom, il s'appelait Samba.

Berthe et le capitaine rentraient désormais eux aussi dans une certaine clandestinité, ne rien dire à leurs amis afin de les préserver. Cette nuit-là, ils restèrent éveillés. Berthe pensa à une conversation qu'ils avaient eue en France sur l'esclavage et sur l'exil, conversation prémonitoire. Berthe avait épousé bien plus qu'un capitaine de marine marchande, elle avait épousé un défenseur des droits de l'homme, un destin, une cause, un idéal qu'elle faisait siens.

Le lendemain matin, Berthe se leva tôt. Le capitaine s'était endormi à l'aube. Elle le laissa se reposer. Elle se prépara un café qu'elle but en regardant le jardin et la mer. Elle confectionna un plateau pour leur protégé et descendit. Samba était réveillé, elle lui sourit. Ils ne pouvaient pas encore se comprendre, ne parlant pas la même langue. Berthe lui fit signe de manger, il s'exécuta avec grand appétit. Il aima le pain et la confiture confectionnés par Berthe. Il n'avait jamais vu des yeux, des cheveux de cette nuance. La peau laiteuse de la jeune femme l'attira. Il regarda subitement la couleur de sa propre peau qui lui parut plus foncée que d'habitude, peut-être était-ce l'effet de la lumière artificielle? Il eut soudainement honte de son aspect miteux, de ne plus posséder qu'une jambe et demie, d'être couvert de plaies.

En desservant le plateau du petit déjeuner, Berthe lui fit comprendre qu'elle allait revenir. Elle fut de retour quelques minutes plus tard avec des onguents de sa composition qu'elle appliqua sur les plaies encore apparentes de l'homme bien que le second du bateau ait déjà prodigué de remarquables soins. Berthe leva délicatement la couverture et le drap qui recouvrait les jambes de Samba. Elle découvrit le moignon sur lequel elle étala un cataplasme. Samba qui avait gardé la tête baissée jusqu'alors leva les yeux, et rencontra le regard clair et franc de Berthe. Il se sentit en confiance. Elle ne semblait pas prêter attention à son aspect, elle le traitait avec délicatesse. Elle ressemblait à une fée venue d'un autre monde. Depuis le décès de sa grand-mère, personne n'avait jamais pris soin de lui comme cette femme était en train de le faire. Ses mains étaient douces et agiles, sa voix mélodieuse. Il en aima la musicalité. Pendant un mois, Berthe lui prodigua ses soins à base de remèdes naturels matin et soir. Samba n'avait jamais vu une femme blanche s'occuper des siens.

Berthe trouva un matin son mari très concentré. Dans son bureau, il dessinait une demi-jambe en bois avec un mécanisme pour la faire tenir à un moignon. Il avait pris les mesures. Il avait vu sur le continent le même type de prothèses orthopédiques. Il expliqua son idée à Berthe, cette prothèse était pour Samba. Le dessin en poche, il partit voir Hans le menuisier de l'île. Son ami le regarda un peu surpris, mais ne posa aucune question. La prothèse serait prête le lendemain. En échange, le capitaine lui avait apporté un bon rhum et du chocolat d'Équateur.

Après ce voyage, le capitaine et son équipage effectuèrent de nombreuses expéditions. Le danger était présent aux abords de pays comme le Congo où les Portugais sévissaient. Le Baltimore avançait tel un guerrier inattaquable. Ils sauvèrent des hommes et des femmes, en majorité des noirs africains à bout de souffle, jetés à l'eau à demi morts ou qui avaient sauté à la mer pour fuir des cales surchargées de morts et de blessés où ils étaient entassés pour être vendus aux plus offrants. Ils étaient désormais des esclaves. Le commerce des humains écœurait le capitaine et ses hommes. Souvent, ces bateaux se dirigeaient vers l'Amérique. Le capitaine savait que les esclaves noirs étaient déportés depuis le XVe siècle par millions. Il ne pouvait pas fermer les yeux et laisser faire.

À chaque fois, le capitaine ramenait de nuit les naufragés à la Villa Eugénie, par petits groupes. Il comptait sur l'appui de la mer, génératrice, maternelle pour l'aider à sauver ces vies, qu'elle accueillait dans ses flots. Le capitaine croyait aussi qu'elle pouvait protéger l'île, en n'amenant pas les pirates sur ses rives. Berthe était toujours prévenue la veille de leur arrivée par un pigeon voyageur. Malgré les aléas du temps, les volatiles trouvaient toujours leur chemin. Ils attendaient que Berthe enlève le message de leur bague et s'envolaient dans la forêt voisine pour se reposer et retrouver leurs frères.

Depuis le premier matin où il fut soigné, Samba tomba amoureux en secret de Berthe. Il aurait donné sans hésitation sa vie pour elle. Elle était l'épouse de son sauveur à qui il devait la vie, son amour devait rester secret. Il se considéra longtemps comme un oiseau avec une seule aile qui ne pourrait plus jamais voler. Avec l'aide de ses hôtes, et encore plus avec celle de Berthe, il entreprit une longue et lente reconstruction. Il s'habitua à sa prothèse et s'en accommoda avec le temps. Il avait une démarche chaloupée. Ses plaies s'étaient cicatrisées, il avait repris du poids, ses yeux étaient à nouveau habités par la vie. Il était un bel homme, grand et fort. Sa peau couleur d'ébène était mise en valeur par les ensembles en lin blanc qu'il portait.

Au début, il n'allait dans le jardin qu'à la tombée du soir. Le vent portait à ses sens les essences subtiles des fleurs du jardin, plus particulièrement des fleurs d'oranger et des roses. Il s'asseyait au milieu d'elles, il fermait les yeux, et voyageait dans le temps et l'espace. Il voyait son village, les visages des membres de sa famille, il pouvait entendre les chants ancestraux rythmés par les tambours, les rires, les danses. Il rouvrait les yeux, bercé par le clapotis des vagues, et suivait le ballet des étoiles filantes.

Un matin très tôt, il monta au jardin. Dans la lumière matinale, il lui sembla différent. Samba fut plus particulièrement sensible à la beauté des roses de la roseraie. Chaque nouvelle éclosion d'un bouton le ravissait, lui faisait oublier l'exil, son amputation, sa terre natale. Berthe l'avait trouvé en pleine contemplation. Elle avait souri, elle était heureuse du changement opéré depuis son arrivée. Samba lui demanda si elle pouvait lui apprendre à jardiner. Samba aimait l'écouter, la regarder, copier ses gestes. Ils avaient un point commun, ils marchaient pieds nus. Il aimait le jeu des faisceaux du soleil dans les cheveux scintillants de Berthe. Avec son apprenti et le temps, Berthe créa la plus belle des roseraies. La rose préférée de Samba était la « Marie d'Orléans », une rose ancienne, créée par Nabonnand en 1884, issue d'un rosier hybride de thé, des pétales en forme de coupe aplatie, agréablement parfumés. Samba devint jardinier. Il aimait réaliser de superbes compositions florales poétiques. Ses arrangements le calmaient, le faisaient s'évader dans un monde lointain. Les roses mystérieuses racontaient chacune une histoire, messagères de tendresse, d'amitié et d'amour. Leur panel étendu de couleurs infinies : rouge, rose, rubis, blanc, jaune, crème, pastel... était un émerveillement quotidien. Quelques années plus tard, un matin, tandis qu'il taillait un rosier, Berthe lui dit qu'il était désormais le maître de la roseraie. Elle lui donna symboliquement une clef, clef qui allait ouvrir des plages de sérénité et de bonheurs visuel et olfactif sans cesse renouvelées.

Il était également un cuisinier hors pair. Il avait du talent pour préparer des mets succulents, il mariait avec originalité divers ingrédients, issus généralement de boutures de la serre qu'il plantait dans le jardin à côté de la villa, et qu'il regardait pousser, imaginant déjà les plats qu'il pourrait élaborer. Prévenus par les pigeons voyageurs, la veille de chaque arrivée du retour du Baltimore, Samba et Berthe passaient une partie de leur journée à cuisiner pour les membres de l'équipage et les naufragés qu'il transportait. Ils utilisaient les produits locaux du jardin et puisaient dans les réserves stockées par la capitaine. Berthe qui restait de longs mois sans son mari considéra avec le temps Samba comme un frère. Elle lui faisait une confiance aveugle. Il était toujours à ses côtés à l'aider, à l'écouter, à suivre son enseignement, lecture et écriture. La vieille guérisseuse était morte deux ans après l'arrivée de Berthe sur l'île. C'était désormais Samba qui l'assistait dans le ramassage et la conservation des herbes médicinales. Grâce à elle, Samba se sentit à nouveau un homme libre, fier. Il avait retrouvé sa dignité, son identité. Il savait désormais écrire, lire et parler dans la même langue que Berthe et son mari.

La nuit venue, il se rappelait souvent l'eau glacée qui lui avait fouetté le corps quand il s'était jeté à la mer. Sans l'intervention de l'équipage du Baltimore, les flots l'auraient certainement englouti. Il avait alors pensé en un fragment de seconde à ses meilleurs moments de vie. Ses souvenirs l'avaient réchauffé, ils auraient été ses derniers points d'ancrage mental si le Baltimore n'était pas venu à sa rescousse. Il leur devait sa survie.

Le soir de chaque arrivée, Berthe installait des lampions sur la terrasse et aux branches des arbres. À l'approche de l'île, le capitaine voyait la Villa Eugénie dans toute sa blancheur illuminée par toutes les lanternes. Cette vision le ravissait et lui donnait à nouveau du courage, foi en l'avenir. Le couple formait une équipe soudée. Ils s'étaient engagés dans cette voie humaniste, et ne pouvaient plus retourner en arrière. Leur foyer restait sans enfant. Le couple n'évoquait jamais ce sujet. Ils ne savaient pas lequel était stérile, et ne souhaitaient pas le savoir. Les exilés qu'ils recueillaient pour de courtes ou de longues périodes étaient une seconde famille. Leur engagement pour les déracinés perdus en mer était total. Leur amour était un socle inébranlable dans lequel ils puisaient force et courage au plus profond de la détresse.

Des années plus tard, ils recevraient des courriers avec des dessins ou des photos en noir et blanc. Ils seraient fiers, Berthe sourirait à la vue des lettres bien calligraphiées. Les cours d'apprentissage de lecture et d'écriture qu'elle leur avait dispensés auraient porté leurs fruits, participant à leurs nouvelles vies, à leurs nouveaux envols, à leurs nouveaux départs. Les premières fondations de ces hommes, femmes et enfants avaient été détruites, ils avaient pu se reconstruire pour écrire un nouveau chapitre de leur vie. Berthe et son mari étaient tellement occupés, qu'ils n'avaient pas le temps pour les si, même si l'incertitude faisait partie de leur vie, le capitaine pouvait ne pas revenir de ses longues traversées en mer.

Une nuit où la tempête faisait rage, la pluie cinglait les volets, l'océan était démonté, Berthe entendit du bruit, des pas précipités, rapides dans l'escalier de la maison. Le capitaine entra dans leur chambre et déposa un bébé contre elle. Il l'avait enveloppé au chaud dans une couverture de sa cabine, il s'allongea à côté de Berthe et lui murmura à l'oreille :

— Elle n'a plus de parents, ils sont morts. Avant de mourir, ils avaient réussi à la mettre sur un morceau de bois, elle flottait sur l'eau quand l'équipage l'a vue. Nous pouvons être les siens, mon amour. Je n'ai pas pu te prévenir de notre arrivée, c'était trop dangereux. Nous avons été pourchassés en mer, je ne voulais pas envoyer un messager de peur qu'il soit intercepté. Nous avons dû semer très loin au large nos poursuivants avant de regagner l'île.

Il serra Berthe et le bébé contre lui. Il ne pleurait pas, Berthe souleva la couverture afin de vérifier qu'il était toujours vivant. Sous ses mains, elle sentit les battements de son cœur, sa peau tiède. Le bébé attrapa l'un de ses doigts, ce fut leur premier contact. L'arrivée de cet enfant était inattendue, soudaine. Cette nuit-là, Berthe devint mère en un fragment de seconde avec cette petite main qui s'accrocha à la sienne. Après lui avoir souri et lu dans son regard l'acceptation, le capitaine, harassé, s'était endormi.

Berthe se leva, le bébé devait avoir faim. Elle sortit silencieusement de la chambre, l'enfant tout contre elle. Elle descendit l'escalier et dans la cuisine lui fit réchauffer du lait. La petite fille s'était réveillée, elle restait calme tout en observant Berthe. Samba, tiré du sommeil par les pas du capitaine, était monté au rez-de-chaussée, il trouva Berthe, les cheveux défaits en chemise de nuit blanche qui lui donnait un air diaphane, avec un poupon dans les bras. Elle lui sourit et lui tendit le nourrisson. Samba le prit, le bébé le regarda avec ses grands yeux marron innocents. L'enfant avait la même couleur de peau que la sienne. Durant cette nuit, la petite orpheline trouva des parents d'adoption et un second père en Samba qui vit en elle la fille qu'il n'aurait jamais. Berthe l'enveloppa dans un châle propre et lui donna un biberon improvisé. Samba les regarda et pensa qu'une autre vie était à protéger et à chérir.

Berthe regagna le lit conjugal et Samba ses roses, elle blottit le bébé entre elle et son mari. Avant de s'endormir, elle pensa qu'il fallait lui trouver un prénom. Dès le lendemain matin, elle demanderait à Hans le menuisier de lui fabriquer un petit berceau. Les jours suivants, Berthe et son époux devinrent parents. Ils cherchèrent ensemble un prénom pour l'enfant, ils choisirent Maya. Cela correspondait bien à la petite fille, elle souriait tout le temps, pleurait rarement. Le capitaine ne se lassait pas de la prendre dans les bras et l'écoutait gazouiller. Berthe enveloppait l'enfant dans une large bande de tissu qu'elle nouait à la taille, elle portait Maya contre son dos comme l'aurait fait sa vraie mère africaine. Maya participait à toutes ses activités côté atelier, jardin, maison, la plage, l'île, les visites aux voisins. Le capitaine reprit la mer, il était devenu père, son souhait le plus secret et le plus cher avait été exaucé. Samba serait un oncle de substitution pour la petite. Quand Maya n'était pas avec Berthe, elle était avec Samba. Il lui parlait de leur pays, de leurs racines afin qu'elle ne les oublie pas en grandissant.

À chaque retour, le capitaine restait hanté par les souvenirs ineffaçables de sa mémoire, les cadavres des naufragés, dont des enfants, qui n'avaient pas survécu. Il se rappelait aussi la joie éprouvée par les rescapés quand ils quittaient l'eau glacée. Cette béatitude lue sur les visages gommait quelque peu l'image de la mort. Le capitaine avait de plus en plus besoin de s'isoler de longues heures dans son bureau, il écoutait des airs d'opéra pour s'évader, en fumant des Havanes et en buvant du vieux whisky irlandais qui l'étourdissait. Il aimait sentir la torpeur de l'alcool l'envahir et les volutes de ses cigares l'envelopper. Son regard devenait très lointain. Berthe comprenait et respectait ces moments d'isolement.

Le capitaine faisait souvent des cauchemars, il se réveillait en sursaut. Berthe l'enserrait pour le calmer. Berthe était son ange protecteur, il retrouvait foi en l'humanité dans ses bras. Quand il lui racontait par bribes ses cauchemars, le regard de sa femme le délivrait, les heures sombres s'effaçaient, quelque chose se dénouait en lui.

Tout en continuant à vivre sur l'île, Berthe était désormais connue par des millions d'enfants à travers le monde. À chaque voyage, le capitaine déposait ses manuscrits sur le continent. Berthe racontait les aventures de Joaquim le perroquet et de Olaf le chien, elle avait ajouté d'autres personnages, les enfants de ses voisins, la petite orpheline Maya, le Baltimore, le capitaine, son équipage, Samba, la Villa Eugénie, Héloïse, Luigi, leur fils Marco. Tout ce petit monde évoluait dans l'île ou sur les mers, à bord du Baltimore. Elle les dessina à tous les âges ainsi que l'île à travers les saisons dans tout son éclat, les différentes lumières du jour et les magnifiques couchers de soleil. Sans que son public ne le sache vraiment, ses histoires racontaient la vie quotidienne de son entourage et de ce bout de terre qu'elle aimait tant. Ses récits étaient des témoins du temps et de leurs existences.

Le lendemain de l'arrivée de la petite Maya, le capitaine organisa une réunion, tous les insulaires y furent conviés. Il leur avoua que depuis quelque mois, il cachait des femmes, des hommes et des enfants devenus apatrides. Il reconnut qu'il ne leur avait pas demandé la permission d'amener ces gens, le facteur temps ne pouvant être contré, à chaque sauvetage, il fallait agir vite. Hans fut le premier à se lever et à lui donner son assentiment. Les îliens lui accordèrent leurs bénédictions. Le capitaine rendait depuis des années des services aux uns, aux autres, apportait des denrées que l'île ne pouvait fournir. Il était reconnu, respecté de tous. Il avait œuvré pour exporter l'artisanat vers des comptoirs commerciaux à travers le monde, créant ainsi une manne financière pour les autochtones. Depuis son arrivée, Berthe faisait office de sage-femme, de guérisseuse et participait activement à la vie locale. Le couple était apprécié. Les insulaires proposèrent d'accueillir chez eux les naufragés des mers. Le soir, une fête fut organisée sur la plage.

Berthe, le capitaine, Maya et Samba formaient désormais une famille. Samba aurait pu repartir vers un autre pays à bord du Baltimore, et refaire sa vie. Il considéra que sa vie était auprès de ses sauveurs et de la petite Maya. Il était désormais un insulaire à part entière. Il était aussi très attaché à la Villa Eugénie, le jardin et la roseraie. Il était devenu un homme très cultivé, il adorait passer des heures à lire des ouvrages de botanistes. Son rêve était de créer une rose rare qu'il nommerait Berthe. Concevoir une nouvelle rose prenait du temps : au total, il faudrait compter entre huit et dix ans d'études.

L'amour et l'attachement de Berthe et son mari restèrent intacts. Chacun d'entre eux avait un caractère bien trempé, ils se disputaient parfois, les portes claquaient, ils se faisaient la tête quelque temps. Et se réconciliaient systématiquement en se rappelant que chacun d'entre eux était la moitié de l'autre. Ils se respectaient et prenaient finalement avec beaucoup d'humour leurs chamailleries. Lors de ses voyages, une seule idée restait présente à l'esprit du capitaine, toujours revenir auprès de Berthe et Maya. À chaque départ, Berthe regardait le Baltimore s'éloigner du haut de la terrasse de la Villa Eugénie dont la vue surplombait la mer. Elle murmurait : reviens toujours.

Un jour, de retour d'expédition, le capitaine décida de céder le commandement du Baltimore à son second. Encore très vigoureux et en pleine forme, il choisit de raccrocher ses galons de capitaine, il voulait désormais se consacrer à sa famille, aux voyages, à la découverte de fleurs rares à travers le monde. Il avait mis Samba dans la confidence. Il fit la surprise à Berthe qui fut ravie, elle pourrait passer plus de temps avec son mari, ses personnages dans ses contes allaient découvrir de nouvelles terres et se lier avec de nouveaux amis. Le capitaine plaisanta avec Samba en lui indiquant qu'il ne pourrait plus cheminer pied nus dans les hautes montagnes où il projetait d'aller pour trouver des espèces de plantes encore inconnues. Pour Samba, marcher pieds nus symbolisait la liberté. Avoir des chaussures, c'était être assimilé aux colons arrivés sur sa terre. Samba accepta, de toute façon il ne pourrait porter qu'une seule chaussure. Dans les pas du capitaine, il découvrit le haut des montagnes du Tibet. Ensemble, ils aperçurent une panthère des neiges, moment unique, d'une rare beauté, tableau saisissant, magique. Ils trouvèrent des espèces inconnues en Europe, qu'ils planteraient plus tard dans le jardin de la Villa Eugénie. Berthe engrangeait dans des pochons de sa fabrication des petites graines de plantes médicinales qui aideraient à la cicatrisation des plaies. Ils respectaient chaque nouvel endroit qu'ils traversaient, en échange, la terre amie allait leur donner quelques-uns de ses trésors naturels sous forme de graines, de jeunes pousses, d'exemples vivants. Ils parcouraient les montagnes, les plaines, accomplissant un précieux travail de collecte. Ils découvrirent des espèces encore non identifiées. Ils dormirent au plus profond des forêts afin de dénicher et d'observer de nouvelles herbes rares qu'ils souhaitaient implanter sur l'île. La diversité des plantes et leurs différentes textures pouvaient être utilisées en cuisine, en création de mets surprenants aux goûts inédits, étonnants, frais et délicieux. Samba nota dans un carnet les nouvelles recettes. Son esprit curieux était aux anges. Au cours d'un arrêt dans un monastère isolé, Samba apprit à couper les étamines, déposer le pollen sur le pistil, par croisement pour la création d'une nouvelle rose. Lors de ces périples, Samba était toujours à la recherche de la rose parfaite. En France, ils visitèrent la roseraie de Bagatelle, de nouveaux parfums envoûtants, résultats d'un travail d'orfèvre.

Au Sultanat d'Oman, Samba découvrit la cueillette des roses par les habitants pour confectionner l'eau de rose dont les femmes et les hommes enduisaient la cordelette de leur tunique. La fraîcheur de la nuit en intensifiait les effluves. Il assista au processus du traitement d'une durée de deux heures, elles étaient placées encore humides dans les fours compartimentés par chambres fermées par un couvercle en argile, la mise en bouteille et la vente aux marchands des souks. Ils burent du café sans sucre parfumé à l'eau de rose. Samba préférait garder ses roses de leur éclosion à leur maturité sur les rosiers. Quand l'un d'eux tombait malade, Samba éprouvait une profonde tristesse et mettait tout en œuvre pour le sauver. Il trouvait conseil dans de vieux ouvrages datant du XVIIIe siècle, il les soignait selon des méthodes ancestrales qui portaient leurs fruits. Il les bichonnait, attentif, ramassant les mauvaises herbes à leurs pieds, veillant sur eux, inquiet au moindre signe de maladie.

En compagnie de ses amis, Samba avait vu le soleil se lever sur la vallée des roses en Bulgarie où, dès l'aube jusqu'à la demi-journée, les mains agiles des cueilleurs récoltaient des milliers de corolles. Les parfumeurs utiliseraient par la suite quelques gouttes d'essence de rose après distillation. L'absolu de rose était l'autre façon d'extraire le parfum de la fleur, à froid. Marchandise très précieuse, mise à l'abri dans des coffres forts, la rose de Damascena — de Damas — séduisait les créateurs. Samba aimait l'histoire, il avait appris que l'impératrice Joséphine, passionnée de roses, avait permis l'introduction en France du rosier de Damas, que Samba avait retrouvé lors de leur voyage en Bulgarie et en Turquie. Depuis l'Antiquité, la rose avait toujours été louée pour son parfum et sa grâce. Cultivée en Chine et en Perse depuis cinq mille ans, au Ve siècle, l'historien Hérodote raconta qu'il avait examiné une rose à soixante pétales dotée d'un irrésistible arôme. Cette fleur était la descendante de celles exportées par le roi de Lydie lors de son exil. Du Xe au XVIIe siècle,

Shiraz en Perse fut la capitale de l'industrie de la rose pour gagner ensuite l'Inde, l'Afrique du Nord, l'Espagne et plus tard le sud de la France. Samba associa toujours l'élégance, la beauté, le secret du parfum des roses à Berthe. Leur voyage dura une quinzaine d'années, ponctué par les retours sur l'île donnant naissance à une collection de tomes, écrits à trois mains. Berthe dessinait chaque plante, chaque fleur, chaque détail. Le capitaine et Samba se répartissaient l'écriture des textes. Leurs textes serviraient de références à plusieurs générations de botanistes et d'apothicaires. Le capitaine et Samba qui avaient vécu de jeunes années rudes et difficiles, à la seule force de leur volonté et de leur passion pour tout ce qui les entourait, avaient réussi à devenir des hommes cultivés, de véritables modèles pour les populations futures.

Leur famille recomposée posait parfois des questionnements, des interrogations, des rejets, de la moquerie, du racisme, de la haine, le capitaine et Berthe restaient calmes, souriants. En toile de fond de leur voyage se dessinaient les expositions coloniales, la Première Guerre mondiale. En lisant les journaux, ils apprirent que des Pygmées venus de la forêt équatoriale étaient montrés dans ces foires, il se disait que leur petite taille était une marque d'infériorité, qu'ils étaient des sauvages. Samba s'intéressa de près à la vie d'un des leurs dont il apprit l'existence et les tribulations en lisant un illustré. En Amérique, après un long périple et après avoir connu la liberté, un Pygmée congolais avait été placé dans la zone réservée aux singes du Zoo du Bronx. C'était en 1906, il s'appelait Ota Benga, né vers 1883 dans le Royaume Kongo. Il subit une destinée funeste, acheté par un homme d'affaires et missionnaire Samuel Phillips Verner sur un marché aux esclaves, il avait été transporté jusqu'aux États-Unis pour y être présenté avec quatre autres Pygmées à l'Exposition universelle de Saint-Louis — Missouri. Sa femme, ses enfants et les autres habitants de son village avaient été massacrés par la Force publique, Ota était le seul survivant. Les spectateurs riaient, se moquaient, applaudissaient, étaient très friands de ces exhibitions, jetaient des pièces aux Pygmées pour voir leurs dents sciemment aiguisées. Ota accompagna son acheteur dans de nombreux voyages jusqu'au jour où il perdit sa liberté en Amérique. Au zoo du Bronx, Ota se retrouva au cœur d'une exposition dont le but était de promouvoir les concepts de l'évolution humaine. Ota devait interagir avec les visiteurs du parc en compagnie d'un orang-outan et d'un perroquet. Une pancarte indiquait : Le Pygmée africain « Ota Benga », âge 23 ans, taille 1m50, poids 46,7 kg. Pris depuis la rivière Kasaï, dans l'État indépendant du Congo, au sud de l'Afrique centrale, par le docteur Samuel P. Verner. Exposé tous les après-midi de septembre. Ota fut retiré du zoo par l'intervention d'ecclésiastes baptistes noirs et placé dans un orphelinat de Long Island. Il prit le chemin de l'école, puis exerça différents métiers. Lors du déclenchement de la Première Guerre mondiale, le vague à l'âme l'envahit, il se suicida. Samba pensa souvent à lui durant sa vie.

En fin de chaque journée, le capitaine et Samba parlaient beaucoup de ce qu'ils avaient vu, entendu, lu, des événements qui les avaient marqués. La parole libérait Samba de la tristesse, du désespoir qui l'envahissait après avoir croisé le regard de ses frères, et pris connaissance de la vie d'Ota. Ils parlèrent beaucoup du destin d'Ota et des autres Pygmées. Bien que Samba venait d'une autre région d'Afrique, il aurait pu être Ota. Que serait-il advenu de lui s'il ne s'était pas jeté dans les bras de l'océan ? Quel aurait été son sort ? Souffrance, peur, avilissement, perte totale de son identité seraient devenus son quotidien. Le capitaine et Berthe voulaient croire qu'une société fraternelle, avec des êtres égaux comme dans leur île, pouvait exister dans d'autres endroits du monde. Ils en gardaient toujours l'espoir et le transmirent à Samba et Maya.

Maya emmagasinait des images parfois sans les comprendre, Berthe lui expliquait, elle choisissait ses mots. Elle était l'éclaireuse, elle montrait d'autres possibles, elle ouvrait les portes et les fenêtres, elle lui disait qu'un jour, tout serait réalisable, l'intelligence renverserait la stupidité, les unions mixtes seraient autorisées. Maya apprenait à l'école de la vie au contact des événements. Ainsi se forgea-t-elle une personnalité indépendante qui influerait sur sa future vie de femme.

À ceux qui les interpellaient ou les questionnaient, le capitaine imperturbable expliquait inlassablement qu'il n'y avait aucune différence entre Samba et lui, entre les Pygmées et eux, la couleur de peau ne devait pas être un obstacle, une barrière, une source de rejets. Les hommes étaient tous égaux quelles que soient leurs races, leurs origines, leurs religions. Le capitaine était un fervent militant des droits civiques, il était contre toute ségrégation raciale, toute forme d'oppression. Il se considérait comme un ambassadeur de paix, il essayait de convaincre ses interlocuteurs de ne pas traiter d'autres hommes d'inférieurs. Berthe partageait ses idées et faisait front avec lui au moindre regard déplacé ou raciste destiné à leur fille Maya ou à celui qui était devenu leur frère Samba. Le capitaine avait coupé toute relation avec certains de ses amis armateurs qui mettaient en place désormais des spectacles commerciaux, des expositions coloniales universelles, aidé par des chefs de village africains pour promouvoir une vision fantasmée de l'Afrique, de l'Indonésie. Ces chefs contribuaient à l'exploitation des leurs. L'homme noir appelé sauvage était une pure fabrication, une pure invention. Ces expositions coloniales participaient à une vision de dominé et de dominant. À Paris, elles avaient lieu au cœur de la capitale, attirant les foules. Les corps des femmes africaines apparaissaient photographiés dans des poses lascives, une mise en scène pour montrer la nudité des indigènes.

Aux prémices de la Première Guerre, le capitaine, Berthe et Samba sentirent un léger changement, le public modifia son regard, les hommes noirs de sauvages devinrent indigènes. En 1917, des noirs américains furent envoyés au front en Europe, ils débarquèrent là où on les appelait encore les nègres. Un million d'hommes noirs qui n'étaient connus ou identifiés par la population que dans les zoos, de sauvages devinrent des bons soldats. À Paris, Afro-Antillais, Afro-Américains, Canaques défilèrent sur les Champs Élysées considérés désormais comme des indigènes ex-sauvages. Beaucoup de chemin était encore à parcourir pour rejoindre les idées avancées du capitaine et de Berthe, déjà affranchies du carcan des préjugés.

Les années qui suivirent, ils rencontrèrent de nombreux artistes, écrivains, politiques. Celle qui les marqua le plus par son engagement, son émancipation, symbolisant toute forme de liberté, de la danse, du swing jusqu'aux droits civiques fut Joséphine Baker, elle ouvrit les portes sur un espace de liberté. Elle ne cessa jamais de lutter pour les droits civiques, de retour aux États-Unis bien des années plus tard elle soutint le combat du pasteur Martin Luther King.

Quand ils commencèrent à voyager, Maya avait cinq ans. Berthe et le capitaine avaient décidé de ne rien lui cacher de son histoire personnelle. Elle était entourée de leur amour, Samba était un second père, un lien avec son pays natal et sa culture. Il lui avait transmis sa passion des fleurs. Ils passaient des heures dans la roseraie, ils veillaient les roses. Maya était une petite fille vive, intelligente, volontaire. Elle devint l'héroïne d'une nouvelle collection de livres pour enfants écrits par Berthe. Elle bénéficia d'une éducation cosmopolite. Elle parcourut avec ses parents et Samba à peu près tous les pays du globe. Elle s'affranchit en leur compagnie dans l'espace de liberté qu'ils lui ouvraient. Ces années de voyages et de rencontres furent enthousiasmantes de découvertes, d'échanges.

De retour sur l'île depuis quelques années, un soir comme à l'accoutumée, en admirant un coucher de soleil, le capitaine fuma un havane, accompagné d'un bon verre de whisky. Puis il rejoignit Berthe dans leur chambre. Ils s'étaient embrassés, toujours aussi amoureux, se souhaitant une bonne nuit, s'étaient endormis enlacés. Dans la pénombre, le capitaine grand voyageur et baroudeur des mers avait tiré sa révérence, paisiblement, à bon port, sur son île adorée, dans leur douillet lit marital. Berthe, alertée par une légère brise, comprit que le capitaine s'en était allé. Elle resta allongée à ses côtés jusqu'à l'aube, se remémorant cet amour qu'ils avaient partagé.

Berthe respecta les dernières volontés du capitaine, ses cendres furent répandues autour de leur île tant aimée. Lors de la cérémonie, elle fit un geste tout personnel, elle coupa net la longue tresse de ses cheveux et la jeta à la mer. La natte flotta longtemps sur l'eau, Berthe la regarda tel le vestige d'une vie révolue. Ses cheveux ne seraient plus jamais caressés, brossés par les mains amoureuses de son tendre mari, il n'enfouirait plus jamais son visage dans sa longue chevelure, en lui murmurant tout son amour. La tresse, une partie d'elle-même, voyagerait avec son mari, ils appartenaient tous les deux à la mer.

Berthe aurait pu retourner sur le continent, elle décida de rester sur l'île, elle s'était enracinée à cet endroit. Depuis le départ du capitaine, quand elle était lasse, elle se réfugiait dans l'une des petites criques taillées par les mouvements de la nature, elle y peignait ou y écrivait. Elle y admirait les magnifiques couchers de soleil tant appréciés par son mari, tirant sur le violet et le bleu à la limite de la mer et du ciel. La nuit, les traînées de météorites lui rappelaient sa présence quelque part dans le vaste espace.

À la Villa Eugénie, chaque objet apporté de leurs voyages était une trace de leur vie partagée passée, de leur passion pour le monde, les autres cultures, leurs expéditions dans les coins les plus reculés de la planète. Samba resta à ses côtés, veillant sur elle. Il ne souhaitait pas vivre ailleurs. Il voulait être près de la personne qu'il aimait le plus sur terre depuis leur première rencontre. Il adorait regarder, assis à côté de Berthe, la vue panoramique sur l'océan, l'île était pour lui le plus bel endroit de la planète. Il sentait se diffuser dans ses vieux membres la puissance des arbres, de la nature environnante, de l'océan. Il aimait rester assis là à côté de la seule femme qu'il avait chérie, il partirait avec son secret. Il appréciait son parfum, ses sourires, ses éclats de rire, sa joie de vivre. Il l'avait réconfortée par sa présence à la mort du capitaine. Il lui avait préparé ses repas, il avait veillé à ce qu'elle ne se jette pas du haut de la falaise pour rejoindre les cendres du capitaine. Il avait été désolé qu'elle coupe ses longs cheveux. Il la trouvait toujours belle malgré le passage des ans, les rides, les fils d'argent dans ses mèches, son corps un peu voûté. Il se souvenait encore de sa première apparition dans le sous-sol de la villa pour le soigner, il n'avait jamais oublié cet instant.

Résistance

Au coin du feu, Jane Eugénie écouta toute la nuit l'histoire de la Villa Eugénie liée, mêlée à la longue romance d'amour du capitaine et de Berthe. Le vent hurlait dans la nuit. Au petit matin, le calme était revenu. Jane Eugénie prit une décision, elle ne pouvait pas tourner le dos aux événements qui l'entouraient, la guerre, les rafles des juifs qui avaient commencé, des hommes, des femmes et des enfants étaient déportés chaque jour. Les dénonciations allaient bon train. Une amie comédienne et sa famille étaient menacées ainsi que d'autres amis d'amis. Elle devait agir vite pour les sauver, Hugo aurait été en première ligne. Elle pouvait compter sur l'expérience de Berthe, sur la confidentialité de l'île, terre d'exilés qui avait toujours protégé les siens.

C'est ainsi que commença une nouvelle histoire d'engagement. Les murs du sous-sol secret avaient résonné de chants de liberté, de negro-spirituals, de gospels, de chants métissés, de chants d'amour, des murs témoins muets de blessures, de meurtrissures, de nouvelles espérances vibrèrent de chants juifs faisant trembler les âmes, prenant aux tripes. L'étoile juive, morceau de tissu jaune en forme d'étoile de David, imposée aux Hébreux par les nazis était ôtée de tous les vêtements des réfugiés. Sur l'île, la liberté était sacrée, nul signe ne devait stigmatiser les individus pour leur couleur de peau ou leur origine. De nouvelles voix d'hommes, de femmes, et d'enfants donnaient vie au sous-sol. À l'abri des murs de la Villa Eugénie, un futur leur semblait à nouveau possible. Sur l'île, tous étaient égaux.

Sous couvert de son nom, Jane Eugénie sauva des centaines de vies. Elle entra en résistance. Elle continuait de jouer au théâtre, les spectateurs n'étaient pas ceux qu'elle attendait. Des officiers, des gradés allemands, leurs maîtresses et leurs collaborateurs français occupaient la moitié de la salle. Les théâtres ne se remplissaient plus, la vie était trop chère. Tout se négociait au marché noir. Jane Eugénie était invitée à des dîners mondains, elle répondait positivement aux sollicitations. Autour des tables et des coupes de champagne, les langues se déliaient plus facilement, la culture, l'originalité de Jane Eugénie étaient très appréciées. À ses côtés, personne ne s'ennuyait, elle était intelligence, beauté et raffinement. Elle était une parfaite ambassadrice pour la résistance, elle avait accès aux plus hauts gradés et à leurs confidences.

Jane Eugénie n'avait pas peur, elle sentait à ses côtés Hugo en éternel protecteur. Elle affichait des sourires, avait toujours un mot gentil pour chacun, acceptait d'endosser certains rôles, portait de sublimes robes mettant en valeur son élégante silhouette, son décolleté était généreux. Elle notait mentalement des renseignements précieux, utiles dès le lendemain. Elle vomissait intérieurement ces hôtes. Elle s'arrangeait toujours pour quitter seule ces dîners mondains. Elle restait évasive quand l'un des gradés se faisait insistant, elle partait en riant, tournoyant dans ses robes vaporeuses. En un fragment de seconde, elle avait disparu, elle était mirage, apparition. Elle s'éclipsait au milieu de la nuit, sous des ciels noirs étoilés. Elle rentrait chez elle, se changeait, se grimait et ressortait de son immeuble déguisée en homme. Elle rencontrait Luc, l'un des chefs des résistants, un jeune médecin. Il était subjugué par cette femme, son aînée de plusieurs années, il admirait son courage, son intrépidité. Jane Eugénie ne se décrivait pas comme une femme héroïque, plutôt comme une femme engagée. Elle lui rapportait ce qu'elle venait d'apprendre. Les officiers détendus par l'alcool, les sourires, la promesse d'une nuit chaude parlaient.

Un soir, alors qu'ils étaient en planque sous une porte cochère, le jeune médecin avait cherché ses lèvres, elle l'avait repoussé en lui souriant, doucement elle lui avait murmuré : devenons simplement amis. Pierre n'avait pas insisté, il était amoureux, c'était un nouvel état pour lui au milieu de la guerre, du chaos, des bombes, des rafales de fusils, des morts et des blessés. Il enfouit au plus profond de lui-même cet amour. Jane Eugénie était la femme d'Hugo à jamais, au-delà du temps. Il avait compris le message.

Avec l'aide du réseau dirigé par Luc, et profitant de ses tournées, elle réussit à transporter dans ses grandes malles destinées à ses costumes de scène, des hommes, des femmes, des enfants. Elle restait toujours à côté des valises tout au long des déplacements et des transferts. Le danger était partout, tout véhicule pouvait être immobilisé et fouillé à n'importe quel moment. Jane Eugénie ne montrait jamais aucun signe de peur, elle surjouait, souriante, affable, charmant les soldats trop curieux de son incessant bavardage. Luc l'accompagnait sous couvert de faux papiers. Pour son entourage, il était son chauffeur, son secrétaire. Il était normal qu'il soit toujours à ses côtés. La nuit, ils déchargeaient les malles à des points de rencontre connus à l'avance, leurs protégés s'avançaient dans la pénombre en file indienne dans le plus grand des silences, espérant la fin de leur enfer. Ils n'oublieraient jamais l'actrice aux cheveux roux, sa gentillesse et Luc le jeune médecin. Jane Eugénie devinait Hugo à ses côtés, partageant son combat pour la vie et la liberté. Elle se sentait forte. Il aurait été de ce combat, un combat pour la liberté, pour l'égalité des hommes, quelle que soit leur origine.

Elle s'arrangeait pour revenir sur l'île tous les deux mois. Une nouvelle fois, elle ne voyageait pas seule, toujours en compagnie de ses nombreuses malles. Elle jouait l'écervelée, la diva capricieuse aux mille costumes et chaussures dont elle ne voulait jamais se séparer même en temps de guerre. Luc veillait sur les malles quand elle détournait le regard des officiers allemands en fumant et en riant avec eux. Elle cachait les plus faibles de ses protégés sous ses fanfreluches dans les malles et les emmenait sur l'île, elle savait qu'ils n'avaient aucune chance de survie sur les chemins froids, boueux ou enneigés. Ils étaient trop épuisés, trop malades. Berthe et Héloïse veilleraient sur eux.

William était sous la protection de Berthe, la vieille dame avait repris du service. Elle assurait les premiers soins, assistait les mères lors de leur accouchement, préparait les repas avec sa vieille amie Héloïse. Ces derniers temps, William l'inquiétait, il toussait beaucoup, semblait toujours fatigué et était très pâle malgré le soleil et l'air marin. Elle avait tout de suite pensé à la tuberculose dont elle connaissait les symptômes. Elle essaya de le soigner avec les plantes médicinales locales ou provenant de pays lointains, en vain. Les remèdes n'agissaient pas. Au prochain retour de Jane Eugénie, elle demanderait à Luc de l'examiner. Elle craignait qu'il ne soit déjà trop tard, la maladie sournoise semblait s'être répandue sans bruit tel un serpent maléfique.

Berthe et Maya

Berthe pensait souvent au capitaine, il aurait certainement repris du service s'il avait encore été de ce monde. Ils auraient formé une équipe soudée, rompue à toute épreuve. Le poids des ans lui paraissait plus léger depuis qu'elle se sentait à nouveau utile. Elle n'avait jamais cessé d'écrire, de raconter inlassablement la vie de son entourage. Beaucoup étaient partis rejoindre les étoiles : la vieille guérisseuse, le capitaine, Samba, son chien Olaf, des amis. Héloïse et le vieux perroquet Joachim étaient les derniers témoins proches de sa vie passée.

Maya avait pris son envol, elle avait choisi de quitter l'île pour retourner sur sa terre natale. Samba lui avait appris divers dialectes parlés sur le continent africain. Il avait toujours été le lien avec ses origines, l'Afrique. Maya ne pourrait jamais se recueillir sur la tombe de ses parents, leurs corps avaient été engloutis par la mer. Elle pourrait percevoir en Afrique ce qu'avaient été leurs vies avant d'être kidnappés et massacrés.

Maya avait été très bouleversée et émue quand Samba lui avait conté l'histoire de sa vie, de son peuple, lui avait révélé que beaucoup de ses frères et sœurs de couleur étaient devenus esclaves, à travers le monde, des vies de misère sous le joug de leurs maîtres, loin de leurs racines. Chacun avait gardé en héritage des chants, des danses, des souvenirs. Samba avait transmis à Maya la fierté de ses origines, de sa culture, de tout ce qui avait contribué à ce qu'ils étaient.

Maya pensait qu'elle serait plus utile dans son pays natal que sur l'île, elle avait besoin de grands espaces, de creuser à son tour son sillon. Berthe lui avait donné sa bénédiction. Elle la comprenait, ayant tout quitté elle-même pour suivre le capitaine très jeune et venir habiter sur l'île. Maya partit étudier sur le continent pour repartir par la suite en Afrique. Maya allait devenir une primatologue reconnue, elle vivrait entourée de grands singes menacés, frères des hommes. Ce serait son combat à elle, sa vie. Maya avait acquis une passion pour les animaux sur l'île et lors de leurs nombreux voyages à travers le monde. Elle avait découvert dans beaucoup de pays la condition désastreuse des animaux, traités comme des biens de consommation, des objets, des cobayes… Elle avait été très touchée par un reportage sur la réhabilitation de singes de laboratoires dans un sanctuaire en Floride. Pour la première fois, ces chimpanzés avaient foulé l'herbe, touché l'écorce des troncs d'arbres, pu boire l'eau d'une rivière. Une psychologue les avait accompagnés pour toutes leurs premières fois à apprendre comment boire, comment se nourrir. Maya avait lu dans le regard de ces chimpanzés l'étonnement, l'espoir, un nouvel éclat s'installait au fil des jours. L'humain réapprenait aux chimpanzés les gestes simples de la vie quotidienne. La vocation de Maya était née. En quittant l'île, elle avait emporté dans ses bagages ses trésors précieux, des boutures de rosiers. Quelques années avant de mourir, Samba avait touché son Graal, il avait réussi à créer plusieurs variétés de nouvelles roses dont une qu'il avait appelée ; la rose Berthe, d'un rose pastel délicat, aux extraordinaires effluves olfactifs, issue de bouturages successifs, elle était spéciale, l'illustration, le témoin de son amour secret.

Maya emmena avec elle une part de chacun, la rose Berthe, des livres de sa mère adoptive, le châle qui l'avait enveloppée bébé, une vieille besace en cuir du capitaine. Ses possessions disparates étaient des talismans pour sa nouvelle vie. Ils seraient de doux souvenirs, socles, repères dans les moments de doutes ou de désillusions, quand les hommes seraient trop cruels, avec un goût prononcé pour le sang et le massacre des grands singes. Elle ne cesserait jamais, inlassablement, de lutter malgré la dangerosité qui l'entourerait toujours. La nuit, elle rêvait de Samba, Marco et elle, enfant, courant sur la plage pour se saisir de la poussière de soleil. Elle avait suspendu au-dessus de son lit un attrape-rêves fabriqué par Samba, protecteur et chasseur d'esprits maléfiques. Maya était la digne héritière des valeurs humanistes de ses parents adoptifs et de Samba, père de substitution dans ses jeunes années au gré des absences du capitaine.

À vingt ans, son meilleur ami Marco avait décidé de quitter l'île pour devenir marin comme son père, c'est un jeune homme fringant, sportif, rompu à l'exercice physique, qui prit son envol à la conquête du monde. Les deux amis d'enfance s'étaient dit au revoir, du haut de l'île, Maya avait regardé le bateau s'éloigner jusqu'à qu'il ne soit plus qu'un petit point minuscule. Peu de temps après, elle avait, elle aussi, quitté l'île. Les deux amis s'étaient écrit quelquefois puis Maya n'avait plus reçu aucune nouvelle. C'est un homme cassé, maigre, émacié, l'ombre du jeune homme d'antan qui revint cinq ans plus tard sur l'île. Il avait vogué sur toutes les mers, sillonné la planète, découvert les femmes, la drogue, s'était laissé tenter par tous les plaisirs illicites, le côté obscur de la vie. Il avait sombré dans ses dépendances, mélange d'alcool et d'opium, il en aimait le goût, les vapeurs, l'état second, les rives de l'autre monde vers lequel ce cocktail l'emmenait.

Il devait son retour à une connaissance de son père Luigi qui l'avait aperçu complètement ivre mort, allongé sur un trottoir, les yeux fixant le ciel, à la sortie d'un tripot d'un port chinois. Il l'avait aidé à se relever et, en souvenir de son amitié avec Luigi, avait usé de ses relations dans la marine afin que Marco soit pris en charge sur différents cargos jusqu'à son arrivée dans l'île. Le sevrage de Marco avait déjà commencé quand il arriva sur l'île. Sa mère Héloïse et Berthe s'employèrent à compléter sa désintoxication afin de le sauver de ses démons. Un soir, en écrivant une lettre à sa fille, Berthe soumit l'idée que l'Afrique pourrait être une longue régénération pour Marco. Elle n'ignorait pas que Maya vivait au quotidien dans l'insécurité, de savoir quelqu'un comme Marco près d'elle la rassurerait.

Maya n'avait pas assisté au retour de Marco. Sa formation de primatologue et ses longues missions dans différentes réserves du monde terminées, elle était partie en Afrique, l'appel de sa terre natale s'était fait plus puissant au fil du temps. Un jour, Maya reçut la lettre de Berthe dans laquelle elle lui donnait des nouvelles des uns et des autres. Elle y consacrait un long paragraphe évoquant le retour de Marco. Son ami d'enfance recherchait un nouveau projet dans lequel s'investir, Berthe savait que sa fille avait besoin d'un homme de confiance pour l'épauler. Elle lui suggéra Marco, il connaissait le monde de la faune, aimait les animaux, il était un bon bricoleur, il était rompu au maniement des armes, ce qui pouvait être très utile dans le climat d'insécurité tissé par les braconniers et les milices sur place. Il pourrait former des gardes. Berthe était persuadée qu'il apprendrait très vite tout ce qu'il ne connaissait pas. De plus, ils se côtoyaient depuis l'enfance, ils avaient de nombreux points communs, leurs deux familles avaient toujours été proches. Il fallait à Marco un nouveau départ, une nouvelle chance. Bien qu'il ne puisse plus jamais ressembler au jeune homme d'antan, il allait mieux et avait retrouvé une certaine prestance, entouré des soins et de l'affection de sa mère Héloïse et de Berthe. À la lecture de la lettre, Maya avait souri en pensant à leur enfance et adolescence, à tous les fous rires, les plaisanteries, les découvertes, les premières fois, les balades partagées. Elle envoya une réponse positive à sa mère.

C'est ainsi que quelques semaines plus tard, Marco partit pour l'Afrique. Il resta enfermé dans sa cabine tout le long du périple, se concentrant sur la lecture des livres qu'il avait emportés. Il ne voulait pas être tenté par les tables de jeu ou le bar. Il s'était arrangé en lui glissant un généreux pourboire pour qu'un commis de cuisine lui apporte ses différents repas dans sa cabine. Ce n'est qu'à la nuit tombée qu'il se rendait sur le pont pour admirer les couchers de soleil ou le ballet des astres dans le ciel. Il pensa à Maya, il craignait sa réaction quand elle le verrait. Il lui semblait qu'ils ne s'étaient pas revus depuis un siècle. Durant la traversée, il songea à leur enfance, leur adolescence, au cocon protecteur qu'avaient été leurs familles et l'île. À son arrivée en Afrique, Maya ne l'attendait pas sur le quai. Elle avait envoyé son associé. Marco était habitué à l'effervescence des docks. Il aima l'atmosphère gaie, bruyante et colorée qui se dégageait de son nouveau port d'attache. Il distingua dans la foule un homme de haute stature dans un uniforme kaki qui fixait tous les Occidentaux descendus sur le quai. Il tenait à la main une pancarte où était écrit : son prénom. Marco se présenta devant lui, l'homme le regarda droit dans les yeux, sa peau noire luisait au soleil. L'homme lui sourit en signe d'accueil, lui serra la main et se présenta. Il s'appelait Bo. Il se chargea des deux sacs de Marco et fendit la foule avec assurance, distribuant de nombreuses poignées de mains et de saluts. Il était connu de tous. Marco le suivit, l'homme jeta avec désinvolture ses deux bagages à l'arrière d'une vieille Jeep. La voiture démarra sur les chapeaux de roues. La foule était dense, c'était un jour de marché, les étals étaient remplis de produits locaux, de morceaux de viande, poissons étalés à même les stands, fournis par les paysans des environs, trocs ou négociations se faisaient dans un léger brouhaha. Mille odeurs stagnaient dans l'air déjà étouffant à cette heure matinale. Les mouches volaient au-dessus des denrées dans une joyeuse indifférence. À la sortie du port, la route était caillouteuse, de surface inégale, la Jeep cahotait. Tout en fumant, Bo chantait en y mettant tout son cœur. Marco sourit, il connaissait un peu l'Afrique, mais pas cette partie du pays. Bo portait à sa ceinture un revolver ; à l'arrière sous les deux sacs, Marco avait entrevu deux carabines. Bo lui expliqua que, depuis l'aurore, Maya était très occupée à soigner quatre petits gorilles blessés dont les parents avaient été massacrés par les braconniers à l'orée de la réserve. Les petits orphelins réclamaient tous les soins afin de les conserver en vie. Prévenus par les colliers émetteurs des déplacements de gorilles, les gardes étaient arrivés quelques minutes trop tard après le carnage, leurs parents étaient morts. Les rangers avaient juste eu le temps d'empêcher les braconniers d'emmener les corps des singes, pour les démembrer et vendre leurs organes. Il était prévu que les dépouilles soient enterrées dans une partie de la réserve dans la journée. Bo expliqua que Maya était à la fois triste et très en colère.

Pour son projet, Maya s'était inspirée d'autres femmes et hommes qui avaient créé quarante ans auparavant des pouponnières ou des sanctuaires pour animaux perdurant encore, modèles pour la nouvelle génération. Depuis deux ans, Maya avait créé un refuge pour les gorilles. Il fallait s'enfoncer dans la forêt dense et moite avant de parvenir au centre de la réserve pour découvrir ses protégés. À son arrivée, il ne restait plus que deux cents gorilles des montagnes. Elle avait décidé de tout faire pour sauver cette race. Elle risquait sa vie chaque jour, elle était prête à la sacrifier pour cette cause. Elle pensait que chaque action dans le monde pour protéger des espèces animales menacées pouvait produire des petits miracles à chaque échelle locale. Afin de lancer son projet, elle avait fait un appel à la générosité en Europe. Son sanctuaire pouvait survivre grâce aux donateurs sensibles à la cause animale. Elle participait également à des programmes d'échanges avec des universités de renommée internationale et ouvrait le refuge quelques semaines dans l'année à des visiteurs venus du monde entier pour les rendre attentifs au destin des gorilles.

Deux ans après, il y avait encore tant à faire, à penser. Il fallait sans relâche sensibiliser les locaux, les villages, les villes environnants. Il était nécessaire d'arrêter d'autres fléaux tels que la déforestation, sans forêt, leur habitat naturel, les gorilles ne pourraient pas survivre. Pour stopper le déboisement ordonné par les milices locales pour échanger le bois contre des armes, il fallait créer des projets pour les locaux. Maya devait calquer ses plans sur leurs besoins tels l'électricité, un dispensaire, des ateliers pour les femmes et les hommes pour exporter certains produits régionaux afin de préserver l'habitat de ses protégés.

Après plusieurs heures passées sur des routes défoncées ou quasi inexistantes, ils arrivèrent à destination. Marco entendit la voix de Maya avant de l'apercevoir de dos, un petit orphelin gorille accroché à son cou. Quand elle se retourna, les deux amis se regardèrent, évaluèrent les marques du temps. Maya sourit chaleureusement à Marco, il s'avança vers elle. Maya lui souhaita la bienvenue. Ils s'enlacèrent. Elle avait noté le changement physique de Marco, mais n'en fit rien paraître. Ils s'étaient quittés à la fin de l'adolescence. Ils étaient désormais un homme et une femme. Marco avait remarqué les belles courbes de Maya, ses yeux marron brillant, vifs, rieurs, sa bouche pulpeuse reflétaient une femme généreuse. L'adolescente du passé s'était transformée en une belle femme. Maya regarda les yeux de Marco, Samba lui disait toujours que les yeux étaient les miroirs de l'âme. Elle y vit un éclat différent que celui du Marco adolescent. Mais la lueur était là comme une nouvelle envie. C'est ce qui comptait. Le petit singe orphelin semblait très intéressé par Marco, Maya le prit dans les bras. Le petit regarda Marco avec ses yeux mobiles, attentifs. Marco n'aurait jamais pensé se retrouver au milieu d'un sanctuaire en Afrique avec Maya et des gorilles. La vie pouvait réserver bien des surprises. Maya lui fit faire le tour du refuge, lui présenta son équipe. Elle introduisit Bo comme son associé, intermédiaire entre elle, les habitants, les autorités locales. En effet, elle était une femme de la même couleur de peau qu'eux. Ils ne la considéraient pas comme une Européenne qu'ils auraient crainte. Au début, certains avaient fait preuve d'irrespect et de sexisme en lui parlant. Elle leur avait répondu avec une grande fermeté sans se démonter. Un soir, Bo était venu lui proposer son aide, il connaissait bien les locaux, la région, les risques. Il était né dans un village voisin, il avait voyagé, étudié les mathématiques à l'étranger et était revenu au pays où il serait plus utile. Il était resté et s'était installé dans le bungalow mitoyen de Maya. Sa présence avait été très bénéfique au refuge. Il aplanissait les difficultés et les problèmes, suivait les projets de développements et tous les travaux du sanctuaire. Prévenu de l'arrivée de Marco, il se demanda qui il était réellement pour Maya. Une relation intime s'était créée au fil du temps entre Bo et Maya. Au début de son arrivée, ils avaient partagé certains dîners quand ils en avaient le temps. Au fil des conversations, ils s'étaient découverts. Ils venaient de la même terre bien que Maya ait grandi dans un autre endroit. Maya aurait pu avoir l'enfance de Bo si le dramatique épisode de la perte de ses parents n'était pas arrivé. Bo était à l'écoute, solide, droit, il inspirait confiance. Ils avaient la même envie pour le sanctuaire, les projets à élaborer, les décisions à prendre. Leur point de divergence concernait leur vision du couple. Bo pensait union, mariage, enfants. Il l'aimait, il était fou de cette femme imprévisible, engagée, aventurière. Elle était pour lui une réelle équation. À ses côtés, Maya retrouvait une partie d'elle-même, une part de son identité. Bo était associé à l'Afrique mystérieuse, tumultueuse qui les entourait. En public, Maya et Bo ne montraient pas leurs sentiments respectifs. Maya avait souhaité être transparente dès le départ avec Bo, elle lui avait annoncé qu'elle était pour le polyamour. Elle préférait le terme compagnon de vie, partenaire plutôt que mari, le modèle classique du couple ne lui convenait pas. Elle prônait l'amour libre dans le respect de l'autre. Bo avait cru qu'elle plaisantait, mais elle lui dit qu'il ne fallait pas s'empêcher d'aimer plusieurs personnes si l'occasion se présentait. Pour lui, le polyamour se résumait à la transgression, pour elle, il était synonyme de liberté.

Marco s'installa. Les jours suivants, il fit plus ample connaissance avec le sanctuaire, les environs, les membres du personnel. Il se proposa pour superviser l'équipe de gardes rangers qui patrouillaient dans la réserve, leur apprendre le maniement des armes, la self-défense, les techniques de combat. Il se révéla très habile de ses mains, il pouvait fabriquer une nouvelle charpente, réparer un vieux moteur de voiture, être efficace dans les soins aux animaux. Aux côtés de Maya et suivant ses conseils avisés, il fit connaissance plus intimement avec la colonie de gorilles. Il aimait plus que tout participer au nourrissage des bébés orphelins, il devint un véritable père de substitution et un camarade de jeux. Les gorilles pouvaient atteindre avec le temps une centaine de kilos, il fallait rester prudent. Se lever aux aurores, se consacrer à cette cause furent sa rédemption. Il était à mille lieues désormais de toute drogue et alcool. Il restait sobre. Il envoya une lettre à sa mère et à Berthe pour les remercier de lui avoir sauvé la vie en quelque sorte. Il leur révéla qu'il était heureux en compagnie de Maya et des gorilles. Les singes lui apportaient beaucoup de par leur affection. Il avait noué avec eux une profonde relation empreinte de patience, de compréhension. Leur présence effaçait ses errances d'antan. Il reprenait goût à la vie. Il s'étoffa à nouveau.

Maya attendait qu'il lui parle de lui-même de cette période passée loin de l'île. Elle ne voulait pas le brusquer ou se montrer indiscrète. Il lui semblait que les années vécues en dehors de l'île avaient été douloureuses. Un matin, alors qu'ils s'étaient retrouvés seuls à la nurserie, Marco lui raconta les drogues, l'alcool, les femmes, l'étourdissement, ses errances, ses voyages entre torpeur et lucidité. Il avait tout goûté, tout essayé. Il s'était tout autorisé sans tabou, sans retenue aucune. Depuis son retour sur l'île et son départ en Afrique pour la rejoindre, il était sobre. Tout en s'affairant dans la nurserie, Maya l'avait écouté sans émettre aucun commentaire ou jugement. Il lui en avait su gré. Ils étaient ensuite partis pour de longues heures d'observation dans la forêt et avaient vite retrouvé leur complicité d'antan. Marco passait beaucoup de temps avec les soigneurs à s'occuper des petits gorilles orphelins, ils étaient des mères et des pères de substitution pour une période. Parfois, ils avaient quelques jours, ils mettaient leurs doigts dans leurs bouches pour se rassurer. Un lien spécial, unique se créait avec chacun. Leurs caractères et leurs personnalités s'affirmaient chaque jour. Marco, les soigneurs et le vétérinaire les promenaient le matin dans la savane, ils leur donnaient leur premier biberon. Ils jouaient avec les petits orphelins, les distractions leur étaient nécessaires pour leurs apprentissages de la vie. Ils devaient évoluer dans un lieu protégé et avaient absolument besoin d'une mère. Les petits avaient un grand instinct de survie. Ils ressentaient les émotions des humains qui les entouraient. Marco partageait avec les nouveau-nés gorilles, des moments de grande intensité qui le poussaient à garder le cap qu'il s'était fixé.

Puis il était temps de transférer les petits orphelins au centre de réadaptation du sanctuaire où ils n'auraient plus de contacts avec les humains. Ils allaient s'accoutumer à vivre en troupe, bientôt si tout se passait bien, ils retrouveraient la vie sauvage. Le petit orphelin que Maya avait confié à Marco à son arrivée au sanctuaire ne le quitta pas pour rejoindre la savane, il était trop fragile. Il s'attacha à Marco, l'affection fut réciproque. Marco lui trouva un prénom, Willy. Willy l'accompagnait partout et veillait avec lui les petits orphelins trop faibles ou malades. Il devenait un compagnon de jeu pour les petits gorilles abandonnés, un grand frère attentif. En grandissant, bien qu'il ne fût pas aussi fort que les autres singes adultes, il aurait pu d'un coup de patte blesser ou tuer Marco. Marco et Willy cohabitaient en toute confiance.

Quelques jours après son arrivée, à la nuit tombée, Marco entendit des coups légers frappés à la porte de son bungalow. En l'ouvrant, il découvrit Maya, souriante, rayonnante, désirable. Elle était belle, elle avait troqué son éternel uniforme kaki pour une robe scintillante totalement incongrue au milieu de la jungle mettant en valeur ses formes. Cette robe était une invitation, un message explicite destiné à Marco. Elle avait chaussé une paire d'escarpins à hauts talons. Elle s'était légèrement maquillée, avait lissé ses cheveux. Marco comprit que ce n'était plus son amie d'enfance qu'il avait devant lui, mais une femme qui avait envie d'être près de lui. Il lui ouvrit sa porte. Elle entra et l'embrassa. Sa bouche était pulpeuse, tendre, douce. Ils restèrent enlacés en s'embrassant longuement et se caressant langoureusement. Impatient, Marco fit glisser la robe lamée sur le sol, le corps de Maya était frémissant, en attente. Marco la caressa, son sexe doux était déjà humide. Il la pénétra sur la table en bois du bungalow. Pendant de longues heures, le passé, le danger environnant, les gorilles, le sanctuaire, les soucis furent oubliés. La nuit attisa l'alchimie érotique de leurs deux corps.

À l'aube, devant un café bien corsé, Maya expliqua sa vision de l'amour libéral à Marco. Elle lui révéla qu'elle aimait Bo comme elle l'aimait, lui, Marco. Elle était pour le polyamour. Sa relation avec Bo datait de quelques mois. Ils étaient loin de tout, de toute morale ou convention imposée. Maya lui dit qu'ils étaient libres de choisir, le danger imminent décuplait peut-être l'envie de profiter de chaque instant en dehors des heures consacrées au sanctuaire et aux gorilles. Marco avait rompu depuis longtemps avec tout consensus ou moralité. Il était d'accord, il estimait Bo et aimait Maya depuis toujours. Cette nuit avait été révélatrice de cet amour enfoui en lui. Il comprenait que Maya ne souhaitait pas se marier, un triangle amoureux ne le gênait pas. C'était un libéral. La situation lui convenait. Maya l'embrassa pour aller se changer et superviser l'équipe des nourrisseurs. Nu, il la regarda s'éloigner vers son bungalow, il noua ses cheveux qu'il portait mi-longs. Il avait repris du poids, quelques mèches blanches parsemaient précocement ses cheveux noirs, sa peau exposée au soleil était tannée, une longue cicatrice sur sa joue gauche et un bouc bien entretenu lui donnaient un air mystérieux et attirant. Sa silhouette était râblée et musclée, il aimait le sport et l'exercice physique qui contribuaient à le garder loin de ses anciens démons. Il se dégageait de lui un charme insolent. Certaines femmes étaient très attirées par son côté insaisissable, ténébreux.

Maya devait parler à Bo déjà parti superviser les travaux de la création d'un dispensaire dans la ville voisine. Elle savait que l'équilibre de leurs vies était fragile. Elle ne voulait pas lui mentir. Elle comprenait qu'il avait mis quelques semaines à encaisser sa déclaration sur le polyamour. Elle ne souhaitait pas le brusquer, le contrarier à nouveau. Elle aimait profondément l'homme qu'il était. C'était un homme fier, entier, généreux, d'un caractère qui pouvait devenir ombrageux, exclusif, volcanique. Elle souhaitait la paix entre eux trois, il lui fallait trouver les mots justes. Marco et Bo avaient sympathisé et s'entendaient bien.

Durant ses études, Maya avait découvert son attirance pour le polyamour sur le campus. Ce fut une expérience enrichissante qui la porta au fil des jours dans des chemins de traverse qu'elle aima jusqu'à en faire un choix personnel de vie. Elle n'en avait jamais parlé à Berthe, cette dernière l'aurait certainement comprise. Elle n'avait jamais présenté de petit ami à sa mère, Berthe espérait secrètement en envoyant Marco en Afrique vers sa fille que ces deux-là deviendraient un couple.

Maya se sentait heureuse en accord avec elle-même et ses souhaits, portée vers l'avant comme au temps de ses études. Elle avait mené à bien son projet de sanctuaire pour les gorilles, mûri et réfléchi en Europe. Elle était amoureuse de deux hommes qu'elle avait choisis. Sa vision personnelle était que les femmes devaient être autonomes, et libres de leurs désirs, elle était pour toute émancipation et liberté intellectuelle. Elle n'avait aucune envie de changer sa façon d'être et de penser.

Bo avait eu pour modèle un père polygame qui vivait avec trois épouses et toute sa descendance. La tranquillité d'esprit n'était pas toujours possible, les femmes étaient jalouses et se chamaillaient souvent. Bo s'était affranchi de son milieu et de ses coutumes, il ne souhaitait pas reproduire le même mode de vie que ses parents. Il avait étudié en Europe, ses amis l'avaient emmené dans leurs foyers, il avait eu un autre aperçu du couple, du mariage, de la famille. Ce que lui proposait la femme qu'il aimait passionnément, Maya, était une nouvelle option à laquelle il n'aurait pas adhéré de lui-même. Il ne voulait pas la perdre. Il avait connu d'autres femmes, aucune ne l'avait subjugué comme Maya, elle était surprenante, originale, téméraire. C'était une dure à cuire qui ne baissait jamais les bras ou le regard. Avec elle, le quotidien était sans cesse une réinvention, elle était pleine de ressources, elle pouvait abattre un travail de colosse sans aucune plainte, elle était toujours volontaire, présente sur tous les fronts. Quand elle le regardait, il se sentait heureux, une joie, un bonheur simple l'envahissaient d'être juste là, si près d'elle. L'arrivée soudaine de Marco l'intriguait bien qu'ils soient devenus amis, Bo avait souvent observé Marco, et l'éclat dans son regard, lorsque Maya apparaissait, ne laissait aucun doute. Bien avant que Maya ne lui parla, Bo sentit d'instinct que Marco aimait Maya tout comme lui. Après s'être arcbouté de longues semaines contre la vision libérale de l'amour de Maya, Bo s'était détendu. Maya avait peut-être raison. Dans cette région, où la vie pouvait vous être ôtée si rapidement lors d'une embuscade ou d'un enlèvement, ils avaient trouvé l'amour. Maya était une femme libre, elle pouvait vivre à sa guise ses désirs. Bo ne souhaitait pas la perdre.

En fin de journée, Maya le rejoignit à la lisière du sanctuaire où il était en train de vérifier les clôtures de sécurité. Il avait retroussé ses manches, ses bras musclés l'enlacèrent. Il se dégageait de lui une calme assurance inébranlable. Ils s'embrassèrent et se racontèrent leur journée : l'avancée des travaux du dispensaire, les progrès des bébés gorilles, l'observation de la colonie de singes. Maya était ravie, de nouvelles naissances étaient programmées. Il fallait à tout prix éviter de nouvelles intrusions de braconniers. Les rangers feraient des patrouilles toutes les deux heures et se relayeraient en deux équipes : une équipe de jour et une équipe de nuit. Il était plus facile désormais de tracer chaque animal grâce aux colliers émetteurs portés par les gorilles. Plus tard dans la soirée, Maya évoqua Marco, elle lui raconta pour la première fois son arrivée sur l'île, elle lui parla de Berthe et du capitaine, de Samba, d'Héloïse et de Luigi, de Marco qui avait été le compagnon de tous ses jeux, de toutes ses découvertes, son confident. Elle lui montra le châle, l'attrape-rêves de Samba, la sacoche du capitaine. Face à la fenêtre de son bungalow, elle avait planté un petit potager et semé des graines africaines et des graines de l'île, et elle essayait de faire pousser des roses Berthe. Elle avait amené avec elle un morceau de sa vie passée. Marco faisait partie de sa vie d'avant et de sa nouvelle vie, il était une part d'elle, de la double identité de l'île, Bo était une autre pièce d'elle-même, de ses racines. Bo fut touché qu'elle se confiât à lui, il comprenait mieux son retour en Afrique, son combat pour la sauvegarde des gorilles, sa double culture, son double amour pour Marco et lui. Bo accepta et saisit la vision de leur relation.

Maya connaissait par cœur l'histoire de chacun de ses protégés. Elle leur donnait un prénom à leur arrivée. Elle souhaitait qu'ils soient relâchés dans la nature à la vie sauvage plus tard. Elle savait que certains d'entre eux resteraient au sanctuaire car ils étaient trop mutilés ou malades. Il était primordial pour elle et toutes les personnes qui encourageaient son action de rappeler que les gorilles partageaient 97 % de l'ADN des humains. Avec son équipe, elle sensibilisait les locaux à la cause des singes. Ils devaient cesser de pratiquer la déforestation. Les gorilles avaient besoin de leur habitat. Ils ne devaient pas disparaître. C'est pourquoi elle proposait aux femmes et aux hommes des programmes pour développer une activité. Les milices locales vendaient les pousses d'arbres de la forêt pour acheter des armes. Maya et son équipe militaient pour la reforestation, ils replantaient des arbres pour agrandir l'espace de vie de leurs protégés. Préserver le sanctuaire, souhaiter que les singes ne disparaissent pas était un combat quotidien qui absorbait toute l'énergie de Maya, Bo, Marco et leur équipe qui travaillaient pour le refuge. Bo utilisait la magie noire pour éloigner les braconniers.

William

William était heureux sur l'île, il passait la plus grande partie de son temps libre dans la cabane en bois construite par son père Hugo. Il y avait apporté tous ses trésors. Il y venait avec son chien Olaf, et le perroquet Joachim, fidèles amis. Il sentait depuis quelque temps qu'il avait du mal à monter le grand escalier qui amenait à son paradis entre les arbres. Il était essoufflé, il avait une douleur dans la poitrine. Il s'arrêtait sur les dernières marches, et regardait la mer au loin, la cime des arbres, écoutait le chant des oiseaux. Il parlait à chaque animal rencontré lors de ses promenades. Olaf et Joachim tendaient l'oreille avec intérêt. Joachim répétait certains mots. Olaf aboyait en signe d'acquiescement. Dans la cabane, William s'inventait des histoires fabuleuses. Il attendait avec impatience sa maman, Berthe lui avait dit qu'elle allait arriver ce jour-là. Par la lucarne de la maisonnette, il guettait l'approche de la navette.

Cette traversée fut particulièrement pénible, la mer était houleuse, l'une des petites protégées de Jane Eugénie était au plus mal. La décision de l'emmener sur l'île n'avait pas été prise à la légère par les résistants. La petite fille venait de perdre ses parents, seuls repères dans son quotidien chamboulé et dévasté par la traque incessante des nazis. Elle avait attrapé une mauvaise grippe qui, mal soignée, avait empiré. Elle était pâle, amaigrie, avec une fièvre persistante qui ne baissait pas. Jane Eugénie craignait qu'elle ne survive pas au voyage. Luc montait la garde près des malles. À chaque traversée, quelques officiers allemands grimpaient à bord pour inspecter la navette, les cabines et les bagages des passagers. Jane Eugénie excellait dans son rôle d'écervelée, pour détourner l'attention des malles.

Luc la regardait, plus amoureux et admiratif que jamais. Cette femme avait vraiment du cran, elle forçait son respect. Luc portait toujours sur lui un revolver chargé. Il était prêt à tuer, cela faisait désormais partie de son quotidien. Il laisserait ainsi le temps à Jane Eugénie de se cacher ou de s'enfuir. Il était résolu à donner sa vie pour elle et leurs protégés. Il n'avait pas peur de la mort. Elle était là, présente, enveloppée dans son long manteau noir, fossoyeur autour d'eux. Depuis le début de la guerre, le réseau de résistants qu'il dirigeait avait organisé la plus grande filière d'extraction de juifs. Le sort de ces hommes, ces femmes et ces enfants était entre leurs mains. Ils ne devaient pas faillir.

Luc jouait avec perfection son rôle de chauffeur et secrétaire personnel dévoué. Personne n'aurait soupçonné qu'il était un des chefs de la résistance. Il resta durant la traversée plusieurs nuits au chevet de la petite juive, Esther, si souffrante en lui humectant les lèvres, passant un mouchoir doux humide sur son visage, veillant le souffle de vie qui habitait encore la petite fille. Elle aurait pu être sa sœur, sa fille, sa cousine. Bercé par le roulement des vagues, tout en restant à l'écoute de la moindre alerte, suspendu à la respiration rauque de la fillette, il pensait à l'absurdité de la guerre. Luc était un combatif, il gardait espoir. Cette guerre aurait une fin prochaine. Quelques jours plus tôt, Jane Eugénie et lui avaient échappé à une arrestation par des membres de la Gestapo. Ils avaient couru dans les ruelles et s'étaient cachés sous un porche. Ils avaient entendu la voiture des officiers s'approcher. Ils avaient feint d'être un couple, la semi-pénombre dissimulait leurs visages. Enlacés, ils avaient échangé un baiser, un vrai baiser. À leur passage, les membres de Gestapo avaient ri, le chauffeur avait klaxonné les prenant pour un duo amoureux. Luc aurait aimé que leur baiser dure une éternité. La voiture disparue, Jane Eugénie l'avait repoussé doucement. Ils avaient repris leur marche côte à côte, un peu gênés, un peu perdus. Ils jouaient sans arrêt pour brouiller les pistes. Ce baiser leur avait semblé bien réel, un moment suspendu dans la noirceur de la guerre, un baiser de paix.

La navette accosta enfin sur l'île. Certains matelots sûrs avaient l'habitude de porter les lourdes malles jusqu'à la Villa Eugénie, Luc fermait la marche. Jane Eugénie cheminait devant, en chantonnant. William courait à leur rencontre. Ce jour-là, il ne vint pas, s'étant endormi dans sa cabane, épuisé par une lourde fatigue.

Du sentier qui menait à la villa, de délicieuses odeurs de bons plats vinrent leur effleurer les narines, éveiller l'appétit. Berthe les attendait à sa table avec un succulent repas. Les lourdes malles furent posées sur le sol du rez-de-chaussée. Pendant que les matelots étaient accueillis à table par Berthe et son amie Héloïse, Jane Eugénie et Luc se dépêchèrent d'ouvrir les valises; une famille entière en sortit. Luc prit la petite orpheline Esther dans ses bras et la conduisit dans l'une des chambres confortables du sous-sol secret. Ester était bien au chaud sous un duvet. Jane Eugénie installa dans les autres alcôves libres les parents et leurs trois enfants qu'ils venaient de sauver après maintes péripéties.

Les réfugiés présents là depuis des mois les saluèrent chaleureusement. Jane Eugénie et Luc remontèrent au rez-de-chaussée. Luc prit la place de Berthe à table. Prévenue par Jane Eugénie avant leur arrivée, Berthe avait préparé des remèdes pour lutter contre la fièvre et la maladie. Elle allait rester au chevet de la petite jusqu'au lendemain.

Jane Eugénie partit vers la cabane. Elle était inquiète, Berthe l'avait alertée sur l'état de son fils. En montant sur la longue échelle qui menait à la maisonnette, il sembla à Jane Eugénie que, ces derniers temps, l'angoisse ne la quittait plus. William était profondément endormi. À la lumière de la lanterne, elle découvrit ses traits fatigués, les cernes sous ses yeux. Olaf s'était redressé son l'arrivée. Il la reconnut et vint lui lécher la main.

Jane Eugénie réveilla doucement son fils. Elle lui murmura : mon petit ange, c'est maman. Je suis revenue.

William lui sourit.

— Allez mon grand, accroche-toi à ma nuque et à ma taille. Nous sommes attendus pour le dîner.

William avait grandi, il était lourd maintenant sur son dos. Elle sentait son corps chaud. Sa peau fleurait bon la cannelle et le chocolat dont ses joues étaient barbouillées. Il avait sans nul doute fait honneur à l'un des fameux goûters de Berthe. Il y a quelques années, c'est au dos d'Hugo que leur enfant s'accrochait. Hugo courait jusqu'à la villa en chantant avec leur fils. À l'évocation de ce souvenir, Jane Eugénie pensa : donne-moi la force, mon amour. Quand ils arrivèrent à la villa, les matelots, repus, prenaient congé.

Ils dînèrent tous les trois. William toussa à nouveau. Luc et William s'entendaient bien, ils s'étaient attachés l'un à l'autre au fil des retours sur l'île de Jane Eugénie. Luc représentait une figure masculine nécessaire à l'enfant. Jane Eugénie les regardait avec bienveillance. Luc pouvait être tel un oncle, un cousin, un conseiller. Il rapportait toujours des petites surprises trouvées au marché noir. Ce soir-là, il posa à côté du jeune garçon une marionnette. Le garçon fut ravi. Il appréciait les trouvailles originales de Luc.

Après le dîner, ils le portèrent au lit dans sa chambre. Il était brûlant de fièvre. Jane Eugénie lui appliqua sur la poitrine du baume fabriqué par Berthe afin de soulager sa toux et lui lut un passage de Robinson Crusoé, son livre de chevet préféré. Luc resta avec eux, silencieux. Il aurait aimé que William soit son fils et Jane Eugénie sa tendre épouse. La vie en avait décidé autrement. Il avait bien compris qu'il ne serait jamais qu'un ami pour cette femme qu'il désirait si ardemment. Elle resterait fidèle à Hugo. Il respectait ce choix. Il avait plus confiance en elle qu'en aucun des autres membres de son réseau.

Jane Eugénie étreignit son fils et laissa une petite veilleuse allumée pour la nuit. William n'avait jamais aimé les ténèbres. Dans le couloir, elle embrassa Luc sur les deux joues et lui souhaita une bonne nuit. Elle lui demanda d'ausculter son fils dès le lendemain matin et de faire un diagnostic. Comme si elle voulait remettre à plus tard une annonce qu'elle ne voulait, ne souhaitait pas entendre. Elle était lasse de côtoyer la mort.

Dans sa chambre, elle regarda les photos d'Hugo accrochées au mur et s'endormit tout habillée, sous l'effet d'une lourde fatigue accumulée au fil des derniers jours, serrant contre elle un cliché pris le jour de leur mariage. Avant de s'abandonner, elle avait senti le doux baiser d'Hugo. Hugo veillait sur eux.

Au sous-sol, Esther s'était assoupie, calmée par les soins et la présence de Berthe. Au sein de ces murs secrets, Berthe était la mère, la grand-mère, la sœur, la confidente pour tous. Elle était douceur, tendresse, réconfort. Présence rassurante, appui salvateur après les tourments.

Certains après-midi, pour égayer l'esprit de leurs protégés, Berthe et Héloïse donnaient des leçons de couture, de peinture, de jardinage. Certains matins étaient consacrés à l'apprentissage de la langue, à l'écriture, la lecture. Héloïse, devenue veuve, avait commencé à se sentir seule chez elle. Berthe l'avait invitée à venir vivre à la Villa Eugénie, elles étaient amies depuis si longtemps qu'elles se considéraient comme des sœurs. Elles souhaitaient regarder devant elles, et cesser de ruminer le passé. Des hommes, des femmes, des enfants avaient besoin d'elles. Elles se sentaient utiles, elles réalisaient des prouesses au quotidien pour maintenir à flot la petite tribu qui vivait à la Villa Eugénie. Elles étaient à nouveau dans l'action comme à l'époque où le capitaine ramenait les naufragés, les esclaves échappés des cales des bateaux pirates, les blessés trouvés en mer.

Elles sentaient toujours la présence de leurs maris autour d'elles, ils faisaient partie de l'île, faisaient corps avec la nature environnante. Un effleurement, la brise du vent, les rayons de soleil leur rappelaient leurs époux. Ils s'étaient tant aimés, leurs amours perduraient, immuables.

Cette nuit-là, Jane Eugénie rêva du jour où Hugo et elle avaient découvert l'île et la Villa Eugénie. Elle n'aurait jamais pensé que ce bout de terre, la maison, Berthe seraient à jamais liés à leurs existences. La Villa Eugénie, gardienne de vies, refuge, continuait sa mission instaurée par le capitaine, hospitalité, accueil, entraide. Elle conservait en son sein les chagrins des mères, des pères, des orphelins. Elle leur offrait la résilience, pont vers un avenir possible. Elle chassait les obscurantismes. Ses murs aimaient la lumière. Ils voyaient, ils entendaient, ils écoutaient. La villa calmait les peurs, les angoisses, les cauchemars. Elle rejetait les mauvais esprits. Elle était un lieu de vie apaisant. Terre d'accueil des naufragés des mers, des esclaves à qui elle avait rendu la liberté, la dignité, un point de passage pour se reposer, pour retrouver la paix de son âme. Elle recevait maintenant des juifs identifiés par une étoile de David jaune qui étaient poursuivis, cibles à abattre, à exterminer jusqu'au dernier.

Jane Eugénie aimait l'île, terre d'asile. Elle admirait sa beauté singulière, ses paysages rustiques. L'île envoûtait les gens qui s'en approchaient. Il fallait la mériter, correspondre au code d'honneur porté par chaque habitant basé sur la considération et l'entraide. La vie de Jane Eugénie avait bien changé. Son mari disparu, mais toujours présent, Berthe, William, Luc étaient les sources dans lesquelles elle puisait courage et force, chacun était un maillon d'une grande chaîne qui croyait en l'humanité, en la valeur de chaque être vivant, au respect de toute vie, abolissant tout message de haine.

Quand le désespoir la gagnait, elle attendait le moment de se confier à Hugo. Ce soir-là, elle lui livra son inquiétude au sujet de leur fils. Elle se faisait des reproches, elle n'avait pas été présente ces derniers temps comme elle l'aurait souhaité, trop occupée à glaner des informations auprès des officiers SS, qu'elle transmettait à Luc et à son réseau. Hugo l'apaisa, la serra tout contre lui. Il savait qu'elle se démenait pour sauver des vies, pour faire déjouer les plans des SS. Que pouvait-on lui reprocher? William était entouré de toute l'affection possible, il était dans son élément sur l'île au milieu de la nature et de ses amis les animaux. Berthe et Héloïse s'occupaient bien de lui. Il était plus en sûreté à la villa qu'à suivre sa mère sur le continent.

Le lendemain, c'est en tant que médecin que Luc entra dans la chambre de William. Il l'ausculta. Quand il eut terminé, son visage était grave et soucieux. Le petit William était atteint de tuberculose, tous les signes de cette maladie étaient présents, déjà bien développés. L'incubation pouvait passer inaperçue. Berthe lui avait expliqué que William avait eu une fièvre modérée au retour de la tournée effectuée avec sa mère pour remonter le moral des troupes sur le continent. À cette époque, ils avaient pensé qu'il souffrait d'un léger coup de froid. Puis William semblait s'être remis. Luc savait que le bacille de Koch s'était développé dans le petit corps de William, constituant une tuberculose active. Il avait dû l'attraper auprès des soldats malades à qui il avait rendu visite avec sa maman. Tout en étant certain de son diagnostic, il souhaitait se tromper. Il demanda au petit garçon de faire sa toilette et se préparer, ils allaient se promener à cheval sur la plage.

En attendant, il chercha Jane Eugénie qu'il découvrit dans la roseraie. Il la trouva pâle et soucieuse. Avec tact et douceur, il annonça son diagnostic à son amie. Il lui proposa d'emmener William avec eux sur le continent afin de consulter l'un de ses amis spécialistes qui dirigeait un sanatorium. Pour la première fois, il vit des larmes glisser sur les joues de Jane Eugénie. Il la serra contre lui, et l'entendit murmurer : Seigneur, pas lui. Ne me le prenez pas.

À cet instant, William entra à son tour dans la roseraie, magnifique dans ses habits d'équitation. Les rayons de soleil faisaient resplendir ses cheveux bouclés couleur de blé. Luc le hissa sur ses épaules. Ils prirent la direction de la petite écurie, talonnés par les éternels compères Olaf le chien et Joachim le perroquet. Jane Eugénie les suivit du regard. Avant de rejoindre Berthe et Héloïse, elle s'assit un instant afin de se ressaisir. Elle retrouva les deux femmes dans la cuisine autour d'un bon café. Ces deux personnes étaient ses mères, ses amies, sa famille. Elle ne parla pas du diagnostic de Luc, elle ne voulait pas les affoler, elle savait combien elles aimaient son fils. Elle croyait en un infime espoir. Elle savait que Berthe se sentirait coupable de ne pas avoir réussi à le soigner.

Esther allait mieux, sa fièvre avait baissé. Elle restait prostrée, mutique. La petite fille s'était renfermée sur elle-même. Sa réaction était compréhensible, perdre ses parents si jeune au terme de tant de mois de traque était pour un enfant une terrible épreuve. La famille arrivée la veille prenait ses marques, encouragée par les autres protégés de la Villa Eugénie. Berthe emmena le perroquet Joachim près de la petite convalescente. Les animaux avaient ce don d'apaiser les maux, le chagrin. Elle avait répété à Joachim le prénom de la fillette. Quand elle entra pour lui porter son petit déjeuner, Joachim perché sur l'épaule, Esther fixait toujours le mur, le regard perdu, elle serrait contre elle un ours en peluche glissé près d'elle dans la nuit par Berthe. Elle ne bougea pas, jusqu'au moment où Joachim répéta : Esther, Esther, Esther.

Surprise, Esther se retourna. Elle n'avait jamais vu de perroquet, elle l'observa. Elle aima les couleurs de son plumage.

— Bonjour Esther, je te présente Joachim un très vieil ami. Il peut te tenir compagnie. Olaf son copain le chien descendra tout à l'heure. Tu as trouvé un prénom à ton petit ours ?

La petite fille ne répondit pas tout de suite, elle serrait toujours son ours, rempart entre elle et le Nouveau Monde inconnu qui l'entourait. La peluche avait appartenu à Maya, présence silencieuse, rassurante. Joachim quitta l'épaule de Berthe pour se poser sur le lit près de la petite fille. Il répéta son prénom : Esther, Esther. À ce moment-là, Olaf déboula dans la chambre, il cherchait son compagnon de jeu. Esther avait déjà vu des chiens, elle trouva que celui-ci avait une bouille amusante. Elle sembla reprendre un peu vie.

— Je te présente Olaf le chien de la maison, Joachim et lui sont d'inséparables compères.

Olaf réputé pour son caractère sociable et affectueux sauta sur le lit pour venir près de son acolyte et de l'enfant. Il lécha la main de la petite en signe de bonjour, pour tisser un lien. Joachim se percha sur la tête d'Olaf. Leur duo était irrésistible. Berthe espérait qu'ils puissent créer un déclic chez l'enfant. Au fil des ans, elle avait veillé, soigné sans compter pour rendre espoir et sourires. Aucun cas n'était peine perdue. Amour, écoute, empathie, gentillesse, compréhension ouvraient les cœurs apeurés, brisaient les cadenas et les chaînes, allégeaient les chagrins, illuminaient à nouveau les jours grisâtres.

Un premier geste, Esther caressa le flanc d'Olaf et prononça leurs deux prénoms : Joachim et Olaf. Berthe sourit, elle pouvait compter sur ces deux appuis infaillibles. Un troisième prénom fut prononcé : Melchior.

— Qui est Melchior ?

La petite fille désigna son ours. La veille de la mort de ses parents, son papa lui avait lu un conte dans lequel le principal personnage, Melchior, aidait son village contre un grand et méchant ogre. Son papa lui avait expliqué que Melchior était le roi des lumières. La petite fille avait applaudi, elle aimait les gentils personnages.

— Bonjour Melchior, je te présente ta nouvelle amie Esther. Veille bien sur elle.

Melchior avait porté un autre prénom dans l'enfance de Maya. Maya ne l'avait pas emporté parmi ses trésors, elle l'avait donné à Berthe en lui murmurant à l'oreille : il veillera sur une nouvelle génération d'enfants. Il avait accompagné ses jours et ses nuits, ses rêves, ses découvertes, témoin de sa jeunesse heureuse sur l'île. Depuis, Berthe l'avait maintes fois rafistolé, recousu, lui avait confectionné de nouveaux vêtements. Melchior faisait partie de l'équipe. Il avait veillé sur de nombreux enfants. Berthe était heureuse d'avoir entendu la voix d'Esther, d'avoir détecté une ébauche d'ouverture à nouveau vers la vie. Elle avait encore beaucoup à faire et ses jambes n'étaient plus aussi solides et rapides qu'avant. Elle était inquiète pour William.

Luc et William galopaient sur la plage, gravissaient les dunes, parcouraient les chemins. William était pour son jeune âge un bon cavalier. Dès sa petite enfance, Hugo l'avait emmené lors de ses balades à cheval, serré tout contre lui. William aimait les chevaux, ses promenades avec Luc lui rappelaient celles de jadis en compagnie de son père. Il montait depuis peu l'étalon fougueux de son père, depuis sa mort, personne n'avait pu le chevaucher. Il refusait d'être monté. William aimait se rendre à l'écurie, il appréciait cet endroit, c'était son coin préféré après la cabane construite par son père. Il adorait dormir dans la paille avec Olaf et Joachim à ses côtés, dans le box de Flinch. Près d'eux, le fougueux cheval se calmait, devenait attentif, veillait sur la bande d'amis dont il faisait partie.

En rentrant, Luc appela son ami médecin sur le continent. Il partagea ses craintes sur la tuberculose qu'il avait diagnostiquée chez William. Il lui indiqua qu'il avait besoin d'un autre avis. Son ami lui répondit qu'ils pouvaient venir quand ils le souhaitaient. Les deux hommes avaient fait leurs études à la même faculté de médecine.

— Jane Eugénie, mon camarade docteur peut voir William. Il est très réputé, William sera entre de bonnes mains.

— Partons le plus vite possible. Tu peux organiser notre retour. Afin de ne pas éveiller les soupçons, prétends que nous allons commencer une nouvelle tournée pour réconforter les troupes de soldats.

Le nom de la maladie, tuberculose, ne fut pas prononcé. Luc ne fit pas part de ses craintes à son amie inquiète. Tout comme elle, en cette période difficile et tourmentée, il préférait s'accrocher à un ultime espoir, aussi infime soit-il. William était ravi du départ imminent annoncé, il adorait voyager avec sa mère. Il avait aimé l'accompagner lors de la visite des troupes de soldats. Jane Eugénie lui indiqua qu'ils allaient d'abord faire une halte chez un docteur pour s'occuper de sa toux. William acquiesça, il n'appréciait pas trop les médecins. Mais il ferait comme sa mère et Luc lui demandaient.

Berthe s'inquiéta de leur départ précipité, Luc lui expliqua que l'état de santé de William les préoccupait. Ils parlèrent de la tuberculose. Berthe comprit que l'heure était grave, elle se sentit coupable. Elle avait soigné tant de maux et de cas, comment n'avait-elle pu détecter la condition de William ? Luc lui expliqua que parfois cette maladie avançait masquée et gagnait du terrain sournoisement. Berthe comprit. Elle aimait William comme son petit-fils.

Deux jours plus tard, ils partirent pour le continent. Berthe regarda s'éloigner la navette, il lui sembla qu'une lourde chape de plomb était tombée sur sa poitrine. Elle se retint pour ne pas pleurer, la petite Esther et les autres l'attendaient. Olaf était à ses côtés.

William dormi la plus grande partie de la traversée, sa toux l'épuisait. Jane Eugénie resta avec lui. Sur le pont, Luc regardait la mer, le vol des mouettes. Il aurait aimé à cet instant, être un oiseau et décoller. Il craignait que les jours suivants soient bien sombres. Arrivés sur le continent, ils prirent un train pour la ville où exerçait l'ami de Luc. Le convoi était bondé, des officiers SS parcouraient les couloirs, demandaient les pièces d'identité. Apparemment, ils recherchaient activement quelqu'un. L'un d'eux reconnut Jane Eugénie, il l'avait vue dans une pièce de théâtre à Paris avant la guerre. Il la salua avec respect et lui proposa son aide à l'arrivée du train. En attendant, il leur laissait avec plaisir sa cabine où le petit William serait mieux installé. Jane Eugénie scruta le visage de Luc, elle comptait sur son accord. Il lui fit signe que c'était OK. Ils gagnèrent la cabine de l'officier, ce dernier retira ses effets personnels. Luc resta dans le couloir, il regarda le paysage défiler, un paysage tourmenté, accidenté par le passage des troupes, détruit par les obus.

En fin d'après-midi, un homme qui semblait aux abois le percuta lors d'un virage du train. Les deux hommes se dévisagèrent, Luc vit le morceau de tissu qui entourait le bras de l'individu tâché de sang. Il comprit en un fragment de seconde que l'inconnu était le fugitif recherché par les SS. Il lui fit un signe, frappa à la porte de la cabine de Jane Eugénie et William. L'homme était l'un des leurs, avec son réseau de résistance, ils avaient fait exploser une caserne de SS. Ils s'étaient séparés pour brouiller les pistes et être moins identifiables. Jean avait été repéré dans une gare, un SS avait fait feu sur lui et l'avait blessé au bras. Il jouait depuis au chat et à la souris le long du train. Luc pensa tout de suite aux malles, il pourrait faire sortir Jean du wagon en le cachant dans l'une des malles de Jane Eugénie. En attendant, il devrait rester enfermé dans la cabine avec Jane Eugénie et William. Jean regarda la mère et l'enfant, il songea à sa famille qu'il n'avait pas vue depuis des mois. Il vivait la plupart du temps dans la clandestinité. Jane Eugénie et Jean se sourirent puis chacun s'enferma dans ses pensées.

Avant l'arrivée du train en gare, Luc cacha Jean dans l'une des malles sous les robes de Jane Eugénie. Il porta William dans les bras et marcha quelques pas en retrait de Jane Eugénie, reprenant son rôle de secrétaire particulier et de chauffeur. Les malles partirent vers l'hôtel où ils devaient séjourner. Luc, Jane Eugénie et William montèrent dans la voiture de l'officier SS qui les conduisit directement au cabinet de l'ami médecin de Luc. Le militaire était très bavard, Luc nota quelques détails mentalement qui pourraient être utiles au réseau de résistants en place, avec qui il avait rendez-vous le soir même. Luc et son ami médecin, qui ne s'étaient pas vus depuis longtemps, se saluèrent avec effusion. Ils partageaient des souvenirs d'étudiants et une solide amitié. Luc portait dans les bras William profondément endormi.

L'enfant se réveilla et regarda autour de lui. Il vit le visage souriant et avenant du médecin, les murs blancs ornés de magnifiques photographies de paysages naturels. Il se sentit en confiance. Luc avait fait part au téléphone de ses craintes sur l'état de santé du jeune garçon. Le médecin ne perdit pas de temps, il les fit entrer dans son cabinet. Jane Eugénie enleva le pull et la chemise de William, le praticien procéda à différents examens, posa des questions à l'enfant et à sa mère. Pendant la poursuite des analyses, Jane Eugénie et Luc patientèrent dans la salle d'attente. Une heure plus tard, William put se rhabiller, le médecin lui tendit un album d'images et une poignée de bonbons et le ramena à la salle d'attente. Il devait parler maintenant à sa maman et à Luc. Le petit garçon acquiesça. Le médecin était très gentil et ne lui avait pas fait de mal. William aimait bien les bonbons et ceux du docteur avaient de jolies couleurs.

Encore pleine d'espoir quelques instants auparavant, Jane Eugénie changea d'état d'esprit à la vue du visage soucieux du médecin. Elle dut faire un effort pour se lever de la chaise de la salle d'attente et pour le suivre dans son cabinet. Luc la vit chanceler, il la prit fermement par le bras. Elle s'appuya sur lui. Le médecin était navré, la maladie était déjà à un stade trop avancé. Il était trop tard pour l'enrayer. Il expliqua que la tuberculose était sournoise, qu'elle se déclarait selon les sujets plus ou moins rapidement. Le tissu des poumons était infecté. Il était trop tard pour bénéficier de la pénicilline. Ce médicament était rare en temps de guerre et produit insuffisamment. Dans le cas de William, la souche était résistante, le traitement serait inopérant. Sur sa chaise, Jane Eugénie sentit qu'elle pouvait basculer à nouveau dans l'errance qu'elle avait connue après le décès d'Hugo. Il n'y avait aucun espoir pour guérir son fils. C'était trop, un mauvais scénario. Elle pensa : mon petit garçon, je t'ai peut-être trop délaissé ces derniers mois, occupée à sauver le monde. À jouer à la résistante. Elle savait qu'elle ne s'amusait pas, elle était une résistante. Elle demanda au médecin combien de temps il restait à vivre à son fils. Le médecin lui répondit quelques semaines, peut-être un peu plus. À cet instant, Luc lui prit la main, il savait qu'elle avait besoin de sentir qu'elle n'était pas seule à cette minute. Il pensa à nouveau aux oiseaux migrateurs, il aurait aimé en être un et les emmener loin, très loin dans un endroit paradisiaque où la maladie n'existerait pas. Jane Eugénie se ressaisit, le médecin leur indiqua qu'il pouvait garder William dans son établissement pour les dernières semaines de la maladie. À cet instant, c'est la Villa Eugénie et l'île qui s'imposèrent à Jane Eugénie. Elle regarda une affiche collée sur le mur représentant le Mont Blanc enneigé, elle se dit que le blanc pouvait évoquer une sonate d'hiver et non un commencement. Elle remercia le médecin, elle souhaitait que son fils vive ses derniers instants sur l'île entouré par les siens, ses animaux, qu'il retrouve sa cabane dans les arbres qu'il aimait tant, la cabane d'Hugo.

Ils prirent congé et se rendirent pour la nuit à l'hôtel. Au creux des heures des ténèbres, Jane Eugénie confia sa détresse à Hugo et lui demanda pourquoi leur fils allait lui être enlevé. Hugo n'avait pas de réponse, il la rassura, il serait là, il s'occuperait de leur fils, qu'elle ne s'inquiète pas, ils seraient toujours près d'elle à jamais. Jane Eugénie se raccrocha à ses paroles. Luc sortit dans la nuit, les étoiles filantes parsemaient le ciel de leur ballet. Il rasa les murs sur le qui-vive, la main sur la crosse de son revolver dans sa poche. Il frappa à la porte d'une maison et s'engouffra à l'intérieur.

Jane Eugénie dit à Luc qu'il pouvait rester sur le continent, il avait le réseau à diriger et des actions à mener, d'autres vies à sauver. Luc refusa de les quitter, il embarqua à nouveau avec eux dans la navette. Il aimait William comme son fils. Il serait présent jusqu'à son dernier souffle. Ils repartirent pour la Villa Eugénie. Lors de la traversée, sur le pont, le petit garçon et Luc regardèrent les goélands, les dauphins, les mouettes, les bancs de poissons sous l'eau. La vie était là si près autour d'eux, la guerre au loin en toile de fond.

Jane Eugénie était restée dans sa cabine, elle fixait le plafond, une fissure sinueuse le traversait de part en part. Elle pensa que cette brèche pourrait être un tracé de vie, quelque chose de non linéaire, un mélange de surprises, d'imprévus, de joies, de réussites, de déceptions, de tristesse, de jours gris, de jours ensoleillés à travers les différentes phases : l'enfance, l'adolescence, l'âge adulte, l'âge mûr, les regards croisés, les bouches embrassées, les membres caressés, les corps qui se courbent de plaisir, se détendent, se relâchent, se cambrent, lâchent, s'abandonnent dans une danse rythmée par les saisons, murmures et cris. Aucune saison n'était dédiée à la mort, elle surprenait toujours par sa brutalité ou son annonce programmée. Il sembla à Jane Eugénie qu'elle faisait corps avec elle depuis un certain temps. Elle aurait aimé qu'elle parte loin d'elle dans sa danse des voiles. Qu'apparaisse enfin dans le ciel un arc-en-ciel comme dans les contes que lui lisait sa mère quand elle était petite. Enfant, le soleil reparaissait toujours après la pluie dans les écrits de la Comtesse de Ségur. Elle espérait cet astre qui ne revenait pas. En attendant, elle devait illuminer les dernières semaines de son fils, son enfant.

Elle appréciait que Luc les accompagne ainsi William aurait autour de lui tous les êtres chers qu'il aimait. Le plus difficile allait être d'annoncer la terrible vérité à Berthe. Jane Eugénie comptait sur la robustesse de sa vieille amie, qui avait encaissé pas mal de mauvaises nouvelles au long de sa vie et avait toujours tenu le cap. La traversée fut calme en apparence, mais tumultueuse, rageuse dans les esprits de Jane Eugénie et de Luc.

Près de moi pour toujours

À leur arrivée, Berthe, Olaf et Joachim les attendaient sur le quai. William se précipita vers ses amis qui l'accueillirent avec effusion. Jane Eugénie et Berthe échangèrent un long regard où tout était annoncé. Ils montèrent à la Villa Eugénie. Luc portait William sur les épaules comme le faisait Hugo de son vivant. Luc voulait lui faire une surprise, il s'y employa en cachette les jours suivants. À l'aube, il allait chez Hans le menuisier dont l'atelier était ouvert à tous, Hans avait pris sa retraite depuis longtemps, mais continuait à rendre de menus services et à bricoler. Il laissait ses nombreux outils et établis à la disposition de la communauté à laquelle il prodiguait ses conseils avisés. Luc avait dessiné son projet : un théâtre de marionnettes. Cela tombait à pic, la veille, Hans avait retrouvé des figurines dans de vieux cartons. Son épouse était affairée à les rendre à nouveau présentables et prêtes à jouer, à éblouir les yeux d'un enfant. La communauté de l'île fut mise au courant rapidement de la maladie de William. Ils l'avaient pour la plupart connu bébé. Ils décidèrent de concert que les dernières semaines de l'enfant seraient féeriques comme dans les contes qu'il affectionnait. Ils envoyèrent Hans afin de faire part de leur idée à Jane Eugénie.

Le lendemain de leur retour sur l'île, en se coiffant, Jane Eugénie aperçut sur son visage ses premières rides et dans ses cheveux quelques filins blancs. Ils étaient la trace du contrecoup de l'annonce de la mort prochaine de son fils. Elle n'essaya pas de les camoufler par du maquillage ou une teinture. Elle descendit ainsi à la roseraie où Hans la trouva assise sur un banc. Hans connaissait toute la filmographie de Jane Eugénie et Hugo. Il était très admiratif. Ce jour-là, il ne venait pas parler à la grande actrice, mais à une mère, une vieille amie qui avait besoin de toute leur présence et leur attention. Il lui exposa leur folle idée : endosser tous un costume et un rôle, transporter l'île et ses habitants dans un autre temps. Jane Eugénie fut touchée, elle acquiesça. Elle pensa tout de suite à Merlin l'enchanteur, le magicien, aux chevaliers de la Table ronde. William aimait ce conte. Hans, son épouse et ses amis se mirent immédiatement au travail pour confectionner les costumes des îliens. Jane Eugénie s'occuperait de la mise en scène et distribuerait les différents rôles. Elle avait annulé la tournée prévue pour réconforter à nouveau les troupes, une de ses amies actrices allait la remplacer. Elle pensait sans cesse que William avait contracté la tuberculose lors de la précédente mission. Et culpabilisait.

Luc avait réussi à monter le petit théâtre de marionnettes dans la cabane dans les arbres. À leur retour d'une balade à cheval, il fit la surprise à William. Il avait répété quelques saynètes qu'il joua devant le garçonnet, Olaf et Joachim. William applaudit avec joie. Ses yeux étaient cernés, son teint pâle, mais Luc vit du bonheur dans son regard.

Berthe était descendue dans la crique préférée du capitaine. Assise sur un rocher, elle essayait d'encaisser la nouvelle de la mort annoncée de William. C'était trop pour elle, elle l'avait tenu tout bébé dans ses bras. Elle avait vu ses premiers sourires. L'évocation de son petit corps chaud lui rappela celui d'un autre nourrisson à une autre époque, celui d'une petite fille devenue la sienne lors d'une nuit : Maya. Berthe pensa au capitaine, elle aurait aimé trouver refuge dans ses bras. Elle lui parla devant l'océan calme à cette heure. Elle lui dit que si elle le pouvait, elle donnerait sa vie afin que la maladie quitte le corps de William et qu'il continue à vivre. Elle avait fait son temps, accompli à peu près tout ce qu'elle souhaitait. Elle était prête à venir le rejoindre.

Quand elle pensait à leur vie passée, à leurs échanges de vœux, elle savait qu'ils se diraient encore oui dans un autre monde. Dès leur première rencontre, ils étaient destinés à être ensemble. À chaque retour du capitaine, la vie ne s'était pas toujours écoulée paisiblement, il avait fallu des ajustements. Mais au crépuscule de ses jours, et au regard du chemin parcouru, elle n'aurait rien changé. Elle aurait juste aimé que le capitaine soit à ses côtés plus longtemps.

Elle fut tirée de ses pensées par les aboiements d'Olaf, elle le vit en haut de la crique en compagnie de leur nouvelle protégée Esther. La petite fille avait repris des forces et des couleurs. Grâce aux présences d'Olaf et de Joachim, elle était sortie peu à peu de son mutisme. Les deux compères avaient déposé à nouveau des sourires sur ses lèvres et des éclats dans son regard. Son apparition soudaine en haut de la falaise était peut-être la réponse du capitaine. Esther avait besoin de Berthe ainsi que sa famille de cœur, William, Jane Eugénie, Héloïse, Luc et les réfugiés de la villa. Berthe fit signe à la petite fille et remonta jusqu'en haut de la falaise. Esther lui raconta qu'ils avaient croisé un magnifique papillon multicolore, Joachim répéta : papillon, papillon, papillon. Olaf aboya. Les nombreux lecteurs de Berthe attendaient toujours avec impatience les nouvelles aventures des habitants de l'île. Berthe ne parlait pas des réfugiés, elle ne voulait pas les mettre en danger. Personne n'avait jamais pu situer où se trouvait l'île, secret bien gardé, énigmatique qui enflammait les imaginations, les suppositions.

Quand ils arrivèrent à la villa, Jane Eugénie, Luc et William étaient au centre de la roseraie. Ils lui parlèrent du projet de Merlin et les Chevaliers de la Table ronde. William serait le jeune Arthur. Hans lui confectionnerait une épée en bois digne de la légende. Luc serait Merlin. Esther pourrait être une princesse. Le cheval d'Hugo serait la monture du jeune Arthur. La villa se transformerait en château. Berthe, Héloïse et Jane Eugénie seraient des fées. Chaque îlien se verrait attribuer un rôle et des tâches pour mener à bien le projet. William serait ravi, il aimait les déguisements, le temps des chevaliers.

La communauté entourait William et Jane Eugénie de leur affection. Ils avaient tous répondu présents, l'île se transforma, la Villa Eugénie devint le château du roi Arthur. Lors d'une petite cérémonie, présidée par Luc déguisé en Merlin l'enchanteur, Hans remit la magnifique épée en bois sculptée à la main, copie de l'épée de légende Excalibur, épée magique légendaire, incassable pouvant trancher toute matière. Joachim perché sur son épaule, William devint le roi Arthur. Il rangea la lame dans son fourreau à sa taille, fier et ému. La cour applaudit, Merlin l'enchanteur annonça que les festivités étaient déclarées et qu'elles devaient durer jusqu'à la prochaine saison. Chaque îlien vint saluer William. En un tour de main, les couturières de l'île avaient réalisé des merveilles, les costumes étaient magnifiques, on les aurait crus d'époque. La magie était installée, elle enveloppait le cœur en peine de Jane Eugénie, elle illuminait les heures. La communauté avait constamment compté beaucoup d'artistes, ils se dépassèrent pour créer des événements inoubliables empreints de poésie, d'inattendu, d'ailleurs.

William avait toujours adoré les chevaux. Il s'entendait à merveille avec eux, il aimait dormir à l'écurie. Luc imagina avec des danseurs un magnifique ballet équestre où les sons des différents instruments s'accordaient à chaque mouvement des chevaux. L'étalon d'Hugo était au centre du spectacle, majestueux, avançant avec grâce. Il avait mis de côté son caractère impétueux, comme s'il avait compris l'importance de l'instant et souhaitait faire plaisir à son jeune ami. Les animaux ont le don de sentir l'état de santé, les émotions dégagées par les humains qui leur sont très proches. En toile de fond, Jane Eugénie lut un extrait d'un poème. Un groupe de chanteurs prit la relève, entonnant des chansons de l'époque. Le roi Arthur affaibli était sur les genoux de la fée Berthe, complètement ébahi par le spectacle offert par son entourage. Tout était comme dans ses livres de chevaliers, il était transporté. Les protégés de la Villa Eugénie, les enfants, Esther, oubliaient un peu les affres de la guerre. Esther incarnait une jeune apprentie magicienne, élève de Merlin. Luc lui avait enseigné à bon escient quelques tours simples. Elle reprenait le quotidien d'une petite fille, elle gardait toujours à la main son ours Melchior vêtu pour l'occasion de la fête d'un nouvel habit. Joachim et Olaf n'étaient jamais très loin, ils se partageaient entre William et elle. Il y eut chaque jour de nouvelles surprises, les adultes se surpassaient.

Le jour du sacre de l'épée fut magique. Le glaive fut jeté à la mer, une main sortit des flots pour s'en emparer et la remettre à nouveau au roi Arthur. Les meilleurs nageurs de l'île avaient créé un ballet aquatique. William assis contre Luc sur le beau cheval d'Hugo contempla, les yeux écarquillés de bonheur, le spectacle. Ses forces le quittaient un peu plus chaque jour. Ses poumons étaient rongés par la tuberculose. La cabane restait son endroit préféré, Luc l'y amenait chaque jour sur les épaules. William aimait y écouter les animaux, le bruissement des feuilles des arbres, le murmure au loin des vagues qui venaient lécher les rochers des criques. Le masque blanc qu'il portait quotidiennement devant le nez et la bouche lui donnait un air fantomatique. Jane Eugénie ne le quittait plus. Ses activités étaient en suspens. Elle se consacrait entièrement à lui. Hugo était très présent, il l'entourait de son amour. Il lui caressait les cheveux comme si elle était son enfant, il la calmait, il lui murmurait qu'il serait là au moment du passage de leur fils dans l'autre monde. Il l'accueillerait, il prendrait soin de lui. Un soir, Jane Eugénie lui dit qu'elle souhaitait partir avec leur fils, quand l'heure serait venue. Hugo refusa, elle avait tant à faire encore sur terre, il y avait d'autres personnes à sauver, d'autres enfants qui l'aimeraient, pour qui elle serait un socle. Hugo savait tant de choses sur l'avenir. Il lui dit que sur l'île, elle trouverait toujours un abri, du réconfort.

William quitta ce havre de paix un soir d'été, accompagné par les lucioles et les étoiles pour rejoindre son père Hugo dans l'autre monde. Jane Eugénie était à ses côtés. Elle vit la vie déserter le corps de son fils. Elle lui tenait la main. Olaf gémit, Joachim resta silencieux. Jane Eugénie se blottit contre lui jusqu'au petit matin, comme elle l'avait fait au départ de son mari Hugo.

Il y avait sur l'île des descendants d'esclaves qui avaient préféré rester sur ce bout de terre qui avait accueilli leurs parents. Ils chantaient merveilleusement bien, les mélodies les accompagnaient depuis l'enfance, transmises par leurs aïeux. Quatre d'entre eux avaient constitué un quartet, qui participait à la messe chaque dimanche dans la petite chapelle. Ayant appris le décès de William, ils se présentèrent à la Villa Eugénie. Berthe les connaissait tous, elle les avait soignés durant leur enfance. L'enterrement de William devait être un moment de partage. Ils proposaient de chanter. Berthe appela Jane Eugénie. Cette dernière était touchée par la présence, la sollicitude des îliens et de ces quatre hommes devant elle qui voulaient accompagner son fils en terre. Elle accepta, William aurait aimé ces chants. William reposait dans un cercueil de cèdre blanc. Il était beau, son visage semblait serein, la maladie avait quitté son corps, il était en paix. Jane Eugénie posa entre ses deux mains l'épée en bois. Son petit roi allait partir vers de nouvelles aventures. Luc et trois des réfugiés sauvés portèrent le petit cercueil. Par ce geste symbolique, ils souhaitaient remercier Jane Eugénie de son hospitalité. La petite chapelle blanche entourée de fleurs et d'arbres centenaires était le témoin silencieux des baptêmes, des fiançailles, des mariages et des enterrements. Jane Eugénie, Berthe, Héloïse s'y étaient mariées et avaient franchi des années plus tard son seuil en tant que veuves.

À l'arrivée du cercueil dans la petite chapelle, le quartet entonna un Gospel, mémoire d'un autre temps, d'hommes, de femmes et d'enfants. Le petit William aimait leurs chants le dimanche. Il tapait dans les mains comme le faisait l'assemblée autour de lui. Pour honorer la mémoire de l'enfant, son entourage proche lut un poème, un texte, raconta une anecdote. Le quartet reprit ses chants, accompagné par l'orgue et l'harmonium. Les îliens battaient des mains, les corps se balançaient. À la demande de Jane Eugénie, l'assistance était vêtue dans les costumes d'époque qu'avait tant aimés son fils. Elle voulait une cérémonie joyeuse. William fut enterré dans le caveau familial. Chaque îlien jeta une rose blanche sur le petit cercueil en signe d'au revoir. Hugo retrouva William à la frontière entre les deux mondes.

L'assemblée regagna la Villa Eugénie où les attendait une collation pour clore cette journée d'adieux à un enfant de l'île, parti trop tôt. Jane Eugénie les remercia, ils avaient coloré de lumière et de beauté les derniers jours de son fils. Elle ne l'oublierait jamais, la vie de sa famille était mêlée à la leur, à l'île, au vent, aux rochers, aux arbres, aux saisons qui rythmaient leurs vies. Jane Eugénie devait à nouveau faire le deuil d'une partie d'elle-même, son enfant; quelques années plus tôt, elle avait fait celui d'Hugo, son âme sœur, jusqu'à leurs retrouvailles dans l'entre-deux mondes. Elle était plus forte, elle savait qu'elle pourrait encore les voir, les entendre, leur parler, avoir de leurs nouvelles au-delà de la frontière de la vie et de la mort. Cette pensée allégea sa peine. Elle attendrait le soir, la nuit, un signe d'Hugo, elle le sentirait à nouveau à ses côtés, son parfum, sa voix, sa présence rassurante effaceraient les errances, la solitude, le vaste sentiment de perte, le vide. De l'ombre viendrait la lumière. Elle atteindrait ainsi la résilience. Cet amour l'habita toute sa vie, lui donnant force et courage. Elle tint toujours secrète sa relation avec l'autre monde jusqu'à sa rencontre avec le jeune Léo, en lui parlant, elle sentit qu'il avait en lui, à l'état brut, cette faculté d'entrer, lui aussi, en contact avec l'autre univers.

Quelques mois après le décès de William, elle était revenue sur le continent, Luc pouvait compter à nouveau sur son aide. C'est ainsi que pendant les longues années de guerre, ils continuèrent à former une équipe soudée par une grande amitié. Luc n'oublia jamais le baiser échangé lors d'une nuit où tout aurait pu être possible. Ils auraient pu être arrêtés par les officiers SS, torturés afin d'obtenir les noms des autres membres de leur réseau, mourir ou leur baiser aurait pu être le prélude d'un nouvel amour naissant. En le repoussant doucement, Jane Eugénie lui avait fait comprendre qu'elle préférait leur amitié à un nouvel amour. Luc respecta ce souhait. Ils devinrent de véritables amis, ils se faisaient confiance et de la confiance, ils en eurent bien besoin, mettant en péril leur vie à chaque instant, le moindre faux pas dans leurs rôles de l'actrice et de son chauffeur pouvait avoir de graves conséquences, ils prenaient des risques inouïs pour sauver des vies, pleins de sens pour eux. Ils ne pouvaient pas être spectateurs et laisser faire. L'action était leur adrénaline. Jane Eugénie tournait moins, elle partageait son temps entre ses rôles, couverture indispensable pour rester dans la lumière des projecteurs et tromper l'ennemi. Elle se consacrait à sa nouvelle passion, la photographie, elle aimait cette activité sociale émettrice de messages. Elle envoya ses clichés à des revues américaines pour dénoncer la guerre et ses atrocités. Une exposition fut organisée à New York, la vente des billets servit à l'achat de vivres, et de vêtements pour des civils qui n'avaient plus rien.

Sur l'île, Berthe et sa vieille amie Héloïse veillaient sur les femmes, les hommes et les enfants qui arrivaient pendant que d'autres repartaient pour gagner des pays dont les gouvernements ne chercheraient pas à les exterminer. Elles pansaient les corps et les âmes. Esther resta auprès d'elles, elle les considérait comme ses deux grands-mères. Sur le continent, l'un des membres du réseau de Luc était sur les traces d'un oncle et d'une tante. Il était difficile de localiser les gens. Les adresses étaient faussées, des pâtés d'immeubles avaient été rasés. Des personnes disparaissaient dans la clandestinité afin de brouiller les pistes. Il fallait toujours espérer. Berthe connaissait bien l'optimisme, c'était un sentiment qui l'avait toujours habitée. Il était chevillé à son corps et à son âme. Il l'avait invariablement portée et jamais abandonnée sauf quelque temps à la mort du capitaine. Elle raconta dans son nouveau livre illustré par ses dessins les derniers jours de William, son départ que les habitants de l'île avaient souhaité joyeux. Elle y mêla la légende du roi Arthur. Ultime hommage à un petit garçon qu'elle avait aimé comme si c'était le sien.

Un jour, Esther demanda l'autorisation aux deux femmes d'aller jouer dans la cabane de William, elles n'eurent pas le cœur de lui interdire son accès. La maisonnette reprit vie, Olaf et Joachim y montèrent à nouveau. Ils allaient chaque jour sur la tombe de William. Les deux amis restaient quelques heures, puis repartaient vers la Villa Eugénie et tenaient compagnie à leur nouvelle jeune amie Esther. La petite fille les attendait avec Melchior.

Afin de ne pas sombrer dans l'abîme qu'elle avait connu lors de la perte de son mari, Jane Eugénie regagna le continent. Elle y poursuivit son engagement de résistante. Jane Eugénie vécut comme elle le faisait depuis quelques années avant la perte de son fils William, un pied entre chaque monde, le monde des vivants et le monde des morts, de ses chers disparus. Les esprits d'Hugo et de William étaient là quelque part à ses côtés, elle les voyait de temps en temps. Tout en poursuivant sa carrière d'actrice, elle se consacra aux autres. Certains pensaient qu'elle était dans une fuite en avant incessante tant elle était active. Luc resta un ami, solide, attentif, toujours disponible. La frontière de l'intimité des bouches et des corps ne fut plus jamais franchie. Quelques années après la guerre, Luc fit la connaissance d'une journaliste venue l'interroger sur son passé de résistant, ils sympathisèrent, se virent pendant quelques mois et décidèrent de vivre ensemble. Une nouvelle page semblait tournée, Luc pensait parfois à Jane Eugénie, leur relation amicale était liée à une période très grave de l'histoire, cependant, pour lui ces jours si sombres avaient été éclairés par la seule présence de son amie. Ils continuèrent à se voir plusieurs fois par an lors des représentations au théâtre de Jane Eugénie, de dîners ou pour boire un verre autour duquel ils aimaient refaire le monde. Le passage du temps sur le visage de son amie, sur la façon dont elle bougeait n'altéra jamais l'admiration constante et tendre qu'il continua toujours à éprouver. Il l'aima toute sa vie d'un amour pur d'adolescent, son union n'en fut pas perturbée. Son épouse était une libérale. Leur mariage fonctionnait, ils étaient assez intelligents pour comprendre que chacun d'entre eux avait eu un passé, des femmes et des hommes aimés. La présence de Luc était nécessaire à Jane Eugénie, elle avait besoin de repères, de sentir qu'elle avait dans son entourage toujours en mouvance quelques personnes solides qu'elle pouvait appeler, avec qui elle pouvait échanger à toute heure. Elle ne s'autorisa jamais un nouvel amour, elle resta fidèle à la mémoire d'Hugo qu'elle retrouvait le soir et la nuit, elle garda secret ce côté de sa vie, elle seule en détenait la clef. Elle avait fait sien ce mode de vie oscillant entre solitude et apparitions publiques.

Des années plus tard, elle retrouva son rôle de maman avec Léo et Tangui, elle avait bien changé, détentrice d'autres expériences, elle fut une mère d'adoption métamorphosée pour les deux garçons. Elle les comprit, comprit leur différence. Ce qui comptait pour elle était l'amour et la liberté. Elle choisit de les épauler dans l'apprentissage de la vie, leurs vocations d'aventurier pour Léo, de tennisman pour Tangui. Elle leur inculqua ce qu'elle appliquait à elle-même depuis tant d'années, le dépassement de soi, de poursuivre leurs buts en n'oubliant jamais qui ils étaient et d'être un jour eux-mêmes des relais pour leur entourage.

Quand la mélancolie la saisissait, que les jours s'étiraient, Jane Eugénie marchait sur le sable de la plage. Respirant à pleins poumons, elle déclamait des vers ou des textes. Les mots, les phrases écrits par les autres à travers les siècles lui étaient utiles. Elle était habitée par leur sens. Elle se reprenait et pouvait avancer à nouveau.

Berthe et Héloïse aidèrent Jane Eugénie, Luc et leur réseau tout le long de la guerre. Un an après le conflit, la tante d'Esther fut retrouvée, son mari était mort sous la torture. Il n'avait pas révélé où se cachait son épouse, dans une ferme en Auvergne. Berthe amena Esther à la rencontre de sa parente. Les années suivantes, Esther revint sur l'île pendant les vacances rendre visite à ses deux grands-mères de cœur et à Jane Eugénie qu'elle considérait comme une tante. À la fin de la guerre, certains juifs avaient décidé de rester sur l'île, d'autres étaient partis en Israël pour y vivre dans un kibboutz. À l'âge adulte, Esther ne cessa d'œuvrer pour la mémoire des disparus et pour la paix, mission délicate et périlleuse. Elle tint toujours bon dans ses combats. Elle avait rangé dans l'un des nombreux tiroirs de son bureau l'étoile jaune décousue de ses vêtements à son arrivée sur l'île. Elle rouvrait parfois ce tiroir pour regarder l'insigne jaune au tissu terni et effiloché. Ce bout d'étoffe lui rappelait qu'il fallait toujours rester vigilante. Elle garda contact avec Luc toute sa vie. Luc et son épouse très pris par leurs travaux respectifs n'eurent jamais d'enfants. Luc fut comme un père pour Esther, une empreinte masculine rassurante à qui elle pouvait demander conseil, qui répondait toujours présent même à des milliers de kilomètres. Elle n'oublia jamais la nuit où Luc l'avait veillée et sauvée. Cette nuit d'insomnie avait créé un lien spécial, filial entre Luc et elle qui perdura toute leur vie.

La Fondation Hope

Seth quitta pour quelques jours sa mère Luce et Ketso pour se rendre en Jamaïque. Tom avait commencé à y développer avec sa fondation Hope une école de surf. Depuis sa mort, le projet était resté en jachère. Sur place, Seth fut accueilli à bras ouverts par les locaux. Son plan intéressait, il permettrait à de jeunes oisifs au chômage de développer une idée, de revenir à la vie active via le sport. Les fonds étaient apportés par la fondation grâce à ses nombreux donateurs à travers le monde. Elle avait pour but défendre de multiples programmes collaboratifs et associatifs, l'école de surf serait un premier maillon dans cette région. Les jeunes connaissaient les exploits de Tom le surfeur sur les grandes vagues les plus réputées du monde. Seth se devait d'être présent pour implanter chaque idée au nom de son fils. C'est ce qu'il fit les jours suivants, il restait en contact avec Paula, Luce et Ketso au quotidien. Seth n'envisageait pas sa vie sans Paula. Il souhaitait laisser encore le temps à chacun d'être prêt à se retrouver, ils étaient sur le chemin, leurs pas se rapprochaient de plus en plus. Réussir à mener à bien chaque dessein pensé et crée par son fils était désormais sa mission. Il était un homme nouveau, orienté vers les autres et le don de soi. Sa vie mondaine, son passé de playboy, de séducteur était très loin derrière lui. Seth avait écouté la fleur à côté de la lune. Il se consacrait à faire bouger les lignes.

Les projets diversifiés, développés à travers le monde, étaient très importants pour les différentes populations concernées : création d'ateliers, de puits, accès à l'eau potable, à l'électricité, à des dispensaires, à des écoles. Ces réalisations apportaient du travail, un mieux dans le quotidien. La fondation Hope participait avec une autre association à un programme au Kenya, qui devait être étendu à d'autres régions d'Afrique, ils donnaient du *cash* aux habitants de deux cents villages, ce qui représentait seize mille personnes, pour sortir de la pauvreté. Il leur avait fallu voir au-delà des croyances de la population qui pensait qu'elle allait être achetée, expliquer que la somme de vingt euros par mois leur permettrait de couvrir leurs besoins quotidiens et d'avoir des ambitions. Cela pouvait paraître ambivalent, de grands groupes finançaient ce projet alors que d'un autre côté certains d'entre eux collaboraient à l'épuisement incessant des ressources de la planète.

Les autres chantiers concernaient la protection de l'environnement et des espèces animales menacées. Seth était débordé, il constitua au fil du temps une équipe de jeunes globe-trotters autour de lui à peu près tous issus de la grande communauté des surfeurs. Des jeunes qui ne basaient plus leur vie comme leurs aînés sur la réussite sociale, les gros salaires, mais sur des idéaux collaboratifs où ils s'épanouissaient. Ils étaient conscients des enjeux pour sauver la planète, un bien universel précieux à sauvegarder. Leur devise était d'être acteurs et ne pas être simplement spectateurs de ce qui les entourait. Se démener pour une cause, œuvrer pour une communauté, retrousser ses manches, se battre par de bons moyens contre l'adversité étaient leur *leitmotiv*.

Selon les affinités de chacun, Seth constitua des équipes dédiées par actions à mener. Ils avaient l'impression d'être des pompiers appelés partout sur la planète pour éteindre des feux gigantesques, en l'occurrence pour combattre les multinationales, la déforestation, la pollution des fonds marins, lutter, agir inlassablement pour la sauvegarde de la Terre, de la biodiversité, des espèces menacées. De nombreux chercheurs et spécialistes allaient les rejoindre. Seth fédérait, c'était un meneur d'hommes.

Seth pensait comme sa mère Luce que les enfants pourraient changer le cours des choses de par leurs engagements très tôt après la lecture d'un livre, un reportage. Ils pouvaient être des relais pour sensibiliser leurs parents aux gestes nécessaires pour sauvegarder la planète. Ils étaient les premiers engagés pour participer au World Clean Day. En Dalmatie, après des incendies de forêt qui avaient détruit la plupart des arbres, des jeunes s'étaient portés volontaires pour replanter les végétaux, collaborant à un vaste plan de reboisement. Des crayons étaient fabriqués à partir du bois brûlé et servaient à dessiner des forêts imaginaires qui allaient reprendre vie.

Un jour, il rencontra Maya lors d'un colloque. Ils sympathisèrent, elle l'invita au sanctuaire. Sur place, la situation bien que toujours précaire s'était améliorée, de nouvelles naissances contribuaient à la continuité des singes de la montagne. Avec Bo et Marco, elle menait à bien différents projets d'implication des locaux qui leur permettaient de préserver le territoire des primates. Ses idées et celles de Seth se rejoignaient. Un soir, Maya lui parla de l'île aux fleurs. Seth fit le rapprochement avec l'île où Paula avait trouvé refuge à la mort de leur fils. Il comprit pourquoi Paula y avait retrouvé la paix et la quiétude. Cet endroit était un lieu soignant. Maya lui parla de ses parents adoptifs, Berthe et le capitaine, Samba et la roseraie, l'empathie et l'entraide des îliens, de la création de la Villa Eugénie par le capitaine, des esclaves en perdition, en fuite, sauvés des eaux, abrités à la villa, puis par la suite d'autres réfugiés lors de la Seconde Guerre mondiale, des familles juives, des enfants mis à l'abri par l'actrice Jane Eugénie épaulée sur place par Berthe et Héloïse, la mère de Marco.

Luce s'occupait des dernières formalités pour l'adoption de Ketso. Elle sentait de plus en plus qu'elle allait bientôt partir rejoindre son cher Joseph. Seth avait promis d'être rentré pour l'inauguration du nouveau dispensaire et de l'orphelinat. Après, elle pourrait reposer en paix. Elle rédigea une lettre à chacun de ses enfants ainsi qu'à ses deux fidèles amis Françoise et Ousmane. Elle en écrit une pour Ketso, il la lirait quand il serait plus grand. Au moment de faire le bilan de sa vie, elle pensa qu'elle en avait aimé chaque minute dans la joie ou la peine parmi les siens. Sa rencontre avec Joseph en avait été la clef. Ils avaient créé la plus belle chose au monde à leurs yeux, une grande famille unie dans toutes les phases de la vie. Certains étaient partis rejoindre Joseph comme Tom, leur petit-fils. Le lien entre eux perdurerait au-delà du temps car il était profondément enraciné dans chacun de leur être et de leur identité. Luce partageait beaucoup de moments avec Ketso dans le jardin près de son cher vieux baobab. Françoise, sa vieille amie, sa sœur de cœur savait qu'elle allait bientôt les quitter. Les deux femmes n'en parlaient pas, elles se comprenaient depuis des années par un regard, une expression, un geste. Luce avait décidé de ne plus lutter contre la maladie, elle avait arrêté son traitement. Elle avait accompli à peu près tout ce qu'elle avait voulu, son plus grand regret était que le vaccin pour combattre le VIH n'ait pas encore été trouvé. Elle n'assisterait pas à l'après VIH. La recherche progressait pas à pas. L'auto test était une formidable avancée, il permettait de détecter dans le sang humain les anticorps produits après une infection par le VIH. Le prélèvement, la lecture et l'interprétation des résultats sont réalisés par la personne elle-même, avec une réponse en quinze à trente minutes. Beaucoup de gens, faute de moyens ou par crainte de parler à leur médecin traitant, ne se faisaient pas dépister. Il fallait continuer les campagnes de sensibilisation, beaucoup de jeunes ne se protégeaient pas, et avaient de fausses croyances quant au Sida, des maladies réapparaissaient telles que la syphilis. L'information était toujours à renouveler et à diffuser sans relâche. Le Sida avait marqué la fin de la libération sexuelle, avait participé à ses prémices à la stigmatisation des homosexuels, certains avaient fait courir le bruit que le Sida était une punition qui leur était infligée. Luce souhaitait de l'espoir pour les générations futures, une nouvelle ouverture.

Ketso, ses autres petits enfants, les enfants de la planète étaient l'avenir. À travers Ketso et son adoption, elle s'était rapprochée de sa belle-fille Paula, elles parlaient beaucoup toutes les deux de Tom, de Seth et Ketso, de la vie, de Joseph via Skype. Paula lui avait décrit l'île, la Villa Eugénie, Luce aurait aimé découvrir ces lieux. Leurs vies avaient changé, Paula et Seth se consacraient à l'essentiel. Elle était sûre que le lien d'amour perdurerait entre eux. Seth s'était jeté à corps perdu dans l'accomplissement de chaque projet que Tom aurait réalisé de son vivant. Paula avait retrouvé une part de son enfance : son ami le dauphin, la baleine Poppy, le monde marin. Elle avait changé sa plume d'orientation, elle écrivait maintenant pour la cause de ses camarades le dauphin et la baleine Poppy et leurs nombreux congénères.

Retrouvailles

Luce avait eu une idée un matin, assise à côté du baobab dans le jardin. Elle avait enfin trouvé quelqu'un qui pourrait gérer ce qu'elle avait créé sur place, continuer son combat, prendre son relais. Elle en informa son entourage, sans indiquer le nom de son remplaçant. Elle précisa juste que cette personne ne viendrait pas du secteur médical. Françoise insista pour savoir qui c'était, mais n'obtint de son amie qu'un sourire malicieux. Luce lui rappela qu'il serait bientôt temps pour elle de repartir en France auprès de son frère. Le remplaçant habiterait une partie de l'année la maison de Luce, la maison au baobab.

Seth revint à temps pour l'inauguration du nouveau dispensaire et de l'orphelinat. Il était fier de sa mère et de ce qu'elle avait accompli. Ousmane était présent dans l'assemblée, toujours attentif envers Luce. Leurs vies étaient imbriquées depuis si longtemps. Juste après les inaugurations, Luce avait appelé son remplaçant et lui avait demandé de venir au plus vite. Elle envoya Seth le chercher. En attendant, elle rangea son bureau, regarda de vieilles photographies, d'elle et de Joseph, de leurs enfants, de leurs amis à différents moments de leurs vies. Les formalités pour l'adoption de Ketso étaient terminées.

À l'aéroport, Seth patientait en scrutant chacun des passagers, il avait une pancarte indiquant Orphelinat Luce et Joseph. Dans la précipitation de son départ, il avait oublié de demander à sa mère le nom de son remplaçant. Parmi les derniers passagers, Paula apparut. En un fragment de secondes, Seth comprit que le successeur de Luce était Paula. Luce voulait les voir réunis avant de les quitter. Paula et Seth se regardèrent et marchèrent l'un vers l'autre, un peu gauches tels des adolescents. Et sourirent, ils s'étaient tellement manqués, ils avaient douté, connu l'abîme, souffert au plus profond de leurs entrailles, de leurs chairs, ils avaient essayé chaque jour pas à pas de retourner vers la lumière. Ils avaient écouté Tom, leur fils, et s'étaient pardonné à eux-mêmes. Ils avaient rejoint la clarté au bout du tunnel. Ils s'enlacèrent en plein cœur du tumulte du hall de l'aéroport. Après leur longue séparation, ils étaient à nouveau réunis au milieu des départs et des arrivées de vols internationaux. Leurs retrouvailles avaient un goût d'espoir, un nouveau commencement. Cette rencontre, avancée dans le temps, ils la devaient à Luce qui avait œuvré inlassablement pour son entourage, toujours porteuse de lumière, d'amour et de tendresse. Elle avait réussi à les réunir sans plus d'hésitations et de questionnements.

Main dans la main, ils se dirigèrent vers la sortie. Paula fut happée par le chatoiement des couleurs, l'effervescence, les bribes de conversation, les rires, les klaxons des voitures, le bruit des avions qui prenaient leurs envols ou atterrissaient. Les rues étaient bondées, il faisait très chaud. L'Afrique offrait un contraste saisissant face à la tranquillité de l'île, elle vibrait et vivait sur un rythme différent. Paula venait d'effectuer son plus grand voyage depuis son retrait sur l'île. Le long du chemin jusque chez Luce, ils gardèrent le silence, Paula posa sa main sur l'épaule de Seth, ils se laissèrent envahir par une douce joie de s'être enfin retrouvés. Ils n'avaient pas besoin de mots pour l'exprimer, sentir juste la présence de l'autre leur suffisait. Paula avait toujours porté une grande affection à Luce, les deux femmes avaient sympathisé lors de leur première rencontre et étaient restées très proches. Paula ne pouvait rien lui refuser, elle avait accepté. Elle savait qu'elle ne pourrait pas vivre éternellement retirée du monde sur l'île, elle devait s'ouvrir à nouveau aux autres. Le temps était venu pour elle de rejoindre sa nouvelle vie.

Luce les attendait sous la véranda, Ketso sur les genoux. Les deux femmes s'embrassèrent, Luce mit doucement Ketso dans les bras de Paula. Paula sentit la chaleur du corps de Ketso tout contre elle, le petit la regardait en souriant. Elle lui caressa le visage. Elle était maintenant sa nouvelle maman. Seth s'approcha d'eux et les emmena dans le jardin près du baobab. Il savait que Paula vivait un moment émotionnel intense, sentir à nouveau tout contre elle un enfant, sa chaleur, son odeur, écouter ses gazouillements, regarder sa petite frimousse, le protéger, l'accompagner dans ses premiers pas, serait bouleversant. Seth serait présent à chaque instant, il montra le vieux baobab à Paula, ils se blottirent à l'intérieur avec Ketso, ils admirèrent à travers les branches le ballet des faisceaux du soleil et le ciel bleu. Ketso jouait avec une longue mèche des cheveux de Paula. Ils formaient une nouvelle famille.

Quelques jours plus tard, Luce les quitta. Elle partit au milieu des siens et de ses souvenirs. Elle avait envoyé toutes ses lettres et donné en mains propres celles écrites à Seth, Paula et Françoise. Elle confia celle de Ketso à Seth, il serait en charge de lui transmettre plus tard. Bien que son entourage s'attendait à sa mort, son départ fit place à un immense vide. Elle leur laissa en héritage la maison au baobab qu'elle souhaitait havre d'accueil et familiale pour le reste de la tribu, les frères, la sœur de Seth et leurs enfants, les amis. La famille qu'ils avaient créée, leur plus grande fierté et leur réussite perdureraient au-delà de leurs départs. Le corps de Luce fut rapatrié en France, Luce allait reposer à côté de son mari Joseph pour l'éternité. Françoise partit pour la France, pour retrouver son frère et sa terre natale. Elle reviendrait régulièrement à la maison au baobab, elle faisait partie de la grande tribu, chacun y trouvait sa place.

Le soir de sa mort, Seth lut près de l'arbre centenaire la lettre de Luce, accompagnée d'une clef symbolique :

Mon cher Seth,

Te souviens-tu de notre périple en Tanzanie quand tu étais enfant ? Un voyage scientifique pour moi, un voyage initiatique pour toi. J'avais perçu en toi ta vocation pour l'Afrique et sa faune. Tu étais attiré par ce continent. Je savais que l'Afrique serait une révélation. Je t'ai emmené afin que tu la sentes vibrer autour de toi et en toi. Ce voyage a scellé un lien particulier que nous avons gardé. J'étais la dernière passeuse d'un héritage familial que j'ai partagé avec ton père Joseph. Je t'en donne la clef - à toi maintenant de devenir le chef de notre grande tribu, sois toujours un aîné bienveillant à l'écoute, cultive nos traditions, le pardon en toutes circonstances, à la place de la haine. Transmets nos valeurs, notre mémoire. Je pars sereine rejoindre ton père Joseph qui m'attend derrière la porte de l'autre monde. Je t'embrasse, mon fils. Va toujours en paix au milieu des tiens.

Héritage

Une page de leur histoire venait de se tourner, Seth allait en ouvrir une nouvelle. Il contacta chaque membre de sa famille, leur rappelant qu'il était là, présent pour eux.

Seth familiarisa Paula à l'Afrique, et à ses codes. Elle prit très à cœur la mission que lui avait confiée Luce. Elle fit la connaissance des équipes médicales locales formées par Luce. Elle fut très émue lors de sa rencontre avec les petits orphelins. Luce avait fait le bon choix en la désignant pour la remplacer. Paula faisait en sorte que les enfants ne manquent de rien. Ce qui était primordial dans la vie d'un nouveau-né, d'un petit bambin était l'affection, la tendresse, l'écoute des adultes autour d'eux bien qu'ils ne soient pas leurs parents. Au fil des mois, elle forma des nourrices compétentes pour répondre aux besoins des enfants, afin qu'ils ne souffrent pas de solitude. Les mois suivants, elle fit construire des aires de jeux et une petite école pour les plus grands. L'orphelinat Luce et Joseph était ouvert aux adoptions sous conditions, Paula savait que les origines de ses petits protégés pouvaient être source d'interrogation ou de non-intégration en Europe. Elle parlait longuement avec les futurs parents, elle les incitait à revenir plusieurs fois à l'orphelinat, elle observait la relation qui naissait entre les adoptants et leur enfant. Elle étudiait chaque dossier avec une attention particulière. Le chemin semblait long et parsemé d'embûches pour ces couples qui souhaitaient accueillir un enfant, Paula leur disait que ce temps était nécessaire, l'adoption était un acte de générosité, certes, mais il devait être avant tout très réfléchi et pensé. C'était un serment. Elle testait leur motivation, leur engagement, la solidité des familles. Elle souhaitait que les petits orphelins soient recueillis comme son mari et elle l'avaient fait pour Ketso. Les futurs parents devaient intégrer les différences culturelles, les accepter et garder un lien avec le pays d'origine des petits orphelins. Si l'adoption était finalisée par la fondation et conclue, Paula et son équipe s'impliquaient à suivre les enfants jusqu'à leur majorité. Elle gardait un lien avec chacun, elle s'était engagée auprès de Luce à toujours veiller sur eux, ce qu'elle fit. Certains des enfants avaient noué une attache spéciale avec elle. Ils lui rendaient visite, lui envoyaient des courriers, des photographies, des mails, les copies de leurs bulletins scolaires. C'était une histoire de transmission, de liens qui perdura tout le long des années qu'elle consacra à l'Orphelinat Joseph et Luce.

Très touchée par le sujet des enfants esclaves de par le monde, Paula créa au fil du temps et des événements une aile particulière dans l'orphelinat afin d'accueillir des malheureux qui n'avaient connu que l'esclavage ou l'emprise de milices, enfants soldats, son but avec une équipe de spécialistes totalement dédiée était de leur réapprendre à vivre une vie normale d'enfant.

La fête des fleurs

De retour sur l'île, Paula préparait avec Léo et les autres îliens la fête des fleurs, l'effervescence régnait à la Villa Eugénie, les neveux de Jane Eugénie l'avaient finalement transmise, cédée à Léo. Ils ne la lui avaient pas vendue. La Villa Eugénie était selon eux invendable, elle était un héritage spirituel et devait être habitée par des personnes qui la respecteraient et comprendraient son histoire, son passé. Elle avait vocation à rester un lieu d'accueil. Les deux projets de Léo et Paula les avaient enthousiasmés. Les neveux de Jane Eugénie partaient s'installer en Australie, ils ne faisaient pas leurs adieux, ils reviendraient pour les deux grandes fêtes à l'automne et en été. La Villa Eugénie, tel était le souhait de Léo et Paula, abriterait bientôt de jeunes artistes et leurs premières créations et des gays en rupture, bannis par leur famille à l'annonce de leur homosexualité. La maisonnée pouvait redevenir un espace de liberté, une matrice où se lover. Léo et Paula mettaient la dernière touche à la décoration avant l'arrivée de leurs protégés. Ils avaient investi l'argent destiné à l'achat de la villa à la rénovation de certaines parties et à des dépendances, Seth et Ketso allaient bientôt les rejoindre. Ils devaient arriver par la même navette. Léo avait une idée en tête qu'il gardait encore secrète. Il souhaitait la mettre en pratique le jour de la Fête des fleurs. Seul le prêtre de l'île était dans la confidence.

La Fête des fleurs marquait la fin du printemps, l'été arrivait, paré de beaux atours ; pour le célébrer, les îliens organisaient cette grande cérémonie. Dans leur majestueuse et délicate beauté, les fleurs étaient resplendissantes. L'île était un feu d'artifice de couleurs. La nature était éclatante, radieuse, lumineuse. Pour la fête, le plus vieil arbre de l'île se transformait chaque année en arbre à souhait. Les cartes de vœux blanches ornées de rubans de toutes les couleurs attendaient sagement dans des paniers près de l'arbre. Dans quelques heures, du plus vieux au plus jeune, les autochtones allaient noter leur plus cher désir de leur plus belle écriture ou d'un gribouillis de patte de mouche, chaque billet serait accroché à l'une des branches de l'arbre et la prière secrète inscrite dessus sans nul doute exaucée. Ce moment, tout comme la fête de l'équinoxe, était un instant sacré, ces fêtes faisaient partie de l'histoire locale. Un prix créé à l'époque par Samba était décerné au meilleur jardinier de l'île. Il était difficile aux juges de départager les candidats tant chaque jardin rivalisait d'originalité et de beauté. Les jurés étaient renouvelés chaque année, le choix du plus beau jardin était toujours équitable. Les locaux s'habillaient de blanc, pour laisser à l'honneur les généreuses couleurs de la nature environnante. Un pique-nique géant était organisé sur la plage, chacun cuisinait des plats qu'il apportait, les musiciens et chanteurs jouaient et entonnaient des mélopées venues du vaste monde. Ils étaient tous conscients qu'il fallait préserver ce bout de terre au milieu de l'océan, terre promise de liberté, c'était un endroit à part, beau, indomptable dont les âmes des habitants gardaient des traces. Paula attendait Seth et Ketso, elle était sûre qu'ils aimeraient ce lieu comme elle, elle s'y était attachée. Il lui semblait avoir toujours vécu à la Villa Eugénie, c'était un endroit magique, apaisant, serein qui avait accompagné des centaines de vies vers un avenir à nouveau possible. La tradition voulait que tous les hôtes, les réfugiés qui avaient séjourné à la Villa Eugénie ou sur l'île, gardaient le contact avec les insulaires et étaient conviés à la fête des fleurs. Dispersés à travers le monde, ils répondaient pour la plupart présents, se rappelant toute leur vie de cet endroit, oasis de liberté. La fête des fleurs réunissait différentes générations qui se transmettraient la mémoire et les rites de l'île.

Paula avait aperçu le matin sur la plage Jane Eugénie, Hugo et William en promenade. Jane Eugénie lui avait fait signe. Le couple et leur fils faisaient partie de la légende de l'île tout comme Berthe, le capitaine et tous les autres. La fable révélait que vivants et morts pouvaient se croiser pour qui savait percevoir l'autre monde. La Villa Eugénie, création du capitaine, était une halte, une respiration, un éden pour ses hôtes qui faisaient corps avec elle.

L'île s'était ouverte au monde à certaines périodes de l'année avec parcimonie. Le tourisme de masse en était banni. Les îliens souhaitaient préserver la faune et la flore, l'île devait rester un petit paradis, ils y veillaient. Les touristes devaient s'habituer à cheminer à pied ou à bicyclette. Elle était réputée dans le monde entier pour ses fleurs, classée « aux sites et monuments remarquables naturels ». Sa variété de végétaux exotiques apportés des cinq continents, ses fleurs, ses arbres et ses plantes ravissaient les visiteurs. Les nombreux oiseaux présents et protégés sur l'île enchantaient les ornithologues : rouges-gorges, grives musiciennes, perroquets, alouettes, mésanges évoluaient dans de beaux ballets aériens et leurs chants égayaient les âmes. La roseraie de la Villa Eugénie créée par Berthe et Samba était ouverte aux visites au printemps et en été. Les voyageurs pouvaient y admirer les variétés de belles roses anciennes, issues de graines d'antan offertes à Samba lors de leur voyage à travers le monde, plus de huit cents espèces de roses y avaient trouvé leur place. La rose Berthe s'offrait aux regards connaisseurs dans toute sa délicatesse poétique et inspirante. La roseraie était classée dans les premières plantations internationales. Chaque visiteur pouvait repartir avec une bouture de son choix, à lui de faire vivre dans une autre partie du monde les fleurs de Berthe et de Samba. Samba avait préféré se retirer pour l'éternité dans un coin de la roseraie. Son vœu avait été exaucé. Il reposait parmi les fleurs qu'il avait tant aimées, il était près de sa favorite, la rose Berthe.

Un jour, il avait dit à Berthe qu'il sentait que son heure était venue, il lui restait quelques heures, peut-être une journée. Samba s'était promené longuement dans sa roseraie, il avait parlé à chacune de ses roses, il avait indiqué à Berthe les traitements, les boutures à effectuer. Puis il avait regagné sa chambre, s'était allongé sur le lit. Berthe aurait aimé qu'il reste à ses côtés encore longtemps. Elle s'assit à côté de lui sur une chaise pour le veiller. À quelques heures de son départ dans l'air doux fruité printanier, Samba osa enfin avouer son amour à Berthe. Berthe sentit couler des larmes sur ses joues. De ses doigts, Samba essuya les perles d'eau. Samba voulait partir en paix, délivrer son corps de ses sentiments pour Berthe, les déposer là doucement entre eux dans sa chambre quasi monacale. Berthe serra la main de Samba, leurs mains avaient vieilli, noueuses, tannées par le soleil, elles se firent douces pour se rejoindre. Ils se connaissaient depuis tellement de temps, un demi-siècle. Samba regarda Berthe, il pensa qu'elle était toujours aussi belle que le jour où pour la première fois elle l'avait soigné. Elle portait ses cheveux courts depuis la mort du capitaine. Cette coupe lui donnait un air plus espiègle. Elle lui sourit. Il lui murmura : Berthe, j'aimerais vous sentir contre moi avant de partir. Voulez-vous me rejoindre ?

Berthe fit tomber le châle qui recouvrait ses épaules et s'allongea à côté de Samba sur le grand lit blanc ; de la fenêtre ouverte ils pouvaient apercevoir les roses. Les deux corps un peu gauches trouvèrent une position confortable. Berthe se blottit contre Samba qui l'entoura de son bras. Ils étaient sur le dos. Samba était ému. Il aimait le parfum de cette femme, sa voix, sa façon d'être, tout en elle. Il pouvait partir en paix. Ils restèrent ainsi sans plus parler. Le temps était compté. Samba se laissa envahir par le bonheur d'être si près de la femme qu'il avait chérie toute sa vie. Le plafond de la chambre se transforma en écran vivant, il revit son enfance, l'Afrique, son village, ses parents, le capitaine, Maya, leurs voyages, la première fois quand il avait levé les yeux et découvert Berthe, ses mains délicates, sa voix, ses sourires, ses rires, ses éclats de rire. Berthe assise à ses côtés regardant le large, penchée vers lui dans la roseraie, lui apprenant à lire. Son initiation au métier de jardinier auprès d'elle et la roseraie avait été une thérapie pour lui, homme en exil. Ce bout de terre, les fleurs, la présence de Berthe, le capitaine et Maya avaient pansé ses plaies. Le jardin était devenu son ami, son confident, qui lui permettait de se projeter chaque jour, il devait prendre soin de son camarade. Berthe qu'il n'avait jamais voulu abandonner même quand le capitaine lui avait dit qu'il pouvait quitter l'île quand il le souhaiterait. Berthe elle aussi voyagea dans la machine du temps.

Samba était l'un des derniers piliers de sa vie. Peut-être que si le capitaine n'avait pas existé, peut-être que s'ils s'étaient rencontrés Samba et elle à un autre moment, une autre époque, elle aurait pu l'aimer. Elle semblait toute petite contre ce géant noir. Ils étaient beaux dans la lumière vaporeuse diffusée à travers les rideaux nacrés. La couleur blanche apaisait, laissait place aux touches éclatantes des souvenirs, des moments passés ensemble. Ils restèrent ainsi en communion dans le doux silence ambiant. Samba sentit la chaleur du corps de Berthe contre lui, il aimait son parfum qu'elle n'avait jamais changé. Berthe se pencha vers Samba. Elle savait qu'il attendait certainement ce moment. Berthe embrassa Samba doucement, un baiser pour sceller toutes ces années. Un baiser pour partir en paix et heureux. Samba mêla ses lèvres à celles de Berthe, elles étaient douces. Il s'en alla, apaisé.

Berthe se leva, lui ferma les yeux. Elle se rendit dans la roseraie, elle vit un groupe d'oiseaux migrateurs décoller, son cœur s'envola avec eux, après la perte du capitaine, la mort de Samba verrouillait définitivement un pan de sa vie. Berthe avait toujours été en activité telle une fourmi. Elle sentit que ses forces l'abandonnaient ce jour-là, creusant un gouffre autour d'elle. Son amie Héloïse, Jane Eugénie, et tous leurs hôtes avaient encore besoin d'elle. Ce soir-là près du feu, elle tendit une lettre à Jane Eugénie résumant ses dernières volontés, elle souhaitait que ses cendres soient dispersées au large de l'île, elle rejoindrait le capitaine.

La petite chapelle avait traversé l'écume des jours, et était devenue un lieu de recueillement pour les visiteurs. Certains y retrouvaient une paix intérieure nulle part ailleurs ressentie, revenaient chaque année y prier ou tout simplement y faire une halte quelques instants, laissant le tumulte de leurs vies très loin. Le son de ses cloches rythmait le temps, annonçant l'arrivée des bateaux, des naissances, des baptêmes, des mariages, des enterrements, des messes journalières et dominicales. Les mouettes et les goélands se posaient sur son toit et les caveaux du petit cimetière adjacent. Les descendants d'Olaf et de Joachim venaient chaque jour sur la tombe de Jane Eugénie, Hugo et William, à côté d'eux reposait Olaf et non loin de celle de Berthe et du capitaine, se trouvait leur fidèle Joachim. Le présent se mêlait au passé qui serait bientôt conjugué en avenir. L'île était un lieu paisible, intemporel, attirant des visiteurs ayant soif de sérénité et respectueux de ses traditions et coutumes.

Léo vit la navette approcher de l'embarcadère. Il se sentait à la fois fébrile et impatient. Il n'avait pas revu Tangui depuis plusieurs semaines. Tangui venait d'achever une odyssée internationale, une tournée d'adieux à la compétition. Il raccrochait. Il ne jouerait plus désormais que lors de tournois amicaux pour soulever des fonds. Paula attendait elle aussi impatiente à côté de Léo l'arrivée de Seth et de Ketso qui allaient fouler pour la première fois la terre de l'île. La navette accosta, Tangui, Seth et Ketso descendirent au milieu des natifs de l'île. À bord, ils avaient tous fait connaissance, la grande famille des îliens croissait. Ils cheminèrent jusqu'à la Villa, Jane Eugénie les regarda monter quelques instants de la terrasse et disparut. Tangui et Léo progressaient devant, Seth portant Ketso et Paula marchaient en retrait lentement, Seth avait ôté ses chaussures pour faire connaissance à sa façon avec ce nouveau lieu si cher à son épouse. Il était heureux d'être là sur cette terre qui avait abrité Paula pendant de longs mois. Elle faisait partie de leur histoire. Ils allaient partager leurs vies entre l'île et la maison au baobab, ce bout de terre deviendrait sien. L'ambiance était féérique avec toutes ces fleurs et les rubans blancs accrochés aux branches des arbres. Seth ressentit une paix intérieure l'envahir, la main de Paula douce enlacée à la sienne, Ketso dans son porte-bébé contre lui et la présence de Tom qu'il avait sentie dès son arrivée suffisaient à son bonheur, un bonheur simple près de ceux qu'il aimait, une pause dans le temps, vivre chaque instant pleinement. Un rappel que tout était à nouveau possible. Sur le chemin, Léo demanda à Tangui s'il voulait l'épouser. Ce dernier s'arrêta. Et lui répondit en criant un grand oui. Léo l'embrassa. Paula et Seth applaudirent. Seth profita de cette occasion pour murmurer à l'oreille de Paula : « Et si nous renouvelions nos vœux ? ». Paula accepta.

Le matin de la fête des fleurs, le son cristallin des cloches de la petite chapelle retentit pour annoncer l'union de Léo et Tangui, et le renouvellement des vœux de mariage de Seth et Paula. À la Villa Eugénie, une certaine fébrilité troublait le calme habituel, il fallait trouver une alliance perdue, une chaussure égarée, arranger des cheveux rebelles, répéter son discours. Paula se tenait sur le ponton avec Ketso et Seth. La veille, Seth et Ketso avaient fait la connaissance de ses amis, le dauphin, la baleine Poppy et son baleineau. Ce matin-là, ils étaient tous les trois descendus jusqu'à la mer pour dire au revoir à Poppy, accompagnés de Goya. Poppy avait donné naissance à son petit. Ils jouaient près du ponton, faisant des roulades et frappant de leur queue la surface de l'eau. Ketso agitait ses mimines. Poppy se préparait physiquement depuis quelques jours, en vue du grand voyage vers l'Antarctique avec son baleineau, en route, ils rejoindraient leur tribu. Poppy ne devait pas rester seule avec son petit, les océans étaient dangereux pour un baleineau. Poppy assurerait sa protection jusqu'à leur arrivée près des leurs. Paula se pencha pour caresser Poppy au-dessus de ses yeux, les deux amies se regardèrent longuement, elles se comprenaient. Poppy l'avait aidée à traverser ses interminables mois de deuil. Le temps de retourner vers les siens était venu, elle reviendrait, ils allaient tous se revoir chaque année. Paula serait leur porte-parole. Poppy s'éloigna avec son petit sur sa nageoire pour avancer plus vite. En cas de rencontre de prédateurs, ses mouvements rapides interposeraient un rideau de bulles entre eux et leurs poursuivants.

Paula enfant et son père avaient vécu quelques mois à côté d'un sanctuaire de baleines, ils avaient cohabité merveilleusement bien en se respectant les uns les autres. C'était ce message de bonté que souhaitait faire passer Paula. Elle avait déjà pensé et écrit un projet devant réunir des politiques, des scientifiques et des économistes pour sensibiliser à nouveau tous ces acteurs aux océans, qui étaient des facteurs importants dans la régulation du climat. Les étendues d'eau qui représentaient plus de 71 % du globe étaient un écosystème complexe et utile pour la vie sur terre, premier fournisseur d'oxygène de la planète, bien commun de l'humanité. Le réchauffement climatique pourrait faire disparaître des îles, des côtes, des zones mortes apparaîtraient de plus en plus suite à l'extinction des phytoplanctons, les habitants des fonds marins mourraient. Dans certaines régions du globe, des milliers de poissons agonisaient déjà. La fin de l'écosystème marin ne devait pas se produire.

Paula avait été très touchée la veille par un documentaire sur le sort des dauphins capturés par l'industrie des delphinariums, le reste de leur groupe massacré, les mises à mort des cétacés hurlant leur détresse, les survivants marqués à jamais par la destruction de leur espèce. Sa plume, la fondation Hope, le projet qu'elle avait développé devaient contribuer à préserver les habitants des fonds marins dont les dauphins.

Ils regardèrent Poppy et son baleineau s'éloigner vers le large. Ils reviendraient dans une année, le rendez-vous était pris. Goya était triste, il était devenu inséparable de Poppy et son petit ; avec le temps, un lien s'était créé entre eux. Seth et Paula regagnèrent la villa pour se changer, Ketso s'était endormi dans le porte-bébé. Paula se regarda dans le grand miroir de la chambre. Elle avait gardé la ligne qu'elle avait vingt ans auparavant, résultat de la pratique d'exercices de Pilâtes, de jogging quotidien et de nourriture saine. Quelques rides étaient apparues sur son visage, ajoutant un soupçon de gravité à son air toujours doux. Seth s'approcha d'elle, fou amoureux comme au premier jour. Il la trouvait encore très belle et désirable. Seth avait changé physiquement. Ses cheveux étaient devenus blancs, il arborait une barbe bien taillée. Son charme était toujours présent, il portait en permanence ses vêtements avec désinvolture. Il regarda Paula enfiler la longue robe blanche toute simple qu'elle porterait pour le renouvellement de leurs vœux de mariage. La ligne épurée de sa tenue épousait à merveille sa longiligne silhouette. Il se leva et piqua dans la chevelure de sa bien-aimée un gardénia blanc. Ils avaient retrouvé l'intimité de leur couple faite de je t'aime, de petits mots, de cadeaux, d'attentions.

Paula adorait passer les doigts dans les cheveux de Seth. Seth prenait plaisir à caresser le visage de son épouse de la paume de la main, des gestes qui voulaient dire : je suis là, je t'aime. La mort de leur fils les avait ramenés aux sources, à l'essentiel. La famille, la transmission étaient des notions importantes dans leur renaissance.

Léo était aux anges, son souhait d'une nouvelle vie avec Tangui se réalisait. Ils seraient ensemble, et se consacreraient à leur association pour les homosexuels en rupture familiale. Ayant traversé de nombreuses épreuves en révélant leur préférence à leurs familles, ils connaissaient le sujet. Ces jeunes pourraient compter sur eux et se construire ou se reconstruire. Ils les accompagneraient pas à pas comme l'avait fait Jane Eugénie. Ils seraient de nouveaux relais pour eux. Ils leur apprendraient à être fiers, à se réaliser malgré les obstacles.

La marche nuptiale de Wagner retentit dans la petite chapelle, Paula mena à l'autel son ami Léo tout ému et amoureux. Le prêtre unit les deux hommes, l'assemblée applaudit. Puis vint la prononciation des vœux de renouvellement de Paula et Seth, l'assistance les acclama à nouveau. Les invités regagnèrent la Villa Eugénie et la plage pour une double fête mémorable, la fête des fleurs et la célébration des deux mariages. Les souhaits furent écrits et suspendus au plus vieil arbre. Le soir, des lanternes en papier fabriquées localement furent déposées sur la surface de la mer en hommage aux disparus, aux marins, à la mer, à la nature. Tous, réunis sur la plage, toutes générations confondues, îliens, amis, famille, regardèrent les lanternons flotter. Maya assistait aux deux fêtes rythmant l'année. Elle venait en compagnie de Bo ou de Marco, ils ne pouvaient quitter en même temps tous les trois le sanctuaire. L'un d'eux restait sur place pour veiller leurs protégés dont la population s'était agrandie. Maya rendait hommage à sa famille, Berthe et le capitaine, Samba qu'elle sentait autour d'elle sur l'île.

Résilience

Quelques jours plus tard, la navette amena les adolescents exclus de leurs familles et les jeunes artistes. Léo, Tangui et Paula les attendaient sur l'embarcadère. Ils étaient émus, une nouvelle aventure allait commencer, le mot aventure n'était pas vraiment adéquat, ils voyaient plus leurs actions comme un engagement, des relais à passer à une nouvelle génération. Eux-mêmes avaient trouvé des personnes relais qui les avaient compris et fait avancer. Les premiers jeunes descendirent de la navette, un peu déboussolés, mal à l'aise, les regards baissés. Léo se rappela les paroles de Jane Eugénie : relevez la tête, soyez maîtres et acteurs de vos vies et non des victimes. Soyez forts, votre homosexualité n'est pas une maladie honteuse, une tare comme on vous le jette et le jettera au visage tout le long de votre vie. Avancez. Relevez la tête et les yeux.

Léo, Tangui et Paula passèrent autour du cou de chacun le collier de bienvenue. Des esquisses de sourires timides apparurent sur le visage des protégés de Léo et Tangui. Les jeunes invités artistes en résidence de Paula marchaient avec plus d'assurance, portant chevalets, instruments de musique, sacoche d'ordinateur, plaisantant entre eux, le regard serein. Paula pensa que les deux groupes réunis sous le même toit pourraient s'apporter mutuellement. Le soir venu, un dîner d'accueil était organisé sur la plage afin de lier connaissance avec les insulaires qui avaient tous répondu présents et adhéré à ces deux nouveaux projets. En programmant le calendrier d'activités pour leurs jeunes hôtes, Léo et Tangui avaient mis au centre le sport comme moteur déclencheur : la voile, le tennis, la course, mais aussi des actions plus sociales telles que restaurer certains endroits de l'île ou des vieux bateaux. Ils souhaitaient éveiller des vocations, des envies, leur faire relever la tête, croire en eux et se sentir mieux progressivement au fil des jours. Ils n'oubliaient pas cette phrase : « Vous pouvez être qui vous voulez. » Grâce à la présence bienveillante de Jane Eugénie et malgré une homophobie persistante tout le long de leur vie, ils étaient devenus qui ils voulaient.

Les jeunes s'installèrent dans leurs chambres respectives. Ils assistèrent tous au déjeuner collectif sur la grande terrasse. Léo, Tangui et Paula prononcèrent un discours de bienvenue. L'atmosphère se détendit, au fil des heures, les jeunes en mal-être se relâchèrent un peu, emportés par l'enthousiasme des jeunes artistes déjà impatients de faire connaissance avec la nature environnante. Ils entraînèrent les autres avec eux pour une balade improvisée. Léo, Tangui et Paula se sourirent, la famille s'élargissait. Léo et Tangui savaient que ces jeunes avaient besoin de parler, de se livrer, d'être écoutés avec compréhension et bienveillance, d'obtenir des réponses à leurs nombreuses questions même les plus intimes. Pour la fin de leur séjour, ils leur réservaient une grande surprise, un voyage de quelques semaines à bord du Baltimore. La mer comme ouverture vers le monde et les autres, un espace de liberté où s'exprimer, se dépasser, réussir à vivre ensemble. Apprendre que le collectif pouvait aider.

Paula était reconnue en tant qu'auteure et femme engagée. Ses jeunes protégés avaient tous en tête un projet qu'ils souhaitaient mener à bien lors de leur séjour à la Villa Eugénie. Certains avaient besoin de conseils, d'avis, de suggestions, de perspectives, de nouvelles orientations pour mettre en œuvre leurs projets. Paula était disponible pour chacun. Elle aimait l'émulation qui se diffusait de ce groupe. Ils souhaitaient s'engager également dans leurs projets respectifs pour une planète plus responsable. Les journées étaient studieuses, coupées par un déjeuner pris ensemble. Les deux groupes de jeunes échangeaient et pouvaient travailler ou réfléchir sur certaines idées. Léo, Tangui et Paula étaient ravis de l'engouement de tous. Tangui appréciait sa nouvelle vie dans l'île auprès de Léo. Il ne regrettait pas les cours internationaux de tennis, il continuait à jouer chaque jour sur un terrain aménagé à côté de la Villa Eugénie, il y initiait les jeunes. Il s'occupait aussi de trouver des fonds pour l'association et pour la recherche pour le VIH. Ils entraînaient avec Léo les jeunes dans les différentes activités physiques. Au fil des jours, les regards s'affirmaient, les corps se redressaient déjà. La parole libérée effaçait le mutisme, les non-dits, les questions non formulées. Mis en confiance, leurs protégés se livraient, osaient parler de leur souffrance d'être rejetés par leur entourage. Les paroles pouvaient être empreintes de douleur, certains de ces jeunes se demandaient s'ils étaient des dégénérés, des fous, des monstres. Ils avaient tant entendu ces mots qu'ils se les étaient appropriés. Il fallait les extirper d'eux lentement, doucement. Ils devaient recouvrer leur propre identité. Lors des conversations avec Léo et Tangui, ils dessinaient une esquisse de la vie qu'ils aimeraient connaître. Léo et Tangui les aidaient à en poser les premières pierres, les premiers jalons, à se poster au-delà des clichés, à se reconstruire en l'absence de parents, à s'ancrer dans une nouvelle vie. La vie au grand air bercée par le large chassait les idées noires, aérait les maux, les couleurs réapparaissaient, les regards avaient un nouvel éclat. De par leur vécu, Léo et Tangui étaient des références, des exemples. Ils pouvaient répondre aux questions posées sans détour, apporter un soutien concret, quotidien.

Un soir lors d'un dîner, où les jeunes entouraient leur mascotte Ketso, les deux groupes annoncèrent de concert qu'ils avaient une grande nouvelle. Léo, Tangui et Paula étaient tout ouïe. Sentant l'ambiance joyeuse, Ketso frappa dans les mains. L'un d'eux expliqua que les deux groupes allaient travailler ensemble pour former une petite troupe de théâtre et écrire leur première pièce. Parmi eux, il y avait les différents maillons nécessaires pour mener à bien cette activité : auteurs, décorateurs, régisseurs, peintres, apprentis acteurs. Ce projet leur tenait tellement à cœur que l'émotion était palpable, les visages étaient tournés vers Léo, Tangui et Paula, attendant leurs réactions. Le trio, bouleversé, se leva et applaudit; pour eux, ils avaient franchi plus de la moitié du chemin. Ils leur dirent combien ils étaient fiers d'eux, qu'ils croyaient à fond dans leur future troupe, qu'ils les épauleraient et qu'ils pourraient compter sur les ressources de l'île : la menuiserie de Hans pour construire les décors, les tissus inutilisés entreposés dans les ateliers de couture, les projecteurs stockés dans la cave du temps de Jane Eugénie...

Le trio mit à disposition un petit bâtiment inoccupé pour les répétitions et décidèrent de nommer cet endroit : Théâtre Jane Eugénie et Hugo, afin de rendre hommage à ces deux immenses acteurs, sources d'inspiration pour de nombreux artistes jeunes ou expérimentés. Ils resteraient à jamais deux talentueux comédiens, solaires et engagés. Chacun participa avec entrain, les jeunes auraient même oublié de déjeuner et de dîner si la cloche de la Villa Eugénie n'avait pas sonné le rappel pour chaque repas. Les soirées se terminaient après le débriefing de la journée. La petite troupe se voulait engagée, alerte d'opinion. Le sujet de leur première pièce était l'homosexualité, pour faire le deuil d'une partie de leurs vies en famille avant d'avoir osé dire qu'ils étaient gays et s'être retrouvés seuls, dans la rue pour certains jusqu'à leur arrivée à la Villa Eugénie. Cette création se voulait un tournant pour passer à l'apaisement, un message à leurs semblables et à leurs détracteurs. Qui mieux qu'eux pouvaient jouer ce qu'ils avaient réellement vécu, observé, ressenti au plus profond de leurs corps, de leurs tripes et de leurs âmes. L'autre groupe en résidence transcrivait, mettait en scène, en forme, la parole, les maux, les émotions, les impressions. Léo, Tangui et Paula étaient heureux que le message de collectif soit passé.

Le théâtre Jane Eugénie et Hugo affichait déjà la date de la première représentation. Les jeunes voyaient plus loin que leur projet de base, ils souhaitaient avec leur pièce récolter des fonds pour la recherche pour le VIH. Ils rejoignaient le combat de leurs aînés, Paula, Léo et Tangui. La Villa Eugénie retrouvait son effervescence créatrice et porteuse. Ses pièces résonnaient des courses, des éclats de voix des jeunes. Jane Eugénie les écoutait, ravie. Elle adorait assister aux répétitions, elle aurait aimé intervenir plusieurs fois pour conseiller, rectifier un geste, reprendre une tirade avec un ton plus juste. Elle croisait le regard de Léo, Tangui et Paula qui lui disaient : laisse faire. Ils avaient raison, au fil des jours, les corps, les voix prenaient place, s'ancraient, trouvaient la bonne posture, la bonne tonalité. Ils étaient messagers, la pièce se finissait sur une note d'espérance. Le théâtre leur avait permis d'apprivoiser leur homosexualité, de poser des mots sur leurs maux. Au fil du temps, progressivement, ils se réappropriaient leurs identités, encouragés par les adultes présents. Ils voulaient que la pièce voyage en dehors de l'île, soit porteuse d'espoir pour d'autres jeunes. Léo et Tangui attendaient la fin de leur première représentation sur l'île afin de leur faire une surprise. À la veille de leur première, ils étaient tous un peu fébriles, le trac avait fait son apparition. Léo, Tangui et Paula leur dirent de se concentrer, ils firent ensemble des exercices de visualisation du but qu'ils souhaitaient atteindre. Tout se passerait bien, la totalité des places du petit théâtre avait trouvé preneur.

Le matin de la première, au petit déjeuner, Paula leur distribua à chacun un bracelet de satin de couleur où était marqué : « La troupe Jane Eugénie et Hugo. » Ils furent touchés par ce petit geste symbolique, oui, ils étaient une troupe, un collectif de jeunes qui pour certains, pas à pas, s'étaient redécouverts et d'autres qui par leurs personnalités créatives les y avaient aidés. Paula sentit que Tom était présent dans le public de la salle, elle tourna la tête et le vit adossé au mur, à côté du couple d'acteurs Jane Eugénie et Hugo. Ils se sourirent, la pièce commença, le silence dans la salle s'installa, sur scène, les jeunes se surpassaient, ils habitaient leur scène, ils la portaient, elle les portait. Ils vivaient un instant magique, ils étaient au centre de l'attention, leurs paroles, leurs mots étaient transmis, écoutés. Leur message semblait passer, l'émotion se lisait sur les visages, la communion avec les spectateurs était palpable. Léo, Tangui, Paula, Seth et Ketso les encourageaient au premier rang. À la fin de la pièce, les îliens et d'autres invités venus du continent se levèrent et applaudirent longuement. Les jeunes saluèrent, remercièrent leurs mentors. Les acclamations continuaient, c'était une totale ovation. Ils reçurent des fleurs, des félicitations. Un journaliste leur dit que leur pièce pourrait aider des milliers de jeunes, l'un des acteurs lui répondit : vous voulez dire des millions de jeunes ? L'assistance s'esclaffa.

Léo et Tangui leur annoncèrent qu'ils allaient prendre la mer à bord du Baltimore, bateau mythique. Ils avaient contacté des amis dans différentes villes et une autre idée avait vu le jour. La pièce sortirait de l'île, ils pourraient la jouer sur le Baltimore en plein air à chaque escale. Il semblait que le public répondait déjà présent. Les jeunes approuvèrent le projet, c'était une bonne idée. Des vocations étaient nées, des virages à 180 étaient pris par rapport à leurs vies passées, la confrontation avec leurs nouvelles destinées était en accord avec eux-mêmes. Ils allaient vivre plusieurs semaines en communauté sur le Baltimore à la rencontre de publics acquis ou à convaincre. Leur aventure était basée sur la fraternité, la solidarité. Ils étaient plus forts que les mois précédents. Leur troupe itinérante leur permettrait d'ouvrir des portes à d'autres jeunes dans leur situation, de briser les tabous, de libérer la parole, d'alerter sur l'homophobie, sur la discrimination toujours ambiante. Ils avaient créé une pièce de théâtre issue de leurs tripes, de leurs vécus, de leurs heures de chagrin, de tristesse, d'abattement, d'interrogations multiples et d'espérance. Ils savaient que malgré l'avancement dans le XXIe siècle, l'époque était bien souvent encore aux injures, aux coups. Ils pourraient encaisser. Ils étaient plus forts, plus ancrés. Leur action à travers leur pièce de théâtre se voulait prévention, une aide à la dénonciation de tout acte homophobe. Ils avaient le droit de vivre leurs vies, aucune personne ne devait avoir d'emprise sur eux à ce sujet.

L'aventure sur le Baltimore serait une double aventure : la pièce de théâtre programmée le soir ou pendant certaines matinées. Dans l'après-midi, le Baltimore ouvrirait ses portes aux habitants pour les sensibiliser lors des visites à bord à la préservation des fonds marins. Seth serait de la partie, il avait organisé un cycle de conférences, d'activités de plongée pour découvrir la fragilité des écosystèmes océaniques, une exposition de photos, des films réalisés par la fondation Hope à travers le monde seraient diffusés. Les surfeurs, les jeunes artistes et les acteurs en herbe de la troupe de théâtre allaient travailler de concert sur le Baltimore. Les différents projets avaient leur place. Les protégés de Paula avaient chacun réalisé une œuvre aboutie qui serait exposée à bord. Le trio d'amis avait imaginé un vernissage géant pour l'inauguration. Le Baltimore allait reprendre le large.

Ketso

Bien des années plus tard, Ketso devenu médecin humanitaire vit dans les yeux des migrants secourus en Méditerranée la même détresse, la même peur rencontrée jadis par le capitaine, des corps flottant sur la surface de la mer, les yeux grands ouverts, l'indicible, des corps de bébés repêchés par des militaires, des vies inachevées, des destins brisés.

Au loin de certaines côtes, comme aux alentours de Tripoli, les garde-côtes tiraient sur les migrants. Les clandestins représentaient de juteux revenus. Des chiffres étaient régulièrement annoncés, le dernier concernait les profits des passeurs en Lybie qui avoisinaient trois cents millions de dollars annuels. Le prix de la vie était négociable. Les pirates de jadis étaient devenus de redoutables hommes d'affaires. Entre différents États, le sort des expatriés semblait se jouer aux cartes.

Les journalistes montraient en direct les sauvetages, les morts, les cargos attendant en pleine mer qu'une des nations décide d'accueillir les réfugiés, les migrants indésirables, rejetés par un pays où le navire devait accoster. Des malheureux, massés sur des ponts entre deux pays dont aucun des deux ne voulait, certains sautaient dans la rivière enjambant les barrières métalliques au risque de leur vie, espérant trouver le salut. Ils devenaient apatrides, ils n'étaient ni attendus, ni désirés. Les différents pays européens avaient durci leur politique d'accueil, des barbelés, des clôtures infranchissables s'érigeaient pour ultime rempart. Le rêve se transformait en attente silencieuse, tourmentée, violente pour le repos des âmes. Les corps étaient malades, affaiblis, déshydratés, dénutris, les esprits torturés, les regards tristes, hagards. Le vent, la pluie ou le soleil rythmaient les jours d'espérance. L'équipe humanitaire soignait, écoutait, distribuait les vivres en les rationnant pour les jours incertains. L'angoisse du lendemain était palpable, le désespoir se lisait sur les visages et les corps en souffrance. Les chairs sentaient l'odeur de la peur, des heures égrenées, des jours interminables passés à marcher, à survivre, à se cacher, à perdre toute dignité.

Ketso voyait parfois l'espoir renaître après l'abattement, il écoutait avec ses collègues les chants venus des racines du temps, entonnés par les migrants recueillis sur leur bateau humanitaire. Il regardait des enfants jouer au football avec une simple bouteille vide en plastique, magnifiques dans l'insouciance de leur jeunesse. Il entendait les futures mères parler aux bébés qu'elles portaient, leur promettant une vie meilleure, ils pourraient faire des études, vivre dans des logements sains, manger à leur faim. Il leur souriait pour les rassurer à la descente du cargo. Il serrait des mains de toutes les couleurs bien souvent noires. Ketso savait que certains d'entre eux ne correspondraient pas aux critères demandés et seraient susceptibles d'être à nouveau expulsés dans leurs pays d'origine. Il était certain qu'ils referaient le voyage sur des canots de fortune, frôlant la mort, le danger.

Une part de lui-même faisait partie d'eux, ils venaient de la même terre ocre d'Afrique. Ils étaient frères et sœurs. Il se considérait comme un médecin des âmes. Ce qui le portait était l'humain. À travers le monde, des initiatives menées par des bénévoles, des civils ou des associations humanitaires laissaient entrevoir de la lumière, de l'espérance, des nouvelles pages blanches à écrire, des vies à reconstruire. À Saint-Omer, des volontaires avaient monté une équipe de cricket composée de réfugiés syriens et pakistanais, le sport comme un passeport universel d'intégration. Le groupe était performant. Les joueurs oubliaient la jungle de Calais et leur rêve de gagner la Grande-

Bretagne pour recommencer une nouvelle vie à Saint-Omer après l'obtention de leurs papiers.

En cas de tristesse, Ketso pensait à ses deux mères, Fatou et Paula, à son père Seth, à Luce qu'il avait moins connue mais dont il se souvenait, elle avait été sa fée bienveillante en l'accueillant chez elle à la mort de sa mère. Ketso avait l'espoir chevillé au corps d'un monde meilleur, héritage de ses parents et de sa grand-mère Luce. Il ne voulait jamais baisser les bras. Quand il était au bord de l'épuisement, il partait se ressourcer sur l'île ou dans la maison au baobab. Il n'avait jamais revu la famille de Fatou. Elle n'était pas la sienne. Il était passé à autre chose. Il n'avait pas eu envie d'explications. Malgré la cruauté du décès de sa mère morte en seule compagnie de Luce et du personnel de l'hôpital, il leur avait pardonné en silence, il avait continué d'avancer vers son destin, sa propre lumière sans l'entacher par son passé. Seth lui avait parlé de l'absolution, un jour de son adolescence, à l'ombre du baobab. Ketso l'avait faite sienne

Il avait vécu avec ses parents adoptifs, Seth et Paula, entre la Villa Eugénie et la maison au baobab une partie de sa vie. Le grand arbre veillait sur eux, enfant, Ketso lui avait confié tous ses secrets. C'est près de lui, qu'adolescent, il avait lu la magnifique lettre écrite par Luce avant de les quitter. Il avait été touché par ses paroles sages et visionnaires. Il gardait depuis cette missive pliée en quatre dans son portefeuille, toujours à portée de main. Entre l'Afrique et l'île, la famille avait trouvé un équilibre, ses parents vivaient au jour le jour une vie simple et engagée. Luce et ses parents avaient voulu qu'il ne soit pas coupé de ses racines, de sa terre natale. Seth et Paula avaient toujours été hyper présents afin que Ketso ne sente jamais un vide en lui dû à la perte de sa vraie mère emportée par la maladie. Ketso avait reçu une éducation cosmopolite. Son enfance avait été bercée par les contes de Berthe, les histoires du dauphin, de la baleine Poppy et de leurs amis, les récits de Seth issus de légendes des pays dans lesquels Seth voyageait pour la fondation Hope. Il lisait dans la cabane construite en son temps par Hugo, elle avait vu défiler des générations d'enfants, le bois utilisé pour ses murs transmettaient une sonorité particulière, les chants des oiseaux, des insectes, des ruisseaux, de la mer au loin semblaient amplifiés, échos qui invitaient à la rêverie, aux songes. Durant les vacances scolaires, Ketso avait été de presque toutes les aventures de Seth à travers la planète pour sauver les espèces animales menacées. Il avait assisté à de nombreuses conférences de ses parents. Il s'était ainsi forgé sa propre vision du monde. Ils se recueillaient une fois par semaine sur la tombe de Fatou dans le petit cimetière paisible à l'écart du tumulte de la ville. Ketso possédait une photo d'elle, quand elle était jeune, elle était belle, un regard doux, vif, intelligent. Elle semblait dire à la vie « dansons », la vie en avait décidé autrement. Il aimait relire la lettre de Luce, pliée dans son portefeuille à côté de cette photo :

Ketso,

Je t'ai connu bébé, je t'ai aimé dès que je t'ai pris dans mes bras. J'ai tenu la main de ta maman avant qu'elle ne parte pour l'autre monde. Je lui avais fait une promesse, de te trouver la plus belle et aimante des familles. J'ai cherché, un matin, j'ai pensé à mon fils Seth et à son épouse Paula. Je sais qu'ils t'aimeront et t'accompagneront tout au long de ta vie. N'oublie jamais tes racines, qui tu es, sois toujours fier de toi et de tes actes. Transmets ce que tu as appris. Je t'aime mon petit-fils. Sois libre.

Ta grand-mère Luce.

Paula était la femme qu'avait désignée Luce pour la remplacer, elle la savait capable d'engagement durable et de ténacité. L'Afrique, la maison de Luce lui avaient ouvert les bras tout comme l'île. Paula partageait son temps entre les visites à l'hôpital, les dispensaires, les campagnes de sensibilisation pour le VIH, la Fondation Hope qu'elle codirigeait avec Seth, ils étaient sur tous les fronts. En compagnie de Paula, Ketso était retourné dans cet endroit où Fatou était décédée. Il avait écouté les médecins, vu des malades pris en charge grâce au programme mis en place par Luce et porté toutes les années après sa mort par Paula. Sa vocation avait pris naissance dans une chambre de cet hôpital où Paula était venue apporter un vieil ours en peluche à une petite fille afin de la rassurer. Il avait vu le visage triste de la petite fille s'illuminer à la vue du jouet. Paula avait embrassé la petite fille et lui avait présenté son nouvel ami : « C'est Melchior, il a fait un grand voyage pour arriver ici. Tu pourras lui confier tous tes petits secrets, il t'écoutera, il sera toujours là près de toi. N'aie plus peur. Tu as un nouvel ami».

La petite fille rassurée avait étreint Melchior. Cette image de la fillette et de l'ours en peluche resta ancrée à jamais dans sa mémoire. Des années plus tard, il pensait parfois à cette petite enfant, qui avait contribué à sa vocation. En sortant de l'hôpital, Paula lui avait raconté l'histoire de l'ours Melchior. Il était très vieux. Il avait accompagné plusieurs enfants dans des moments difficiles de leur vie. Il avait vogué sur le bateau du capitaine, le mari de Berthe, il venait d'un pays très froid, la Suède. Après un très long voyage, il était arrivé sur l'île. Le capitaine l'avait apporté à la Villa Eugénie, où l'ours était devenu au fil des années l'ami, le confident, le frère, le repère de générations d'enfants. Ils l'adoraient. Il avait voyagé à nouveau pour venir avec Paula à l'hôpital. Ketso avait aimé son histoire.

En revenant d'une promenade sur l'île, il avait annoncé à ses parents son choix de devenir médecin. Ils lui avaient souri, leur manière habituelle de donner leur consentement. Ketso suivit son internat dans l'hôpital où avait exercé son grand-père Joseph. La légende du toubib Joseph était toujours vivante. Il fit la connaissance de certains enfants dont le père ou la mère avaient été soignés par son grand-père. Ils avaient pu vivre des années supplémentaires au sein de leur famille. Ketso apprécia de passer son internat dans cet hôpital, il se sentait protégé par la présence bienveillante de son grand-père. À la fin de ses études de médecine, il aurait pu ouvrir un cabinet en ville, ou rejoindre l'équipe de cet établissement. Il se rendit compte rapidement qu'il avait besoin d'exercer son métier de médecin en dehors des murs. Il effectua de nombreux remplacements dans différentes régions. Puis il y eut l'appel du large, des voyages, d'aller à la rencontre de populations menacées, victimes collatérales de conflits, au-delà des frontières, il s'orienta vers l'humanitaire, il aimait agir en collectif sur le terrain. À plusieurs, les actions étaient plus fortes, avaient plus d'impact. Seth et Paula avaient toujours mené leurs projets en groupe, et avaient transmis cette notion à leur fils. Comme ses parents, Ketso avait conscience de la fragilité de la vie. Il aimait sa vie nomade, son métier bien plus pour lui qu'un métier, une vocation assumée qui le menait à sauver des vies dans des zones sensibles. Il avait trouvé sa voie. Il était en accord avec lui-même.

À la mort de Luce, Seth était devenu chef de famille, de la grande famille de Luce et Joseph, il était l'aîné de leurs enfants, dépositaire de leur héritage. Il était désormais le référent lors des longs déjeuners qui réunissaient tout le monde pour célébrer chaque fête. Il écoutait, conseillait, prenait toujours le temps pour chacun. Il cherchait souvent Paula du regard — si elle n'était pas près de lui, il n'était pas tranquille jusqu'à ce qu'elle lui fasse signe. Alors Seth se sentait à nouveau heureux. Certaines choses entre eux n'avaient pas besoin de mots, elles passaient par leurs échanges de regards, de sourires, des petits gestes qui se muaient en plaisir. La tignasse rebelle de Seth était devenue toute blanche, lui donnant un air assagi. Paula nouait maintenant ses cheveux en un lourd chignon comme le faisait Luce de son vivant.

Ketso aimait ses parents, ils étaient son socle. Ils l'avaient toujours soutenu, écouté, épaulé, conseillé. N'ayant rien voulu lui cacher de leur vie passée, ils lui avaient raconté la vie de leur premier fils, sa mort prématurée, le chagrin, les tourments de la culpabilisation, la peine, le gouffre de son absence. Puis la lumière était réapparue. Seth et Paula s'étaient enfin retrouvés et avaient pu à nouveau offrir un foyer à un nouvel enfant. Ketso n'avait jamais ressenti qu'il était le fils de substitution, le remplaçant. Il était Ketso, leur autre enfant à part entière. Tom était resté présent par ses photos, la fondation Hope. Il était toujours là, frère bienveillant. Il faisait partie de la nouvelle famille reconstituée. L'été après la mort de Luce, Seth, Paula et Ketso étaient partis sur les traces du passé des parents et grands-parents en France, en Allemagne et aux USA. L'Amérique avait changé de visage, Seth avait pu retrouver les traces des clubs de jazz où Samy, l'oncle de Joseph, avait joué. Ces endroits étaient désormais mythiques et contribuaient à la légende du jazz. Aux murs de certains d'entre eux, ils trouvèrent parmi les photographies Samy et à ses côtés Joseph, à l'époque Jean. Jean, Joseph avait passé ses années d'exil en Amérique auprès de son oncle Samy, éternel célibataire. Enfant et adolescent, Joseph n'avait connu que des présences féminines furtives. Sammy ne s'attachait à aucune des femmes rencontrées lors de ses concerts, il vivait et vibrait pour la musique. Il s'accommoda de la présence de son neveu, le jeune enfant s'adapta à lui. Samy respectait le souhait des parents de Joseph, il devait aller à l'école, bien étudier et aller à l'université. Il ne devait jamais oublier sa culture, sa langue. Les parents de Joseph avaient écrit une longue lettre à Sammy en lui expliquant tout ce qu'ils désiraient pour leur fils. Ils lui avaient exposé les grandes lignes. Ils savaient qu'ils ne reverraient pas leur enfant chéri. Tout le long de son enfance et de son adolescence, Samy aux horaires et aux revenus irréguliers fit son possible afin que son neveu ne manque de rien, se sente entouré de son affection et de son amour. Ils allaient à la synagogue, ils respectaient les fêtes traditionnelles. Samy, le musicien bohème, devint un vrai père. L'amour pour la musique de Joseph venait de cette époque. La musique pour soigner l'absence, pour oublier, pour continuer, pour s'ancrer à nouveau. Ils n'étaient pas riches, ils n'avaient que l'un et l'autre pour famille. Ils n'étaient jamais seuls, les amis passaient, la communauté était présente autour d'eux. Sammy savait qu'un jour Joseph quitterait son toit pour aller à l'université et se confronter au monde et à ses souvenirs d'enfant.

En retrouvant les reliques de son père, Seth fut ému, Paula et lui photographièrent chaque endroit visité comme autant de preuves que la vie continuait à des milliers de kilomètres où tant d'humains, dont les parents de Joseph avaient été exterminés dans des chambres à gaz. Il était important pour Seth d'effectuer ce voyage symbolique de pèlerinage en famille. Il connaissait la dimension de la famille, de la continuité d'une histoire familiale, de sa musicalité pour ses descendants. Enfant, il écoutait avec ses frères et sœurs ses parents jouer du violon, du piano et chanter. C'était leur manière à eux de rendre hommage aux leurs, à la vie, de sentir qu'ils étaient vivants. La musique, les chants faisaient partie de leur patrimoine culturel. Malgré l'obscurité des événements qu'ils côtoyaient, ils voulaient toujours y voir de la lumière, même si ce n'était qu'un infime rayon.

Ketso savait qu'il avait eu de la chance de rencontrer Luce, Seth et Paula; sans eux, il aurait passé sans doute son enfance derrière les murs d'un orphelinat. Il souhaitait redistribuer chaque jour ce qu'il avait reçu. Il espérait un jour créer à son tour une famille et peut-être passer le relais à l'un de ses enfants. Il avait comme tous les îliens la liberté chevillée au corps. Comme tous les membres de sa famille, il négociait les virages afin d'abattre tous les obstacles. Il savait que les vagues actuelles de migrants étaient les prémices à de futurs déplacements de masse de populations qui suite au réchauffement climatique, si les compteurs n'étaient pas inversés, envahiraient les routes à la recherche d'eau, de nourriture, d'un nouveau lieu où vivre.

Récemment, Ketso s'était rendu à une exposition de photographies à Copenhague. Il aimait s'accorder des instants de contemplation en marge de sa vie très occupée. Ces moments lui étaient nécessaires. Ketso avait apprécié le calme, la délicatesse, la poésie, la densité de chaque détail qui se dégageait des étendues photographiées en noir et blanc. Il aurait aimé se perdre dans l'immensité de ces paysages, s'envelopper dans ces ciels cotonneux, se draper de leurs couleurs, monter au sommet des monts enneigés, galoper dans les plaines, toucher le ciel du bout des doigts. Ces photographies l'avaient plongé au milieu de la nature, presque à l'état sauvage, les vastes déserts de sable ou de sel, la pointe de l'horizon à l'infini. Il pouvait entendre les sons des éléments de la nature, calme, en sommeil ou déchaînée selon les prises de vues. Les photos étaient signées Emma K.

Il fit sa connaissance quelques heures plus tard, il avait perdu la notion du temps. Cela lui arrivait souvent sur son temps libre d'oublier sa montre, les heures qui s'égrenaient. Il se sentait déchargé, sans contrainte et profitait de l'instant. Il avait passé plusieurs heures à contempler les photos une par une, détail par détail, il avait occulté le bruit autour de lui, l'effervescence et s'était retrouvé au milieu du vernissage de l'exposition d'Emma K. Un serveur était apparu, lui servant une coupe de champagne. Peu après un membre de la galerie lui parla d'Emma K, jeune artiste très prometteuse. Ketso écouta, hochant la tête en signe d'approbation. Puis il se retrouva seul à nouveau devant une autre photo, d'un thème très différent. Emma K avait immortalisé un groupe de jeunes écoliers africains en uniforme près d'un orphelinat, ce cliché trouva un profond écho en lui. Enfant, il aurait pu faire partie de cette bande si le destin n'en avait pas décidé autrement. Ces orphelins auraient pu être les petits protégés de sa mère Paula, devenue maman multiple, se consacrant à eux jour et nuit.

À cet instant, il sentit une présence près de lui, il se retourna et croisa un visage entouré par des cheveux longs, lissés. Un détail le frappa, la femme qui lui souriait avait la partie gauche de son minois caché par une longue mèche. C'était étrange de n'apercevoir qu'un superbe œil d'un gris vert. La femme se présenta, elle était l'artiste, Emma K. Elle semblait un peu plus âgée que Ketso de quelques années. Sa voix était rauque, peut-être fumait-elle un peu trop. Elle lui révéla qu'elle l'observait depuis son entrée, elle avait remarqué qu'il était le seul visiteur à être resté aussi longtemps attentif et pensif devant chacune de ses photographies. Il lui répondit qu'il aimait les grandes étendues, les déserts, les aurores boréales, la multitude de paysages et de voyages, les plages d'évasion que lui avait offerts chaque image, chacune d'entre elles avait éveillé en lui des souvenirs, des rappels ou des résonnances, particulièrement celle avec les petits élèves africains. Emma K lui parla de chacun des enfants sur la photo de classe, elle énuméra leurs prénoms, elle rit en racontant des anecdotes, ses gestes amples illustraient ses paroles, elle emmena Ketso, loin dans la farandole du temps, du passé, des bruits, des couleurs, des odeurs, des rires, le visage de sa mère Fatou, de Luce, de Paula et Seth. Ketso sentit l'Afrique couler en lui, le captant à nouveau à travers les volutes de la voix rauque d'Emma K. Quand elle eut fini de parler, il lui demanda si elle avait un programme prévu pour les prochaines semaines. Il lui confia qu'il partait cinq jours plus tard en Afrique au Botswana, elle pouvait s'en aller avec lui, il connaissait des paysages magnifiques, un vieux baobab princier défiant le temps, une maison remplie d'amour, des enfants de l'orphelinat créé par ses grands-parents qu'elle pourrait photographier. Puis, si elle était intéressée par un nouveau projet, elle pourrait l'accompagner à bord du bateau humanitaire qu'il devait bientôt rejoindre. Emma K traitait les sujets qu'elle photographiait avec une délicatesse, une grâce qui l'avait touché. Il lui donna son numéro de portable, le jour et l'heure du vol. Généralement, Ketso était réservé, il n'avait pas l'habitude de se dévoiler, de demander aux femmes de le suivre à l'autre bout de la planète. Ketso s'était senti emporté par une sensation indéfinissable, une attirance. Il souhaitait autoriser la vie, le destin de ce qu'il pourrait advenir, se laisser porter.

Cinq jours plus tard, sur le tarmac, Ketso entendit courir derrière lui. En se retournant, il aperçut Emma K au naturel, sans maquillage, en tenue décontractée, son appareil photo en bandoulière et une besace en cuir vieilli. À sa vue, il se sentit de nouveau léger, aérien, heureux. Elle souriait, des lunettes de soleil cachaient ses yeux. Les boucles rebelles de son épaisse chevelure scintillaient sous les rayons. Il la laissa monter devant lui. Quand ils furent assis, Emma K lui prit la main, ouvrit sa paume et déposa un objet en bois sculpté. Elle lui conta son histoire, le petit éléphant avait effectué un long voyage, il venait du Cambodge. Gamesha fils de Shiva et Pawati est un dieu avec une tête de pachyderme, c'est le dieu de la sagesse, destructeur des obstacles. Le petit éléphant rappela des souvenirs, une toile dans le bureau de sa mère Paula à la Villa Eugénie et tous les voyages avec Seth pour les sauver. Tout en parlant, Emma K avait ôté ses lunettes de soleil. Doucement, Ketso souleva la grande mèche qui cachait la moitié de son visage. Et découvrit un œil de verre et la trace ancienne d'une cicatrice. Emma K murmura : souvenir d'un reportage en Afghanistan. Elle se tut et attendit sa réaction. Ketso l'embrassa délicatement. Il pensa que chacun portait en lui ses blessures. Emma possédait des trésors inestimables en elle, qu'elle transmettait dans ses photographies : la rêverie, la contemplation. Ketso était un rêveur, les rêveurs restent optimistes. Les songes peuvent habiller le monde de belles couleurs, quand les jours sont sombres et tourmentés. Ketso et Emma avaient tant à découvrir et à révéler.

Fin

Notes

Le 27/10/2018 :

Je viens de taper le mot fin sur mon manuscrit. Quand un flash info annonce l'attaque d'une synagogue à Pittsburgh, lors du shabbat, par un Américain raciste de 46 ans, bilan : 11 morts, 6 blessés. On découvre l'Amérique sous le choc de la plus terrible des attaques contre la communauté juive, les drapeaux sont en berne, le forcené risque la peine capitale, le président Trump renforce son discours sur le port des armes. L'apologie des armes pour sauver le monde.

Toutes mes pensées vont aux victimes et à leurs familles.

Rapport de WWF Octobre 2018 :

Entre 1970 et 2014, 60 % des animaux vertébrés ont disparu : lion, rhinocéros, buffle…

Nouvel accord signé par la Chine : 30/10/2018

Ce nouvel accord autorise que des produits issus de tigres (organes), rhinocéros (corne) soient autorisés sous conditions sur animaux morts ou animaux élevés à cet effet. Un grand pas en arrière. Signature de leur arrêt de mort. Nous savons que le braconnage utilisera ce « commerce légal » comme couverture.

Changeons nos regards, des solutions existent, des actions locales sont menées à travers la planète, des individualités engagées essaient de protéger la terre, de bonnes orientations peuvent être prises. La terre est notre bien le plus précieux, notre poumon, notre avenir.

Le 30/10/2018 :

Sur la route pour se rendre aux États-Unis avec des milliers d'autres migrants, une migrante venue du Honduras dit devant la caméra : « Pardonnez-nous d'entrer dans votre pays, les USA. »

Le 7/12/2018 :

L'Aquarius a perdu son pavillon, il ne pourra plus repartir en mer. Il restera désormais à quai à Marseille. À son bord, SOS Méditerranée et SOS Médecins ont sauvé plus de 30 000 personnes. Depuis 2014, 17 000 personnes ont péri en Méditerranée.

Utopie :

Suite à la lecture de l'un de mes romans « Rejoins-nous » inspiré par un réel fait divers, un lecteur m'avait posté un très beau commentaire, il avait été ému par ma plume légère. Cependant, mon livre où je dessinais une nouvelle vie à une petite fille partie rejoindre les étoiles lui paraissait utopique. Oui, l'utopie me porte et m'ouvre des possibles auxquels je veux croire.

Définition de l'utopie, source BNF expositions

Dans le langage courant actuel, « utopique » veut dire impossible : une utopie est une chimère, une construction purement imaginaire dont la réalisation est a priori hors de notre portée. Or, paradoxalement, les auteurs qui ont créé ce mot, puis illustré le genre littéraire inventé par Thomas More en 1516, avaient pour ambition d'élargir le champ du possible et de l'explorer. Certes, l'utopie se caractérise par un recours à la fiction, par un artifice littéraire qui consiste à décrire une société idéale dans une géographie imaginaire, souvent dans la cadre d'un voyage purement romanesque. Mais imaginaire ou fictif ne veut pas dire impossible : tout rêve n'est pas une chimère. »….

SOURCES

Site Wikipédia

France Info

WWF

BNF

Printed in Poland
by Amazon Fulfillment
Poland Sp. z o.o., Wrocław

50485364R00171